Stephanie Herell

L'armée des Shijin

TOME 2
CONSTELLATIONS

Dépot légal : 2024.
© Stéphanie Herell, Editions Encre de Lune.

Tous droits réservés.
Le Code de la propriété intellectuelle interdit les copies ou reproductions destinées à une utilisation collective. Toute représentation ou reproduction intégrale ou partielle faite par quelques procédés que ce soit, sans le consentement de l'auteur ou de ses ayants droit, est illicite et constitue une contrefaçon, aux termes des articles L.335-2 et suivants du Code de la propriété intellectuelle.

Couverture : Maxence Madone

ISBN numérique: 9782487493308
ISBN broché: 9782487493315
ISBN relié: 9782487493322
Éditions Encre de Lune, 21, rue Gimbert, 35580 Guignen
Courriel : editionsencredelune@gmail.com
Site Internet : www.https://editionsencredelun.wixsite.com/website-1

Cet ouvrage est une fiction. Toute ressemblance avec des personnes ou des institutions existantes ou ayant existé serait totalement fortuite.

Impression : Libri Plureos GmbH, Friedensallee 273, 22763 Hamburg (Allemagne)

À Adrián et Idir qui forment la plus lumineuse de toutes les constellations. Je ne saurais vivre sous un autre ciel que le vôtre.

« Les gens sont volontaires pour oublier ce qui ne peut pas être. Cela rend leur monde plus sûr. »

Neil Gaiman, *L'étrange histoire de Nobody Owens.*

CHAPITRE 1

Les derniers rayons de soleil éclaboussaient les hauteurs du mont Cook d'une teinte orangée tandis qu'un voile de ténèbres semblait jaillir du sol et en recouvrir peu à peu la partie inférieure.

Instinctivement, les Pourfendeurs resserrèrent les rangs, se pressant les uns contre les autres. Les muscles gonflés et brûlants de leurs jambes, soumis à rude épreuve durant cette journée interminable de marche, continuaient de se contracter et de se relâcher alors même qu'ils se tenaient immobiles. Mais la douleur qui irradiait leurs membres inférieurs n'était que peu de chose comparée à l'appréhension qui labourait leurs tripes.

Les yeux écarquillés et la bouche entrouverte, Emma semblait bien être la plus impressionnée de tous. Malgré son aversion pour Fergus, elle ne recula pas lorsque la corde rouge imbibée de sueur se frotta contre son bras. Au contraire, le fait de sentir la présence des Pourfendeurs près d'elle lui conférait un sentiment de sécurité. Adèle jeta un coup d'œil autour d'elle et vit les mines ahuries de ses compagnons. Elle s'écarta du groupe, pivota sur ses talons et leur fit face pour capter leur attention.

— Il faut qu'on trouve un endroit où camper avant qu'il ne fasse complètement nuit, dit-elle. Dans une poignée de minutes, on n'y verra plus rien.

Emma déglutit et acquiesça d'un hochement de tête tandis que les autres sortaient, un à un, de la torpeur dans laquelle ils avaient été plongés. Ils s'ébrouèrent doucement comme au sortir d'un songe et se remirent en marche.

— On se sépare ? suggéra Emma d'un ton qui trahissait son anxiété.

— Non. Quoi qu'il arrive, on doit rester groupés, répondit Aïko en lui adressant un bref regard.

— Ouais, gamine ! maugréa Fergus d'un ton bourru, néanmoins dépourvu d'animosité et de sarcasme. Évite d'aller pisser.

Une bourrasque glaciale fit ondoyer la surface de la rivière et s'abattit violemment sur la forêt. Les cimes ployèrent sous la puissance du vent dans un vacarme assourdissant. Le froid enfonça ses griffes dans les membres endoloris de la troupe et asséchait aussitôt leurs yeux. La longue chevelure de Nayeli se souleva et ondula dans l'air avant de se plaquer sur le visage de son frère. Du bout des doigts, il retira les mèches prisonnières de la commissure de ses lèvres et baissa la tête.

Sans se consulter, ils rebroussèrent chemin sur une dizaine de mètres pour se retrancher derrière les troncs épais et le feuillage dense. Abri précaire. L'humidité qui régnait sous les frondaisons favorisa l'infiltration du froid à travers les fibres de leurs vêtements. La mâchoire crispée, Adèle se mit à claquer des dents.

Sa langue, engourdie et contractée, lui donna la sensation de peser lourd au fond de sa gorge. Incapable de prononcer le moindre mot, elle n'avait plus qu'une obsession : trouver un endroit où établir leur campement et allumer un feu qui, à défaut de les réchauffer entièrement, leur permettrait de gagner quelques degrés.

Au pied d'un hêtre sec au tronc scindé en deux, elle trouva une branche morte. Elle laissa tomber son sac à dos et posa son fleuret dessus, le pommeau vers le ciel. En quelques enjambées, elle atteignit l'arbre. Elle ramassa la branche, enfonça une de ses extrémités dans le sol et la positionna en diagonale avant de donner de puissants coups de pied au milieu. La partie la plus résistante céda au troisième coup et retomba sur le tapis de roches couvert de mousse. À l'aide de son genou, elle acheva de briser le reste de la branche. Elle leva les yeux vers les autres pour les enjoindre à en faire autant, mais, cette fois, ils n'avaient pas attendu ses consignes. Il ne fallait pas être un expert en météorologie ou en médecine pour comprendre qu'il en allait de leur survie.

Imitant la jeune femme, Sebastian tenait fermement une branche ancrée dans le sol tandis qu'Aïko et Nayeli entreprenaient de la briser. Tour à tour, elles prirent leur élan et écrasèrent le bois sous leurs semelles. Accroupie près des deux sacs à dos, Emma avait déjà sorti les plaids et semblait à présent chercher quelque chose dans le fond de ses poches. Inquiète, Adèle jeta un regard circulaire. Fergus et Rachel manquaient à l'appel. Elle laissa tomber les branches sur le sol et frotta la paume de ses mains terreuses sur son pantalon tout en sondant l'obscurité qui coulait son encre dans la forêt.

— T'inquiète, la rassura Emma qui fourrageait maintenant toutes les poches extérieures de l'un des sacs à dos. Ils sont allés voir s'il n'y a pas un meilleur endroit pour le campement. On risque de ne pas passer la nuit si on reste trop exposés. Il fait beaucoup trop froid.

Sebastian ne comprit le sens que de la dernière phrase et un sourire releva le coin de ses lèvres.

— Sans déconner ? Je trouve le climat particulièrement clément, ce soir, commenta-t-il d'un ton sarcastique au moment où Nayeli brisa la branche qu'il maintenait.

La jambe droite légèrement pliée et en appui sur l'autre valide, il perdit l'équilibre, chancela et s'agrippa à l'épaule d'Aïko pour ne pas s'effondrer sur le sol. Satisfaite, Emma haussa les sourcils et laissa le karma s'occuper du reste.

— On est à une centaine de mètres d'une sorte de glacier, souffla Adèle. Je ne vois pas très bien ce qu'ils espèrent trouver de mieux que cette forêt. Au moins, les arbres nous protègent un peu du vent.

Le bras enfoui dans le sac, Emma afficha un large sourire et en sortit le paquet de cigarettes. Elle le tapota dans le creux de sa main. Deux cylindres blancs et un briquet en sortirent. Elle plaça une cigarette derrière son oreille et glissa l'autre dans le coin de ses lèvres avant de brandir fièrement le briquet.

— On est sauvés ! Pas besoin de galérer à frotter deux bouts de bois pour allumer un feu. Civilisation, mon amour ! s'exclama-t-elle en glissant le précieux objet dans la poche arrière de son jean.

Adèle esquissa un sourire et ramassa les tasseaux qu'elle avait réussi à couper avant de les jeter sur le tas généreux qu'Aïko et les adolescents avaient déjà constitué. Elle ramassa une autre branche et entreprit de lui faire son sort en usant de la même méthode. Emma se joignit à elle pour l'aider quand une voix couvrit le sifflement du vent et attira son attention. Elle suspendit son geste, empoigna fermement la branche et l'ôta des mains de son binôme. Adèle qui l'avait également entendue alerta ses compagnons en leur indiquant la flaque de ténèbres d'où provenait le son. Craignant de voir surgir des inconnus ou quelque créature dangereuse, ses doigts engourdis par le froid se crispèrent et son regard obliqua furtivement vers son fleuret. Mais lorsqu'elle reconnut le visage blême et néanmoins souriant de la femme qui progressait à l'aveugle, elle se détendit.

— On a trouvé une grotte ! s'écria Rachel, victorieuse.

— Ouais, enfin, si on aime les grottes qui offrent une vue imprenable sur le ciel, grommela Fergus dont Adèle devinait à présent la silhouette massive avançant dans le sillage de son épouse.

En voyant ses bras se balancer le long de son corps, Adèle sentit son cœur s'accélérer. Pourquoi n'avait-il plus ses liens ? Tout en observant sa démarche pour s'assurer qu'il était toujours dans son état normal, elle recula jusqu'à son fleuret et empoigna le pommeau. Elle ferma le poing et fit un pas vers eux. Fergus haussa un sourcil, la dévisagea à son tour et leva les bras pour montrer patte blanche.

— Tout va bien, dit-il d'un ton passablement vexé. C'est toujours moi !

— Comme si c'était mieux, lâcha Emma en enfilant les lanières des sacs à dos sur ses épaules.

— Rachel, ne prends pas ce genre de décision toute seule. Ça pourrait coûter la vie à l'un d'entre nous, s'agaça Adèle.

Bien qu'il laissât deviner son soulagement, le ton était sec.

— Le sol était trop escarpé et glissant, se défendit Rachel. Il avait besoin de ses bras pour avancer.

Aïko et Nayeli ramassèrent les morceaux de bois brisés et se placèrent de part et d'autre de Sebastian. La longue marche avait tellement sollicité son genou gauche qui compensait les efforts que le droit n'avait pas été en mesure d'assurer que la douleur avait fini par se propager dans toute la partie inférieure de son corps. Adèle ramassa les dernières branches qui gisaient sur le sol et les colla contre la poitrine de Fergus.

— Au moins, ça t'occupera les bras, lui dit-elle.

Les mains libres, elle fit signe à Nayeli et Aïko qu'elle se chargerait désormais d'épauler Sebastian.

Comme les en avait informés Rachel, la grotte était particulièrement difficile d'accès. Maintenant que la nuit recouvrait entièrement le paysage d'un suaire noir, évoluer sur un tel terrain augmentait considérablement les risques de chutes. Chaque pas arrachait des plaintes à l'adolescent dont les tibias et la cheville heurtaient immanquablement les obstacles qu'il rencontrait. Perclus de douleurs, il en était arrivé au point où il lui était devenu impossible de déterminer ce qui le faisait le plus souffrir entre le vent glacial et ses jambes meurtries. Les muscles brûlants et bandés, Adèle s'arrêta plusieurs fois pour reprendre son souffle jusqu'à ce que Fergus décidât de confier les branches à Rachel et proposât de prendre le relai. Résigné, Sebastian n'eut d'autre choix que celui de lui faire confiance et, à contrecœur, donna son accord d'un pénible hochement de tête. Un rictus étira les lèvres de l'homme massif qui le souleva aussi facilement qu'il l'eût fait d'un sac de plumes.

Les sept compagnons gravirent une pente rocheuse couverte d'une fine couche de verglas. Ils évoluaient si lentement que le froid et la peur de se trouver au milieu de nulle part, éclairés par la lueur blafarde de la lune, gagnaient du terrain. Pour insuffler du courage à la troupe affaiblie, Adèle rompit le silence sépulcral ponctué de leurs ahanements et d'ululements lointains.

— C'est pas le moment de flancher. Dans pas longtemps, on sera assis autour d'un feu et on pourra manger quelque chose avant de prendre un repos plus que largement mérité !

En prononçant les derniers mots, sa semelle dérapa sur la roche gelée. Elle lâcha le fleuret et se raccrocha *in extremis* à la branche biscornue d'un arbre. La lame émit un son cristallin en frôlant la surface poreuse d'une pierre avant de se nicher dans la terre. Aïko se précipita vers elle et saisit son bras pour lui éviter de chuter. Quand Adèle recouvrit l'équilibre, son amie s'inclina pour ramasser son arme et la lui tendit. Les doigts de la jeune femme étaient si froids qu'elle devait serrer fortement le pommeau pour en sentir le contact contre sa peau. Les rayons de l'astre d'opale ravivaient l'éclat de la lame et la blancheur de son épiderme. Adèle plissa les yeux et remarqua des traînées sombres qui lui zébraient les mains et remontaient jusqu'à ses avant-bras. Elle les essuya grossièrement contre son bustier et en porta une à son visage. L'odeur familière et répugnante du sang emplit ses narines et lui révulsa l'estomac.

— Tu es prête ? s'enquit Aïko en lui désignant les autres qui avaient continué d'avancer.

Adèle leva les yeux vers elle. L'obscurité qui les enveloppait dissimulait les traits du visage de son amie, déformés par le jeu d'ombres orchestré par la lune. Connaissant Aïko et sa réaction chaque fois qu'elle voyait du sang, la jeune femme jugea préférable de cacher ses blessures.

— Oui, mentit-elle. Allons-y.

Ensemble, elles se remirent en route et réussirent à rattraper les autres qui s'étaient arrêtés devant ce qui ressemblait en tout point à une grotte. Fergus reposa Sebastian à terre un peu brutalement, comme s'il lui en voulait d'avoir pesé aussi lourd sur ses épaules. Adèle baissa la tête pour s'éponger le front avant de la relever. L'eau gelée avait fini par former des stalactites à l'entrée de l'antre de glace. L'enthousiasme général se mua aussitôt en une vague de désespoir. Les parois semblaient exsuder un gel permanent destiné à achever les randonneurs égarés. Emma leva les yeux vers le ciel. Une myriade d'étoiles étincelait de mille feux et promettait un temps clément pour la nuit. Du moins, la pluie leur serait épargnée.

— Franchement, crever pour crever, j'aime mieux que ce soit à la belle étoile, articula péniblement Rachel transie de froid.

— Ah ça ! Ma femme est une romantique ! s'extasia Fergus sans une once d'enthousiasme.

Se tournant vers elle, il poursuivit :

— Tu auras une vue imprenable sur la piaule céleste de nos Gardiens ! Et, si tu veux mon avis, on troque un cinq étoiles pour quelques millions.

— Un igloo ! soupira Sebastian, insensible à l'humour de l'homme.

Si tout le monde était frigorifié, l'adolescent était encore plus mal en point. Ses muscles avaient cessé de fournir le moindre effort à partir du moment où Fergus l'avait hissé sur son épaule. Nayeli entreprit de lui frotter le dos pour l'aider à se réchauffer. En vain. Le frottement faisait éclore une minuscule source de chaleur aussitôt mouchée par le courant d'air.

Rachel roula des yeux et s'engagea la première dans la grotte sombre.

— Allez, venez ! Si on reste plantés là, on va devenir de foutues stalagmites, argumenta-t-elle.

Ce disant, elle n'esquissa pourtant pas le moindre mouvement. Ses yeux se posèrent sur l'entrée de la grotte hérissée de longues pointes de glace pareilles aux dents acérées d'un monstre vorace. Comme elle, les six autres demeurèrent immobiles, échangeant des regards inquiets et sceptiques. Ils semblaient aussi indécis que si une horde de démons les avait acculés jusque devant la porte des Enfers.

Le rugissement d'une énième bourrasque les ranima, court-circuitant leurs pensées, et acheva de les convaincre. Ils s'y engouffrèrent, les uns après les autres.

CHAPITRE 2

Les mains posées à plat contre la paroi rocheuse verglacée, Adèle éprouva à la fois la brûlure du froid sur ses paumes et la tiédeur de l'atmosphère envelopper le reste de son corps. À l'extérieur, la température était si basse qu'elle eut l'impression qu'une vague de chaleur déferlait sur elle. Un courant d'air traversa la gueule béante de la grotte. Progressivement, ses muscles se détendirent et sa démarche qui tenait jusqu'alors davantage du vieux modèle rouillé de C3PO redevint souple et naturelle.

Les sept compagnons cheminaient lentement. Néanmoins, leur harassement eut raison de leur prudence. Les muscles gonflés et crispés de leurs jambes alourdissaient leurs pas, rappelant ceux des marathoniens franchissant la ligne d'arrivée. Le martèlement de leurs semelles sur le sol ricochait contre le tunnel minéral, chassant le silence, aussitôt remplacé par un grondement continu et étourdissant. Si bien que lorsque Rachel leur annonça qu'ils étaient arrivés à l'endroit qu'elle avait repéré, sa voix résonna aussi fort que si elle avait crié à pleins poumons, arrachant une volée de frissons à la troupe alerte.

Adèle, qui fermait la marche, tendit le cou pour mieux voir, mais les silhouettes amassées devant elle lui coupaient la vue. Des nuages de vapeur se formaient autour de la tête de ses compagnons essoufflés avant de se dissiper dans l'air. Chaque fois qu'ils inspiraient, elle parvenait à distinguer les différentes teintes des cheveux qui coiffaient leur crâne. Les couleurs patinées brillaient d'un éclat singulier. Elle leva les yeux et comprit pourquoi l'obscurité se délitait dans cette partie de la grotte. Le plafond était troué d'une sorte de puits de lumière naturel par lequel les rayons de la lune coulaient leur lueur argentée. Les petites stalactites suspendues aux rebords scintillaient comme une vingtaine de petits lampions. Plus haut, les étoiles éclaboussaient le ciel nocturne. Adèle ne se rappelait plus la dernière fois qu'elle avait eu l'occasion d'observer un tel spectacle et demeura bouche bée face à celui qui s'offrait à eux.

—Viens, lui dit Aïko en tirant sur un pan de sa cape.

Arrachée à sa contemplation extatique, elle baissa les yeux vers ses compagnons. Ils s'affairaient déjà aux quatre coins de la grotte, l'explorant jusque dans ses alcôves secrètes, afin de trouver l'endroit idéal où allumer un feu. Les étoiles encore imprimées dans ses rétines, elle secoua la tête pour revenir à elle et emboîta le pas à son amie.

—Le sol est couvert de verglas. Et pas qu'un peu ! souffla Sebastian, créant un nouveau nuage de vapeur autour de son visage.

Nayeli fit claquer sa langue afin d'attirer son attention et exécuta un enchaînement de signes. Il attendit qu'elle eût terminé et grogna en guise d'approbation. Son regard obliqua vers Emma qui se trouvait près de sa sœur. La jeune femme observait l'adolescente et semblait à la fois confuse et désolée d'être incapable de saisir le sens de ses gestes. L'expression de son visage était amèrement familière pour Sebastian, rompu à l'exercice de son rôle d'interprète. Quant à Nayeli, elle en éprouva une certaine tristesse et une profonde lassitude. Voyant que son frère ne réagissait pas, elle claqua une nouvelle fois de la langue et, du regard, lui intima de traduire ses paroles. Car elle savait ce que c'était que d'être la seule à ne pas pouvoir s'exprimer dans la même langue que les autres. Et, finalement, le sentiment de rejet et de solitude ne devait pas être si différent quand on était incapable de comprendre.

— Elle dit simplement qu'il faut qu'on trouve des pierres pour y mettre les branches, reprit Sebastian. Sinon le feu finira par s'éteindre tout seul en faisant fondre la...

Un sifflement aigu et puissant laissa sa phrase inachevée, traversant la troupe d'une décharge électrique. Un courant d'air glacial pénétra par le puits qui trouait le plafond et roula vers l'entrée de la grotte. Pour se protéger, l'adolescent croisa les bras autour de lui et ficha son menton dans sa poitrine. Spontanément, sa sœur se précipita vers lui, scrutant les ténèbres qui emplissaient les cavités insondables de leur abri de fortune. Fergus baissa la tête et referma ses bras autour de Rachel qui se tenait à ses côtés. Quant à Adèle, elle demeura immobile, le nez levé vers les étoiles, et un flux acide se répandit dans ses entrailles. Aïko et Emma accusèrent une vague de frissons. Le regard de la première chercha celui de la seconde. Il le trouva sans tarder et s'y arrima de toutes ses forces.

Quand le vent retomba enfin, la peur s'estompa et, peu à peu, les muscles se délièrent. Emma fut la première à prendre la parole.

— Ces deux-là ont raison, dit-elle en pointant du doigt les adolescents. Il faut qu'on fasse un feu, et tout de suite !

Les sept compagnons acquiescèrent et se mirent en branle. Ils gagnèrent le fond de la grotte qui formait une sorte d'alcôve faite de roche et de glace, puis s'y installèrent. Encore frissonnante, Emma s'accroupit et sortit les trois plaids qu'elle avait récupérés dans le van. Elle en donna un aux adolescents, un autre au couple, et déplia le dernier qu'elle tendit à Adèle.

— Couvrez-vous avec, lui dit-elle en désignant du menton Aïko qui se tenait raide à ses côtés.

Adèle sembla hésiter, mais Emma le lui lança. Bien que surprise, elle le rattrapa au vol et enroula ses bras autour du tissu de façon qu'il ne traîne pas sur le sol mouillé.

— J'ai froid, mais pas au point d'avoir envie de me transformer en torche humaine pour avoir joué du briquet avec ce machin-là sur le dos, ajouta-t-elle en guise d'explication.

Adèle déplia le plaid, en enveloppa les épaules d'Aïko qui se laissa faire et rejoignit Emma. Ensemble, elles se mirent à l'ouvrage. Après avoir suivi les conseils avisés de Nayeli, les premières flammes bleues et orangées se lovèrent autour des branches les plus fines glissées sous le tas de bûches savamment disposées. Une douce chaleur caressa leurs visages las et ranima quelque peu leurs corps engourdis. Le crépitement des flammes couvrit le son des gouttes d'eau qui roulaient le long des stalactites avant de s'écraser sur les flaques, troublant leurs surfaces miroitantes d'une onde circulaire.

Toute la troupe s'accroupit près du foyer rougeoyant, le regard perdu dans le ballet réconfortant des langues orange qui tournoyaient et s'élevaient devant leurs yeux, dessinant des lacets lumineux dans leurs pupilles dilatées qui s'étrécirent à mesure que le feu grandissait. Une main se posa sur celle d'Adèle. Elle tourna la tête et vit Aïko examinant les plaies qui zébraient sa peau. Elle baissa les yeux et s'aperçut que ses blessures étaient bien plus profondes qu'elle ne se l'était imaginé. Emma coula un regard vers elles, glissa sa main dans le sac à dos et en sortit une gourde qu'elle tendit à Adèle.

— Rince les plaies, on va te faire un bandage.

— Qui aurait cru que la folle de la gâchette était en réalité une infirmière ?

Les lèvres d'Emma se contractèrent, faisant naître une expression à mi-chemin entre le sourire et le rictus.

— On a tous des rêves de gosses, souffla-t-elle. Avant, je rêvais de devenir infirmière. Aider, soigner, c'était mon truc. Mais, tu vois, il y a beaucoup trop de tordus sur terre pour négliger d'apprendre à se défendre. Ou à mordre la première.

Elle tendit une compresse stérile à Adèle avant de poursuivre :

— Cela dit, je dois admettre que c'est aussi kiffant de pouvoir aider des am... des gens bien, se corrigea-t-elle.

Touchée par le mot qu'Emma s'était interdit de prononcer, Adèle esquissa un sourire. Elle allait lui répondre quand Fergus l'interrompit.

— Ne faites pas ça à côté du feu, vous allez l'éteindre ! s'écria l'homme dont la voix de stentor avait fini par céder la place à celle d'un adolescent prépubère tant il était éreinté.

Adèle secoua la tête et décocha un clin d'œil à Emma. Ne pouvant renoncer à la chaleur enivrante qui s'infiltrait doucement dans son corps, elle posa la gourde près d'elle et braqua de nouveau son regard sur le feu.

— Il faut qu'on s'en occupe, insista Emma d'un ton de reproche.

Adèle sentait son sang pulser sous la plaie. Elle avait besoin d'un instant de répit avant d'attiser la douleur avec quelque désinfectant.

— Donne-moi deux minutes.

Un grognement désapprobateur roula dans la gorge d'Emma. Lovée dans les bras de son mari, Rachel semblait aussi épuisée que lui. Elle laissa retomber sa tête contre son épaule et cessa de parler. Assis côte à côte, Sebastian et Nayeli se lancèrent dans une conversation lente et néanmoins animée, faite de gestes et de bribes de mots. Murée dans le silence, Aïko fermait les yeux, grisée par la douce chaleur qui la ramenait doucement à elle.

Du coin de l'œil, Adèle surprit le regard d'Emma perdu dans la contemplation du visage rond d'Aïko. Lorsqu'elle se sentit observée, la jeune femme détourna le regard et fronça les sourcils. Elle glissa ses mèches colorées derrière ses oreilles et se racla la gorge avant de reprendre la fouille du sac à dos. Adèle tourna la tête pour voir ce qu'elle faisait. Elle repoussa les pans de sa cape et profita de cette position pour laisser les flammes réchauffer sa nuque et ses épaules dénudées. Emma sortit une boîte de gâteaux qu'elle entreprit d'ouvrir, mais les engelures qui donnaient une teinte violacée à ses doigts lui rendirent la tâche compliquée. Adèle écarquilla les yeux en découvrant l'état désastreux de ses mains. Elle voulut le faire à sa place, mais Aïko la devança. Cette dernière prit le paquet, coupa grossièrement le carton et s'aida de ses dents pour retirer le plastique. Alertés par le bruit, Nayeli et Sebastian tournèrent la tête vers elle.

— Je te jure ! dit Fergus en partant d'un rire franc. Les adolescents, c'est comme les chiens. Tu manipules de la bouffe et ils rappliquent aussi sec. Finalement, c'est pas plus mal qu'on n'en ait pas eu, hein ! Il vaut mieux les avoir en photo qu'en pension !

Rachel afficha un sourire pincé et se dispensa de commenter la plaisanterie de son mari. Pire encore, un voile de tristesse assombrit ses prunelles.

— Sage décision, en effet, ponctua Emma. Les gosses de Rachel auraient eu de la gueule, mais je reste convaincue qu'il y a des gens qui devraient s'abstenir de se reproduire, ajouta-t-elle en décochant un clin d'œil espiègle à Fergus qui ne riait déjà presque plus.

Le masque de la peur plaqué sur son visage, Rachel se raidit et posa sa main sur la cuisse de son époux. Mais avant qu'elle n'eût le temps de réagir et qu'Emma ne réalisât ce qui était en train de se passer, les prunelles de Fergus s'allumèrent comme deux flammes iridescentes. Une encre noire inonda le blanc de ses yeux. Il se redressa d'un bond, s'arcbouta sur ses jambes et fondit sur Emma comme un prédateur sur sa proie. Son poids et la vitesse de l'attaque combinés firent basculer la jeune femme en arrière, tout près du feu. Un cri aigu jaillit de sa gorge lorsque son épaule s'écorcha contre l'angle d'une pierre. Il se laissa tomber à cheval sur son ventre et ses genoux comprimèrent ses côtes jusqu'à chasser l'air de ses poumons. Rachel se plaqua contre son dos et se cramponna à ses bras pour le contraindre à lâcher sa prise. Un grondement sourd s'échappait de sa poitrine et elle en sentit les vibrations rouler contre son ventre.

Aïko et Nayeli saisirent chacune un de ses genoux et tirèrent de toutes leurs forces pour les écarter et libérer Emma de l'étau qui se refermait sur elle. D'un bond, Adèle se leva et brandit son fleuret. Rachel tourna la tête par-dessus son épaule et ses yeux s'agrandirent de terreur en voyant la lame scintiller au-dessus de son mari. Les mains d'Emma, plaquées sur le visage de son assaillant, commencèrent à faiblir et ses bras à trembler. Adèle fit tournoyer son arme. Les yeux fermés comme si elle s'apprêtait à recevoir elle-même le coup fatal, Rachel entendit la lame siffler à quelques centimètres de son visage. Le courant d'air souleva ses boucles cuivrées. Un bruit sourd et creux résonna dans la grotte. Encore agrippée aux bras de Fergus, Rachel tomba sur le côté lorsque le corps de son homme s'effondra au sol.

L'air s'infiltra à nouveau dans les poumons comprimés d'Emma qui fut aussitôt prise d'une quinte de toux. Les épaules secouées par les sanglots et la respiration haletante, Rachel se redressa tant bien que mal sur ses bras et fit rouler le corps de son mari sur le dos. Elle passa ses mains sur son buste, ses membres et son crâne à la recherche de la plaie causée par le fleuret, mais ne trouva rien. Aïko et Nayeli aidèrent Emma à se relever. Les jambes paralysées par la douleur et la peur, Sebastian se hissa sur ses bras jusqu'à eux. Il glissa ses doigts contre la gorge de Fergus et attendit.

— Son pouls est un peu trop rapide, mais rien d'anormal, dit-il. Elle l'a juste assommé.

Rachel caressa les cheveux de son mari, acquiesça et tourna la tête vers Adèle. Le regard étonnamment rempli de gratitude, elle la dévisagea comme si un docteur venait de lui annoncer que l'homme qu'elle aimait avait réchappé à la mort. Les larmes jaillirent de ses yeux, roulèrent sur ses joues et se glissèrent dans la commissure de ses lèvres frémissantes.

— Merci, bafouilla-t-elle à l'adresse d'Adèle et de Sebastian.

Fergus n'était pas mort et c'était là tout ce qui comptait. Alors quand Adèle s'accroupit près d'elle et lui tendit la corde rouge, Rachel leva lentement les yeux vers elle.

— Cette fois, tu ne dois pas la lui retirer sans notre accord, grinça Adèle encore secouée par ce qui venait de se passer. S'il essaie encore une fois de tuer l'un des nôtres, je ne lui donnerai plus sa chance. On doit tous rester en vie, mais foutus pour foutus, je ne le laisserai pas tuer quelqu'un et s'il faut choisir, ce sera lui que j'embrocherai.

Tout en caressant la barbe naissante de Fergus, Rachel renifla bruyamment et secoua la tête pour lui signifier son accord. Les coudes sur ses genoux, Adèle jeta un coup d'œil vers Emma. Le regard rivé sur son agresseur, celle-ci auscultait méticuleusement ses côtes pour s'assurer qu'aucune n'était fêlée ou brisée. Voyant qu'elle reprenait son souffle et que, excepté les joues rougies par le froid, son visage reprenait sa teinte originelle, Adèle fut soulagée. Elle se releva et héla Aïko et Nayeli.

— Venez nous aider à le redresser !

Le cœur serré, Rachel noua le nœud de la corde qui enserrait Fergus et se releva pour venir se placer derrière lui. Plus par précaution que par méfiance à son égard, Adèle vérifia la solidité des liens et rejoignit Rachel dont les bras, refermés autour de ceux de son mari inconscient, tremblaient encore. Aïko et Nayeli saisirent les jambes massives et aidèrent les deux femmes à le traîner jusqu'au fond de la grotte. Lorsqu'il fut suffisamment près de la paroi rocheuse, Rachel et Adèle l'y adossèrent doucement.

— Il va mourir de froid si loin du feu, bafouilla Rachel.

Emma écarta délicatement l'adolescente qui se trouvait sur son chemin pour les rejoindre. Sans quitter Fergus du regard, elle ouvrit le plaid le plus épais de tous et couvrit le couple. Rachel qui s'était attendue à des représailles légitimes ne parvint pas à dissimuler son étonnement. Les yeux écarquillés, elle la dévisagea.

— Merci, souffla-t-elle en remontant le plaid jusqu'au cou de son mari calé sur son épaule.

— Ça ne sera pas suffisant, dit Emma en ignorant ses remerciements. Reste avec lui, je reviens.

Adèle se redressa et sentit un courant d'air glacial picoter son visage où perlaient des gouttes de sueur. Elle eut la sensation que des cristaux de glace se formaient sur sa peau et s'enfonçaient dans ses pores. Avec le coin de sa cape, elle se sécha les tempes et le front avant de rejoindre Emma qui commençait déjà à ramasser des pierres et des tasseaux de bois pour allumer un autre feu. Tout en veillant à en laisser suffisamment pour alimenter le foyer de celui qui réchauffait doucement l'atmosphère de la grotte, elles prirent de quoi repousser le froid pour une poignée d'heures. Grâce au briquet, en quelques minutes, les premières flammes léchèrent les bûches et illuminèrent les visages las du couple.

Sans un mot, Emma posa une main sur le sol pour se relever. Ses jambes fourbues ne la soulevaient plus que difficilement. Adèle glissa son bras sous le sien et chemina lentement jusqu'au deuxième feu où se réchauffait Sebastian.

— C'est bien ce que tu as fait pour eux, lâcha Adèle. Après ce qu'il s'est passé, tu aurais pu agir autrement. Je ne sais pas où tu as trouvé la force nécessaire pour ne pas te venger.

Emma se laissa tomber au sol et attira le sac à dos vers elle. Adèle l'imita et tendit ses mains devant les flammes dans l'espoir de les réchauffer.

— Je ne dis pas que tu n'es pas magnanime, mais j'avoue que je suis surprise, ajouta-t-elle.

— Dans son état normal, ça reste un con, résuma Emma. Mais sur ce coup-là, c'est moi qui ai merdé. Apparemment, j'ai touché une corde sensible. Je sais pas si t'as remarqué, mais il a vrillé au moment où j'ai parlé des enfants…

Elle se frotta nerveusement la nuque et reprit :

— Bref, j'ai vu le regard de Rachel… Elle est en train de le perdre. Elle ne le reconnaît pas et si une nouvelle crise éclate et qu'il finit par se faire crever, il y a de fortes chances qu'elle n'ait même pas le temps de lui dire au revoir. Du moins, à celui qu'il était avant et… et qu'elle *a aimé*, nuança-t-elle en jetant un coup d'œil à la dérobée vers Aïko qui s'était assise près de Rachel. Alors, non. C'est pas la peine d'en rajouter.

Adèle suivit son regard et dévisagea son amie dont les cernes violacés et les traits contractés trahissaient sa lutte muette contre la douleur lancinante engendrée par l'emprise des *Oni*. Son cœur se serra. Elle se tourna de nouveau vers Emma qui ouvrait maintenant la trousse à pharmacie. Les yeux rivés sur le flacon d'alcool et les compresses, elle semblait aussi abattue que Fergus au sortir d'une crise. Une larme chaude roula sur sa joue et dessina une rigole sur sa peau séchée par le froid. Ce ne fut qu'en cet instant qu'Adèle comprit que les sentiments qu'elle nourrissait pour Aïko étaient encore bien plus forts qu'elle ne l'avait imaginé.

Adèle se racla la gorge et présenta le dos de ses mains à la chaleur des flammes.

— Tu ne l'as pas fait uniquement pour Rachel, n'est-ce pas ? lui demanda-t-elle à mi-voix.

Les yeux arrimés au feu, Emma ne répondit rien et posa une compresse sur le goulot de la bouteille d'alcool avant de la retourner d'un mouvement rapide du poignet. Le regard dans le vide, Adèle distinguait à peine la forme floue de ses mains meurtries et les langues de flammes orange danser en arrière-plan. La réponse tardant à venir, elle s'abandonna au spectacle hypnotique et se perdit dans ses pensées. Engourdie par la chaleur qui se plaquait sur sa poitrine, et le froid sur son dos, elle sentit ses muscles se détendre. Toute la fatigue accumulée au cours de la journée s'abattit violemment sur elle. Le souvenir de Yūri s'imposa à elle et avec lui, celui de la promesse qu'elle lui avait faite. Son amie avait entamé un déclin dont elle ignorait même s'il était possible de revenir. Elle fixa son attention sur les morceaux d'écorce calcinés et un frisson lui parcourut les bras lorsqu'elle songea à ce qu'il pourrait advenir d'elle.

Fergus représentait une menace ostentatoire. Tout le monde était sur ses gardes, même Rachel, et il y avait fort à parier que l'un des Pourfendeurs en vienne à user de son arme contre lui à la prochaine crise. Elle-même avait hésité quand il s'était jeté sur Emma. Que se passerait-il si quelqu'un tentait de s'en prendre à Aïko ? Soudain, une brûlure intense éclata dans la paume de sa main et lui arracha une plainte. La douleur la ramena aussitôt à elle.

Quand elle sentit le regard d'Adèle se poser sur elle, Emma fronça les sourcils et se concentra sur sa besogne. Elle ôta la compresse puis l'appliqua de nouveau contre l'entaille la plus profonde. Adèle serra les dents et la lorgna du coin de l'œil.

— Tu n'as pas fait ça pour Rachel, répéta-t-elle au prix d'un grand effort. Tu sais que ce n'est plus qu'une question d'heures avant qu'Aïko ne traverse la même épreuve. Tu veux juste t'assurer qu'ils se montreront aussi cléments avec elle que tu l'as été avec Fergus.

Emma chassa l'air que ses poumons avaient retenu malgré elle, puis retira le coton qu'elle jeta dans les flammes. La compresse imbibée d'alcool s'embrasa aussitôt et forma un petit soleil suspendu au bout d'une branche noircie. D'un geste mécanique, elle enroula le bandage autour de la main d'Adèle et jeta un coup d'œil par-dessus son épaule. Aïko et Nayeli revenaient déjà.

— Espérons que ça fonctionne, répondit-elle dans un souffle.

CHAPITRE 3

Emma achevait le bandage au moment où Nayeli se laissa tomber près de son frère. Gelée jusqu'aux os, l'adolescente se glissa sous le plaid déjà réchauffé par les flammes et par la présence de Sebastian. En s'asseyant près d'Adèle, Aïko se plaça dans le champ de vision d'Emma. Cette dernière referma le flacon et glissa les compresses dont elle ne s'était pas servie dans la trousse.

— Seb, attrape ! prévint-elle en la lançant par-dessus les flammes.

Elle n'attendit pas qu'il la réceptionnât pour commencer à fourrager dans le sac à provisions. Elle en sortit sept boîtes de conserve et un sachet contenant des pains de mie écrasés. Elle disposa le tout devant elle et empoigna un couteau qu'elle enfonça dans le couvercle de ce qui, selon l'étiquette, devait être des raviolis. Une odeur peu alléchante monta jusqu'à elle et une moue de dégoût se dessina sur son visage. Les narines plissées, elle s'agenouilla, coinça la boîte entre ses cuisses et s'aida de son poids pour découper le métal. Adèle et Aïko en prirent deux autres et l'imitèrent. Un filet de sauce rouge gicla sur le bustier d'Adèle, maculant son bandage. Elle porta la main à ses lèvres et lécha une goutte du bout de la langue. La saveur acide de la tomate supplantait toutes les autres et se répandit sur le fond de sa langue.

En temps normal, elle se serait contentée de rabattre le couvercle, de verser le tout dans une casserole et d'y ajouter deux généreuses cuillères à café de sucre ainsi que des aromates et des épices pour agrémenter la sauce et la rendre mangeable. Mais la faim qui lui tenaillait l'estomac depuis plusieurs heures provoqua un gargouillement sonore et la fit saliver.

— Dites-moi que ce n'est pas parce que je suis malade que je suis prête à avaler ce truc qui a l'air absolument dégueulasse, dit Aïko.

— Je crois qu'on est tous dans un piètre état alors, rétorqua Adèle en plongeant une cuillère à soupe dans la conserve.

Elle plissa les yeux, examina l'étiquette à la lumière du feu et en ajouta une autre.

— Tiens, Nayeli, reprit-elle en lui tendant la boîte. Partagez celle-ci. Apparemment, il y a de quoi faire pour deux personnes et il vaut mieux qu'on se rationne.

L'adolescente se leva pour la prendre et la tendit à son frère avant de regagner sa place près de lui. L'air abattu, Sebastian regarda la conserve et n'esquissa pas le moindre mouvement. Elle l'agita devant ses yeux et la posa d'autorité dans ses mains.

— Ça va aller, signa-t-elle à son attention. Tu sais bien que tout finit par s'arranger. On s'en est toujours sortis : on a de quoi manger, de quoi se réchauffer et on est ensemble. Ne me dis pas que tu as déjà oublié ce que notre génitrice est venue chouiner à la directrice de l'orphelinat : « Ces deux chancres sont un mélange de scorpions et d'inséparables, mettez-les ensemble et ils sont increvables ! ». Et je crois bien que ce sont les seules paroles sensées qu'elle a été foutue de prononcer dans toute sa putain de vie.

Elle marqua une pause et dévisagea son frère dont les yeux se voilaient inexorablement de tristesse. S'il perdait espoir, il lui était interdit d'en faire autant. C'était ainsi qu'ils avaient toujours fonctionné. Pour survivre. Quand l'un baissait les bras, l'autre se faisait un devoir de le relever. Elle afficha une moue espiègle, prit sa cuillère et la brandit devant elle avec autant de ferveur qu'une épéiste croisant le fer avec un frère d'armes. Sebastian porta la sienne à sa bouche pour la nettoyer puis l'imita. Les couverts tintèrent l'un contre l'autre.

— On est officiellement imbutables, signa Nayeli d'une seule main.

Sans comprendre les gestes de l'adolescente, Emma éprouva un pincement au cœur en voyant un sourire las se dessiner sur le visage du jeune garçon. Une conserve dans la main, elle se leva et s'éloigna pour apporter leur ration à Fergus et à Rachel. Dès lors qu'elle fut suffisamment loin pour ne pas les entendre, Aïko tapota sur le genou d'Adèle et se pencha vers elle.

— Je voulais te dire quelque chose avant qu'il ne soit trop tard, murmura-t-elle.

Adèle arqua un sourcil, glissa un regard vers son amie et suspendit son geste alors qu'elle bataillait avec la troisième conserve qui, contrairement aux précédentes, refusait obstinément de céder. Face à sa mine incrédule, Aïko soupira d'agacement.

— Tu sais très bien de quoi je parle. Si jamais je devais finir comme Fergus, je ne veux pas que tu t'imagines que je suis quelqu'un de mauvais.

Adèle déglutit. Si elle savait qu'elle n'appartenait pas à cette catégorie, il était indéniable que ses propos homophobes n'avaient pas joué en sa faveur. Et la pensée qu'elle ait pu se tromper sur son compte lui avait traversé l'esprit. Elle s'était raccrochée à l'idée que les *Oni* avaient réussi à altérer son comportement pour réprimer la pulsion de rejet que lui inspiraient habituellement les LGBTphobes. Pourtant, le seul fait d'entendre Aïko évoquer la possibilité de se trouver entièrement sous l'emprise des *yōkai* lui brûla la gorge. Elle baissa les yeux de peur de ne pas réussir à soutenir son regard.

— Je n'ai jamais pensé ça de toi, lui dit-elle à mi-voix. Mais…

Le cœur serré, Aïko prit sur elle pour achever la phrase de son amie.

— J'ai dit des choses blessantes à Emma tout à l'heure. Non, pas blessantes, terribles. C'est impardonnable. Je le sais, pourtant. Si, j'ai… Si j'ai l'air de la détester autant c'est parce que…

La lycéenne se tritura nerveusement les mains et prit une profonde inspiration avant de poursuivre :

— C'est parce qu'elle me renvoie à des choses de moi que tu ignores, que tout le monde ignore et dont j'ai honte. J'ai honte de faire honte... Putain, je crois que j'ai honte d'avoir honte.

Adèle leva les yeux vers elle. Cette fois, elle la dévisagea avec attention. La confession incomplète lui suffit néanmoins à comprendre où elle voulait en venir.

— Si à ce stade de notre amitié, tu n'as toujours pas saisi que tu ne me ferais jamais honte, c'est que tu ne me connais pas...

Aïko se rembrunit et se gratta nerveusement l'arrière du genou.

— Tu as eu honte, tout à l'heure, répliqua-t-elle. Et franchement, il y a de quoi.

Adèle se mordit l'intérieur de la joue, préférant se taire plutôt que d'admettre ouvertement qu'elle ne se trompait pas. N'attendant aucune réaction de sa part, Aïko continua :

— Ma mère... Elle est la seule à savoir qui je suis réellement. C'est ma mère, tu vois, et je sais qu'elle m'aime. Pourtant, je lui fais honte. Ce que je suis la répugne, elle est encore en train de se demander ce qu'elle a fait de travers pour que je sois... Moi. Et moi, tu vois, je sais que ça ne devrait pas être le cas. On ne peut pas être écœuré par son propre enfant, n'est-ce pas ?

Avant qu'Adèle n'eût le temps de répondre, elle enchaîna :

— Et elle a tellement à cœur d'être une bonne mère qu'elle fait exactement comme si de rien n'était. Le déni le plus total. Je me demande ce qui est pire... Elle n'est peut-être plus en vie à l'heure qu'il est et j'ai l'impression que si j'assumais, maintenant, qui je suis, ce serait mal. Comme une sorte de trahison.

— Qui a l'intention de trahir qui ? souffla Emma près de l'oreille d'Adèle tout en reprenant sa place.

Cette dernière qui ne l'avait pas entendue arriver tressaillit. Aïko détourna la tête et ramassa une branche solide pour tisonner le feu. Emma remarqua leur embarras et jeta un coup d'œil discret par-dessus les flammes. Son regard s'attarda quelques secondes sur Sebastian et Nayeli qui avalaient leur repas sans entrain. N'ayant entendu que le mot « trahison », elle se demanda si ses deux amies soupçonnaient les adolescents de manigancer quelque chose.

— Est-ce qu'on doit se méfier d'eux aussi ? reprit-elle, doucement.

Adèle eut tout juste le temps de secouer la tête en signe de négation que Sebastian croisa le regard d'Emma.

— Qu'est-ce qu'il y a ? Pourquoi tu me fixes comme ça ? lui demanda-t-il, la bouche pleine.

Comprenant qu'elle avait mal interprété la conversation d'Adèle et Aïko, elle chercha une parade. La vue plongeante sur les raviolis écrasés en bouillie épaisse qui se baladaient à l'intérieur de sa bouche et le mince filet de sauce tomate qui maculait son menton lui donnèrent une occasion inespérée de se rattraper. À sa manière.

—T'es vraiment un porc, dit-elle en affichant une mine de dégoût à peine surjouée.

Du haut de ses dix-huit ans, Sebastian ressemblait à un enfant, faisant le pitre à la cantine pour divertir ses camarades de classe. D'un air bravache, il lui décocha un sourire toutes dents et toute nourriture dehors. Nayeli rit sous cape et s'essuya la commissure des lèvres avant de braquer son regard sur Emma et de pointer de l'index son propre visage. Contrairement à celui de son frère, le menu n'y était pas annoncé.

—Heureusement que tu as une sœur comme elle, ajouta Emma. Ça compense.

Aïko avala quatre cuillerées de son repas frugal en un temps record. Écœurée, elle étouffa un rot puis tendit la conserve à Adèle.

—Je suis claquée, dit-elle, le regard fuyant. Il vaut mieux que j'essaie de dormir, maintenant.

Ce disant, elle s'approcha un peu plus des flammes et s'allongea sur le sol. L'épaisseur de sa cape l'isolait quelque peu du froid mordant des pierres sous son corps. Elle gigota dans tous les sens afin de trouver une position confortable, en vain. Hormis le sac à dos rempli de vivres, il n'y avait rien qui puisse faire office d'oreiller. L'espace de quelques secondes, elle songea à la nuit qu'Adèle et elle avaient passé dans le sous-sol de la maison d'édition. Elle lorgna la cuisse de son amie avec l'envie irrépressible de s'en servir comme d'un oreiller. En temps normal, elle se serait contentée de s'y installer sans même le lui demander. Mais maintenant qu'elle lui avait révélé son secret à demi-mot, Aïko hésitait. Interrompue par l'arrivée d'Emma, elle n'avait pas eu le temps d'en dire davantage. La réaction d'Adèle lui laissait entendre qu'elle avait compris, mais elle n'avait aucune certitude. Et même si cette dernière avait essayé de la rassurer, Aïko ne pouvait s'empêcher d'avoir peur. Peur de la décevoir, de la dégoûter, de la perdre. À ses dépens, elle avait appris qu'il existait souvent un delta entre les intentions des gens et leurs actes. Si elle s'aventurait à poser sa tête sur la cuisse de son amie, elle craignait qu'elle s'imaginât qu'elle éprouvait bien plus qu'une amitié sincère à son égard. Pire encore, elle redoutait de voir sur son visage ce qu'elle avait lu sur celui de sa mère le jour où elle lui avait révélé son homosexualité. Résignée, elle plia son bras et le plaça sous sa tête. Les yeux rivés sur les flammes, elle laissa échapper un profond soupir.

— Qu'est-ce que tu fous ? lui demanda Adèle. Je n'ai pas la gale ! Mets ta tête ici, ajouta-t-elle en se tapotant la cuisse et en lui décochant un clin d'œil. Tu seras bien mieux installée que sur ton bras maigrelet et ça me fera une bouillotte.

Les paroles, le ton, les gestes et les mimiques d'Adèle dynamitèrent le dernier bastion de ses peurs et le barrage de ses paupières fut sur le point de céder sous la pression salée des larmes contenues. Elle réprima une furieuse envie de la prendre dans ses bras et de lui dire combien son amitié était importante pour elle. Au lieu de cela, elle renifla et s'aida de ses coudes jusqu'à ce que sa tête atteignît enfin la jambe d'Adèle.

— Merci de m'accepter comme je suis, murmura-t-elle de façon que seule son amie pût l'entendre.

Adèle fronça les sourcils et passa une main dans la chevelure noire d'Aïko. Le comportement de la lycéenne laissait deviner l'étendue de sa souffrance. Lorsqu'Adèle s'aperçut qu'elle ne laissait pas sa tête reposer de tout son poids sur sa jambe, elle comprit pour quelles raisons elle avait eu ce sentiment étrange qu'Aïko n'était pas la même en présence de sa famille. Cette dernière avait l'impression d'être un fardeau pour quiconque savait la vérité sur son homosexualité. Voilà pourquoi elle s'effaçait et semblait si réservée devant sa mère. Adèle se pencha au-dessus de son oreille.

— Tu n'as aucune raison de me remercier pour ça, tu entends ? Pas plus que je n'en ai de te remercier parce que tu m'acceptes comme je suis. Toi et moi, on est amies. Je t'aime pour ce que tu es. Pour tout ce que tu es. Point. C'est du *all inclusive*.

Aïko baissa la tête et ferma ses paupières brûlantes. Deux nouvelles larmes glissèrent le long de ses cils avant de s'écraser sur le sol froid – mais désormais sec – sur lequel elle était allongée. Quand Adèle sentit enfin sa tête peser sur sa cuisse, elle éprouva un profond soulagement. Délicatement, elle caressa les cheveux de son amie et la paume de sa main s'attarda sur son front. Dans le silence meublé du crépitement continu des flammes, elle acheva son repas.

Quelques minutes plus tard, Emma posa sa cuillère sur le sol et s'essuya les lèvres d'un revers de manche en se tournant vers Adèle. L'épaule d'Aïko qui se levait et s'abaissait au rythme de ses respirations profondes lui indiqua qu'elle s'était enfin endormie.

— Tu devrais dormir, toi aussi, lui dit-elle. Je vais prendre le premier tour de garde. T'as une de ces mines ! Si Byakko te protège de ces saloperies d'*Oni*, je ne suis pas certaine qu'il puisse faire quelque chose pour toi si tu décides de faire un *remake* de *The Walking Dead*.

Les muscles fourbus par le poids de la tête d'Aïko, Adèle sentit des picotements irradier toute sa jambe. Elle passa une main dans ses cheveux blonds et se massa la nuque. La marche et la fatigue lui courbaturaient le corps. Habituée à devoir tout contrôler et à tout diriger elle-même, elle fut tentée de refuser son offre, mais le sommeil lui scella les lèvres et neutralisa les derniers soubresauts de sa volonté.

— Ça marche ! Seulement si tu me promets de me réveiller dès que tu as besoin que je prenne le relai et si tu t'engages à ne pas t'éloigner pour aller pisser.

Emma acquiesça d'un hochement de tête. Elle se tourna vers Fergus et Rachel qui dormaient blottis l'un contre l'autre puis jeta un coup d'œil par-dessus les rubans de flammes ondoyants. Couché sur le côté, dos aux flammes, Sebastian semblait déjà avoir succombé à Morphée tandis que Nayeli, les bras enroulés autour de ses jambes pliées, contemplait le feu d'un air absent. Lorsqu'elle sentit le regard d'Emma s'attarder sur elle, l'adolescente jeta un coup d'œil autour d'elle et sembla se rappeler l'endroit où elle était et les raisons de sa présence ici.

— Nayeli ! la héla Adèle. Est-ce que tu te sens de prendre le premier tour de garde avec Emma ?

L'interpellée hocha du menton, tira le plaid jusqu'au cou de son frère puis les rejoignit. Adèle glissa délicatement sa main sous la joue d'Aïko et s'allongea de façon à se retrouver tête-bêche avec elle. Étendue sur le côté, elle reposa la tête de son amie sur son genou. Celle-ci entrouvrit les yeux. Comprenant qu'Adèle n'avait nulle part où s'installer confortablement, elle les referma et tapota sur sa jambe, lui signifiant ainsi de s'en servir d'oreiller. La main sur le pommeau de son fleuret, Adèle s'exécuta. Elle observa danser les flammes. Quelques instants seulement, car très vite, ses paupières lestées de plomb se fermèrent.

Emma les observa dormir et laissa la douce chaleur l'envelopper tout entière. Elle se surprit à songer que ces deux jeunes femmes étaient désormais ce qu'elle avait de plus précieux. Si la rancœur qu'elle éprouvait à l'égard d'Aïko était encore vive, elle ne parvenait pas à lutter contre les sentiments qu'elle éprouvait. La colère passée, elle ne se fiait plus qu'au jugement de son cœur. Il ne se trompait jamais. Aïko était quelqu'un de bien. Adèle aussi. Les voir sereines et endormies lui fit l'effet d'une caresse. *Alors c'est ça d'avoir une famille ?*

La fumée montait jusqu'au plafond et formait une fine couche vaporeuse contre les pierres. Aspirées par l'ouverture qui trouait la grotte et offrait une vue imprenable sur la voûte nocturne mouchetée d'étoiles, les volutes tournoyaient sur elles-mêmes comme le roulis des vagues et glissaient à l'extérieur avant de se disloquer dans l'air glacial. Emma se redressa, s'étira le dos mollement et secoua la tête pour rester éveillée. Nayeli plaqua sa main contre sa bouche lorsqu'elle se mit à bâiller à s'en décrocher la mâchoire. Emma s'empressa d'avaler une gorgée d'eau pour ne pas se laisser embrigader dans une série de bâillements sans fin.

— *Toma*, dit-elle en tendant la gourde à l'adolescente. *Eso te puede ayudar para quedar despierta*[1].

---

[1] Prends. Ça peut t'aider à rester réveillée.

Nayeli fut surprise de l'entendre parler espagnol. Si la jeune femme n'avait pas osé le faire en présence des autres, elle s'y autorisait à présent pour faciliter leur communication. Et elle ne s'en sortait pas si mal. L'adolescente approuva d'un hochement de tête et l'imita. Emma pressentait que rester éveillée en compagnie de Nayeli allait s'avérer aussi périlleux qu'un saut à l'élastique sans élastique. Comment pourrait-elle lui faire la conversation ? Elle avait des connaissances en espagnol, mais son vocabulaire restait limité. En outre, du langage des signes, Emma ne connaissait que l'alphabet. Et en y réfléchissant bien, elle se souvenait d'avoir entendu dire que la langue des signes variait d'un pays à l'autre. Elle croisa le regard pénétrant de son binôme et lui sourit avec embarras comme si celle-ci avait lu dans ses pensées. Elle s'apprêtait à dire quelque chose pour dissiper la gêne lorsque Nayeli, blême, se leva brusquement.

Les yeux écarquillés, l'adolescente plaqua une main tremblante contre son sternum, lui fit signe de se taire et braqua son regard sur l'entrée de la grotte.

CHAPITRE 4

La panique électrifia le corps engourdi d'Emma, achevant de la réveiller tout à fait. Elle se leva d'un bond et pivota sur elle-même avant de se placer à côté de Nayeli. Les sens en alerte, elle suivit son regard et ne trouva qu'un amas de ténèbres épaisses et opaques. L'entrée de la grotte n'était qu'à une vingtaine de mètres de là, mais à cette heure de la nuit, on n'y voyait goutte. Du coin de l'œil, elle lorgna l'adolescente frotter énergiquement la tache de naissance qui s'étirait de son cou jusqu'à sa poitrine.

— Tu sens *la presencia* d'un *yōkai* ? demanda-t-elle dans un mélange de langues, la gorge aussi sèche qu'une pierre ponce.

Nayeli fronça les sourcils et hocha le menton. Du pouce et de l'index, elle lui indiqua que la présence était bel et bien là, mais encore ténue. De fait, Emma voyait la marque des Pourfendeurs s'assombrir progressivement. Cependant, aucun arc ne s'était logé dans la main de l'adolescente pour en faire une nouvelle Katniss Everdeen. En outre, le sommeil du reste de la troupe ne semblait pas avoir été perturbé par l'approche du *yōkai*. Soit il était encore loin, soit il avait rebroussé chemin, comprenant à qui il aurait eu affaire s'il s'était attardé dans ces lieux. Bien qu'elle restât sur ses gardes, son pouls ralentit la cadence.

— *Los despertamos*[2] ? demanda-t-elle, hésitante.

Nayeli pianota son torse du bout des doigts avant de refuser d'un mouvement de tête. Elle pressa le bras d'Emma et lui montra un autre endroit où s'installer durant leur tour de garde. Prenant les devants, elle s'assit sur une large pierre blanche qui saillait de la paroi rocheuse puis lui fit signe de la rejoindre. Silencieuses, elles guettèrent le moindre son suspect et la plus petite altération dans leur champ de vision, prêtes à donner l'alerte.

Au bout de quelques secondes, Nayeli se tourna vers sa partenaire et afficha une mine incrédule. Ses traits se décrispèrent et une profonde inspiration dilata ses poumons. Déduisant que la Pourfendeuse ne percevait plus aucune présence, Emma s'autorisa à inspirer une longue goulée d'air. Elle plongea la main dans sa poche et en sortit une cigarette légèrement pliée qu'elle redressa délicatement avant de l'allumer. Elle s'apprêtait à avaler une deuxième bouffée, mais l'adolescente l'arrêta et lui retira le tube des mains. Alors qu'Emma voulut protester, pensant qu'elle allait la sermonner sur les dangers du tabac, elle resta sans voix quand sa camarade de corvées cala le filtre entre ses lèvres. La tête rejetée en arrière contre le mur et les yeux mi-clos, Nayeli retint la fumée avant de l'exhaler lentement par les narines. Elle porta une nouvelle fois la cigarette à sa bouche puis la rendit à Emma.

---

[2] On les réveille ?

— *Sabes lo que era*[3] ? demanda cette dernière.

Sans se redresser, Nayeli tourna la tête dans sa direction et roula des yeux. Elle plongea sa main dans son sac et en sortit le carnet. Mais le temps d'accomplir ce geste machinal, elle réalisa qu'à cette distance des flammes, Emma n'y verrait pas grand-chose. Renonçant à lui répondre, elle posa le carnet sur ses jambes.

— *Lo siento*, dit Emma en exhalant un filet de fumée. *No tengo la costumbre de platicar con alguien*[4]... muette ?

L'adolescente fronça les sourcils en signe d'incompréhension.

— *Muda*[5] ! se corrigea brusquement Emma d'un air victorieux, retrouvant le mot dans les tréfonds de sa mémoire.

Nayeli ne réagit pas à ces paroles. Craignant d'avoir commis un impair et de l'avoir vexée, Emma jeta un coup d'œil vers l'adolescente dont le large sourire illuminait le visage et dévoilait deux rangées de dents blanches. Amusée par la gêne d'Emma, celle-ci rebascula la tête en arrière et fronça les sourcils. Mais son sourire s'évanouit aussi vite qu'il était apparu. Emma n'eut pas le temps de comprendre ce qu'il se passait que Nayeli avait déjà bondi sur ses jambes. Un arc rutilant apparut dans ses mains.

Sans réfléchir, celle-ci banda la corde vide et une flèche argentée se matérialisa. Elle pointa son arme sur le trou béant qui

---

[3] Tu sais ce que c'était ?
[4] Je n'ai pas l'habitude de parler avec quelqu'un...
[5] Muette !

s'ouvrait sur le ciel. Emma leva les yeux et son cœur manqua un battement lorsqu'elle reconnut la femme aux longs cheveux noirs, penchée au-dessus de l'alvéole. Ses iris troublants se perdirent dans les siens et la peur lui liquéfia les entrailles. La flèche fusa dans la nuit et manqua de peu la femme qui se volatilisa. Toute à sa frayeur, Emma n'avait pas remarqué que tous les Pourfendeurs s'étaient réveillés, armes au poing.

— Qu'est-ce que c'était ? demanda Adèle en venant vers elles.

— Un *yōkai*, s'écria Rachel. Ça, ça ne fait aucun doute !

— Elle est là, bafouilla Emma. La femme de la rivière. Elle était là. C'est elle. Elle va revenir, maintenant.

— Détachez-moi, bon sang ! râla Fergus. Si cette saloperie revient, je veux pouvoir vous aider. Essayer, au moins…

Les Pourfendeurs tournèrent la tête vers Emma et l'interrogèrent du regard. Tremblante, celle-ci ne tarda pas à donner son accord.

— Franchement, à ce stade, y aurait l'Armée des Morts ou des putains d'Orques prêts à rallier nos rangs, je signerais direct.

— C'est bon, ça va ! Vas-y Rachel ! confirma Adèle. Elle a raison. On aura peut-être besoin de lui, après tout.

Ce disant, elle passa un bras autour des épaules d'Emma pour la rassurer. L'archère arqua un sourcil et secoua la tête. Elle se cramponna au bras de son frère, lui confia son arme et se mit à signer à toute allure. Suspendue à ses gestes, toute la troupe l'observait. Ils savaient qu'Emma n'était pas une Pourfendeuse d'illusions. Ne possédant pas leur don, ce qu'elle avait vu était peut-être très loin de la réalité.

—Elle est formelle, dit Sebastian à Emma quand sa sœur eut terminé. Ce n'était pas une femme, mais une sorte de...

Nayeli lui donna un coup d'épaule pour l'inciter à poursuivre.

—Une sorte de renard à plusieurs queues.

—Un *kitsune*, déduisit Aïko en faisant tournoyer sa double hache avec autant de facilité qu'une gymnaste l'eut fait de sa massue. Je n'en ai jamais rencontré, mais, selon la légende, ils prennent souvent l'apparence d'une très belle femme et possèdent plusieurs queues. Chacune d'elles porte le symbole d'un siècle écoulé. Bien sûr, plus ils sont âgés, plus ils sont dangereux.

—Génial, articula Sebastian en détachant chaque syllabe.

—Elle en avait combien ? reprit Aïko en se tournant vers Nayeli.

L'adolescente convoqua en elle-même les images fugaces de ses souvenirs encore frais. Au terme de sa réflexion qui ne dura guère plus que quelques secondes, elle brandit ses mains devant elles et leva huit ou neuf doigts, tout en affichant une moue sceptique. Aïko blêmit et s'écarta instinctivement de l'endroit où la créature leur était apparue la dernière fois.

—Et son pelage ? demanda-t-elle d'une voix chevrotante. Comment était son pelage ?

— Blanc-argenté, traduisit inutilement Sebastian.

— Il faut qu'on parte d'ici, déclara Aïko qui commençait déjà à réunir leurs affaires. J'aimerais autant ne pas avoir à me retrouver face à un *kyūbi*.

— Un quoi ? demanda Adèle à qui ce mot semblait étrangement familier.

— Un *kyūbi*, répéta Aïko. Un *kitsune* vieux de neuf cents ans. Au moins.

Spontanément, toute la troupe se mit en branle. Adèle les regarda s'agiter en tous sens. Que faisaient-ils ? À quoi rimait un départ précipité ? Et pour aller où ?

— Arrêtez ça ! Mais enfin, c'est quoi votre problème ? Vous êtes sérieux ? Le *kyūbi* sait déjà où on est et la grotte nous protègera bien plus que la forêt ou le glacier en pleine nuit ! Ici, on reste groupés et il n'y a que deux endroits par lesquels il peut se pointer. Là, dit-elle en désignant l'entrée, et ici, ajouta-t-elle en montrant le trou béant au-dessus de leurs têtes.

— C'est un foutu *yōkai*, niveau expert, lâcha Aïko. Il peut apparaître où bon lui chante. Il peut faire à peu près tout ce qu'il veut. Et j'ai pas franchement envie de le voir à l'œuvre.

Les yeux allant du fond de la grotte jusqu'au plafond, les sept compagnons reculèrent. Rapidement, ils s'attroupèrent autour des flammes mourantes du feu près duquel gisait encore la conserve intacte du couple. Impuissante et désarmée, Emma s'accroupit devant le tapis de braises et, d'un geste mécanique dicté par son seul instinct de survie, remua les morceaux de bois brûlés dans une pluie d'étincelles. Les mains tremblantes, elle observa les Pourfendeurs armés jusqu'aux dents que les artefacts rutilants faisaient paraître bien plus puissants et sûrs d'eux qu'ils ne l'étaient réellement. Consciente de leur affliction et de leur harassement, elle ne se laissa pas duper par ce trompe-l'œil.

Elle déglutit. Désormais, elle ne pourrait plus leur être d'un grand secours. Elle en avait une conscience farouche. Elle observa Fergus dont les poings fermés et les muscles bandés compensaient l'absence de son arme. Elle se redressa et réajusta la ceinture de son pantalon avant de tirer d'un coup sec sur son pull. Les lèvres entrouvertes, elle se figea en voyant Aïko qui se tenait tout près d'Adèle, une main derrière le dos et l'autre grattant furieusement la tache de naissance dissimulée par ses vêtements à la hauteur du creux du genou. Ses mains étaient désespérément vides. La hache à doubles lames avait disparu. Pourtant, elle ne portait plus l'*omamori*. Adèle se frotta la joue et sentit le coude d'Aïko cogner sa cuisse. Elle baissa le regard et son souffle se coupa net. Elle empoigna le bras de son amie et la releva prestement.

— Ta hache... marmonna-t-elle en collant sa bouche contre son oreille.

La lueur chatoyante des flammes masqua la pâleur du visage d'Aïko, mais ses yeux exprimaient sans artifice toute son angoisse. Elle jeta un rapide coup d'œil vers Fergus et croisa son regard. Lui aussi avait remarqué qu'il n'était plus le seul à se voir privé de la seule arme qui lui permettrait de lutter contre leurs redoutables ennemis. Lentement, tous les visages convergèrent vers Aïko dont la frange mouillée de sueur se collait sur son front.

— Viens, petite, dit Fergus de sa voix de stentor en reculant vers le fond de la grotte, près du feu alimenté par les nouvelles bûches qu'Emma venait d'y jeter.

Il se pencha, ramassa les cordes de sécurité rouges, les soupesa et les lui montra. Emma sentit un frisson éclater dans sa poitrine. Ses lèvres ne parvenaient pas à articuler un seul mot et sa gorge à émettre le moindre son. Impuissante, elle adressa un regard implorant à Adèle.

— Non, dit fermement cette dernière. Elle n'est pas comme toi.

Elle passa son bras autour des épaules d'Aïko, défendant Fergus de l'approcher. Jusqu'à présent, ce dernier représentait le plus grand danger pour la troupe. Laisser son amie le rejoindre revenait à admettre qu'elle avait définitivement basculé de l'autre côté, celui dont on ne revenait peut-être jamais. Elle sentit le corps d'Aïko trembler et la serra contre elle. Mais la jeune femme prit une profonde inspiration et posa sa main sur celle d'Adèle.

— Il a raison, murmura-t-elle en balayant du regard les Pourfendeurs réunis.

Elle déposa un baiser sur la joue d'Adèle et plongea son regard dans le sien.

— Yūri t'a demandé de veiller sur moi, murmura-t-elle. Si je m'en prends à l'un d'entre vous, je risque de vous blesser, ou pire encore, de vous tuer.

Adèle voulut rétorquer quelque chose, mais les mots moururent sur ses lèvres quand elle croisa les prunelles sombres de Rachel. En silence, la femme de Fergus hocha le menton d'un air entendu. Évidemment, elle le savait. Si Aïko les prenait par surprise, aucun des Pourfendeurs ne pourrait jurer qu'il ne lui porterait pas le coup fatal pour sauver sa peau. Lorsqu'elle décela le voile de tristesse sur le visage d'Adèle, la lycéenne comprit que son amie avait saisi l'enjeu. Elle esquissa un sourire pâle qui stria ses lèvres gercées et pivota sur ses talons pour rejoindre Fergus. Elle prit la corde rouge et la fit rouler entre ses doigts tout en s'approchant d'Emma.

— Attache-moi, dit-elle.

Emma remisa ses mèches colorées derrière ses oreilles et, ne sachant que faire, demeura figée. La pointe du fleuret crissa sur une pierre et Adèle se mordit l'intérieur de la joue jusqu'à laisser l'empreinte de ses dents dans sa chair. La situation commençait à lui échapper dangereusement et elle en vint à penser au prochain appel de Léonard. Elle ne disposait plus que de vingt-quatre heures pour donner une chance de survie à la famille d'Aïko. Et chaque seconde qui s'écoulait entraînait la chute lente et inexorable d'un filet de poussière ocre dans le sablier de vie de son amie. Le temps était compté. Le compte à rebours était lancé.

Se tournant vers Nayeli et Sebastian, elle donna les consignes de sécurité auxquelles ils allaient tous devoir se soumettre s'ils ne voulaient pas être pris de court par le *kyūbi*. *Kyūbi… Où est-ce que j'ai entendu ce mot-là ?* songea Adèle. Rachel donna un coup de coude à Emma pour l'extraire de sa léthargie causée par la tempête de ses pensées et enroula le câble autour du buste de Fergus.

— Pour le moment, on n'a rien d'autre à faire, lui dit-elle à voix basse. Juste les préserver et espérer.

Les bras ballants, Emma tourna de nouveau la tête vers Aïko dont le regard inflexible la fit tressaillir. D'une main hésitante, elle retira l'*omamori* qu'elle portait autour du cou et le lui accrocha. Maintenant qu'elle n'avait plus aucune arme pour se défendre, Aïko était aussi vulnérable qu'elle et le talisman représentait désormais sa seule chance d'échapper au *kyūbi*. La lycéenne voulut protester, mais l'apaisement qu'elle éprouva dès lors que l'*omamori* effleura sa poitrine était si puissant qu'elle n'eut pas le courage de le retirer. La douleur qui lui vrillait les tempes depuis de longues heures s'estompa immédiatement et la pression qu'exerçaient des mains invisibles autour de ses poumons devint supportable. Elle prit une longue goulée d'air, comme une plongeuse en apnée regagnant la surface.

— Fais vite, dit-elle.

Le ton était ferme. Pourtant, Emma y décela une note de douceur. Elle n'avait plus la voix tendue ni le corps crispé de celle qui lutte silencieusement contre une douleur qui la ronge de l'intérieur. Elle passa les bras autour d'Aïko et frissonna lorsqu'elle sentit la chaleur de son souffle rouler sur son cou. Les sens en éveil, elle avala péniblement sa salive et attrapa rapidement l'autre bout de la corde avant de reculer pour faire un nœud.

— Tu peux serrer plus fort, reprit Aïko en agitant ses bras pour lui montrer qu'il y avait encore bien trop de jeu.

— OK, mais tu me dis quand je te fais mal, souffla Emma en jetant un coup d'œil vers les autres.

Adèle, Nayeli, Sebastian et Rachel tenaient un conciliabule tout en scrutant les ténèbres. Malgré leur vigilance accrue, l'absence de sensations de picotement ou de brûlure sur leurs taches de naissances respectives les détendit. Si aucun Pourfendeur d'illusions ne sentait plus ce tiraillement dans sa chair, cela signifiait que le *kyūbi* s'était suffisamment éloigné d'eux. Ils émirent l'hypothèse que la créature avait certainement compris qu'ils n'étaient pas des humains lambda. Bien qu'il fût peu probable que le *kyūbi* eut renoncé à s'en prendre à eux, ils bénéficiaient *a minima* de quelques instants de répit.

Rassérénée, Emma laissa filtrer un mince filet d'air entre ses lèvres et une vague de chaleur déferla dans son ventre lorsqu'elle remarqua les yeux d'Aïko rivés sur sa bouche. Elle détourna le regard, serra davantage la corde et l'aida à s'asseoir près de Fergus qui les regardait, un sourire las plaqué sur le visage.

— Vous êtes mignonnes, railla-t-il.

— Ta gueule, répliquèrent-elles à l'unisson.

Il haussa les sourcils et se tut sans se départir de son sourire. Accroupie, Emma entrava les jambes d'Aïko et reporta son attention vers elle lorsqu'elle eut terminé. Elle s'attarda quelques secondes sur son visage et, les yeux embués de larmes, la lycéenne esquissa un sourire.

— Je ne veux pas que tu t'inquiètes de la présence de ce *yōkai*, murmura Aïko. Dans mon état, je ne servirai probablement pas à grand-chose, mais tu peux te fier à Adèle. Elle ne permettra pas à cette saloperie de renarde de s'en prendre de nouveau à toi. On ne la laissera pas faire.

Ces mots chassèrent les peurs anciennes et sclérosées du cœur d'Emma. Incapable de répondre quoi que ce fût, cette dernière réprima une furieuse envie de la prendre dans ses bras et de presser ses lèvres contre les siennes. Elle allait se relever lorsque, dans un élan viscéral et incontrôlé, Aïko bascula soudainement vers elle, s'arrêtant tout près de son visage.

Coincée dans les liens, la cordelette de l'*omamori* s'étira puis se rompit. Le talisman tomba sur le sol sans qu'aucune des jeunes femmes s'en aperçût. Aïko hésita une paire de secondes. Puis, sans quitter Emma du regard, elle effaça les derniers millimètres qui les séparaient et l'embrassa.

CHAPITRE 5

Une main posée au sol et l'autre contre la joue d'Aïko, Emma s'abandonna à leur baiser. Une onde de chaleur roula sur sa langue et descendit jusque dans son ventre avant de se disperser en une pluie acide dans tous ses membres. La respiration haletante et les sens en alerte, elle sentit les lèvres d'Aïko se presser encore davantage contre les siennes et sa peau douce frissonner sous la pulpe de ses doigts. Pour reprendre son souffle, Emma s'écarta doucement. Comme pour maintenir les caresses entre deux baisers, Aïko mordilla délicatement l'ourlet de ses lèvres.

Soudain, le souffle de cette dernière s'altéra. Sa langue se raidit. D'un coup, elle enfonça ses dents dans la chair. Un gémissement jaillit de la gorge d'Emma contractée par une douleur fulgurante. Le goût métallique du sang se déversa instantanément dans sa bouche. Son premier réflexe fut de reculer, mais Aïko mordit plus fort. Elle ouvrit les yeux et vit que les siens étaient encore fermés. Comment ne pouvait-elle pas s'en rendre compte ? Elle plaqua alors ses mains contre ses épaules et tapota de plus en plus fort pour lui signifier qu'elle lui faisait mal. Un liquide épais roula jusqu'à ses gencives. Maintenant, la pression était telle qu'Emma renonça à se dégager. Au moindre mouvement brusque, Aïko lui arracherait une partie de sa lèvre inférieure.

Quand cette dernière finit par lever ses paupières, le cœur d'Emma manqua un battement. Deux flammes rougeoyantes serpentaient dans les prunelles sombres de son amante. Le souffle court, elle lâcha l'épaule d'Aïko, tendit le bras et tâtonna dans le vide jusqu'à ce que sa main s'agrippât désespérément à la chemise de Fergus. Ce dernier, gagné par le sommeil, avait entendu le gémissement, mais n'y avait vu que l'expression d'un plaisir intime qu'il avait délibérément choisi d'ignorer. Mollement, il tourna la tête vers elles. Ses yeux s'agrandirent de stupeur. Les pieds et les poings liés, il ne pouvait absolument rien faire, excepté lancer l'alerte.

— Rach ! hurla-t-il en donnant un coup d'épaule à Aïko pour essayer de lui faire lâcher prise.

L'interpellée et Adèle pivotèrent dans un même mouvement. Les adolescents se redressèrent d'un bond. Rachel se précipita vers Fergus, trébucha sur une pierre et se rattrapa de justesse. Sans lâcher sa prise, Aïko tourna brutalement la tête vers lui, arrachant un cri guttural à Emma qui suivit tant bien que mal le mouvement. Sous l'emprise des *Oni*, la lycéenne planta son regard dans celui de Fergus. Aussitôt, les yeux de l'homme lui répondirent en s'allumant comme deux torches. Voyant la lueur meurtrière embraser les prunelles de son mari, Rachel recula et, la main plaquée contre sa bouche, étouffa un cri. Fergus n'était plus aux commandes de son corps. Terrifiée et le regard rivé sur les cordes qui l'entravaient, elle s'éloigna de lui comme si elle s'était retrouvée nez à nez avec un monstre sanguinaire. Exactement comme cela s'était produit dans l'arène où ils avaient combattu à Édimbourg. Elle se surprit à prier pour que les liens qu'elle avait elle-même fixés ne cédassent pas. Sa tache de naissance devint ardente et deux dagues apparurent dans la paume de ses mains. Elle fit un pas de plus en arrière et se heurta contre Adèle qui venait au secours d'Emma.

En voyant les deux armes apparaître dans les mains de Rachel, Adèle tourna la tête par-dessus son épaule et jeta un bref coup d'œil paniqué vers Sebastian et Nayeli. Arc au poing, l'adolescente tira sur la corde et une flèche apparut. Elle banda son arc et, sans relâcher la tension de la corde, visa tour à tour Fergus qui se débattait comme un diable entravé et Aïko.

— Ne tire pas ! lui ordonna Adèle en se laissant tomber à genoux près de ses deux amies.

Du sang bouillonnait sur les lèvres d'Emma. Des traînées écarlates maculaient son menton et des gouttes éclaboussaient ses joues. La peau exsangue et les cernes creusés, elle ne parvenait plus à pousser le moindre gémissement de douleur, mais des larmes coulaient abondamment.

— Aïko, lâche-la ! Tu m'entends ? Lâche-la !

Un sourire carnassier se plaqua sur le visage de cette dernière, révélant toutes ses dents sanguinolentes. Elle plongea son regard dans celui d'Adèle et une lueur épouvantable raviva l'éclat sombre de ses prunelles ardentes. Elle desserra sa prise et libéra Emma qui s'éloigna aussitôt, la main plaquée sur sa bouche meurtrie. Sans quitter des yeux Adèle qui reculait avec Emma, Aïko inclina la tête. Un rire mauvais s'échappa de sa gorge et résonna dans toute la grotte, arrachant un frisson aux Pourfendeurs prêts à se défendre. Le son attisa l'emprise de Fergus comme une rafale s'abattant sur un brasier géant. Il bomba le torse, serra les dents et poussa un rugissement bestial jusqu'à ce que le nœud de la corde rouge cédât sous la pression de ses muscles tendus.

Le pommeau du fleuret dans le poing, Adèle déglutit et plaça instinctivement Emma derrière elle. À son corps et à son cœur défendant, Rachel brandit ses dagues et se mit en position. Les larmes mouillaient son visage, mais elle se tenait prête à parer le premier assaut. Fergus se redressa de toute sa hauteur et roula des épaules avant d'arracher les liens d'Aïko. Le cœur d'Adèle manqua un battement. Afin de les garder tous deux dans son champ de vision, elle ne se tourna pas pour appeler les adolescents qui se tenaient encore, tremblants, derrière elles.

— Nayeli ! Sebastian ! Ne tirez pas. Gardez votre calme. On doit trouver un moyen de les neutraliser. Ne tirez pas !

Fergus et Aïko marchèrent lentement vers elles. Leurs muscles étaient parcourus de spasmes et leurs articulations craquaient à chacun de leurs pas comme si les dernières traces de leur humanité luttaient de toutes leurs forces pour les empêcher d'avancer et de commettre l'irréparable. Pourtant, l'emprise des *Oni* était puissante. Très vite, leurs membres se délièrent et leurs foulées s'allongèrent. Adèle, Emma et Rachel reculèrent davantage et rejoignirent les deux adolescents dont l'arc et l'arbalète demeuraient rivés sur les Pourfendeurs possédés.

— N'avancez plus ! les somma Sebastian d'une voix perchée qui trahissait sa peur.

Le halo spectral, coulant de l'astre gris jusqu'à l'intérieur de la grotte, décrivait un cercle pâle et argenté sur les pierres qui jonchaient le sol, séparant les deux groupes qui se faisaient face. Adèle sentit une onde étrange secouer son fleuret et remonter le long de son bras. C'était comme si l'arme elle-même s'apprêtait à se lever puis à s'abaisser sur les deux êtres qui venaient sur elle. Une ombre dense et furtive traversa l'auréole lunaire. Adèle devina la silhouette massive d'un homme doté de cornes de taureau se découper sur le sol irrégulier. Son sang pulsa furieusement dans ses veines. Quelqu'un ou quelque chose était là, à l'extérieur de la grotte. Juste au-dessus de leurs têtes.

Adèle songea qu'ayant flairé leur vulnérabilité, le *yōkai* était probablement de retour pour conjuguer sa force à celle de ces deux nouveaux alliés pour le moins inattendus.

— Le *kyūbi* est revenu, bafouilla-t-elle pour avertir les autres. Restez sur vos gardes.

Les mains tremblantes et le souffle court, Nayeli tourna la tête dans tous les sens. En cherchant à repérer le *yōkai*, elle perdit le contrôle de son arc et décocha une flèche qui fusa dans la direction d'Aïko. Par chance, elle la manqua de peu. Aussitôt, une queue épaisse au pelage immaculé s'enroula autour de son poignet et la désarma. Une autre donna un coup sur l'arbalète de Sebastian, déviant sa trajectoire. Le trait jaillit dans un sifflement aigu et se logea dans la paroi rocheuse de la grotte. Adèle eut tout juste le temps d'apercevoir la silhouette élancée du *kyūbi* avant qu'il n'abattît une troisième queue. Rachel, Emma et elle basculèrent aussitôt et heurtèrent violemment le sol.

Le *kyūbi* se campa devant elles et déploya ses neuf queues gigantesques autour de lui. Une fine pellicule argentée recouvrait son pelage immaculé ravivé par les rayons de la lune.

Le visage déformé par la fureur, Fergus et Aïko se ruèrent sur la troupe ébranlée. Aussitôt, le *kyūbi* abaissa ses queues et poussa un glapissement tonitruant qui souffla les flammes des feux de camp. Fergus et Aïko s'immobilisèrent face à la créature. Ils s'arcboutèrent sur leurs jambes pour conserver l'équilibre malgré le souffle puissant que dégageait la gueule béante du *yōkai* dont le crâne effleurait le plafond de la grotte. D'une main, Adèle empoigna les poils épais et parvint à se hisser jusqu'à dégager son visage, sans lâcher le pommeau de son fleuret.

Elle s'apprêtait à enfoncer la lame dans la queue de la créature quand, soudain, un homme jaillit des hauteurs de la grotte. Dans une chute contrôlée, il atterrit lourdement sur le sol et se planta devant Fergus et Aïko. Son corps était entièrement recouvert d'une cuirasse noire dont chaque élément était bordé d'un liseré d'or. Sur sa tête, un casque de la même couleur arborait des cornes courbes et dressées pareilles à celles d'un taureau. La silhouette de l'individu rappela aussitôt à Adèle celle des *Oni* qu'elle avait vus dans son rêve.

Désespérée et craignant pour la vie de sa meilleure amie, elle libéra ses jambes et se laissa glisser sur la queue du *kyūbi*, puis se précipita vers l'inconnu qui lui tournait le dos. Elle brandit son fleuret, mais fut stoppée net dans sa course par le *yōkai*. D'un coup de patte, il la projeta contre le sol. Le choc expulsa l'air de ses poumons. Elle se redressa sur ses coudes et leva la tête vers son amie. Ou, plus exactement, ce qu'il en restait.

— Aïko, fuis ! s'époumona-t-elle.

Sans lui prêter attention, l'homme retira prestement son katana du fourreau et une lueur aveuglante traversa sa lame. Éblouis et apeurés, Fergus et Aïko détournèrent le regard, reculèrent et finirent par se recroqueviller sur eux-mêmes. Parcouru de spasmes, le corps de la première s'effondra au sol tout près de celui du second. Une écume blanchâtre coula de la commissure de ses lèvres et ses yeux se révulsèrent.

— Laissez-les ! hurla Adèle à l'attention de l'homme, la voix brisée par les sanglots.

Celui-ci remisa le katana dans son fourreau et s'agenouilla devant les Pourfendeurs, désormais inertes. Il saisit deux cordes enroulées sur elles-mêmes accrochées à sa ceinture et les fixa d'une main experte autour de leurs poignets et de leurs pieds. Les sourcils en accent circonflexe pour contrer les larmes qui brouillaient sa vue, Adèle se redressa péniblement et avança vers lui, fleuret au poing.

Le voir entraver son amie lui comprima le cœur. Pourtant, ce seul geste suffit à la rassurer. S'il se donnait la peine de le faire, cela signifiait deux choses : elle était encore en vie et il n'avait pas l'intention de les tuer. *Pour le moment*, songea-t-elle. La poitrine d'Aïko se creusa et le contenu de son estomac se déversa sur le sol.

— Mais qui êtes-vous ? demanda Adèle en pointant son arme contre l'épaule de l'homme.

Celui-ci se raidit sous son armure et releva lentement le casque dont les cornes immaculées semblaient absorber les rayons de la lune. Le *kyūbi* poussa un nouveau glapissement qui se répercuta en écho dans la grotte où tous se tenaient aussi immobiles que les pierres elles-mêmes. L'inconnu coiffé de cornes noua le dernier lien, se redressa et se tourna vers Adèle, faisant crisser la pointe du fleuret contre la cuirasse, sans l'entamer. Sa peau était aussi noire que son armure. Il planta son regard sombre dans celui de la jeune femme qui demeura stupéfaite en voyant cet homme taillé comme un colosse et vêtu comme un samouraï.

— Yasuke, souffla-t-elle en abaissant le bras.

Sidérée, elle se figea.

— Adèle, marmonna une voix faiblarde.

Alertée par son amie, l'interpellée sortit de sa stupeur et tourna la tête vers Aïko qui gisait à même le sol. Reportant son regard sur Yasuke, Adèle le contourna afin de la rejoindre. Le samouraï tendit le bras pour la dissuader d'approcher, mais elle l'ignora et passa devant lui. Elle s'agenouilla derrière Aïko, glissa ses bras sous les siens pour la redresser et posa sa tête sur ses cuisses. D'une main tremblante, elle écarta les mèches de cheveux trempées de sueur qui zébraient son visage blême. Délicatement, du bout du pouce, elle lui caressa la joue.

— J'ai tué quelqu'un ? demanda Aïko en essayant de se lever pour constater l'étendue du désastre.

La douleur lui arracha un rictus et elle retomba sur les jambes d'Adèle en poussant un gémissement à peine audible.

— Non, tout va bien, dit celle-ci, incapable de mesurer le degré de mensonge ou de vérité que contenait sa phrase.

Non, tout n'allait pas bien. S'il n'y avait jusqu'à présent aucun mort à déplorer, l'état préoccupant d'Aïko lui broyait les entrailles et lui donnait l'impression d'avoir avalé une coulée de plomb.

Luttant de toutes ses forces pour renforcer le barrage des sanglots qui ondulaient dans sa gorge et butaient contre ses paupières, elle leva les yeux vers le *kyūbi*. La créature immense avait repris sa taille normale. Désormais, il était aussi grand qu'un renard quelconque. Seuls son pelage blanc scintillant et ses neuf queues rappelaient sa nature de *yōkai*.

Rachel se précipita vers le corps inanimé de Fergus tandis que Nayeli aidait son frère à se relever. Adèle remarqua que leurs armes n'avaient toujours pas regagné leur place dans leurs taches de naissance respectives. Et il y avait fort à parier qu'elles ne disparaîtraient que lorsque la créature ne serait plus dans les parages. Si elles étaient encore là, c'était que le danger n'était pas écarté.

—Le *kyūbi*, l'avertit Aïko à bout de force, en refermant les yeux. Protège Emma.

CHAPITRE 6

Adèle posa sa main sur le front de son amie et jeta un coup d'œil circulaire dans la grotte. Debout, les bras croisés devant sa poitrine, Emma s'était éloignée jusqu'à se retrouver acculée contre la roche. Les yeux écarquillés et le bas du visage couvert de sang, elle dévisageait le *kyūbi* avec autant de terreur que si elle observait un prédateur sur le point de fondre sur sa proie. Adèle se souvint des paroles confuses et de la tétanie qui s'était emparée de la jeune femme après sa rencontre avec cette créature. Emma n'était pas une Pourfendeuse d'illusions, elle avait vu le *yōkai* tel qu'il avait choisi de se montrer. Et en l'occurrence, il avait emprunté les traits d'une femme séduisante dont la vie ne tenait plus qu'à un fil afin de l'attirer dans ses filets. Mais à présent, il avait peut-être changé son approche. Elle ne faisait pas face à n'importe quel monstre. Elle faisait face au plus terrible de tous. Le sien. Son père.

La gorge nouée, Adèle observa la créature. La tête du *yōkai* était tournée vers Emma et ses prunelles étincelantes luisaient d'un éclat singulier. Les babines légèrement retroussées dessinaient un semblant de sourire qui conférait à sa gueule bestiale une étrange apparence humaine. Emma hoqueta, s'accroupit et se recroquevilla sur elle-même, plongeant les mains dans ses cheveux et les bras couvrant son visage. Nayeli accourut à son secours et se posta près d'elle. Elle l'enlaça, posa sa joue contre sa tête et décocha un regard torve à la créature qui approchait lentement.

— Yasuke ! Dis à ton animal de compagnie de lui foutre la paix ! tempêta Adèle entre ses dents serrées.

Le samouraï ne prit pas la peine de se retourner et plongea son regard sombre dans le sien.

— Elle n'est pas l'une des nôtres, dit-il d'une voix chaude et éraillée. Quelle importance ?

Aïko se redressa péniblement sur ses coudes et plissa les yeux pour repérer Emma. Tandis que Sebastian rejoignait cette dernière et sa sœur, Adèle se leva et se planta face à l'homme. Malgré sa grande taille qui lui avait valu bien des moqueries dans la cour d'école, la jeune femme se sentit toute petite face à Yasuke qui la dépassait d'une bonne vingtaine de centimètres. Sans se départir de son air bravache, elle se pencha pour ramasser son fleuret et leva le nez vers lui.

— Si tu ne lui ordonnes pas immédiatement d'arrêter ses conneries de *yōkai*, on se charge du goupil et on se drape de sa fourrure.

— Il n'est pas aussi facile à vaincre que tu sembles le croire, dit Yasuke dont le sourire révéla une rangée de dents blanches.

— Tu as besoin de nous, autant qu'on a besoin de toi. S'il s'en prend à elle, tu peux définitivement tirer un trait sur notre coopération.

Le sourire de Yasuke s'éteignit lentement et ses traits se durcirent. Sa pomme d'Adam roula dans sa gorge. Il émit un soupir et finit par obtempérer.

— Itazura ! rugit-il sans se retourner et en levant le poing.

Sa voix résonna dans la grotte et réveilla Fergus du sommeil de plomb dans lequel il avait été plongé de force lorsque Yasuke et le *kyūbi* avaient fait irruption. La patte avant suspendue, la dénommée Itazura s'immobilisa aussitôt et braqua ses prunelles argentées sur son compagnon. Elle jeta un dernier regard vers Nayeli et Sebastian dont les poings fermés maintenaient solidement leurs armes respectives. Tous deux étaient terrifiés à la seule idée de devoir affronter pareil *yōkai*, car ils avaient vu une infime partie de ce dont il était capable. Néanmoins, ils campèrent sur leur position, dressant un rempart humain entre la créature et Emma.

Quand le *kyūbi* s'éloigna, Adèle laissa échapper un soupir de soulagement et sentit son cœur cogner avec moins de vigueur contre ses côtes. Ses muscles se dénouèrent aussitôt. Elle remercia Yasuke d'un bref hochement de menton et jeta un coup d'œil vers Aïko. Les coudes posés sur ses genoux, celle-ci glissait ses doigts dans sa chevelure noire et sa frange retomba lentement sur son front.

— Ça va aller ? lui demanda Adèle en posant une main sur son épaule.

La lycéenne acquiesça et massa délicatement sa nuque endolorie.

— Va voir comment elle va, dit-elle. Moi, c'est bon, je gère.

Adèle s'autorisa alors à se relever et adressa un regard au samouraï. Le visage impassible et les lèvres closes, il le lui rendit. En cet instant, cet homme lui sembla si dénué d'humanité qu'elle eut un bref moment d'hésitation. Après tout, quelques secondes plus tôt, il n'avait vu aucun inconvénient à laisser le *yōkai* torturer Emma. La seule idée de laisser Aïko sous sa surveillance était impensable. Elle ne pouvait s'y résoudre alors qu'elle était si vulnérable. Méfiante, elle se tourna vers Rachel. Le sourire et les larmes plaqués sur son visage, celle-ci caressait doucement le torse et le cou de son mari qui avait rouvert les yeux. Ses dagues gisaient au sol près de ses jambes repliées.

— Rachel ! l'appela Adèle.

En entendant son prénom, la femme rousse releva la tête. Ses yeux allèrent d'Adèle à Aïko et s'attardèrent fugacement sur Yasuke. Elle n'eut besoin d'aucune explication pour comprendre sa demande implicite. S'aidant de son pied, elle ramena vers elle la dague la plus éloignée.

— Vas-y. Je prends soin d'elle, lui promit-elle en empoignant le manche de celle qui se trouvait à portée de main.

— Le temps est compté, intervint Yasuke. On doit se mettre en route. Et il va sans dire que le plus tôt sera le mieux.

— Pour se mettre en route, il faut encore s'assurer que tout le monde ait la capacité de le faire, rétorqua Adèle d'un ton coupant. Si ce *kyūbi* de mes d... enfin, s'il veut bien se tenir à l'écart du groupe, ce sera plus simple.

— Itazura n'est pas notre ennemie. Elle sert notre cause.

Adèle lorgna la créature aux neuf queues ondoyantes qui vint se poster près de Yasuke. Elle jura voir le samouraï frémir à son contact. En admettant que ce dernier eût dit vrai, si ce *kyūbi* était véritablement un sympathisant de l'Armée des *Shijin* – et cela restait encore à démontrer – il n'en demeurait pas moins un *yōkai* et Yasuke, un Pourfendeur.

— Il semblerait que nous poursuivons le même but et il est probable que nous devrons œuvrer ensemble, concéda-t-elle. Mais, pour l'heure, je dois m'assurer que nous sommes toutes et tous en état de lever le camp.

Elle fit un pas vers Emma, se figea et tourna la tête vers le *kyūbi*. Ses prunelles désormais noires mouchetées d'or ressemblaient à deux obsidiennes dont les contours irisés rappelaient le fil d'une lame affûtée. Son calme apparent ne parvenait pas à lui faire oublier ce dont il était capable et la taille titanesque qu'il pouvait atteindre. Adèle essuya sa main moite contre son pantalon et serra le poing. Les doigts crispés autour du pommeau du fleuret, elle remarqua la teinte rosâtre du pelage près des babines de la créature. Du sang, à n'en pas douter. Si elle s'était permis un élan de témérité en s'adressant aussi durement à Yasuke, elle avait conscience qu'elle allait devoir rester vigilante avec un *yōkai* de sa trempe. D'un mouvement de la tête, elle rejeta sa chevelure derrière son épaule, se racla la gorge et prit une profonde inspiration.

— J'ignore pour quelle raison tu as fait endurer à Emma tous ces tourments, mais elle est terrifiée en ta présence. Elle n'est pas une Pourfendeuse d'illusions. Ce qu'elle voit n'a rien à voir avec ce que tu es véritablement. Serait-il possible que tu te montres tel que tu es ?

Le *kyūbi* demeura impassible et plongea son regard dans le sien. Adèle tressaillit en sentant les ténèbres de ses pupilles pénétrer les siennes et se diluer dans tout son corps comme un encrier déversant son contenu dans une eau claire. Pour ne pas laisser transparaître sa peur, Adèle soutint son regard. Elle fronça légèrement les sourcils et s'efforça d'ignorer les palpitations précipitées de son cœur qui remontaient jusque dans sa gorge. Une onde de chaleur éclata dans sa main qui tenait fermement le fleuret et se diffusa dans son bras.

Le regard du *kyūbi* glissa sur son arme et se figea. Adèle déglutit. Elle n'eut pas besoin de baisser les yeux pour s'apercevoir que la lame dégageait une lueur argentée singulière. Cette même lueur qui était apparue quand elle avait réussi à pourfendre les *yōkai* contre lesquels elle s'était battue. Yasuke leva discrètement la main pour attirer son attention. Quand leurs regards se croisèrent, il l'abaissa doucement vers le sol. Tremblante, Adèle jeta un dernier coup d'œil vers le *kyūbi* dont les neuf queues dansaient encore comme des flammes blanches. Lentement, elle déposa son arme sur les pierres. Aussitôt, la lueur s'éteignit et toute la troupe ne fut plus éclairée que par la lumière argentée de la lune qui pénétrait dans la grotte.

— Tant que tu ne nous fais aucun mal, nous n'avons aucune raison de t'en faire, dit-elle au *yōkai*.

Celui-ci se dressa fièrement sur ses pattes avant et leva la tête dans la direction de l'astre gris. Son pelage immaculé ondula et ses queues s'enroulèrent autour de lui. En l'espace d'une seconde, Adèle crut voir la silhouette élancée d'une femme au teint blafard et aux longs cheveux noir de jais. L'instant d'après, le *kyūbi* avait repris son apparence originelle. Adèle secoua doucement la tête et fit un pas lorsqu'une main s'agrippa à son bras.

— Tiens, dit Aïko en lui tendant l'*omamori* qu'elle venait de trouver près des cordes. Donne-lui ça.

Adèle considéra avec soulagement son amie qui avait réussi à se relever. Elle récupéra le précieux objet, le soupesa dans sa main et rejoignit Emma. Flanquée des adolescents qui avaient entrepris de la remettre sur pied, elle avait l'air hagard de ceux qui viennent de voir la faux de la Mort s'abattre à quelques centimètres de leur visage. Adèle lui glissa le talisman autour du cou, fit un nœud grossier et prit la place de Sebastian pour l'aider à marcher.

— Ce n'était qu'un *yōkai*. Regarde, dit-elle en lui désignant le *kyūbi* du menton. Il ne te fera plus rien, maintenant. Tu es en sécurité.

Le regard creux et l'air absent, Emma avançait, agrippée à la taille de son amie comme à un radeau de fortune. Inquiète, Adèle croisa le regard d'Aïko et une idée lui vint aussitôt. Non, elle ne parviendrait pas à la ramener à elle en essayant de la rassurer. Emma n'était pas programmée pour ça. Elle ne pourrait s'extraire des abysses dans lesquelles la créature l'avait plongée que si elle la forçait à se soucier de quelqu'un d'autre que d'elle-même. Adèle se mordit la lèvre inférieure et la secoua pour attirer son attention.

— Aïko a besoin de toi, lui souffla-t-elle.

Comme si elle avait actionné le bon interrupteur pour remettre la machine en route, le corps d'Emma se contracta et son regard se fixa sur un point précis droit devant elle. Elle repéra aussitôt la silhouette massive de Fergus entourée de celles de Rachel et d'Aïko. Bien trop affaiblie, celle-ci n'avait plus la force de tenir debout. Devant eux, Yasuke se dressait de toute sa hauteur, mais la femme dont la seule vue lui avait fait perdre pied avait disparu. Pourtant, elle savait qu'elle était là, quelque part. Elle saisit le cordon de l'*omamori* et tira d'un coup sec pour le retirer de son cou. Le nœud précaire céda. Aussitôt, le *kyūbi* lui apparut. Elle n'avait pas le don de voir les *yōkai*, mais le fait que celui-ci accepta de se montrer rendit cela possible. Bien qu'elle n'eût jamais rien vu de tel, cette créature était nettement moins effrayante sous cette forme.

— Est-ce que c'est un foutu renard à neuf queues ? bafouilla-t-elle à l'attention d'Adèle pour s'en assurer.

La jeune femme acquiesça.

— Parfait. Je préfère voir, dit Emma en glissant l'*omamori* dans le creux de sa main.

Ses muscles se détendirent. Elle accéléra le pas et franchit les derniers mètres qui la séparaient d'Aïko. Celle-ci se redressa à son approche et réprima un sanglot en découvrant sa lèvre meurtrie. La seule vue de la plaie raviva le souvenir de ce qu'elle lui avait fait endurer. La culpabilité lui vrilla le cœur.

— Je suis désolée, commença-t-elle, la voix brisée.

Emma se laissa tomber près d'elle, se dressa sur ses genoux et la prit dans ses bras.

— Tais-toi, ce n'est pas ta faute.

Le *kyūbi* fit claquer sa langue et ses neuf queues s'agitèrent autour de lui, témoignant de son impatience.

— On doit partir maintenant, enchérit Yasuke. La route est encore longue pour atteindre le sommet et, là-bas, le pouvoir d'Itazura ne nous sera d'aucun secours. Elle ne peut pas nous y conduire avec sa magie. Cette montagne est devenue le territoire de Byakko. C'est à nous qu'il revient d'en faire l'ascension.

— C'est comme ça que vous vous êtes déplacés aussi vite ? risqua Sebastian. Ma sœur dit qu'elle vous a vu dans la forêt, il y a quelques jours. Le trajet qu'on a fait dans le van est bien trop long. Impossible de faire ça à pied et de nous rattraper.

Les lèvres du samouraï noir s'étirèrent, mais son sourire était empreint d'une telle douleur qu'on eut dit une cicatrice. Il se tourna vers l'adolescent et inclina la tête en guise de réponse.

— Les pouvoirs d'un *kyūbi* sont bien plus étendus que cela, ajouta-t-il à sa réponse silencieuse.

Aïko se dégagea doucement de l'étreinte d'Emma.

— Il vous permet de vous déplacer dans l'espace-temps, n'est-ce pas ? C'est grâce à lui que vous avez pu traverser autant de siècles ?

Le sourire de Yasuke s'évanouit et un voile de souffrance recouvrit son visage.

— Je suis comme vous, reprit-il d'un ton calme, je lutte contre les *yōkai* néfastes. Mais ce *kyūbi* n'est pas comme les autres. Il y a de cela cinq siècles, Itazura m'a sauvé la vie. J'étais un guerrier dans mon pays, mais quand les colons sont arrivés, j'ai été capturé et réduit en esclavage. Comme tous mes semblables, du reste. Cependant, j'ai eu de la chance dans mon malheur, car mon maître m'a affranchi et m'a érigé au rang de samouraï. À sa mort, tout le monde a cru à une trahison et qui pouvait-on accuser si ce n'était le samouraï impur, l'esclave noir qui avait accédé à un tel honneur ? Ses hommes m'ont abandonné dans un temple jésuite. J'y serais mort si Itazura n'avait pas croisé ma route.

Emma l'écoutait parler d'une oreille distraite. De toute façon, une concentration extrême n'y aurait rien changé. Yasuke s'exprimait dans une langue qui lui était parfaitement inconnue. Constatant que les autres parvenaient néanmoins à le comprendre, elle en déduisit que le phénomène étrange qui permettait aux Pourfendeurs de communiquer entre eux s'appliquait avec lui aussi. Et, de fait, il n'y avait aucune raison qu'il en soit autrement.

— J'entrave rien, mais j'ai l'impression que ce *yōkai* est son pote, intervint-elle d'un ton acerbe. Quelqu'un pour traduire ?

Aïko plaqua une main contre son dos et lui expliqua sommairement ce que Yasuke venait de raconter. Ce dernier soupira d'agacement.

— Mais il ne m'a pas semblé que les *yōkai* étaient particulièrement bienveillants avec les humains, reprit Emma. Pourquoi il vous aurait aidé, vous ?

Les cinq derniers siècles passés en compagnie d'Itazura avaient permis à Yasuke de franchir toutes les frontières jusqu'à briser celles de la langue. Aussi prit-il la peine de lui répondre en français.

— Disons que nous partagions notre aversion viscérale pour la race humaine.

— Les ennemis de mes ennemis sont mes amis, récita Emma, néanmoins peu convaincue, en croisant les bras devant sa poitrine. L'adage est un peu léger pour justifier que ce *yōkai* vous ait sauvé la vie et les raisons de sa présence ici, vous ne croyez pas ?

Le *kyūbi* laissa flotter ses neuf queues derrière lui, déployées à la façon de la traîne d'un paon faisant la roue. Face au silence de la troupe des Pourfendeurs d'illusions résolus à ne pas les suivre tant qu'ils n'auraient pas acquis la certitude qu'ils pouvaient leur faire confiance, Yasuke abdiqua.

— Mon ancien maître savait que je voyais les *yōkai*. C'est d'ailleurs pour cela qu'il m'a fait samouraï. Si le reste de ses hommes combattaient d'autres hommes, moi, je luttais contre les démons. Ma dernière mission sous ses ordres était de pourfendre Itazura, mais quand je l'ai vue, je n'ai pas pu m'y résoudre.

— Pourquoi ? demanda Rachel en se raclant la gorge. Il est aussi dangereux et néfaste que les autres. Y a qu'à voir ce qu'il a fait à cette gamine !

— À cela près qu'il peut prendre l'apparence d'une femme. Une très belle femme, dit Sebastian à mi-voix.

Fergus posa la main sur le bras de Rachel et l'attira contre lui.

— Je crois que notre valeureux samouraï est tombé amoureux d'un *yōkai*... marmonna Emma comme pour elle-même.

— Toujours est-il que j'ai désobéi, la coupa Yasuke. Ce que j'ignorais, c'était qu'elle avait toujours gardé un œil sur moi. Quand ils m'ont conduit dans ce temple, j'ai vraiment cru que je vivais mes derniers instants. Ils n'avaient pas l'intention de m'abandonner, ils avaient projeté de me tuer. Sans les honneurs. Mais, Itazura est arrivée. Ses pouvoirs dépassaient déjà tout ce que je pouvais imaginer.

— Tu parles d'une évidence, dit Aïko. Elle possédait déjà au moins quatre queues !

— Cinq.

— Elle avait vraiment cinq cents ans ? s'étrangla Sebastian.

— Et quatre cents de plus aujourd'hui, compléta Aïko.

Yasuke hocha presque imperceptiblement la tête en signe d'approbation.

Adèle fronça les sourcils et se mordit l'intérieur de la joue.

— Mais, et vous ? demanda-t-elle au samouraï. Comment est-ce possible ? Les Pourfendeurs d'illusions ne meurent jamais ?

Yasuke eut un petit rire.

— Non, nous n'avons pas encore découvert le moyen de me rendre immortel. Alors, depuis cinq siècles, nous traversons l'espace-temps ensemble. On se joue du temps, mais ça ne pourra pas durer éternellement.

— Quoi ? intervint Adèle. C'est une banale histoire d'amour ? C'est tout ?

— Pas vraiment... reprit le samouraï. Itazura savait que ce moment allait venir. Elle savait qu'arriverait le jour où les *Oni* parviendraient à neutraliser les Gardiens et que seuls les Pourfendeurs d'illusions pourraient les libérer. Et s'il est une chose que les *kyūbi* haïssent davantage que les êtres humains, ce sont ces *yōkai*-là. Ils sont dénués de sentiments. Ils annihilent ou dominent tout ce qui se trouve sur leur chemin. Ils sont le mal incarné.

Adèle arqua un sourcil.

— Pardon, mais si ce *yōkai* savait ce qui allait se passer, comment se fait-il que les Gardiens ne l'aient pas su ? Et en admettant que ce soit possible, pourquoi ne pas les avoir prévenus s'il est si bien intentionné que ça ?

— Les *Shijin* savaient, mais ils ont toujours refusé de croire que d'autres *yōkai* pourraient s'avérer plus puissants qu'eux.

— *Vaya el ego*[6] ! lâcha Sebastian, comme pour lui-même.

---

[6] Voilà l'égo !

— L'orgueil en a fait sombrer plus d'un, enchaîna Yasuke. Et si j'ai appris une chose de ces cinq cents années à errer sur Terre, c'est bien que c'est là l'apanage de tous les puissants, qu'ils soient humains ou non.

— Et Byakko ? Pourquoi a-t-il réussi à leur échapper ? signa Nayeli.

— Byakko est un Gardien très particulier. Il représente la force militaire. Il est le plus stratège de tous. Il se devait de se préparer à cette éventualité pour ne pas être pris de court. Et, force est de constater qu'il a bien fait.

— Il n'empêche que j'ai du mal à croire que ce *yōkai*-là soit capable de faire le bien, lâcha Emma d'un ton amer en désignant Itazura du menton. En admettant qu'il vous ait sauvé la vie. Une fois, peut-être même par mégarde. Ça ne dit pas pourquoi il vous file encore le train.

— Nous sommes unis l'un à l'autre. Nous survivons ensemble, nous combattons ensemble. Qu'importe l'issue.

Sebastian donna un coup d'épaule à sa sœur.

— Ça se tient ! Enfin un truc sensé, dit-il.

— Je confirme, soupira Fergus, les doigts plongés dans les boucles de Rachel.

Évidemment, songea Aïko. Elle serra la main d'Emma et ses yeux se rivèrent sur sa meilleure amie. Quant à Adèle, elle dévisagea ses compagnons, un à un, et se mordit la lèvre.

— Bon, comment on procède ? finit-elle par dire. J'imagine qu'en près de cinq siècles, vous avez eu le temps d'élaborer une stratégie et que vous connaissez bien mieux les points faibles de nos ennemis.

Soulagé de voir qu'ils avaient réussi à gagner leur confiance, Yasuke prit une profonde inspiration. Alors qu'il s'apprêtait à répondre, une sonnerie retentit dans la grotte. Adèle se figea et blêmit. Aïko réprima un haut-le-cœur et son regard se posa sur la masse sombre et informe du sac à dos qui gisait près des braises mourantes.

— Léonard, marmonna-t-elle d'une voix blanche.

CHAPITRE 7

Aïko mit un genou à terre pour se relever et s'élança vers le sac à dos. Elle partit si vite que la chevelure d'Adèle se souleva sur son passage. Son pouls se calqua sur la sonnerie dont le volume augmentait à mesure que les secondes s'égrenaient. Mais cette fois, Adèle fut plus rapide qu'elle et l'intercepta dans sa course. Les doigts refermés sur l'avant-bras de la lycéenne, elle serra sa prise et la maintint fermement avant de tourner la tête vers Yasuke et le *kyūbi*. La sonnerie stridente et les protestations d'Aïko emplirent la grotte d'un vacarme assourdissant et l'atmosphère devint électrique. Adèle sentit son cœur voler en éclats quand la jeune femme, en larmes, la supplia de la laisser prendre l'appel. Mais pour quoi faire ? À l'heure qu'il était, Léonard devait déjà avoir compris qu'ils avaient tous retiré leurs implants. Quoi qu'elles diraient, il ne tarderait pas à comprendre qu'il avait été berné, qu'elles avaient choisi leur camp. Et que ce n'était pas le sien.

Il y avait une seule chose à faire : gagner du temps pour protéger la famille d'Aïko qui se trouvait encore entre les mains de ce détraqué. Le visage de Yūri s'imposa à elle. Un courant d'air glacial et puissant charria dans son sillage les senteurs boisées de la forêt, de la braise et de la cendre. L'espace d'une seconde, elle crut même déceler l'odeur de Yūri flotter autour d'elle. Ignorant le nœud qui se formait dans sa gorge et les ongles d'Aïko qui s'enfonçaient dans sa chair tandis qu'elle se débattait, Adèle ne céda pas à l'envie de libérer son amie. La sonnerie continua sa mélodie aussi sinistre qu'un glas.

— Toi ! cria Adèle au *kyūbi* pour se faire entendre. Tu ne peux pas nous aider à gravir cette foutue montagne, mais tu peux nous amener à Paris, n'est-ce pas ?

Le visage baigné de larmes et la respiration hachurée, Aïko ne se débattait plus que mollement. Elle plaqua une main sur sa bouche et ses yeux s'agrandirent de terreur. La sonnerie venait de s'éteindre, emportant avec elle son espoir de revoir sa famille. Le corps parcouru de spasmes et les jambes flageolantes, elle s'effondra sur le sol, cacha son visage de ses mains et poussa une plainte déchirante. Impassible, le *kyūbi* plongea son regard dans celui d'Adèle et finit par incliner doucement sa tête en signe d'assentiment.

— On n'a rien à faire à Paris, trancha Yasuke. On doit retrouver Byakko et honorer notre mission. Nous sommes l'Armée des *Shijin*. Les Gardiens comptent sur nous et l'avenir du monde repose sur nos épaules.

Adèle jeta un coup d'œil vers Aïko. Recroquevillée sur le sol, elle empoignait maintenant ses cheveux à pleines mains et tirait de toutes ses forces pour extraire la douleur qui traversait son corps à la seule idée du sort que Léonard réserverait à sa famille.

Marmonnant des paroles incompréhensibles, elle repoussa violemment Emma lorsqu'elle s'approcha d'elle pour la réconforter. Adèle savait que ni le *kyūbi* ni Yasuke n'accepteraient de la conduire à Paris pour le seul motif de venir au secours de la famille d'Aïko. Ils ne prendraient pas le risque de compromettre leur mission. Les bras ballants et le souffle court, elle déglutit. Ses ongles dessinèrent des traits horizontaux sur ses cuisses. Il allait falloir improviser. Encore. Son regard glissa d'Aïko à Fergus et une idée lui vint. Elle tourna la tête vers le samouraï et sentit son regard implacable s'ancrer dans le sien. Un frisson lui zébra le dos. Elle passa furtivement sa langue sur ses lèvres et fit un pas vers lui.

— Tant que Byakko échappe aux *Oni*, toi et moi, nous ne risquons pas de nous retrouver sous leur emprise. Ce n'est pas le cas des autres. Regarde-les, ajouta-t-elle en désignant sa meilleure amie et Fergus. Le mal les ronge un peu plus chaque seconde. Il nous reste encore du chemin à faire avant d'atteindre le sommet de la montagne. Vous l'avez dit vous-même, le *yō*… Itazura ne pourra pas nous aider à aller plus vite. Et qui sait dans combien de temps les autres vont commencer à décliner ? Nous devons retrouver la famille d'Aïko. Sa mère connaît un prêtre shinto et une *miko*[7] capables de créer des talismans puissants. Si on parvient

---

[7] Assistante du prêtre shinto.

à neutraliser les effets de l'emprise ou du moins à les retarder, nos chances de vaincre les *Oni* seront bien plus grandes.

Yasuke sembla hésiter un instant. Il échangea un regard avec le *kyūbi*, puis se tourna de nouveau vers Adèle.

— Je ne crois pas qu'il existe de tels talismans. Jamais je n'ai rencontré un prêtre shinto capable de contrer les assauts des *Oni*...

— Ce n'est pas exactement ce que j'ai dit, le corrigea Adèle afin de gagner du temps pour refaçonner les contours de son argumentation. Les talismans ne pourront rien contre l'attaque directe des *Oni*, mais ils peuvent préserver les Pourfendeurs d'illusions tant que ces saloperies maintiennent les Gardiens captifs. On doit aller à Paris et trouver ce prêtre, maintenant ! Il est certainement notre seule chance de préserver l'Armée des *Shijin* jusqu'à ce qu'on retrouve Byakko.

Adèle avait émis cette hypothèse sans y croire et dans le seul but de mettre la famille d'Aïko à l'abri. Néanmoins, elle se surprit à espérer que cela fût vrai. Si le prêtre était en mesure de leur fournir des *omamori*, il y avait alors une chance qu'Aïko, Fergus et les autres, pussent échapper à l'éradication de tout ce qui faisait l'essence même de leur humanité. L'espoir de voir son amie redevenir celle qu'elle était lui gonfla le cœur et une énergie nouvelle déferla dans ses veines.

— La gamine a raison, plaida Fergus. J'ai commis des atrocités et je ne tarderai pas à recommencer. Avant qu'on n'arrive au sommet de cette montagne, il y a fort à parier qu'on récidive, ajouta-t-il en coulant un regard vers Aïko.

Le *kyūbi* émit un grondement guttural et ses neuf queues se déployèrent derrière lui comme un éventail. Le mouvement fut si brusque qu'elles claquèrent l'air glacial, faisant sursauter la troupe. Yasuke s'étira le cou puis émit un soupir résigné.

— Le temps presse. Combien de temps vous faudra-t-il pour obtenir de tels talismans ?

Décontenancée et prise de court de le voir céder si facilement, Adèle se tourna vers sa meilleure amie et l'interrogea du regard. Elle ne s'était pas posé la question en ces termes et n'avait pas poussé sa réflexion jusque-là. À vrai dire, elle s'était imaginé qu'un prêtre shinto devait d'ores et déjà posséder de tels talismans dans son sanctuaire comme un apothicaire entrepose ses remèdes et autres potions dans l'arrière-boutique de son échoppe. Malgré la douleur, Aïko comprit les intentions de sa meilleure amie. Laissant de côté sa colère à son égard pour l'avoir empêchée de prendre l'appel, elle lui tendit la main. Adèle la saisit et l'aida à se relever.

— Ce sera très rapide. Une poignée d'heures tout au plus, dit la lycéenne en s'efforçant d'emprunter le ton le plus convaincant dont elle était capable.

— Alors c'est d'accord ? demanda Adèle avec empressement.

Yasuke ferma le poing en faisant craquer ses phalanges.

— Itazura ne devra emporter qu'une personne, dit-il. Il est impératif que la majorité de la troupe reste groupée ici.

Aïko se plaça devant le *kyūbi*.

— Je m'en charge ! C'est ma famille. Je...

— Non, la coupa Yasuke. La seule qui bénéficie de la protection de Byakko, c'est elle.

Ce disant, il désigna Adèle d'un mouvement du menton. Aïko voulut protester, mais la main de son amie se glissa dans la sienne. Une simple pression des doigts l'intima de ne pas en dire davantage.

— Je m'en occupe, lui souffla Adèle. Fais-moi confiance. Viens.

Elle fit un pas vers le tas de braises près duquel gisait le sac à dos et lui caressa doucement le bras pour l'inviter à la suivre. Lorsqu'elles furent suffisamment à l'écart, elles s'accroupirent près du sac. Adèle en sortit toutes les boîtes de conserve encore pleines, soucieuse de leur laisser de quoi subsister pendant son absence.

— Addie, je veux y aller. Je le dois...

— Écoute-moi, dit Adèle en lui reprenant la main. Tu peux compter sur moi. Je vais retrouver ta famille, les sortir de là où ils sont et les conduire au sanctuaire shinto. C'est peut-être le dernier endroit sûr à Paris.

Adèle prit soin de conserver l'objet métallique circulaire désormais silencieux en le glissant dans la petite poche du sac à dos. Elle ne voulait pas prendre le risque qu'Aïko fût tentée de répondre au prochain appel de Léonard. Elle sortit la trousse à pharmacie, jeta un bref coup d'œil derrière son amie et son regard croisa celui d'Emma qui essayait tant bien que mal de retirer les dernières traces de sang de son visage.

— Tiens, reprit Adèle en tendant la trousse de secours à Aïko. Vous en aurez besoin.

Cette dernière la saisit et la posa devant ses pieds, mais elle semblait encore tourmentée par ses pensées.

— Et si tu n'y arrives pas… dit-elle enfin.

— Je ne croyais pas à cette histoire de talismans et je ne suis pas certaine que ça fonctionne. Mais une chose est sûre : je dois essayer. J'ai perdu ma famille, Aïko. Tu es tout ce qu'il me reste et je ne laisserai pas crever la tienne. Tu m'entends ?

Un frisson éclata sur les épaules d'Aïko et le sel des larmes brûla ses paupières.

— Je te le promets, reprit Adèle. Je ne reviendrai ici que lorsque j'aurai les talismans et que toute ta famille sera en sécurité.

La lycéenne esquissa un sourire exsangue. Elle arrima son regard à celui d'Adèle et secoua doucement la tête en guise d'acquiescement. Celle-ci sentit le poids de sa promesse peser aussitôt sur ses épaules.

— Vous devez y aller maintenant, la pressa Yasuke en les rejoignant. Nous allons commencer l'ascension de la montagne. Itazura saura où me trouver. Elle l'a toujours su, ajouta-t-il comme pour lui-même.

Le fleuret d'Adèle dans le creux de son poing, il soupesa l'arme et sonda le visage de sa propriétaire.

— Je te laisse ton arme pour mener à bien ta mission là-bas. Si jamais tu décides de la tourner contre Itazura, sache que je pourrais laisser le monde à feu et à sang ainsi que consacrer les dernières années de ma vie à te traquer. Et le cas échéant, sois-en sûre : je te retrouverai et te tuerai de mes propres mains.

— Charmant, ironisa Emma en épongeant maladroitement sa plaie.

— Je n'en ai pas l'intention, dit Adèle en tendant la main pour récupérer son arme.

— Je me fiche de tes intentions, rétorqua-t-il d'un ton sec en lui tendant le fleuret à contrecœur. Elle meurt, tu meurs. C'est aussi simple que cela.

Malgré les menaces du samouraï, la jeune femme se redressa et acquiesça d'un hochement de tête, feignant une certaine nonchalance. Pour contrer sa peur, elle devait y aller au culot.

— Ça me paraît honnête, conclut-elle. À mon tour, maintenant. Je te confie toute la troupe et tout particulièrement Aïko et Emma.

Inutile de te dire la suite, tu la connais. Résumons donc : elles meurent, tu meurs.

Yasuke sourit, pivota sur ses talons et rejoignit le *kyūbi* qui se tenait à l'écart, sous les rayons de la lune. Une fine pellicule de poussière argentée semblait recouvrir son pelage. Adèle serra Aïko dans ses bras et déposa un baiser sur sa frange.

— Je reviens. Tout va bien se passer. N'oublie pas. Ne compte que sur Emma. Elle n'est pas une Pourfendeuse et les *Oni* ignorent jusqu'à son existence. Ils n'ont aucune prise sur elle. Et puis…

Aïko s'empourpra et détourna le regard.

— Et puis, ça crève les yeux qu'elle t'aime, acheva Adèle. Tu peux lui faire confiance.

— Je sais.

Les mains tendues vers son amie, Adèle lui serra doucement les bras et enfila la lanière du sac à dos sur son épaule avant de s'éloigner de quelques pas.

— Addie ! s'écria Aïko.

L'interpellée pivota sur ses talons et continua d'avancer vers le *kyūbi* à reculons.

— Je t'aime.

Adèle retint ses larmes et esquissa un sourire.

— Je sais. Moi aussi.

Sa tache de naissance devint brûlante. Elle se retourna et se retrouva si près du *yōkai* qu'elle eut un mouvement de recul incontrôlé. Elle soupira et inspira une longue goulée d'air.

— Conduis-moi jusqu'à sa famille, lui dit-elle.

Le *kyūbi* leva la tête et ses narines se dilatèrent doucement tandis que ses yeux se fermaient. Ses neuf queues s'enroulèrent autour de lui et enveloppèrent Adèle. Le corps svelte du goupil s'épaissit et se mit à croître jusqu'à devenir aussi grand que celui d'un cheval. La jeune femme sentit le pelage velouté lui chatouiller la peau et soulever sa chevelure puis un voile sombre se déposa sur ses yeux. Elle eut l'impression de ne plus sentir la terre sous ses pieds ni le vent glacial qui sillonnait la grotte. Les voix de ses compagnons s'éteignirent et cédèrent la place à un silence opaque. Elle s'agrippa à la fourrure du *kyūbi* et plongea son visage dans son cou.

CHAPITRE 8

Adèle rouvrit les yeux. Son corps se recomposa lentement comme les pièces d'un puzzle préalablement éparpillées aux quatre coins d'une table. Sous ses semelles, le sol lisse et régulier lui permit de reprendre contact avec la Terre et de s'ancrer à nouveau dans la réalité. Elle avait la vague impression de se trouver sur le ponton d'une embarcation secouée par la houle impétueuse en haute mer. Autour d'elle, tout tournait à une vitesse vertigineuse, lui brouillant la vue et anesthésiant ses sens. Seul l'acide de la bile qui remontait dans sa gorge l'aida à réaliser qu'elle était bel et bien vivante.

Brusquement, le mouvement s'arrêta. Elle chancela et ses genoux heurtèrent violemment le sol dur. Le dos de sa main plaqué sur ses lèvres, elle réprima un haut-le-cœur et fixa la fissure qui lézardait le sol en béton armé sous sa paume. Le souffle court et le pouls gonflant ses veines, elle s'efforça de réguler sa respiration afin de calmer les pulsations furieuses de son cœur.

Quelque chose s'enroula autour d'elle, la souleva et la remit sur pieds avant de lui donner une légère tape dans le dos. Elle se retourna et aperçut le *kyūbi* dont la babine supérieure légèrement retroussée laissait deviner un sourire sardonique. Adèle prit une légère inspiration pour lui exprimer tous les bons sentiments qu'elle avait à son égard lorsque des effluves chauds et pestilentiels se plaquèrent sur son visage. Elle sentit son estomac se contracter une nouvelle fois et ne se retint de vomir qu'au prix d'un grand effort. Un bruit métallique attira son attention et lui fit presque oublier la puanteur dans laquelle Itazura et elle baignaient.

Tout autour, de grosses pierres grises entassées les unes sur les autres constituaient quatre murs massifs traversés, çà et là, de longues rigoles d'un liquide verdâtre. Une grille métallique aux barreaux épais trouait la façade dépourvue de fenêtres et donnait à cette pièce enténébrée les allures d'une geôle du château d'If. Une lointaine lumière électrique filtrait à travers les barreaux et éclairait faiblement le mur derrière le *kyūbi*. Cherchant à comprendre d'où provenait le son, Adèle fit un pas sur le côté. Son cœur manqua un coup lorsqu'elle découvrit les trois silhouettes assises à même le sol. Elle reconnut immédiatement Yūri, Mia et leur mère, dont les poignets et les chevilles étaient entravés par de lourdes chaînes reliées à des anneaux solidement rivés au mur. En voyant les bras de la plus âgée placés devant le buste de ses enfants pour les protéger de la créature qui venait de surgir du néant au milieu de leur cellule, Adèle comprit que le bruit était celui de ses chaînes. Terrifiés par l'apparition soudaine du *kyūbi* sous sa forme humaine, ils n'avaient pas prêté attention à Adèle dont le corps était encore dissimulé par la pénombre. Mais dès l'instant où ils la virent, leurs visages s'illuminèrent.

Tandis que Yūri essayait de se redresser, Adèle se précipita vers eux et saisit l'une des chaînes passées dans l'anneau. Son premier réflexe fut de la soulever et de tirer le plus fort qu'elle le put dans l'espoir de la voir céder. Tentative vaine. Évidemment, ils avaient essayé avant elle. Renonçant à poursuivre ses efforts stériles, elle jeta un coup d'œil autour d'eux et une vague d'acide déferla dans son ventre. Nao n'était pas avec eux. La mère d'Aïko referma ses doigts osseux sur le mollet de l'amie de sa fille. Elle avait tellement maigri et subi de mauvais traitements qu'elle n'était plus que l'ombre d'elle-même.

— Où est Aïko ? Est-ce qu'elle va bien ? Ils ont pris mon petit garçon ! Ce monstre a pris mon bébé !

Sa voix était brisée. Certains sons étaient aigus tandis que d'autres étaient aussi inaudibles qu'un murmure. Elle secouait sa tête échevelée dans tous les sens et se balançait d'avant en arrière comme pour se bercer et apaiser la douleur qui lui brûlait les entrailles depuis qu'elle n'avait plus de nouvelles de sa fille et que son fils lui avait été arraché. Ses yeux asséchés ne parvenaient plus à produire la moindre larme pour évacuer sa souffrance. Adèle sentit son cœur voler en éclats. Depuis qu'elle avait rencontré le petit Nao, son rire joyeux résonnait dans ses pensées comme un écho lointain, une promesse d'un monde meilleur à venir. Elle sentit ses jambes fléchir et s'accroupit devant la femme dont les yeux se faisaient le relais de ses lèvres qui ne parvenaient plus à articuler le moindre mot. La crasse qui recouvrait ses vêtements, sa peau et ses cheveux dégageait une odeur pestilentielle. Adèle retint son souffle. Elle glissa sa main dans la sienne, tout près de son genou écorché couvert d'une épaisse croûte de sang.

— Où est Nao ? risqua-t-elle, craignant d'entendre la réponse.

— Léonard, répondit Yūri d'une voix atone.

Sans quitter le *yōkai* des yeux, il prit la parole. Il voulait à tout prix dispenser sa mère de prononcer l'indicible, l'inacceptable. Douloureusement, il s'éclaircit la voix. Sa pomme d'Adam roula dans sa gorge. Son regard noir d'obsidienne planté dans celui de la créature, il ne cilla pas.

— Il nous a conduit ici et a emporté Nao avec lui, reprit-il. Il a simplement dit que…

Yūri marqua une courte pause. Il fronça les sourcils avant de reprendre.

— Que si la vie lui avait refusé un fils, il n'avait maintenant plus besoin d'attendre qu'elle lui en donne un autre.

— On va le récupérer, assura Adèle d'une voix étranglée. C'est plutôt bon signe. S'il voulait un fils, on a toutes les raisons de croire que Nao va bien.

Elle se tourna vers le *kyūbi* et brandit la chaîne.

— Tu peux faire quelque chose ?

La créature fit un pas vers eux, mais Yūri tenta brusquement de se lever en voyant la femme approcher, car même s'il ne voyait pas sa véritable apparence de *yōkai*, son entrée dans ces lieux ne laissait aucun doute sur la nature de cette femme étrange.

— Ne la laisse pas approcher, s'écria Mia, les yeux exorbités par la terreur.

— Éloigne-toi, grinça-t-il entre ses dents serrées. C'est à cause de ceux de ton engeance que ma sœur est partie, que ma mère est dans cet état et que mon petit frère est entre les mains de ce déséquilibré. Recule !

Adèle posa sa main sur son épaule et sur celle de sa mère.

— Je comprends ce que vous ressentez, mais croyez-moi, aussi étrange que cela puisse paraître, ce *kyūbi* est de notre côté. Rappelez-vous ce que vous m'avez dit le jour de notre rencontre, ajouta-t-elle en cherchant le regard de la mère de sa meilleure amie. La frontière est poreuse entre le Bien et le Mal. Disons que c'est le Bien qui l'a emporté en m'amenant ici pour vous sortir de là.

Elle tourna la tête vers Yūri, saisit son menton et ancra son regard dans le sien.

— Faites-moi confiance, acheva-t-elle.

Le jeune homme tressaillit au contact de sa peau fraîche contre la sienne. Il se perdit dans le lagon de ses yeux et le brouillard sombre de la colère se dispersa, cédant la place à un voile de tendresse terni par l'angoisse. Il hocha doucement la tête en signe d'assentiment. Le front plissé et l'air méfiant, il saisit sa chaîne et la présenta au *yōkai*. Adèle sourit.

— Je dois vous conduire au prêtre shinto à la seule fin d'obtenir les talismans, dit le *kyūbi* d'une voix doucereuse. Je n'ai pas l'intention de perdre du temps pour aller récupérer la progéniture de cette femme.

Le sourire d'Adèle mourut sur ses lèvres. Elle tressaillit en entendant la voix du *yōkai* résonner dans sa tête. Elle dévisagea Yūri, Mia et leur mère. Apparemment, hormis elle, personne n'avait entendu sa voix caverneuse.

Les bras tendus devant la créature immobile, Yūri comprit que quelque chose ne tournait pas rond.

— Qu'est-ce qu'il se passe ? lui demanda-t-il, inquiet.

— Rien, je m'en occupe.

Elle se redressa, fit un pas vers Itazura et se planta devant elle.

— On ne part pas sans Nao, dit-elle d'un ton un peu trop aigu qui trahissait sa peur. Si tu crois qu'une mère est capable d'abandonner son enfant, fût-ce pour sauver le monde, tu peux considérer que tes neuf siècles de vie ne t'ont rien appris. Tu veux ramener les talismans : parfait. Moi aussi. Mais si l'enfant reste, sa mère reste. Et pour ma part, je ne laisserai pas ce petit entre les mains de ces tarés.

Le dos du *yōkai* fut parcouru d'une secousse et toutes ses queues se mirent à s'agiter autour de lui. Il braqua ses prunelles sur un point derrière Adèle et une lueur ambrée traversa ses iris. Cette dernière pivota sur ses talons et ce qu'elle vit lui coupa le souffle. Le métal des chaînes prit une teinte terreuse et s'effrita aussi rapidement que du sable mouillé. Yūri fut le premier à se lever, suivi de près par Mia. Le frère et la sœur glissèrent chacun un bras autour de la taille de leur mère et la relevèrent ensemble. Affaiblie et l'un de ses genoux formant un angle inhabituel, elle ne pouvait aller nulle part sans leur aide.

— Où est-ce qu'on est ? demanda Adèle à Yūri. Est-ce qu'on est toujours chez Léonard ?

Yūri hocha le menton.

— Dans son sous-sol. Nao est avec lui. Probablement à l'étage.

Adèle sentit l'angoisse monter d'un cran. Jamais elle n'aurait cru qu'une telle cellule pouvait se trouver dans les sous-sols d'un hôtel particulier aussi luxueux. Cela bousculait ses plans. Elle se racla la gorge et jeta un coup d'œil vers Itazura, craignant que celle-ci n'eût plus aucune raison de revenir chercher Nao.

— Bien… On va vous conduire au sanctuaire shinto. Vous avez besoin de soins et on a besoin de talismans. Toi, dit-elle en se tournant vers le *kyūbi*, dès qu'ils sont en sécurité, tu me ramènes ici et tu vas m'aider à sortir le petit de ce guêpier. M'est avis qu'il doit y avoir une horde de *yōkai* dans cet édifice. On ne sera pas trop de deux.

Étrangement, Itazura n'émit aucune protestation et se contenta d'approuver d'un clignement de paupières. Loin de s'en contenter, Adèle voulut s'assurer qu'elle la ramènerait ici pour Nao. Une idée lui vint brusquement.

— J'imagine que cinq siècles passés aux côtés d'un valeureux samouraï t'ont permis de mesurer l'importance de donner sa parole et de l'honorer ?

Les mâchoires d'Itazura se crispèrent. Bien que passablement agacée par le ton condescendant qu'employait cette humaine, elle ne pouvait nier les faits. Si elle avait enseigné quantité de choses à Yasuke, il lui avait, lui aussi, transmis des valeurs inconnues d'un très grand nombre de *yōkai*. L'honneur était l'une d'elles. D'une inclinaison de la tête, elle acquiesça.

— C'est une promesse ? insista la jeune femme.

— Oui.

— Je ne partirai pas sans Nao, sanglota la mère de l'enfant.

— Vous n'y survivriez pas… Il aura besoin de vous quand on l'aura sorti de là et je veux pouvoir lui dire que sa mère est en vie et qu'elle l'attend. Aïko a, elle aussi, besoin de vous. Il lui faut un talisman pour se protéger des *Oni*. Il nous en faudra cinq. Demandez au prêtre et à la *miko* de vous en procurer. La vie de votre fille en dépend. Quant à moi, je m'occupe de Nao. Je reviendrai le chercher et je vous le ramènerai sain et sauf. Vous avez ma parole.

Un sanglot gonfla la poitrine de la mère et secoua ses épaules.

— Je viens avec toi, dit Yūri.

— Hors de question ! C'est bien trop dangereux. Ta mère et ta sœur ont besoin de toi, tout comme tu as besoin d'elles. Je te ramènerai Nao. Fais-moi confiance. Il faut partir, maintenant.

— Moi, je te fais confiance, intervint Mia en posant une main sur le bras d'Adèle. Je sais que tu y arriveras.

Yūri abdiqua.

— Ramène Nao, dit-il. Et reviens vite.

Le *kyūbi* fixa le visage de la femme meurtrie, couverte de sang et de crasse, et sonda ses pensées. Lorsqu'il sut où il devait les conduire, il déploya ses queues autour de lui et son pelage blanc irradia une lumière si intense qu'il éclaira les murs sales de la cellule, aveuglant tous ses occupants. Au moment où les queues s'épaissirent et s'enroulèrent autour d'eux, Adèle sentit la main de Yūri se glisser *in extremis* dans la sienne. À peine eurent-ils le temps d'échanger un regard et d'entremêler leurs doigts que le sol se déroba sous leurs pieds.

CHAPITRE 9

Étendue sur le sol, Adèle sentit les pointes des graviers érafler sa joue et lui picoter le corps à travers le cuir de ses vêtements. Une bruine légère moucheta la partie de son visage exposée au ciel, la ramenant doucement à la réalité. Le vent glacial souffla si fort qu'il souleva sa chevelure dorée avant de la laisser retomber pêle-mêle sur son front et le tapis de pierres. La main de Yūri n'était plus dans la sienne, mais elle sentait encore le pommeau de son fleuret logé dans son poing fermé. Nauséeuse, elle rouvrit les paupières et se redressa sur ses coudes endoloris. Elle passa son bras autour de sa tête pour rabattre ses cheveux qui formaient un rideau épais, lui masquant la vue.

Ses yeux s'écarquillèrent de stupeur lorsqu'elle découvrit les graviers blancs et le paysage verdoyant qui se déployait autour d'elle. De lourds nuages gris et sombres roulaient si bas dans le ciel qu'il lui sembla pouvoir les saisir en tendant la main. Elle songea à Aïko, à Emma et à tous les Pourfendeurs d'illusions restés en Nouvelle-Zélande où la nuit régnait en ce moment même. Depuis la cellule dépourvue de fenêtres où la famille de son amie était retenue captive, elle n'avait pas réalisé qu'il faisait jour en France. Elle embrassa du regard le paysage sylvestre avec étonnement. Aïko lui avait dit que le sanctuaire shinto se situait à Paris. Elle se l'était alors imaginé coincé entre deux bâtisses ou des rangées d'immeubles comme toutes les églises, les mosquées et les synagogues de la capitale. Jamais elle n'aurait pu envisager qu'ils allaient atterrir dans un écrin de verdure où le silence régnait en maître. Ne voyant aucun édifice et ne décelant pas la moindre présence humaine, sa première pensée fut que le *kyūbi* les avait trahis. Car était-il possible qu'un *yōkai* se trompât ? Son cœur tambourinait si fort qu'elle eut la sensation de le sentir battre dans son ventre.

Luttant contre les vertiges qui assaillaient son corps et embrumaient son esprit, elle serra les dents et se releva péniblement. Sur ses gardes, elle brandit son fleuret, prête à se défendre en cas d'attaque. Les sourcils haussés et le front creusé par un large sillon horizontal, elle s'efforça de garder les yeux ouverts jusqu'à ce que son regard se fixât enfin. Une véritable forêt s'étendait devant elle. Ses jambes s'ancrèrent progressivement dans le sol et elle cessa de tanguer. Elle balaya du regard les arbres agglutinés les uns contre les autres et fit un moulinet du poignet. La lame du fleuret fendit l'air dans un sifflement aigu qui fut aussitôt recouvert par un grondement caverneux. Sa nuque se hérissa.

Alerte, elle pivota sur ses talons, prête à pourfendre son assaillant lorsqu'elle reconnut Itazura. La gueule de la créature était levée vers un portail en bois pareil à un immense perchoir. Celui-ci était constitué de deux troncs sculptés qui en soutenaient un troisième aux pointes légèrement incurvées vers le ciel. De chaque côté du *torii* se dressaient deux statues représentant des lions à la crinière ondulée. Fièrement campés sur leurs pattes, les félins figés pour l'éternité semblaient veiller sur le sanctuaire. Les babines retroussées et les crocs saillants du *kyūbi* inquiétèrent Adèle autant que ses queues qui fouettaient l'air autour de lui comme neuf flammes d'argent. Un roulis de gravier attira son attention. Elle tourna la tête et aperçut la silhouette massive de Yūri et celle plus gracile de Mia. Ensemble, ils portaient le corps inanimé de leur mère.

Adèle jeta un dernier coup d'œil vers le portail en bois et eut la certitude qu'ils étaient arrivés à destination lorsqu'elle vit une femme accourir vers eux. Les manches amples de son *kosode*[8] secouées par le vent flottaient dans l'air comme deux ailes blanches. Une main refermée sur son *hakama*[9] rouge, elle descendit la volée de marches qui menait au *torii*. Elle tourna la tête par-dessus son épaule et adressa un signe à quelqu'un. De là où elle se trouvait, Adèle ne pouvait pas distinguer l'individu, mais lorsque la *miko* arriva en bas des escaliers, la voix d'un homme lui ordonna de s'arrêter. Freinée dans son élan, celle-ci obtempéra aussitôt et s'agrippa au bois du *torii* juste avant de le

---

[8] Vêtement traditionnel japonais. Il s'agit d'un haut à manches amples et légèrement raccourcies.

[9] Vêtement traditionnel japonais. Il s'agit d'un large pantalon plissé muni d'un dosseret rigide appelé *koshi ita*.

franchir. Le regard braqué sur Yūri, Mia et leur mère, le prêtre shinto apparut. D'un pas mesuré et compassé, il descendit les marches. À mesure qu'il approchait, ses yeux glissaient sur les nouveaux venus et s'attardèrent sur Adèle. Il se plaça près de la *miko* et scruta le fleuret de la Pourfendeuse d'illusions dont la lame irradiait une lueur surnaturelle.

— Qui êtes-vous, que faites-vous là et comment êtes-vous venus jusqu'ici ? demanda-t-il d'un ton lapidaire.

Responsable de la sécurité des lieux et de ses occupants, le prêtre se montrait méfiant et ne s'encombrait d'aucune formule de politesse. Il avait conscience que le sanctuaire dans lequel il officiait était l'un des derniers bastions résistant à l'invasion des *yōkai* et il était fermement résolu à ce qu'il le demeurât.

Adèle sentit sa gorge se nouer. Si l'homme apprenait qu'ils étaient arrivés ici grâce à l'intervention d'un *yōkai*, accepterait-il d'accueillir la famille d'Aïko dans son sanctuaire ? Elle se racla la gorge pour répondre, mais fut interrompue par les sanglots déchirants de la mère amputée de deux de ses enfants. Ses plaintes brisèrent le silence pesant et tendirent l'air comme la corde d'un arc bandé. À bout de force, elle se serait effondrée si Mia ne l'avait pas rattrapée à temps. Yūri s'inclina, plaça un bras dans le dos de sa mère et un autre sous ses genoux. Il s'arcbouta sur ses jambes et la souleva. Affaiblie et en proie à une souffrance sans nom, elle ne parvenait plus à tenir debout. Sans le secours de son fils, elle eût été incapable de franchir les derniers mètres qui la séparaient du sanctuaire, fût-ce en boitillant.

— Recule, souffla Adèle au *kyūbi* qui se tenait encore devant le *torii*.

Si le prêtre et la *miko* sentaient sa présence, ils ne semblaient pas le voir, ni sous sa forme humaine ni sous sa véritable apparence. Cela signifiait qu'il y avait encore une chance d'entrer dans leurs bonnes grâces. Itazura battit furieusement ses queues contre le gravier et s'éloigna. De crainte qu'ils n'entendissent le son de ses pas et le roulis des petites pierres sous ses pattes massives, Adèle s'avança vers eux.

Yūri passa devant elle et lui fit un signe de tête entendu. Tout en s'approchant du prêtre, il s'adressa à lui en japonais. Adèle ne comprit pas un traître mot de leur échange. Pourtant, en voyant disparaître le masque de méfiance du visage du prêtre et de celui de la *miko*, elle comprit que Yūri savait ce qu'il faisait. Quoi qu'il eût pu leur dire, il avait su trouver les mots pour gagner leur confiance et c'était là tout ce qui comptait.

La *miko* fit signe à Mia de la suivre tandis que le prêtre la dévisageait intensément. Sans ciller, comme s'il cherchait à s'assurer de la pureté des âmes de tous ceux qui entreraient dans son sanctuaire. L'adolescente sembla hésiter quelques secondes. Elle tenait entre ses doigts la tétine de son petit frère qu'elle n'avait pas quitté depuis l'instant où Léonard l'avait emmené. Elle tourna la tête et courut vers Adèle. Jetant un bref coup d'œil par-dessus l'épaule de cette dernière, elle aperçut la silhouette élancée du *kyūbi* sous sa forme humaine, adossée contre le tronc massif d'un arbre. Les yeux rivés sur la petite assemblée, Itazura caressait sa chevelure d'un air distrait. D'une main tremblante, Mia saisit celle d'Adèle et déposa le précieux objet dans sa paume. Si la jeune femme parut d'abord surprise, elle ne tarda pas à comprendre les intentions de la sœur de son amie. Elle espérait que le *yōkai* parvînt à retrouver la trace de son frère à la manière d'un limier. Adèle vit une larme rouler sur la joue de l'adolescente. Elle l'essuya du pouce et hocha doucement la tête pour lui assurer que tout irait bien. Mia prit une profonde inspiration et rejoignit la *miko* en quelques enjambées.

La pression qu'éprouvait Adèle se resserra d'un cran. Alors qu'elle s'efforçait de ne pas songer au fait qu'elle n'avait aucune certitude quant à la réussite du sauvetage de Nao, elle sentit le regard du prêtre s'enclaver dans le sien.

— Combien vous en faut-il ? lui demanda-t-il, s'exprimant à nouveau dans un français irréprochable.

Prise de court, elle hésita une poignée de secondes avant de comprendre ce à quoi il faisait référence.

— Six ! Il nous faudrait six talismans.

Une légère secousse traversa les mains jointes du prêtre shinto. S'il était inquiet, il n'en laissa rien transparaître. Au lieu de cela, il s'inclina doucement et fit signe à Yūri de rejoindre sa sœur. Adèle l'imita pour le remercier en veillant à s'incliner davantage et sans détourner le regard.

— Ils seront prêts dans une heure, conclut-il en tournant les talons.

Adèle déglutit et observa Yūri gravir les premières marches, les bras chargés de sa mère agonisante. Ses muscles se raidirent à la seule éventualité qu'elle pût arriver trop tard pour Nao. Rongée par l'angoisse, elle rebroussa chemin et rejoignit le *kyūbi* qui s'était assis près du tronc d'un hêtre immense.

— Adèle ! l'interpella Yūri.

Elle se retourna brusquement et sentit son cœur se loger dans la gorge. Les yeux du jeune homme plongèrent dans les siens et la chaleur de son regard repoussa la peur dans les contrées les plus reculées de son âme. Elle n'avait pas d'autre choix que celui de réussir. Il était hors de question que Nao ne retrouvât pas les bras de sa mère, il était hors de question qu'elle ne revît plus Yūri et il était encore plus impensable de laisser Aïko entre les griffes encore invisibles des *Oni*.

La gorge aussi sèche que du papier de verre, elle lui décocha un clin d'œil et un sourire confiant se dessina sur ses lèvres frémissantes. Elle tendit la tétine de Nao au *yōkai* dont le regard s'obscurcit. Un frisson lui traversa l'échine et fit onduler le pelage immaculé. Les queues du *kyūbi* battirent l'air et s'enroulèrent autour du corps d'Adèle. Elle ferma les yeux, le visage de Yūri incrusté dans ses rétines.

CHAPITRE 10

Adèle sentit les fines lames du parquet dur et régulier sous ses semelles et un fumet délicieux flotter dans l'air. À sa grande surprise, son arrivée fut nettement moins fracassante que les précédentes. Elle ne perdit pas l'équilibre et ne s'effondra pas sur le sol comme une poupée de chiffon. Adossée contre la poitrine du *kyūbi* et encore enveloppée de ses queues massives qui la dissimulaient entièrement, elle sentait la douceur du pelage du *yōkai* onduler contre sa peau. Cette fois, il avait fait le nécessaire pour qu'elle soit à même de se défendre dès que le premier assaut contre eux serait lancé. Elle plaqua sa main contre l'appendice de l'animal qui obstruait son champ de vision, lui signifiant qu'elle était prête. Aussitôt, le *yōkai* recula. Ses neuf queues relâchèrent leur douce étreinte et s'écartèrent autour de lui comme un soleil.

Adèle reconnut immédiatement les lieux. Les murs tapissés, la cheminée et l'immense table rectangulaire autour de laquelle elle avait pris le petit-déjeuner en compagnie d'Aïko et d'Emma, juste avant leur départ pour la Nouvelle-Zélande : ils avaient atterri dans le salon de Léonard. Son regard se posa sur la chaise qu'avait occupée sa meilleure amie. Celle-ci, désormais vide, était disposée à l'écart de la table comme si quelqu'un venait tout juste de la quitter. Et en effet, si la pièce était déserte, les convives et leurs hôtes ne devaient pas être bien loin. Son regard glissa sur les assiettes et les couverts souillés, sur les verres à pied maculés de gras ainsi que sur les taches rougeâtres de la sauce qui mouchetaient la nappe blanche. Une soupière en faïence de Gien trônait au milieu de la table et les minces volutes qui s'en échappaient encore ne laissaient place à aucun doute. Le repas venait tout juste de s'achever.

Malgré l'odeur persistante des mets, Adèle parvint à déceler le parfum entêtant et presque sirupeux de Léonard. C'était comme si le salon entier en était imprégné et que chaque fibre de la tapisserie, des tentures et même des meubles l'exsudait en continu. Près de la place où il trônait fièrement la dernière fois, une chaise haute était installée. La gorge d'Adèle se serra aussitôt. L'assiette posée sur le plateau blanc était intacte. Des haricots verts et de la viande coupée en petits dés baignaient encore dans la sauce et les couverts étaient désespérément propres. Le *kyūbi* avait bien remonté la piste de Nao. Il était ici, quelque part, probablement affamé. Et autant terrifié par la présence de tous ces inconnus que par l'absence de sa famille.

Son pouls martelant ses tempes, Adèle referma ses doigts autour du pommeau de son fleuret et jeta un bref coup d'œil sur la pendule posée sur le manteau de cheminée. Quatorze heures. Sans un regard pour Itazura dont elle sentait la présence dans son dos et dans son poignet, elle se racla discrètement la gorge et déglutit.

— Reste sur tes gardes, dit-elle, s'adressant davantage à elle-même qu'à la créature qui n'avait probablement ni besoin de ses conseils ni de ses encouragements.

Un court silence lui répondit jusqu'à ce que, soudain, un bruit alertât ses sens en éveil, perturbant le tictac régulier de la pendule. Des pas feutrés provenaient de la chambre dans laquelle elle s'était réveillée en compagnie de ses amies après le combat dans l'arène. Elle eut tout juste le temps de pivoter sur ses talons quand la porte s'ouvrit doucement, tournant silencieusement sur ses gonds.

Sans ne l'avoir jamais rencontrée, Adèle reconnut aussitôt la personne qui apparut sur le seuil. Coiffée et maquillée comme sur le portrait de famille immortalisé par le photographe, elle avait troqué sa robe en mousseline pour une tenue un peu moins guindée. Un chemisier en coton blanc retombait sur un pantalon bleu au tissu fluide que l'appel d'air secoua délicatement. Si le visage de l'épouse de Léonard trahit sa surprise de la trouver là, Adèle comprit qu'elle savait qui était l'inconnue qui se tenait dans son salon. Les ongles manucurés de la femme crissèrent contre la porte en bois. Elle poussa un hurlement pour donner l'alerte et referma la porte qu'elle verrouilla aussitôt. Les pleurs déchirants d'un enfant retentirent dans la salle voisine. Nao. Adèle sentit la colère affluer dans son corps et la peur se dissoudre. Elle fonça sur la porte et donna un violent coup de pied contre le battant pour briser les verrous. Elle prit un nouvel élan, mais se figea quand le *kyūbi* émit un grondement sourd et menaçant. Les crocs saillants du *yōkai* retroussaient ses babines et son pelage argenté se mit à onduler comme si un vent impétueux jaillissait de son propre corps. Tourné vers l'autre accès qui menait au reste de la demeure, il dardait ses prunelles sombres sur la porte close. Cette dernière s'ouvrit à la volée et trois créatures identiques à celle qui l'avait attaquée chez elle apparurent sur le seuil. Leurs corps malingres étaient couverts d'une longue tunique blanche. Les *ohaguro bettari* étaient si pressées les unes contre les autres qu'elles ne semblaient plus former qu'une créature à trois têtes et six bras dont les griffes acérées raclaient les lames du plancher dans un crissement sinistre. Leurs cheveux noirs s'agitaient comme des serpents autour de leurs visages énucléés et dotés d'un seul organe. Une bouche large pourvue de crocs qui écrasaient leurs lèvres noirâtres et épaisses.

Adèle fit un pas en arrière et se plaça instinctivement tout près du *kyūbi*. Ce *yōkai* qui lui avait semblé si terrifiant dans la grotte s'avérait être son unique allié. Du moins, l'espérait-elle. Terrifiée, elle sentit le pommeau du fleuret glisser doucement dans sa main moite lorsque leurs ennemies inclinèrent la tête sur le côté. Le cœur aux abois, elle s'arcbouta sur ses jambes et se mordit la langue avant de lancer un regard paniqué à Itazura. Le corps du *yōkai* dégagea une chaleur intense. Ses neuf queues se raidirent et battirent l'air comme autant de fouets. Les bouches carnassières des créatures s'étirèrent en un sourire.

Mais avant qu'Adèle n'eût le temps de réaliser ce qu'il se passait, deux d'entre elles se ruèrent sur le *kyūbi* et la troisième brandit son bras osseux et néanmoins puissant au-dessus d'elle. Instinctivement, elle recula et les griffes lacérèrent son bustier, lui entaillant superficiellement la peau. Une secousse traversa la lame du fleuret et remonta jusque dans son bras. Le *yōkai* s'élança sur elle avec la même célérité qu'un oiseau de proie. Au lieu d'essayer de l'éviter, Adèle attendit. Sous le choc de l'impact, elle bascula en arrière et tomba lourdement sur le parquet, la nuque raidie pour ne pas laisser sa tête heurter violemment le sol. Sans lâcher son fleuret, elle empoigna l'épaule saillante de son adversaire et, d'un coup de pied contre son torse chétif, le propulsa derrière elle. La créature roula sur elle-même dans un embrouillamini vaporeux de cheveux sombres et de lin blanc.

Adèle entendit une série de craquements sinistres provenant de l'endroit où se trouvaient le *kyūbi* et ses assaillants. La jeune femme se releva sur un genou et résista à la tentation de tourner la tête vers eux. Si elle voulait avoir une chance de survivre, elle devait à tout prix garder un œil sur la créature qui l'avait attaquée. Les deux, si elle voulait la vaincre. Elle referma sa prise autour du pommeau quand la *ohaguro bettari* revint à la charge. Elle lutta contre son instinct qui lui hurlait de s'enfuir, jusqu'à ce que l'haleine fétide du *yōkai* se plaquât sur son visage. De façon inexplicable, sa main cessa de trembler et d'un geste précis, elle brandit son fleuret. La créature lancée à toute vitesse s'empala sur la lame qui s'enfonça dans le point lumineux logé entre ses clavicules. Adèle saisit le pommeau de ses deux mains et pourfendit le *yōkai* qui retomba sur le sol dans un bruit sourd.

La respiration saccadée et le sang bouillonnant dans ses veines, Adèle se releva. Étrangement, ses jambes lui obéirent sans protester ni vaciller. Elle détourna le regard du corps scindé en deux et manqua de trébucher sur un amas d'os et de sang. Réprimant un haut-le-cœur, elle rejoignit le *kyūbi* au moment où il referma ses mâchoires puissantes sur le crâne de son dernier assaillant. D'un mouvement sec, il secoua le corps qui s'écrasa contre la porte avant de retomber au sol tel un pantin désarticulé. Les pleurs de Nao redoublèrent et à ceux-là s'ajoutèrent les cris terrifiés de l'épouse de Léonard. Adèle crut entendre d'autres voix provenant de l'intérieur de la chambre. Elle n'était pas seule avec l'enfant. Le pelage imbibé de sang autour de ses babines, le *kyūbi* se posta de nouveau face à la porte, prêt à parer une nouvelle attaque. Qui sait combien de *yōkai* étaient à la botte de l'hôte de cette demeure ? Craignant de ne pas survivre à un nouvel assaut, Adèle se précipita sur la porte de la chambre et donna plusieurs coups d'épaule contre le bois massif. Au quatrième, le chambranle céda.

Le visage blême, la femme de Léonard tenait Nao dans ses bras. La main posée sur sa petite tête brune, elle le serrait contre son cou pour étouffer ses pleurs et le rassurer, sans paraître comprendre qu'en agissant de la sorte, elle l'effrayait davantage. Derrière elle, Adèle reconnut les deux petites filles qui figuraient, elles aussi, sur le portrait de famille.

— Je viens simplement récupérer Nao, avertit Adèle en abaissant la main qui tenait son arme et en levant l'autre pour leur signifier qu'elle ne leur ferait aucun mal.

Les yeux allant du visage de la Pourfendeuse à son fleuret, la femme recula et resserra sa prise autour du corps de l'enfant qui essayait désespérément de tourner la tête vers cette voix qui ne lui était pas inconnue. Les deux petites filles, endimanchées, s'agrippèrent toutes deux aux jambes de leur mère et l'une d'elles enfonça son visage dans le chemisier. Adèle fit un pas supplémentaire et sentit un frisson remonter le long de sa colonne vertébrale lorsqu'Itazura passa près d'elle. La chaleur qui se dégageait de son corps était si puissante qu'elle faillit défaillir.

— Laisse-moi faire, marmonna-t-elle à son attention de peur que les choses tournassent mal en présence de tous ces enfants.

Le *kyūbi* sembla hésiter puis se posta stratégiquement dans le coin de la chambre de façon à embrasser du regard l'ensemble de la pièce et ses occupants, tout en gardant un œil sur la porte.

— Je ne vous ferai aucun mal, reprit-elle. Je dois ramener cet enfant à sa famille.

Une grimace de douleur traversa le visage de la femme qui secouait frénétiquement la tête en signe de négation. En une poignée de secondes, des larmes inondèrent ses joues. Le *kyūbi* émit un grognement d'impatience et ses griffes fendirent les lames du plancher. Terrifiée, la mère de famille tourna la tête vers la silhouette élégante d'Itazura qui lui apparut brusquement sous sa forme humaine. Mais le son caverneux qu'elle venait d'émettre et les sillons laissés par des griffes invisibles sur le sol ne laissaient place à aucun doute. Non, cette élégante femme aux cheveux longs et noirs pareils à une rivière d'ébène n'avait absolument rien d'un être humain. Depuis le temps, elle en avait vu passer des *yōkai*, et elle avait appris à repérer les signes que seul un œil avisé pouvait reconnaître.

Adèle serra les dents et décocha un regard torve au *kyūbi*. D'un geste de la main, elle l'enjoignit une nouvelle fois à ne pas intervenir. Le temps pressait et il était probable qu'une horde de créatures débarquât d'une seconde à l'autre. Pourtant, Adèle ne pouvait pas prendre le risque de blesser Nao. Cette femme le serrait si fort contre sa poitrine. Qui sait si l'enfant ne serait pas un dommage collatéral de l'attaque d'Itazura si cette dernière venait à perdre patience ?

— C'est mon fils, bafouilla l'épouse de Léonard, à mi-voix. Mon mari m'a rendu ce que la vie m'a ôté. Il est à moi. De toute façon, sa génitrice n'est plus en état de s'en occuper. Il sera en sécurité auprès de moi. J'en prendrai soin, dites-lui cela de ma part. C'est ça, dites-lui donc cela !

Les doigts aux phalanges blanchies se refermèrent davantage sur le corps de Nao comme les serres d'un rapace sur son butin. L'enfant étouffa une plainte de douleur. Adèle recula.

— Vous lui faites mal. Arrêtez !

L'air hagard, comme si elle réalisait ce qu'elle faisait, la femme desserra son étreinte pour ne pas le blesser. L'enfant se débattit pour lui échapper, mais l'étau demeura ferme.

— Nao doit retrouver sa mère, plaida Adèle en approchant doucement. Vous devez me laisser ramener son fils auprès d'elle. Il doit retrouver sa véritable famille.

Les sanglots secouèrent les épaules de la mère. Ses filles se mirent à lui caresser le ventre et le bras.

— Laisse-le partir, la supplia l'aînée. Je veux que ces gens s'en aillent d'ici. J'ai peur, maman. Ce n'est pas Lorenzo. Tu le sais, pas vrai ?

La femme se laissa tomber sur les genoux et s'imprégna une dernière fois de l'odeur des cheveux noirs de Nao. À contrecœur, elle relâcha l'étreinte. Le petit garçon chancela et recouvrit l'équilibre. Effrayé, il se tourna et courut dans la direction d'Adèle qui avait mis un genou à terre et ouvert les bras pour l'accueillir. Il se lova contre elle, les joues rougies baignées de larmes. La voix entrecoupée de hoquets, il répéta inlassablement la même phrase :

— Je veux voir maman…

Adèle enroula son bras autour de lui et se releva, le fleuret au poing. Elle recula de trois pas quand soudain, un bruit métallique retentit derrière elle. Elle tourna sur ses talons et découvrit la silhouette de Léonard dans l'encadrement de la porte. Le canon de son revolver pointé sur elle. Sur Nao. Le bruit métallique n'était autre que le cran de sécurité qui avait sauté. Plus rien ne séparait Adèle et l'enfant de la balle logée dans le barillet. Rien d'autre que la volonté du tireur. Le visage de l'homme était défait par la douleur de la scène à laquelle il venait d'assister. La souffrance le rendait méconnaissable et lui faisait perdre toute sa superbe de Monsieur Loyal. Nao agrippé à son cou, Adèle fit un nouveau pas en arrière et dévisagea Léonard.

— Rendez-lui notre fils ! la tança-t-il d'une voix qui trahissait à la fois sa fureur et son désespoir. En te tuant maintenant, je ferai d'une pierre deux coups. Tu as essayé de me doubler et maintenant, tu veux prendre mon enfant ? Les *Oni* me l'ont interdit, car il fallait que l'un de votre engeance s'en charge. Mais je suis certain qu'au final, ils m'en seront reconnaissants.

En achevant sa phrase, un sourire carnassier brisa les lignes régulières de son visage. À cet instant précis, il parut encore plus fou qu'il ne l'était.

Cette fois, Adèle se tut. Car il est des moments où il est urgent de ne rien faire, et ce moment était précisément l'un de ceux-là. Si Léonard ne semblait plus être que l'ombre de lui-même, il n'en restait pas moins dangereux. La crosse de son revolver dans le poing et la douleur dans le cœur, il n'avait plus rien à perdre. Elle le savait. Le regard braqué sur elle, il pénétra dans la chambre et ne vit pas le *kyūbi* qui se trouvait dans le coin, à seulement une volée de pas de lui. Mais lorsque l'homme fut à sa portée, le *yōkai* déploya ses neuf queues et le heurta si violemment qu'il fut projeté dans le salon avant de s'écraser sur la table de la salle à manger. Le cri martial qui s'échappa de la gorge du *kyūbi* couvrit le vacarme de la vaisselle brisée. Adèle tressaillit et protégea Nao de ses bras. Avant qu'elle n'eût le temps d'intervenir, le *kyūbi* bondit sur la table et se pencha au-dessus de Léonard. Ses griffes s'enfoncèrent dans le bois massif et les mâchoires puissantes du *yōkai* se refermèrent sur le cou de sa proie dans un craquement sinistre.

Une douleur traversa le corps d'Adèle quand des hurlements déchirants fusèrent autour d'elle. La femme de Léonard et les deux fillettes accoururent vers l'homme sans vie. Sidérée par la rapidité des événements et leur enchaînement macabre, Adèle leur emboîta le pas et les rejoignit au salon. D'un bond, le *kyūbi* atterrit devant elle et enroula ses neuf queues autour de la Pourfendeuse et de l'enfant. La chaleur du *yōkai* décupla la puissance de l'odeur métallique du sang, à tel point qu'Adèle fit un effort pour ne pas vomir tripes et boyaux. Les pleurs se muèrent en plaintes déchirantes. La gorge serrée et brûlante, elle regarda droit devant elle et son regard se posa une dernière fois sur le portrait de famille souillé d'une traînée de sang.

C'est alors qu'elle remarqua un détail qui lui avait échappé. Sous la robe en mousseline rouge de la femme, le ventre était légèrement arrondi. Son regard redescendit sur la table à manger où le corps de Léonard gisait sans vie. Tandis que son épouse plaquait un bout de la nappe contre son cou, espérant juguler l'hémorragie, ses filles lui secouaient le torse pour le réveiller de ce sommeil dont on ne revient jamais.

— Ne t'inquiète pas, murmura Adèle au creux de l'oreille de Nao. Je te ramène auprès de ta maman.

Elle glissa la main sous son bustier, contre son ventre, à l'endroit où elle avait coincé la tétine, et la donna au petit garçon. Les yeux rougis par les pleurs et le corps secoué de spasmes, il la prit et posa sa joue contre la poitrine d'Adèle. Le pelage du *kyūbi* se mit à ondoyer.

— Fais doucement, s'il te plaît, marmonna-t-elle à l'adresse d'Itazura en lui désignant l'enfant du menton.

Le sol se déroba sous ses pieds et ses yeux se voilèrent. L'odeur pestilentielle du sang, des viscères nécrosés des créatures et des mets qui gisaient pêle-mêle sur le sol, disparut. Quand ses paupières se fermèrent, elle ne sentit plus que le parfum d'agrumes qui émanait de la chevelure du petit frère d'Aïko.

CHAPITRE 11

Quelques instants plus tard, les queues du *yōkai* se délièrent. Un vent glacial souleva la chevelure dorée d'Adèle aussitôt rabattue par le rideau de pluie torrentielle qui crevait les nuages sombres. Elle souleva un pan de sa cape et en enveloppa Nao pour l'abriter. Là encore, Itazura avait fait en sorte que leur arrivée se déroulât le plus sereinement possible. Si la fois précédente, elle s'y était appliquée, c'était par pure stratégie. Il était impératif qu'Adèle fût en état de combattre. Comprenant que, cette fois, le motif était tout autre, la Pourfendeuse leva les yeux vers la créature et lui décocha un sourire pâle pour la remercier. Cette dernière avait tout simplement veillé à ne pas brutaliser l'enfant. Encore bouleversée par la scène mortifère à laquelle elle avait assisté, la jeune femme balaya du regard les environs et repéra très vite la silhouette imposante et sombre du grand *torii* en bois à travers les trombes d'eau.

— Attends-moi ici, lui dit-elle en se dirigeant d'un pas pressé vers l'entrée du sanctuaire.

À travers la cape trempée, elle cajola la tête du petit garçon dont les ongles griffaient involontairement le cou de sa sauveuse.

— Ça y est, Nao. On est arrivés. Maman, Yūri et Mia ne sont plus loin. Tu vas pouvoir les retrouver et je vais m'occuper de ta grande sœur.

Même si elle n'avait aucune certitude de ce qu'elle avançait, Adèle renouvela sa promesse faite à Yūri. En guise de réponse, l'enfant se mit à téter frénétiquement sa tétine et secoua doucement la tête. Un sourire se dessina sur les lèvres d'Adèle. Elle avait réussi sa mission et ramenait Nao sain et sauf auprès des siens. Le menton fiché dans la poitrine pour ne pas laisser la pluie l'aveugler, elle gravit les marches trois par trois et ne vit pas l'obstacle contre lequel elle se heurta. Paniquée, elle leva les yeux. Son cœur fit un bond lorsqu'elle reconnut le visage de Yūri. Depuis le départ de la jeune femme, le jeune homme avait laissé Mia au chevet de sa mère et avait commencé à faire les cent pas dans la cour en attendant le retour d'Adèle et de son petit frère. Les doigts refermés autour des bras de la jeune femme, il l'attira vers lui. À l'abri du porche, il braqua ses yeux sur la petite silhouette qui se dessinait sous la cape en cuir et n'osa pas la soulever. Comprenant qu'il redoutait de voir dans quel état se trouvait Nao, Adèle sourit et retira elle-même le tissu.

— Yūri ! s'écria l'enfant en jetant ses bras autour du cou de son grand frère.

Il enroula ses membres autour du buste de Yūri tel un koala. Ce dernier serra son petit frère contre lui et des larmes brûlantes se joignirent aux gouttes glaciales de la pluie qui ruisselaient sur son visage. Un sourire étira ses lèvres. Il embrassa le front du petit garçon sans parvenir à détacher son regard de celle qui le lui avait ramené.

— Viens, dit-il en lui tendant la main.

Elle glissa sa main dans la sienne. Ensemble, ils traversèrent la cour sous la pluie battante. Le sol troué d'ornières formait une vaste étendue fangeuse constellée de flaques. Au pas de course, ils franchirent une cinquantaine de mètres et traversèrent une deuxième cour circulaire au milieu de laquelle trônait une grande statue représentant une créature qu'Adèle n'avait encore jamais vue. Son corps couvert d'écailles rappelait néanmoins celui d'un cheval et les bois qui saillaient de son crâne massif l'affiliaient davantage au cerf. Mais entre les deux, une corne au bout arrondi sortait de son front de pierre. *La licorne jaune...* se rappela soudain Adèle en se remémorant les paroles d'Aïko et de sa mère. Elle ralentit sensiblement pour observer la chimère pétrifiée. Quand sa main échappa à celle de Yūri, elle détourna le regard et reprit sa course.

Une poignée de secondes plus tard, ils arrivèrent devant les portes en bois aux moulures noires, rouges et dorées du sanctuaire. Le jeune homme, chargé du plus précieux de tous les trésors, poussa d'une main le battant et invita Adèle à entrer la première. La lumière du jour filtrait à travers les *shōji*[10] fermés et déposait

---

[10] Sorte de vantaux constitués de papier washi translucide monté sur une trame en bois.

un voile grisâtre à l'intérieur de la salle. Des trombes d'eau s'abattaient furieusement sur les vitres et formaient une cascade continue dont la source semblait intarissable. L'odeur capiteuse flottant dans l'air chatouilla les narines d'Adèle qui se retint d'éternuer. Le tapage des éléments conférait à ce lieu abrité une atmosphère feutrée et réconfortante.

Au fond de la vaste salle épurée, elle avisa de minces volutes de fumée qui s'échappaient des bâtonnets d'encens disposés près de l'autel. Elle plaqua sa chevelure trempée en arrière et rejeta les pans de sa cape ruisselante par-dessus ses épaules. Une flaque d'eau se forma immédiatement autour de ses chaussures. Elle releva la tête et surprit le regard scrutateur de Yūri qui s'attardait sur son ventre et remontait doucement jusqu'à sa poitrine. Le sang afflua à ses joues. Elle baissa les yeux et constata l'état déplorable de son bustier lacéré par les griffes du *yōkai*. Embarrassée d'avoir eu l'audace d'imaginer que les intentions de Yūri étaient tout autres, elle tapota les lambeaux de tissus du plat de la main et lui décocha un sourire.

— Ce n'est rien du tout ! dit-elle, troublée.

Mais en y jetant un dernier coup d'œil, elle s'aperçut qu'un liquide rosâtre maculait la pulpe de ses doigts. Des gouttes de sang écarlates perlaient sur le bord des plaies superficielles avant de se diluer sur sa peau mouillée par la pluie. Les prunelles de Yūri s'assombrirent. Il déplaça Nao sur son autre bras et le cala sur sa hanche avant de s'incliner légèrement pour examiner l'étendue des dégâts. Adèle se figea et se sentit plus que jamais encombrée par son bras ballant et le poids du fleuret qui tirait doucement sur son poignet.

— Je suis sûre que ce n'est rien de grave, lâcha-t-elle tout à trac tandis que le feu grignotait chaque parcelle de ses joues. C'est vrai, t'inquiète ! C'est à peine si je les sens.

Ce disant, elle rabattit les pans de sa cape devant elle afin de mettre fin à l'examen muet de Yūri. Des claquements réguliers résonnèrent dans toute la pièce. Adèle tourna la tête et pressa ses doigts autour du pommeau pour assurer sa prise. En voyant le *hakama* rouge de la *miko* flotter au-dessus du plancher, Yūri se redressa brusquement et s'écarta d'Adèle. Craignant d'avoir été pris en faute, il fit passer Nao de l'autre côté de son buste, comme pour dresser une barrière ostensible entre lui et la Pourfendeuse. Imperturbable, la *miko* descendit prestement la volée de marches qui menait à l'*haiden*[11] et s'immobilisa. D'un regard, elle leur signifia de la suivre.

— Où est-ce qu'on va ? demanda Adèle à mi-voix en jetant un coup d'œil vers Yūri. Où sont ta mère et ta sœur ?

— La *miko* nous conduit dans l'*honden*[12]. C'est le pavillon principal : Mia et ma mère se trouvent là-bas.

---

[11] Bâtiment consacré au culte et à la prière dans un sanctuaire shinto.
[12] Pavillon principal du sanctuaire.

— Je veux voir maman, intervint Nao sans déloger son visage du cou de son frère.

Adèle prit une courte inspiration et s'apprêtait à dire quelque chose, mais Yūri la devança.

— Elle va bien, dit-il s'adressant à eux deux. Et maintenant, elle va aller beaucoup mieux.

Ce disant, il caressa la chevelure de Nao et déposa un baiser sur sa nuque. Adèle ravala ses mots et eut la sensation qu'une pierre froide venait de tomber dans le fond de son estomac. Elle n'avait pas pensé à lui demander comment allait sa mère bien que son état fût préoccupant au moment où elle les avait laissés là. Maintenant que Nao allait retrouver les siens, les pensées d'Adèle étaient tournées vers Aïko, Emma et les Pourfendeurs d'illusions. Les jours de sa meilleure amie étaient comptés et, désormais, sa seule crainte était d'arriver trop tard pour la sauver.

Lorsqu'ils parvinrent à sa hauteur, la *miko* se retourna et grimpa les marches qui menaient au bâtiment principal. Adèle se racla la gorge et laissa ses cheveux mouillés coulisser sur ses épaules comme un rideau de perles afin de dissimuler son visage au regard interrogateur de Yūri.

— Est-ce que les talismans sont prêts ? se risqua-t-elle à demander à la *miko* qui marchait devant elle.

Cette dernière ne répondit pas immédiatement. Elle attendit de se trouver devant la grande porte de l'*honden* pour s'arrêter. Ses lèvres s'étirèrent presque imperceptiblement et dessinèrent un sourire aussi discret qu'énigmatique. Désemparée face à son silence, Adèle fronça légèrement les sourcils et sentit la peur compresser sa poitrine.

— Ils sont prêts, finit par dire la *miko*. Le prêtre sera là dans une minute.

Adèle eut l'impression que l'étau relâchait son étreinte, libérant ses poumons et l'autorisant à reprendre une goulée d'air. Il y avait encore un espoir de voir Aïko survivre aux assauts des *Oni*. La *miko* ouvrit la porte et, tour à tour, ils s'engouffrèrent à l'intérieur.

Un futon avait été déposé au milieu de la grande salle dans laquelle flottaient les odeurs mêlées de l'alcool et de l'encens. La mère d'Aïko était étendue sur le matelas et une épaisse couverture recouvrait son corps malingre. En entendant la porte s'ouvrir, la convalescente tourna la tête vers eux. Son teint crayeux détonnait avec la noirceur de sa chevelure striée de mèches blanches. Ses yeux s'agrandirent lorsqu'elle reconnut les nouveaux venus. Yūri posa Nao à terre et n'eut pas besoin de lui dire de rejoindre sa maman. Doté du plus performant de tous les radars, l'enfant partit en trombe. Une plainte rauque roula dans la gorge de la femme et s'échappa de ses lèvres tremblantes. Affaiblie, elle fournit un effort considérable pour se redresser sur son coude et tendit la main à son petit garçon qui traversait la salle au pas de course.

— Maman ! pleura Nao.

Il se jeta sur elle et enroula ses petits bras potelés autour de son cou. L'impact renversa la mère qui plongea ses yeux dans le plafond. Des larmes silencieuses roulèrent sur ses joues et ses lèvres balbutièrent des paroles inaudibles, comme si elle remerciait les *Kami* d'avoir protégé son enfant et de le lui avoir rendu. Ses prières avaient été entendues. Mia se pencha au-dessus de son petit frère et embrassa son front avant de s'allonger près de lui et de sa mère. Heureux et soulagé, Yūri les rejoignit et s'assit sur le bord du futon.

Adèle les observa ensemble. La peine qu'elle avait ressentie pour les filles de Léonard et son épouse, réunies autour du corps inanimé, ne disparut pas. Néanmoins, elle devint supportable, car cette scène terrible avait été supplantée par celle des retrouvailles de Nao et de sa famille. Elle examina Yūri dont la silhouette dissimulait la petite famille qui se retrouvait. Le cœur serré, elle songea à Aïko qui manquait encore au tableau. D'une main distraite, elle ramassa ses cheveux et les laissa retomber sur une épaule quand une voix l'extirpa de ses pensées. Elle pivota sur ses talons et vit le prêtre shinto avancer vers elle. Il tenait un sac en tissu brodé entre ses deux mains et ses yeux étaient rivés à ceux de la jeune femme qui lui faisait face. Il les dévia un bref instant vers la famille réunie et son visage s'illumina.

— Tenez, dit-il à Adèle en lui remettant le sac. Vous y trouverez tout ce que vous avez demandé.

Adèle comprit que les talismans étaient à l'intérieur. Elle prit une profonde inspiration et le serra précieusement contre son ventre.

— Merci, souffla-t-elle, à court de mots.

C'était le moment de partir, elle le savait. Elle tourna la tête vers la famille d'Aïko et son regard s'attarda plus que de raison sur les épaules de Yūri. Le souvenir enivrant de son odeur était encore si présent qu'elle avait l'impression de le sentir flotter autour d'elle. Elle avait beau savoir qu'il était temps de les quitter, ses jambes restaient irrémédiablement ancrées dans le sol.

— J'ignore si ces talismans suffiront à vous protéger des *Oni*, dit le prêtre. Il y a peu de chances pour qu'ils parviennent à arrêter le processus... Au mieux, il le retardera de quelques jours.

Adèle accusa un frisson et serra le sac contre sa poitrine.

— Mais à la différence de l'*omamori* que j'avais confectionné pour la jeune Aïko, ceux-là ne vous empêcheront pas de voir les yôkai. Vous devez les voir pour les combattre. Ne tardez plus, vous devez accomplir votre mission maintenant, l'encouragea-t-il. Ils sont en sécurité.

Les paroles du vieil homme résonnèrent en elle. Elle arracha son regard aux épaules du jeune homme et le plongea dans celui du prêtre. Lentement, elle reprit le contrôle de son corps. Ses muscles se détendirent et ses pensées s'éclaircirent. Sa mission.

Aïko, Emma et tous les autres. Byakko. Itazura qui l'attendait encore à l'entrée du sanctuaire.

— Merci pour votre aide, répéta-t-elle dans un filet de voix.

Le prêtre inclina légèrement la tête et Adèle l'imita. Elle s'obligea à ne pas adresser un dernier regard à la famille de sa meilleure amie, sentant une brûlure éclater dans son ventre à la seule idée de s'éloigner de Yūri. Elle se dirigea vers la porte et sortit. Chargée de son butin, elle dévala les marches et traversa l'*haiden* d'un pas pressé, mais néanmoins plus lent. Elle n'avait jamais aimé courir dans un quelconque lieu de culte de peur d'éveiller la colère des croyants ou pire, l'ire de celui ou celle qui y était vénéré. Il n'est pas nécessaire de croire en une chose pour s'en méfier. Le doute fait aussi bien l'affaire.

Elle s'arrêta sur le seuil et rabattit la capuche de sa cape au-dessus de sa tête. Les trombes d'eau qui tombaient inlassablement du ciel brouillaient le paysage comme une toile délavée. Le cœur battant, elle s'élança sur l'allée de graviers flanquée de lanternes qui conduisait tout droit à l'entrée du sanctuaire. Quelques mètres la séparaient des marches quand, soudain, une main s'enroula autour de son poignet et la retint dans sa course. Aveuglée par le rideau de pluie qui fouaillait son visage, elle prit quelques secondes pour reconnaître Yūri. À dire vrai, ce furent son odeur et la chaleur de sa main qu'elle reconnut avant de distinguer les traits de son visage. Sans un mot, il l'attira vers un abri en bois en dessous duquel se trouvait un petit bassin. La respiration haletante, elle retira sa capuche et le dévisagea, perplexe. Ses cheveux noirs étaient plaqués contre son front et sa nuque. Ses prunelles sombres s'arrimèrent à celles d'Adèle et sa mâchoire se contracta.

— Qu'est-ce qu'il se passe ? demanda-t-elle, soudain prise de panique. C'est ta mère ? Il y a eu un…

Il s'approcha d'elle. Elle se raidit et les derniers mots moururent sur ses lèvres. Enivrée par son parfum, elle sentit un frisson éclater sur ses épaules. Elle n'acheva pas sa phrase. Les yeux de Yūri coulèrent leur encre dans ceux limpides d'Adèle qui l'observaient avec étonnement et envie. Comprenant que le désir qu'il éprouvait pour elle était aussi impétueux que le sien pour lui, il sourit et retint son souffle. Le nuage de vapeur qui flottait autour de son visage se dispersa jusqu'à s'évanouir entièrement.

Lentement, il glissa ses doigts sur sa nuque et, du bout des pouces, caressa l'arrondi de son menton. Son regard allait inlassablement des yeux d'Adèle à l'ourlet de ses lèvres entrouvertes qui laissaient deviner ses dents. Il s'approcha davantage, jusqu'à sentir sa poitrine contre son torse et la chaleur de son souffle rouler sur son visage avant de redescendre sur son cou. Leurs bouches n'étaient plus qu'à quelques centimètres l'une de l'autre. Adèle déglutit. Elle posa ses mains sur les siennes et les abaissa.

Désarçonné et craignant d'avoir mal interprété les signes qui lui avaient fait penser que leur attirance était réciproque, Yūri se laissa faire et l'interrogea du regard. Le vent souffla si fort qu'une ondée de pluie s'abattit sous l'abri et leur fouetta le flanc. Yūri détourna la tête quelques secondes et sembla découvrir, désorienté, qu'il pleuvait à verse. C'était tout juste le temps dont Adèle avait besoin pour se lancer. Elle glissa sa main dans la sienne et saisit son visage avant de presser ses lèvres contre celles du jeune homme. Aussitôt, il referma ses bras autour de sa taille et la serra contre lui. Elle sentit une onde de chaleur rouler dans son ventre, battre l'aine et redescendre le long de ses cuisses. Elle s'abîma dans le baiser de Yūri et goûta sa langue avec autant d'ardeur que de désespoir de voir cet instant s'évanouir.

Le souffle court, elle glissa ses doigts dans ses cheveux noirs et posa son front contre le sien. La bouche encore gonflée par la fougue de leur baiser, Yūri la dévisagea, l'air hagard. Il déglutit et jeta un bref coup d'œil autour d'eux. L'averse délavait le paysage et semblait dresser un rempart autour d'eux, les coupant du reste du monde. Adèle scruta l'entrée du sanctuaire et devina la silhouette du *kyūbi* tandis que Yūri tournait la tête vers le bâtiment qui abritait sa famille. L'heure de se séparer approchait et l'angoisse monta d'un cran. Si la raison leur intimait de reprendre chacun sa route, leurs cœurs, quant à eux, hurlaient le contraire.

Ils échangèrent un regard et comprirent qu'ils songeaient à la même chose.

Leurs yeux s'assombrirent d'un désir brûlant et un courant électrique leur traversa le corps. La crainte d'être surpris, la peur de profaner ce lieu sacré et la honte de céder à la pulsion qui secouait leurs veines s'évanouirent aussitôt. En cet instant, il n'y avait plus rien d'autre qu'eux : ni famille, ni amis, ni *Kami*, ni *yōkai* et encore moins Byakko et la horde d'*Oni*. Seulement l'urgence de vivre, de repousser cette fin du monde. Armés de leur seule étreinte.

Réprimant un frisson, Adèle déposa le sac contenant les *omamori* sur le bord du bassin. En redressant la tête, elle esquissa un sourire qui releva presque imperceptiblement la commissure de ses lèvres. Les mains tremblantes, elle saisit le col de la tunique de Yūri. Ses prunelles arrimées aux siennes, elle l'attira vers elle tandis qu'elle se dirigeait à reculons vers l'arbre massif dont les ramures frôlaient le toit en bois. Yūri se mordit la lèvre comme pour retenir un sourire coupable et deux fossettes creusèrent ses joues. Lorsqu'ils quittèrent l'abri du bassin, la pluie glaciale les fouetta violemment. Comme si le dernier bastion de l'interdit et de la pudeur venait de s'écrouler sous le torrent, Yūri sentit tous ses sens exacerbés. Il plaqua son corps contre celui d'Adèle et ses mains se refermèrent sur ses hanches.

Cette fois, leur baiser se fit ardent et leurs caresses désespérées. Le visage enfoui dans le cou d'Adèle, ses lèvres goûtèrent sa peau légèrement salée et la douceur glacée de la pluie. Ses mains descendirent le long du dos de la jeune femme et suivirent le tracé de ses courbes. Un grondement rauque roula dans sa gorge lorsque le désir devint insoutenable. Il la souleva et franchit, en deux enjambées, le dernier mètre qui les séparait du tronc. L'écorce rugueuse de l'arbre érafla le dos d'Adèle et un gémissement jaillit de ses lèvres pour se perdre entre celles de Yūri. Craignant de lui avoir fait mal, il desserra l'étreinte et l'interrogea du regard. Adèle remit les pieds au sol et se perdit dans ses iris.

Sous les frondaisons épaisses, la pluie s'adoucit et moucheta délicatement leur peau ardente. Sans le quitter des yeux, elle délaça son pantalon et sentit son sexe tendu sous le tissu sombre. Elle l'attira vers elle et son désir s'embrasa lorsqu'elle le sentit se presser contre son ventre. Yūri faisait courir ses mains sur sa poitrine, embrassant chaque parcelle de sa peau. À bout de souffle, Adèle défit non sans mal son propre pantalon. Le cuir entamé par les griffes du *yōkai* contre lequel elle s'était battue lui facilita quelque peu la tâche. En la voyant lutter contre son vêtement, Yūri eut un rire. Il l'aida maladroitement tandis qu'elle se chargeait du sien, le sourire aux lèvres. Il caressa la hanche dénudée d'Adèle. Une main agrippée à l'écorce de l'arbre, il referma l'autre sur sa cuisse qu'il releva. Grisé par le contact de leurs corps, il effleura délicatement sa peau, sur laquelle coulaient déjà des rigoles de pluie. Les cicatrices de la jeune femme formaient des lignes horizontales légèrement gonflées sous la pulpe de ses doigts.

— Qu'est-ce que… bafouilla-t-il sans parvenir à terminer sa phrase. Comment ?

— Il se pourrait bien que tu aies raison quand tu dis que je suis cinglée, répondit-elle d'une voix teintée à la fois de honte et d'une touche d'humour.

Le front posé contre celui d'Adèle, il plongea son regard brûlant dans le sien. Elle hocha le menton et se précipita sur ses lèvres frémissantes quand il se fondit en elle. Leurs bouches scellées laissèrent échapper des soupirs. Le vacarme du vent et de la pluie, s'abattant furieusement sur les graviers, le feuillage et la terre, tira les rideaux de l'alcôve improvisée à ciel ouvert et engloutit leurs gémissements.

CHAPITRE 12

Adèle descendit les deux premières marches trempées. La pluie accumulée sur la surface irrégulière de la pierre formait de petites flaques. De part et d'autre de l'escalier, des rigoles d'eau fangeuse bouillonnaient jusqu'au pied du *torii*, derrière lequel l'attendait le *kyūbi*. Malgré le déluge glacial qui s'abattait sur elle, la jeune femme éprouvait encore la chaleur ardente de leur étreinte.

Elle s'arrêta, jeta un coup d'œil par-dessus son épaule et aperçut la silhouette brumeuse de Yūri se découper au loin. Immobile, il la regardait s'éloigner, se dissolvant lentement dans le paysage brossé par l'averse. Bien qu'il lui fût impossible de discerner les traits de son visage, elle pouvait sentir la douceur de ses mains sur elle. Un frisson lui traversa le corps et éclata en une myriade de picotements sur sa nuque. Les réminiscences du plaisir fugace pulsèrent dans son aine. Gorgée de son parfum et de l'arôme de ses lèvres, elle déglutit et réprima son envie de le rejoindre.

Un claquement sec attira son attention et l'obligea à détourner le regard. Les prunelles embrasées du *kyūbi* la fixaient intensément tandis que ses neuf queues battaient furieusement le vent et la pluie. À tel point qu'il était impossible de savoir qui des éléments ou du *yōkai* frappait le plus fort. Le son guttural qu'il émit pour lui signifier sa désapprobation fit trembler Adèle et la ramena définitivement à l'instant présent, éteignant son désir comme l'on mouche une bougie. Aïko, Emma et tous les autres avaient besoin de son aide et attendaient leur retour pour bénéficier de la protection des talismans. Elle lança un dernier regard dans la direction de Yūri qui se dirigeait d'un pas pressé vers le sanctuaire. Les trombes d'eau lui martelant le corps encore pétri par la volupté.

Adèle prit une profonde inspiration et dévala les escaliers au pas de course comme si se dépêcher maintenant allait effacer la culpabilité indomptable qui l'habitait depuis qu'elle avait quitté les bras de Yūri. Elle se précipita vers le *kyūbi* et, le regard fuyant, lui montra le sac rempli de talismans. Itazura fit claquer sa langue et l'observa du coin de l'œil en enroulant ses queues massives autour d'elle. Adèle ferma les paupières et le visage de Yūri s'incrusta si fortement dans ses rétines qu'elle sentit une dernière fois la saveur de ses lèvres et la chaleur de son corps se glissant dans le sien. Les yeux fermés, elle perçut le regard inquisiteur du *kyūbi* et se mordit l'intérieur de la joue pour ne pas laisser son visage trahir ses pensées. Elle tenait à ce que cet instant volé qu'elle avait partagé avec Yūri demeurât leur secret. Le sac contenant les talismans contre son ventre et le pommeau du fleuret dans la main, elle sentit ses pieds quitter brutalement le sol et son ventre se retourner.

Son corps heurta violemment le sol, vidant l'air de ses poumons. Une plainte jaillit de ses lèvres quand elle sentit la pointe d'une pierre lui entailler l'épaule. Étendue sur le sol, elle se redressa péniblement sur ses bras et ouvrit les yeux. Autour d'elle, tout tournoyait à vive allure. La terre tanguait. Cette fois, son estomac n'y résista pas. Elle se pencha sur le côté et vomit tout son saoul.

Lorsqu'elle eut fini et que sa vue se stabilisa, elle redressa la tête et reconnut les parois rocheuses de la grotte. Elle s'essuya les lèvres du dos de la main et ramassa le sac et le fleuret avant de se relever. Ses jambes étaient bien trop flageolantes pour lui assurer l'équilibre. Elle s'adossa alors contre le mur, étira son cou et huma l'air glacial pour apaiser la douleur et les spasmes qui lui secouaient encore les entrailles. L'aube avait déjà percé le ciel gris et la lumière qui se déversait par le plafond troué repoussait les ténèbres tentaculaires dans les recoins.

— Je peux savoir ce qui t'a pris ? demanda-t-elle d'une voix enrouée en se tournant vers le *kyūbi* qui se tenait à quelques mètres d'elle.

Le *yōkai* ne prit pas la peine de se retourner, ni même de lui répondre. Elle fronça les sourcils. Le museau dressé et les yeux mi-clos, il humait l'air et le pelage épais de son échine scintillait d'une lueur argentée entourée de neuf flammèches. Comprenant que le *kyūbi* savait, Adèle se racla discrètement la gorge. Il savait pour quelle raison elle avait tant tardé à le rejoindre. Il savait qu'elle avait choisi le plaisir au détriment de la mission pour laquelle elle avait été mandatée. La culpabilité et la honte resserrèrent leur étreinte autour du ventre d'Adèle. Pour garder une certaine contenance, elle épousseta machinalement son pantalon en cuir et rejeta les pans de sa cape sur ses épaules, balayant le sol d'un regard circulaire.

Leurs compagnons étaient partis et, au vu des cendres qui tapissaient les foyers de fortune, ils s'étaient mis en route peu de temps après leur départ pour Paris. Elle se tourna vers le *kyūbi*, effaçant les quelques mètres qui les séparaient. Malgré la honte, elle s'efforça de briser la glace. Cela était indispensable si elle voulait avoir une chance de rejoindre Aïko, Emma et tous les autres.

— Je suis désolée, dit-elle à mi-voix.

Voyant que le *yōkai* ne réagissait pas, elle s'éclaircit la gorge. Les yeux baissés et les sourcils formant deux accents circonflexes, elle brandit le sac qui contenait les talismans.

— Il faut qu'on les rattrape au plus vite. Ils auront besoin de ça.

Itazura fit claquer la langue et Adèle releva la tête. Les prunelles du *yōkai* devinrent si aiguisées que la jeune femme eut l'impression qu'il sondait son esprit et décortiquait minutieusement ses pensées. N'y tenant plus, elle détourna le regard et enchaîna :

— Yasuke a dit que tu ne pouvais pas utiliser tes pouvoirs sur le mont Cook. Je suppose que c'est pour cette raison qu'on a atterri ici et non pas auprès d'eux. Est-ce que tu peux retrouver leur trace ?

Si un regard pouvait rivaliser avec la foudre, c'était incontestablement celui que le *kyūbi* lui décocha à cet instant. Alors qu'Adèle croyait la créature incapable de parler lorsqu'elle était sous sa forme animale, une voix mélodieuse s'éleva de la gorge du *yōkai* sans que ses babines esquissassent le moindre mouvement.

— Tu nous as fait perdre un temps considérable. Tu empestes la semence. Après neuf siècles sur cette Terre, l'abjection et la velléité des humains ne cessent de me surprendre. Je ne t'ai ramenée ici que parce que je ne pouvais pas te laisser là-bas. Contrairement à ce que ton comportement laisse croire, tu as une mission.

Adèle se figea et l'écouta attentivement. Sa culpabilité logea une pierre dans sa gorge et son corps se raidit. Mais cette fois, elle soutint les foudres de ses iris.

— Je t'ai demandé comment on allait s'y prendre pour les rattraper, dit-elle d'un ton lapidaire. Si tu n'as rien à proposer, j'en déduis qu'on doit se mettre en route maintenant. Une longue marche nous attend.

Joignant le geste à la parole, elle se dirigea d'un pas rapide vers la sortie de la grotte. Elle devait retrouver Aïko au plus vite. Son état la préoccupait et elle éprouvait le besoin viscéral de se rattraper. L'angoisse de ne pas y parvenir l'étreignit davantage. Et si elle arrivait trop tard ? Et si les douces minutes passées en compagnie de Yūri devenaient la source de son plus grand malheur ? D'une certaine manière, elle était déjà convaincue d'avoir failli en n'ayant pas été auprès de ses parents lorsque le *yōkai* s'en était pris à eux. Elle ne se pardonnerait jamais de ne pas avoir été là pour sauver Aïko. Le visage de Yūri céda la place à celui de sa sœur et Adèle allongea ses foulées.

Alors qu'il ne lui restait plus que quelques mètres à parcourir avant d'atteindre la sortie de la grotte, elle entendit un grondement sourd et un roulis de pierre derrière elle. À peine eut-elle le temps de tourner la tête que la gueule massive du *kyūbi* se referma sur son col. Ses pieds quittèrent le sol et son corps exécuta un soleil avant de retomber sur le dos massif de la créature qui s'élançait à toute allure vers la rivière de glace. Craignant de faire une mauvaise chute, elle referma sa main libre sur le pelage, se coucha presque entièrement sur la monture fantastique et resserra ses genoux sur son flanc. Le *yōkai* était aussi imposant et rapide qu'un cheval lancé au galop.

— Mes pouvoirs sont partiellement entravés ici, mais je peux encore courir, tonna la créature dont la voix vibra contre le buste d'Adèle.

La jeune femme coinça le sac contenant les talismans entre elle et son fleuret posé en travers de ses cuisses. Les yeux plissés et les lèvres closes, elle leva doucement la tête pour voir dans quelle direction Itazura l'entraînait. Le souffle glacé du vent fouetta son visage si violemment qu'elle eut l'impression qu'une nuée d'aiguilles se plantait dans chaque pore de sa peau. Ne pouvant faire face, elle assura sa prise, inclina la tête et jeta un coup d'œil au sol. Les pattes élancées et néanmoins puissantes du *yōkai* détalaient à toute allure au-dessus des pierres blanches qui jouxtaient le bras de rivière. À chacune de ses foulées, la créature soulevait des gerbes minérales dans son sillage. Adèle étouffa un juron lorsqu'elle sentit les premiers bris de pierre heurter ses jambes et des filets d'eau glaciale lui lacérer les mollets. Elle serra la mâchoire et se redressa légèrement, front baissé. De chaque côté de la rivière constellée de plaques de glace, des pierres immaculées et grises tapissaient le sol jusqu'à la lisière de deux forêts au feuillage dense et verdoyant. Ces arbres ne semblaient pas connaître l'hiver. L'odeur sylvestre embaumait l'air et se mêlait étrangement à celle presque insaisissable du cours d'eau gelé. Le cœur martelant contre sa poitrine et luttant de toutes ses forces pour ne pas laisser échapper des plaintes de douleurs, Adèle leva les yeux. Au-dessus de la tête du *kyūbi*, elle aperçut la silhouette gigantesque du mont Cook se découper sur le ciel aux teintes rosées de l'aube. Une dentelle de nuages entourait le sommet enneigé d'un voile vaporeux. Itazura la conduisait bel et bien vers les autres. Et plus la distance s'effaçait entre elle et ses amies, plus son sang battait ses tempes.

Soudain, le *yōkai* s'arcbouta sur ses pattes arrière et fit un bond de plusieurs mètres pour rejoindre l'autre rive. Le cœur d'Adèle manqua un coup. La sensation de chuter dans le vide diffusa un flux acide et brûlant dans son estomac vide. Elle se rallongea sur l'échine de la créature et posa son front contre son pelage blanc et argenté, l'implorant muettement de ralentir sa course. Les genoux enfoncés dans les côtes du *kyūbi*, elle nicha entièrement son visage dans la chaleur épaisse de son cou et répéta sa prière. Cette fois, le *yōkai* sembla l'entendre et ralentit sensiblement, tout en maintenant une vitesse honorable qui leur permettrait de retrouver rapidement le reste de la troupe.

Lorsqu'elle s'habitua enfin au rythme cadencé du *kyūbi*, Adèle réussit à se redresser suffisamment pour jeter un coup d'œil alentour. Les muscles de ses cuisses commençaient à la faire souffrir et la tension descendait jusque dans ses talons. Le bas de son dos et ses fesses, éprouvés par la cavalcade, étaient à présent si douloureux qu'elle grimaçait de douleur à chaque secousse. Elle tentait parfois de se déplacer d'un ou deux centimètres sur le dos du *yōkai*, mais dès lors que la souffrance devenait supportable, une autre se déclenchait, si bien qu'elle finit par renoncer à toute tentative de mouvement et demeura immobile sur sa monture démoniaque. L'espace d'une seconde, elle se demanda si ce n'était pas là une manière comme une autre, pour Itazura, de manifester sa colère. De la même manière qu'elle était capable de se téléporter en douceur, elle pouvait se montrer bien plus abrupte. Une plainte étouffée roulant dans sa gorge, Adèle se concentra sur sa respiration et laissa ses pensées vagabonder librement. La chaleur qu'irradiait le corps de la créature lui rappela, bien malgré elle, celle des mains de Yūri et la douceur de son pelage appela le souvenir de ses lèvres contre les siennes. Le corps endolori, Adèle se recroquevilla à l'intérieur d'elle-même, dans cette bulle de bonheur dont elle payait désormais le prix.

CHAPITRE 13

Itazura ralentit. D'abord imperceptiblement, puis de telle façon qu'Adèle fut tirée de ses pensées. Soulagée de voir son calvaire prendre fin, elle inspira lentement jusqu'à ce que ses poumons se fussent remplis d'air. Craignant qu'un nouveau point douloureux lui comprimât l'estomac, elle se redressa doucement. La tête droite et le pas sûr, le *kyūbi* ne montrait aucun signe de fatigue. Sa cage thoracique se soulevait et s'abaissait aussi régulièrement que s'il n'avait presque pas fourni d'effort.

Pourtant, Adèle ne s'y laissa pas tromper. Sous ses jambes, elle pouvait sentir sa chair frémir et un battement sourd traverser tout son corps. Un sifflement aigu filtrait à travers ses babines entrouvertes nimbées d'un nuage vaporeux. Adèle blêmit en scrutant les environs. La glace et la neige s'étendaient à perte de vue. La première chose qu'elle remarqua fut que la forêt avait entièrement disparu. L'absence des arbres et de leur teinte verdoyante lui glaça le sang, car ceux-là offraient un refuge. La magnificence de ce paysage de glace ne le rendait pas accueillant. Elle déglutit et leva la tête. Le mont Cook n'était rien d'autre qu'un bloc titanesque de pierre recouvert d'un manteau blanc. Sur ses flancs grisâtres, des monceaux de neige tombés du ciel et mus par le vent mouchetaient la surface. La nature y était pour le moins hostile et, malgré ses efforts pour contrôler son angoisse, Adèle sentit sa gorge se contracter aussi brutalement que si une main invisible s'amusait à la torturer, serrant et desserrant sa prise à intervalles réguliers.

— Pourquoi on s'arrête ici ? demanda Adèle en refermant ses doigts sur le pommeau de son arme.

Ce disant, elle se pencha et regarda le sol neigeux se déployer sous les pattes de la créature. Ses jambes l'élançaient. Elle avait autant envie de mettre les pieds à terre que d'appréhension. Elle savait que la douleur lui vrillerait immanquablement les hanches et les genoux avant de la faire vaciller. Toutefois, si c'était là la seule manière de mettre un terme à ses souffrances, l'idée était séduisante. Sans répondre, le *kyūbi* leva le museau et huma l'air. Un frisson secoua son échine et ses queues se mirent à s'agiter frénétiquement autour de son corps gigantesque.

— Tu sens leur présence ? reprit Adèle dont la voix tendue ne dissimulait plus ni sa douleur ni sa peur.

Les premières lueurs de l'aube coulaient leur douce lumière sur le flanc enneigé. D'un mouvement de tête, le *kyūbi* acquiesça et Adèle sentit ses muscles se raidir sous son corps. Elle se mordit l'intérieur de la joue, étira ses doigts crispés et s'agrippa de nouveau au pelage au moment même où le *yōkai* s'élança à vive allure vers l'est.

Adèle aurait dû éprouver un profond soulagement à l'idée de retrouver bientôt Aïko, Emma et le reste de la troupe. Pourtant, un mauvais pressentiment lui noua la gorge. Il y avait, à présent, quelque chose de désespéré dans la course du *yōkai* et ce détail ne lui avait pas échappé. Cette fois, il ne prenait pas plaisir à la malmener. L'énergie qu'il déployait était frappée du sceau du désespoir. Son cœur, jusqu'alors discret au point qu'Adèle eut pu douter qu'il en possédât un, se mit à pulser de plus en plus fort sous ses côtes, irradiant sa puissance jusque dans les jambes d'Adèle. Le *yōkai* avait peur. Elle le sentait. Pourquoi ? Qu'est-ce qui avait bien pu altérer son souffle et dissiper sa sérénité ? Les Pourfendeurs d'illusions étaient-ils en danger ? Leur était-il arrivé quelque chose ? L'emprise des *Oni* avait-elle fini par l'emporter ?

Les pattes du *kyūbi* ne touchaient presque plus le sol blanc. Le crissement strident de ses griffes sur la glace arracha des frissons à sa cavalière. Les dents d'Adèle s'entrechoquèrent et se mirent à grincer. Elle blêmit en voyant le *yōkai* se diriger tout droit vers le sommet d'une roche plate couverte d'une fine pellicule de glace dont les reflets chatoyants révélaient la présence d'une couche de verglas. Et cela n'augurait rien de bon. Entre ses cils, elle aperçut l'extrémité de la pierre grise puis le vide. Comprenant que le *kyūbi* se préparait à bondir, elle enroula son bras autour de son cou et garda, tant bien que mal, le regard rivé sur l'immense bloc de pierre verglacé derrière lequel se dressait fièrement le mont Cook. Itazura exécuta un nouveau bond et franchit sans difficulté la zone glissante. En suspension dans l'air, Adèle sentit un flux acide remonter dans sa gorge. Elle serra les mâchoires pour ne pas se mordre la langue, anticipant le moment où le *yōkai* retoucherait terre brutalement. Elle tenait si fermement le pommeau du fleuret que le métal s'imprima dans sa chair et la lame entailla superficiellement la peau sous son nombril.

Le *kyūbi* atterrit lourdement dans la neige épaisse et des gerbes de poudreuses jaillirent du sol. Mu par son élan, il s'arcbouta sur ses quatre pattes et s'immobilisa quelques mètres plus loin, soulevant une pluie glacée dans son sillage. La douleur qui éclata dans la nuque d'Adèle vrilla son épaule gauche et lui arracha une plainte sourde. Elle réunit ses dernières forces pour s'agripper au dos secoué de spasmes du *yōkai*. Mais au lieu de reprendre sa course, il fit volte-face. Adèle ouvrit les yeux. L'air hagard, elle se redressa doucement. La peur de brusquer son corps perclus de douleurs la contraignait à mesurer chacun de ses mouvements. Elle passa la main sur son cou et jeta un coup d'œil par-dessus la tête d'Itazura.

Les yeux écarquillés de stupeur, son rythme cardiaque s'emballa plus encore lorsqu'elle reconnut les cheveux colorés d'Emma agités par le vent glacial et le casque de samouraï de Yasuke se découper sur le paysage blanc. Seuls. *Où sont les autres ?* songea-t-elle. Empêtrés dans la neige, ils avançaient vers elles. Leurs pas étaient lents et lourds. Le visage d'Emma était si pâle qu'il se fondait dans le paysage hivernal. Faisant fi de la douleur qui lui traversait le corps, Adèle se redressa davantage et tourna la tête de tous les côtés, espérant voir surgir Aïko.

Un bourdonnement sourd emplit ses oreilles. Son amie n'était pas avec eux. Le corps du *yōkai* fut parcouru de tremblements et ses muscles ondulèrent sous celui d'Adèle. Avant qu'elle n'eût le temps de réaliser ce qu'il se passait, elle chuta lourdement dans la neige et vit la silhouette du *kyūbi* reprendre forme humaine à mesure qu'il accourait vers Yasuke. Une grimace de douleur se plaqua sur le visage du samouraï lorsqu'Itazura fondit sur lui. Il referma son bras autour de ses épaules et déposa un baiser sur sa tempe. La longue chevelure noire de son amante jurait dans le paysage enneigé comme une coulée d'encre sur une page blanche.

Les jambes ankylosées, Adèle fit une tentative pour se redresser, sans succès. Soudain, un bras se glissa sous son aisselle et l'aida à se remettre debout.

— Dis-moi que tu as les talismans ! lui dit Emma d'une voix implorante.

Elle opina doucement du chef et lui donna le sac, tout en sondant les expressions de la jeune femme. Son angoisse monta d'un cran. Elle rejeta sa chevelure ébouriffée en arrière et scruta les ténèbres qui emplissaient une sorte de petite grotte nichée sous l'immense bloc de pierre par-dessus lequel Itazura avait sauté quelques secondes plus tôt. Ce point sombre dans cette immensité blanche devint alors son dernier espoir de voir Aïko vivante. Elle le désigna du menton et se dirigea dans sa direction. Elle vacilla, mais ne chuta pas. Emma lui avait emboîté le pas et la soutenait à présent, le bras fermement enroulé autour de sa taille.

— Où est Aïko ? souffla-t-elle, le visage crispé par la douleur lancinante qui compressait ses reins et battait ses cuisses.

— Elle est là, mais elle est dans un sale état. Je ne comprends rien. Rachel nous avait pourtant dit que l'évolution avait été plus lente pour Fergus.

— Il faut croire que la puissance des *Oni* ne cesse de croître. Le prêtre shinto...

Adèle n'acheva pas sa phrase et réprima un haut-le-cœur soulevé par la culpabilité. À mesure qu'elle se rapprochait de l'endroit où se trouvait Aïko, la peur enflait comme un ballon dans sa gorge et son cœur menaçait de jaillir hors de ses lèvres. Elle avait vu à quoi ressemblait Fergus lors de ses crises. Dans quel état était Aïko ? Serait-elle méconnaissable ?

— Quoi ? s'impatienta Emma. Qu'est-ce qu'il a le prêtre shinto ?

— Il pense que les talismans ne pourront pas repousser indéfiniment l'emprise des *Oni*, reprit Adèle, mais il est persuadé que ça nous permettra de gagner du temps. Il faut qu'on retrouve Byakko au plus vite. Si Fergus et Aïko sont atteints, ça signifie que Seiryū n'est plus assez résistant. Ce n'est plus qu'une question d'heures avant que les deux autres Gardiens ne deviennent les marionnettes de ces saletés de *yōkai*.

Alors qu'elles s'apprêtaient à pénétrer dans les ténèbres de la petite grotte, Emma la retint par le bras et ses mâchoires se serrèrent. Tout en essayant de dégager son bras, Adèle sonda l'obscurité, tourna la tête vers son amie et lui adressa un regard interrogateur.

— Depuis que vous êtes partis, la situation s'est dégradée. Pour tous. En l'espace de quelques minutes, Rachel a développé les premiers symptômes. Quant à Nayeli et Sebastian, c'était il y a quelques minutes. C'est venu si vite qu'on n'a pas eu le temps de réagir. Yasuke a fini par les neutraliser, mais c'était moins une.

— Qu'est-ce que tu essaies de me dire ? s'impatienta Adèle d'une voix étranglée.

Emma soupira et se pinça les lèvres. Ses yeux cernés étaient striés de minces filets rouges à cause du froid, de l'épuisement et probablement des pleurs.

— Ils sont tous en mauvaise posture. Fergus galère à respirer. Yasuke craint qu'il ne survive pas aux deux prochaines heures. Aïko est dans un état… très préoccupant. Quant aux autres, leur état décline à vue d'œil. On dirait que ces connards d'*Oni* ont trouvé le moyen de passer à la vitesse supérieure.

Adèle hoqueta en ravalant les larmes qui brûlaient ses paupières et une douleur cuisante implosa dans son ventre. Elle récupéra le sac qui contenait les talismans. Ses doigts remuèrent nerveusement, soulevant et déplaçant les *omamori* qui s'entrechoquèrent à l'intérieur.

— Viens m'aider ! dit-elle en se dirigeant vers la grotte d'un pas déterminé.

CHAPITRE 14

Une odeur insoutenable de sécrétions corporelles lui frappa le visage. Elle saisit un pan de sa cape, l'enroula autour de son poing et plaqua le tissu contre son nez et sa bouche, ne laissant qu'un petit espace près de la commissure de ses lèvres pour ne pas étouffer.

Dans l'obscurité, elle avança à l'aveugle et trébucha sur un obstacle en travers de son chemin. Un gémissement accompagna sa perte d'équilibre et son cœur se serra lorsqu'elle reconnut les yeux sombres d'Aïko se découper sur la peau crayeuse de son visage. Elle s'agenouilla près d'elle et glissa une main sous sa nuque pour l'aider à se relever, mais la lycéenne demeurait aussi inerte que si son corps entier avait été lesté de plomb. Ses prunelles d'encre plongèrent dans celles d'Adèle et la dévisageaient avec autant de peur et de questions muettes qu'un moribond implorant celui qui se tient à son chevet de l'empêcher de basculer du côté dont il ne reviendra jamais.

D'une main tremblante, Adèle saisit le cordon bleu et délaça le sac en tissu. À l'intérieur se trouvaient six plaques de bois. Celles-ci ne ressemblaient guère à l'*omamori* d'Aïko. Chacune d'elles portait une inscription finement gravée. Déjà habituée à l'obscurité, Aïko reconnut les *ema*[13] et un sourire étira ses lèvres pâles quand elle lut les noms des plus puissants **kami**.

Ignorant comment ces talismans étaient censés fonctionner, Adèle sentit la pression grimper et un courant électrique lui traversa l'échine. Son regard glissa sur la poitrine de son amie et s'arrêta sur le curseur de sa fermeture éclair. Malgré les frissons qui secouaient le corps d'Aïko, elle le saisit et l'abaissa fébrilement, ouvrant sa combinaison jusqu'à son nombril. Elle plongea la main dans le sac et en sortit un talisman qu'elle plaça près de son sein gauche. Au niveau du cœur. Aïko se mit à claquer des dents. Adèle s'empressa alors de refermer le vêtement. Elle se pencha et déposa un baiser sur sa frange trempée de sueurs glaciales.

—Ta famille est en sécurité. Ils vont bien et sont entre de bonnes mains. Mission accomplie, ajouta-t-elle en lui décochant un clin d'œil.

En entendant ces mots, Aïko sourit et prit une longue inspiration. Délestée de la terreur féroce de savoir les siens en danger, elle s'autorisa à fermer les yeux. Comme si l'air entrant dans ses poumons pénétrait aussi les siens, Adèle sentit son pouls ralentir. Elle releva la tête et aperçut la silhouette massive de Fergus, étendue sur le sol contre la paroi opposée. Assise près de

---

[13] Plaques de bois sur lesquelles des prières adressées aux kami sont inscrites.

lui, Rachel avait enroulé ses bras autour de ses genoux et grelottait. Le froid la dévorait de l'intérieur. Adèle jeta un coup d'œil vers Aïko. Les paupières closes et le sourire en travers du visage, elle s'était endormie. Pour s'en assurer, elle posa deux doigts contre son cou et sentit ses veines battre. Le talisman semblait faire effet. Elle se leva en grimaçant de douleur et se précipita vers le couple pour répéter l'opération. Tandis qu'elle déchirait le col de Fergus pour y glisser un *ema*, elle dit à Emma :

— Je m'occupe d'eux. Fais pareil avec Nayeli et Sebastian !

Celle-ci s'exécuta sans protester. Elle se saisit de deux autres plaques de bois et se dirigea d'un pas pressé vers le fond de la grotte où les adolescents étaient allongés. Le regard d'Adèle s'attarda quelques secondes sur l'immense tâche noire qui recouvrait une partie du cou de Fergus et remontait, à présent, jusque derrière son oreille. Elle l'effleura du bout des doigts et frissonna au contact visqueux et grumeleux de la chair rongée.

— Sa tâche de naissance se nécrose, marmonna Rachel d'une voix hachurée par le froid. On dirait une putain de gangrène.

Adèle sonda le visage exsangue de l'homme et se demanda s'il n'était pas déjà trop tard pour lui. Bien qu'elle se souciât de son état, elle ne put s'empêcher de songer à Aïko qui, sous peu, connaîtrait le même destin funeste. Luttant contre son envie irrépressible de retourner derechef aux côtés de son amie, elle se tourna vers Rachel qui se tenait à portée de main. Sans se relever et encore en appui sur ses rotules, elle avança vers la femme rousse. Son genou s'enfonça dans une sorte de pâte visqueuse et malodorante. Les effluves qui remontèrent jusqu'à son nez lui soulevèrent le cœur. Elle venait de piétiner le contenu de l'estomac de Fergus ou de Rachel. Qui que soit le propriétaire de cette flaque nauséabonde, elle n'en restait pas moins ce qu'elle était. Adèle posa sa main sous le menton de la femme et lui releva la tête afin de glisser l'*ema* dans son pull qu'une longue traînée de vomi sec maculait du col jusqu'en bas. Adèle leva un sourcil, se faisant la réflexion, bien malgré elle, qu'elle avait résolu l'énigme du propriétaire de la vomissure.

Un bruit de pas résonna dans la grotte. La jeune femme se redressa d'un bond et pivota sur ses talons pour faire face aux nouveaux venus. Le casque de samouraï pourvu de cornes se découpa sur l'éclat aveuglant de la neige illuminée par le soleil levant. Près de Yasuke, le *kyūbi* avait toujours son apparence humaine. Ses longs cheveux retombaient sur sa poitrine et descendaient jusqu'à ses cuisses. Pareils à des mambas noirs, les pointes s'enroulaient et se déroulaient sur elle-même, mues par une force invisible à faire rougir le vent. Les ténèbres de sa chevelure offraient un contraste saisissant avec son kimono en soie dont le tissu argenté et scintillant épousait sa silhouette longiligne.

— Comment on va faire, maintenant ? demanda Adèle, rompant le silence. Il est évident qu'ils ne sont pas en état de reprendre la route et le sommet de la montagne est encore loin.

— Tu es surprise que nous arrivions trop tard ? rétorqua Itazura d'une voix aussi tranchante qu'une lame.

Adèle s'empourpra et loua le ciel – en lequel elle ne croyait pourtant pas – qu'il fît suffisamment sombre pour que personne ne remarquât son trouble quand le souvenir des baisers de Yūri effleura sa mémoire et ses lèvres. Emma les rejoignit tout en époussetant son pull d'un geste lent et mécanique.

— Qu'est-ce qu'elle raconte encore ? demanda-t-elle. Qu'est-ce qu'il s'est passé ?

Adèle se leva et retourna auprès d'Aïko qui commençait à remuer doucement.

— Laisse tomber, éluda-t-elle.

Elle s'accroupit près de son amie et releva son pantalon jusqu'au genou pour observer sa tache de naissance. Si son état était moins alarmant que celui de Fergus, le derme de la lycéenne n'en avait pas moins entamé le même processus. Les parcelles de peaux nécrosées exhalaient une odeur désagréable, mais supportable. La vue d'un tel spectacle noua la gorge d'Adèle. Quand Aïko essaya de se redresser sur ses coudes, son sentiment de culpabilité pesa moins lourd dans sa poitrine. Emma se précipita vers elles et prêta main-forte à Adèle pour adosser leur amie contre la paroi humide.

— Les talismans semblent lutter contre l'emprise des *Oni*, intervint Yasuke. Je n'aurais jamais dû douter de la protection des *kami*. Ils sauront les remettre sur pied.

Inquiète, Adèle afficha une moue sceptique.

— Franchement, vous les voyez gravir une montagne faite de pierre et de neige ? À une telle altitude ? Dans ces conditions ? On n'est même pas équipés pour ça ! Même s'ils étaient en état, on crèverait tous avant d'atteindre le sommet.

— Nous n'avons pas le choix, rétorqua Yasuke d'un ton égal. Byakko met notre endurance, notre courage et notre loyauté à l'épreuve. Si on ne se montre pas dignes de ce que nous sommes et à la hauteur de notre mission, nous aurons échoué. Tout sera terminé.

— Hé oh, le gladiateur ! intervint Emma. On ne peut pas faire des miracles. Comme on dit : « L'urgent est fait. L'impossible est en cours. Pour les miracles, prévoir un délai » !

— Samouraï, bordel ! la corrigea Aïko dans un filet de voix.

En entendant sa voix, ses deux amies tressaillirent. Adèle sentit son cœur bondir dans sa poitrine.

— Quoi ? Ce n'est pas ce que j'ai dit ? sourit Emma d'une voix adoucie.

Sans parvenir à réprimer le sourire qui étirait ses lèvres, elle glissa sa main dans la sienne et leurs doigts gelés s'entrelacèrent.

— Bref ! reprit-elle en tournant à nouveau la tête vers Yasuke et Itazura. Comme vous l'avez dit, les talismans commencent à faire effet, donnez-leur quelques heures pour se rétablir et on ira retrouver Byakko pour aller casser du *Oni* autant que vous voudrez.

— Nous ne disposons pas de ce temps-là !

— On en a bien assez perdu, renchérit le *kyūbi* en dardant son regard polaire sur Adèle.

Au fond de la grotte, un cliquetis métallique attira leur attention. Toutes les têtes se tournèrent dans la même direction. Adèle plissa les yeux et vit deux silhouettes sombres avancer vers eux d'un pas lent et pesant. Par réflexe, elle empoigna le pommeau de son fleuret et desserra l'étreinte lorsqu'elle reconnut Nayeli et Sebastian.

— On est prêts, marmonna l'adolescent qui rassemblait toute son énergie pour égaler l'agilité d'un enfant exécutant ses premiers pas.

Adèle le toisa de la tête au pied. Il était évident qu'il s'effondrerait avant d'avoir franchi le seuil de la grotte. À elle seule, la démarche de Sebastian l'exonérait d'un développement argumentatif. Les coudes posés sur ses genoux, elle tourna la tête vers Yasuke et haussa les sourcils d'un air entendu. Le samouraï se racla la gorge et adressa un regard empreint d'une douceur féroce à chacun des Pourfendeurs d'illusions. Enfin, il se tourna vers Itazura dont la chevelure noire divisée en neuf mèches épaisses flottait autour d'elle. Le visage du *yōkai* demeura aussi impassible qu'énigmatique. Pour tous. Tous, sauf Adèle, évidemment. Et Yasuke qui, au fil des siècles, avait appris à déchiffrer le sous-texte de ses silences.

— Bien, abdiqua-t-il *in fine* d'un ton lapidaire.

Le poing refermé autour de son katana, il se dirigea d'un pas lourd vers l'entrée de la grotte et s'arrêta sur le seuil. Il s'adossa contre la paroi. Le regard rivé vers le sommet du mont Cook, il émit un soupir et finit par retirer son casque. Du coin de l'œil, Adèle l'observa passer une main nerveuse sur son crâne dont la toison crépue et courte dessinait une ombre encore plus noire que sa peau. Le frottement de sa paume contre ses cheveux secs lui rappela aussitôt un son familier qui lui fendit l'âme en deux. L'image de son père assis sur sa chaise en bois branlante près du radiateur s'incrusta dans ses iris fracturés par la nostalgie. Elle le revoyait, frottant sa barbe naissante d'une main distraite tandis que ses yeux s'écarquillaient de surprise en lisant les titres à la Une. Stylo à la main, à peine ouvrait-il le journal qu'il se tenait déjà prêt à entamer les mots fléchés imprimés sur la dernière page. Songer à la mort de ses parents creusait un trou béant dans son ventre. Elle ne pouvait pas se permettre de se laisser aller. Pas maintenant. Le deuil devait attendre et il attendrait. Pour chasser ce souvenir doux-amer, elle serra les dents et s'efforça de recentrer toute son attention sur leur mission.

Réalisant que son amie se trouvait au bord d'un précipice aux profondeurs insondables, Aïko se redressa davantage, glissa sa main dans la sienne et exerça une légère pression.

— Il manque encore un membre de l'Armée des *Shijin*, dit-elle d'une voix suffisamment forte pour attirer l'attention de tous et disperser le brouillard qui s'infiltrait dans leurs pensées.

Un court silence s'ensuivit, interrompu par un claquement de dents net. Sebastian passa un bras autour des épaules de Nayeli dont les lèvres et les doigts bleuis par le froid menaçaient de virer au violet et de se décrocher si aucune source de chaleur ne la réchauffait dans les minutes à venir. Le cœur serré, Adèle l'observa, impuissante. Il n'y avait pas la moindre chance de trouver un morceau de bois pour allumer un feu. De toute façon, le tapis pierreux jonché çà et là de monceaux de neige était si humide que toute tentative se serait irrémédiablement soldée par un échec.

Itazura plongea son regard glacé dans celui de Nayeli. Un frémissement fugace agita ses sourcils. Elle s'approcha d'elle d'un pas élégant et compassé. Quand elle ne fut plus qu'à un pas de l'adolescente, cette dernière l'observait, médusée par la splendeur de son visage et l'éclat lumineux de son vêtement, elle secoua doucement ses épaules et ses neuf queues jaillirent de ses reins. L'une d'elles s'épaissit et s'enroula délicatement autour du corps de Nayeli. Aussitôt, ses dents cessèrent de s'entrechoquer et sa peau reprit progressivement sa teinte originale. Elle ferma les yeux et se laissa réchauffer par le pelage du *yōkai*. Sans émettre le moindre son, ses lèvres articulèrent un « merci » tout juste audible auquel le *kyūbi* répondit avec un sourire pincé.

Les Pourfendeurs accueillirent le geste d'Itazura avec une gratitude silencieuse.

— Comment savoir si la personne qui manque à l'appel est encore en vie ? demanda Adèle pour relancer la conversation.

— On n'a pas d'autre choix que celui d'espérer qu'elle le soit, dit Rachel en se relevant. Quant à savoir où elle se terre, c'est une autre affaire.

— La véritable question est : comment la trouver ? intervint Fergus.

— Je suis certain que…

Yasuke laissa sa phrase en suspens et tourna brusquement la tête vers l'extérieur. Tous se redressèrent et suivirent son regard. Le samouraï enfila de nouveau son casque et soupesa son katana, sans quitter du regard le paysage blanc qui se déployait à perte de vue.

— Enfin ! soupira Itazura en déroulant sa queue et laissant de nouveau le froid envahir doucement le corps de Nayeli.

Adèle haussa les sourcils et une ligne horizontale se dessina sur son front. Elle jeta un coup d'œil autour d'elle. Tous les Pourfendeurs d'illusions étaient de nouveau sur pied. Un profond soulagement apaisa les battements de son cœur et la sensation d'oppression qu'elle éprouvait dans sa cage thoracique diminua considérablement. Non seulement elle était arrivée à temps, mais en plus, les talismans s'avéraient efficaces. Rien ne lui permettait de croire que les effets seraient durables. Nonobstant, l'espoir laissa cette hypothèse prendre corps et elle s'y cramponna.

Soudain, un feulement provenant de l'extérieur la fit sursauter, gommant aussitôt son sourire ténu. Les membres de la troupe se pressèrent les uns contre les autres. Le silence absolu régnait dans la grotte. Dehors, des bruits de pas sourds s'enfonçant dans la neige montèrent jusqu'à eux. Un deuxième feulement – plus puissant que le précédent – résonna dans le paysage dégagé et se répercuta en écho contre les flancs escarpés du mont Cook avant de se disperser dans l'air.

— Byakko... marmonna Yasuke dans un sourire.

Persuadé que le Gardien de l'Ouest avait fini par comprendre qu'ils avaient besoin de son secours, il s'élança hors de la grotte. Itazura se précipita à sa suite et tendit le bras comme pour le retenir, mais il était trop tard. Tout en continuant d'avancer, Yasuke pivota sur lui-même, cherchant à déceler la présence de Byakko. Les Pourfendeurs d'illusions s'écartèrent sur le passage du *yōkai* et échangèrent un regard incrédule avant de lui emboîter le pas. Armes aux poings, Rachel, Sebastian, Nayeli et Adèle passèrent devant et se déployèrent en arc de cercle de façon à couvrir Fergus, Aïko et Emma qui en étaient privés. Une rafale s'abattit sur eux et les glaça jusqu'aux os. Ils avancèrent dans la direction de Yasuke et du *kyūbi* qui avait repris sa véritable apparence.

Les rayons de soleil caressaient timidement la nappe blanche qui recouvrait le paysage et faisaient scintiller les cristaux de neige. Ils tournèrent tous sur eux-mêmes, lançant des regards de tous côtés dans l'espoir de voir apparaître Byakko. Adèle sentit une douce chaleur émaner du pommeau de son fleuret et irradier son bras. Quelque chose ne tournait pas rond. Si Byakko était là, pourquoi tardait-il tant à se montrer ?

Comme pour lui répondre, le vent se leva davantage soudainement et un sifflement aigu lézarda l'atmosphère. Des gerbes de neige se soulevèrent et, par un phénomène étrange, restèrent en suspension dans l'air, pareil à une sorte de brouillard étincelant, décrivant un cercle autour de la troupe. À l'intérieur de cette brume mouvante, des silhouettes floues aux contours irréguliers se matérialisèrent. Adèle sentit son pouls battre furieusement sa gorge et plissa les yeux afin d'essayer de distinguer les créatures.

— Préparez-vous à combattre ! s'écria Yasuke en faisant siffler la lame de son katana.

Il jeta le fourreau qui s'enfonça aussitôt dans la poudreuse dans un crissement feutré. Nayeli banda son arc, étouffant un gémissement de douleur quand la corde exerça une pression sur la chair endolorie de ses doigts brûlés par le froid. À son tour, Adèle brandit son fleuret et jeta un bref coup d'œil vers Rachel qui s'arcboutait déjà sur ses jambes, une dague dans chaque main. Lorsque son regard se reporta sur le brouillard de plus en plus dense, la peur d'en voir surgir les *Oni* lui tirailla le ventre. Le ciel, pourtant dépourvu de nuages, s'assombrit aussitôt, si bien que le soleil lui-même perdit de sa superbe et ne fut bientôt plus qu'une sorte de veilleuse logée dans la voûte céleste. Réduit au silence, l'astre de feu n'éclairait pas davantage le paysage et la troupe que l'eut fait un croissant de lune au milieu de la nuit.

CHAPITRE 15

Un feulement rauque retentit et une dizaine d'autres lui répondirent aussitôt. Adèle retint son souffle en distinguant la silhouette massive d'un tigre blanc strié de rayures noires. Sa gueule béante révélait ses crocs longs et affûtés. Méfiante, elle se plaça face à lui et affermit sa prise autour du pommeau tandis qu'il avançait d'un pas lent vers eux. Était-ce Byakko ? Avait-il compris que l'Armée des *Shijin* serait incapable de gravir la montagne sans son aide ? Avait-il décidé de venir leur porter secours ?

À mesure que la créature progressait, ses prunelles s'allumèrent comme deux flambeaux bleus ondoyants. Troublée et impressionnée par le spectacle surréaliste, Adèle ne prêta guère attention au fait que les iris du tigre n'étaient pas de la même couleur que ceux de celui qui s'était infiltré dans ses rêves depuis plusieurs mois. Croyant reconnaître Byakko, la jeune femme se fraya un chemin parmi ses compagnons pour le rejoindre. Yasuke l'intercepta et enroula ses doigts autour de son bras, lui intimant silencieusement de ne pas s'approcher. Il tourna brusquement la tête vers la droite et Adèle suivit son regard. Deux autres tigres blancs, identiques au premier, venaient vers eux. La gorge nouée, elle se dégagea de l'étreinte de Yasuke et scruta chaque parcelle du brouillard épais et scintillant. Une brûlure traversa ses entrailles et sa respiration s'épaissit lorsqu'elle s'aperçut qu'ils étaient cernés par une horde de tigres blancs. Elle tourna la tête de gauche à droite afin de les dénombrer. Elle en était déjà à onze au moment où son regard croisa celui d'une autre créature juchée au-dessus de la grotte. La gorge sèche et sentant son courage fondre comme neige au soleil, elle pivota sur ses talons et finit par faire un tour complet.

— Vingt-deux, murmura-t-elle d'une voix blanche.

Les taches de naissances des Pourfendeurs s'embrasèrent, leur coupant le souffle. Emma saisit un pan de la cape d'Adèle et tira doucement dessus pour attirer son attention.

— On est d'accord pour dire que ce ne sont pas de vrais tigres, marmonna-t-elle sans quitter la créature aux prunelles bleues qui les fixait intensément. C'est pas le moment de les défoncer avec vos armes, là ?

— Ils sont trop nombreux, haleta Rachel. Beaucoup trop nombreux. On n'en viendra jamais à bout...

Sebastian se racla la gorge et crispa ses doigts sur son arbalète à s'en blanchir les phalanges. *Chingada madre*[14] ! songea-t-il avant de prendre la parole :

— On va tous y passer !

Fergus déglutit.

---

[14] Expression mexicaine que l'on peut traduire par « la putain de sa mère ».

— Je crois bien que je suis assez d'accord avec toi, morveux.

Le tigre aux prunelles chatoyantes ouvrit la gueule et poussa un feulement si puissant que l'air parut voler en éclats comme du cristal. Le son se perdit dans la nuit surnaturelle et se réverbéra sur les flancs montagneux. Soudain, le *kyūbi* se détacha du groupe, rejoignit les autres *yōkai* et tourna sur lui-même de façon à faire face aux Pourfendeurs d'illusions désemparés. Le samouraï écarquilla les yeux de stupeur et l'interrogea du regard. Adèle intercepta leur échange silencieux. Un fluide glacial remonta le long de son échine quand le visage de Yasuke changea d'expression.

— Jetez vos armes, hurla-t-il en laissant choir son katana dans la neige.

Sitôt sa phrase achevée, il plaça ses mains de part et d'autre de son casque et l'ôta prestement. Le métal noir s'enfonça dans la poudreuse. Seule la pointe des cornes saillait encore du tapis blanc. Les tigres s'immobilisèrent et pointèrent leurs prunelles ardentes sur la troupe. Adèle serrait si fort le pommeau de son fleuret que le métal imprimait sa peau de ses motifs finement ciselés. Était-il devenu fou ? Pourquoi devaient-ils abandonner leurs armes alors qu'elles étaient leur unique chance de survie ? Un bref coup d'œil autour d'elle lui suffit pour constater que personne ne semblait disposé à obéir à Yasuke. Elle s'apprêta à dire quelque chose, mais le samouraï l'interrompit.

— Quoi qu'il arrive, ne levez aucune arme contre ces tigres, dit-il d'une voix mécanique qui ne dissimulait pourtant ni sa peur ni sa résignation. Si vous en égratignez un seul, nous sommes perdus. Nous sommes l'Armée des *Shijin*. Nous sommes nés pour servir les quatre Gardiens. Montrez-vous dignes et loyaux ! Byakko nous met à l'épreuve ! Alors, je vous en conjure, jetez vos armes à terre !

Ses derniers mots ressemblèrent moins à un ordre qu'à une supplication. Sans quitter des yeux Itazura, Yasuke inclina doucement la tête. À son corps et à son cœur défendant, l'ancien esclave fléchit lentement un genou qui s'enfonça dans la neige. Adèle observa les tigres et la peur creusa ses entrailles. Yasuke était un parfait inconnu et elle avait autant de raisons de lui faire confiance qu'elle en avait eu pour se fier à Léonard. Et voilà où tout cela l'avait menée. Pourtant, elle avait vu Byakko dans ses songes et, désormais, elle avait l'intime conviction qu'il était de leur côté. Du reste, il n'était pas exclu que toutes ces créatures soient le Gardien lui-même. *Des putains d'horcruxes*, songea-t-elle. En fin de compte, elle ignorait tout de l'étendue de ses pouvoirs. Elle déglutit douloureusement et sa gorge devint brûlante. Les paroles de la mère d'Aïko lui revinrent en mémoire. Byakko était une divinité céleste : sa notion du Bien et du Mal n'avait probablement rien à voir avec celle qu'en avaient les êtres humains. Le Gardien voulait-il s'assurer de leur entière soumission ? Allait-il se contenter de quelques génuflexions ou avait-il l'intention de mettre leur loyauté à plus rude épreuve ?

Elle prit une profonde inspiration et obéit à Yasuke en jetant son fleuret sur le sol. Un doux son feutré avala l'arme qui disparut aussitôt dans la neige, ne laissant plus que l'empreinte du pommeau et de sa lame oblongue à la surface. Puis, se tournant vers les autres, elle leur fit signe d'en faire autant. Prudemment, elle vint se placer tout près d'Aïko, lui saisit la main et tira doucement dessus afin de la sortir de sa stupeur et de lui faire comprendre qu'elles devaient exécuter la même révérence. Un à un, les membres de la troupe les imitèrent. À contrecœur, Fergus s'inclina. Privé de son arme, il savait qu'il n'avait pas d'autre choix que celui de suivre les autres. S'il en avait été autrement, il ne faisait nul doute qu'il aurait opposé davantage de résistance. Seuls Sebastian et Nayeli, inflexibles, demeuraient debout.

Les tigres blancs se remirent à feuler dans un vacarme assourdissant. Adèle tressaillit et son cœur fit une embardée contre sa poitrine et son genou. Elle jeta un coup d'œil derrière et vit les deux adolescents encore armés. L'arc bandé, Nayeli tremblait de la tête aux pieds et des gouttes de sueur glacées mouillaient ses tempes. Pourtant, ses jambes indomptables demeurèrent raides comme des saillies, à l'instar de son frère qui avait armé son arbalète. À tout instant et au moindre mouvement brusque, une flèche pouvait jaillir des cordes, signant à tous leur arrêt de mort. Adèle se redressa lentement et, les bras levés, s'approcha d'eux.

— Faites ce qu'il dit.

Le ton était ferme, mais la note suraiguë qui releva son timbre lorsqu'elle prononça le dernier mot révélait son inquiétude. L'adolescente tourna la tête vers elle, sans quitter des yeux le tigre le plus proche. Elle se mordit la lèvre inférieure pour faire cesser le tremblement qui froissait la pointe de son menton. Adèle posa doucement sa main sur son épaule et se plaça devant son arme. L'air hagard, Nayeli la dévisagea et débanda son arc lorsqu'elle réalisa qu'il était pointé sur Adèle. Elle plongea son regard dans le sien et hocha doucement la tête. D'une main, elle abaissa l'arbalète de Sebastian qui n'émit aucune protestation. L'adolescent se contenta de passer un bras autour des épaules de sa sœur, le regard vissé sur les créatures immobiles.

Adèle saisit leurs armes et s'accroupit lentement. Mais à peine les eut-elle déposées sur le sol immaculé qu'une autre salve de feulements fusa dans l'air. Elle se releva prestement et, prise de panique, jeta un coup d'œil désespéré alentour. Les *yōkai* se remirent en mouvement. Gueules béantes et crocs dehors, ils convergèrent vers la troupe encerclée. Une vague acide baigna le fond de la gorge d'Adèle. Évidemment, comme elle s'en doutait, Byakko ne se contenterait pas d'un abandon d'armes et d'un simple genou à terre. L'épreuve serait ardue, sanglante. Elle avisa l'empreinte laissée par son fleuret à la surface de la neige. Une goutte de sueur roula sur sa tempe. Privés de leurs moyens de défense et sous la maigre protection des *emas*, ils n'avaient aucune chance de vaincre les *yōkai*. Alors que devaient-ils faire ?

En entendant les bruissements d'étoffes des Pourfendeurs derrière elle, Emma tourna la tête par-dessus son épaule. Elle surprit le regard d'Adèle braqué sur son fleuret et ceux de Nayeli et Sebastian rivés sur les armes qui gisaient à leurs pieds. Devinant leurs intentions, elle pivota sur ses talons et glissa sa main dans celle d'Aïko, pétrifiée, qui faisait toujours face aux créatures.

— Ne faites rien, leur ordonna-t-elle d'une voix chevrotante.

Son visage encadré par ses mèches colorées secouées par le vent était devenu diaphane. La terreur qu'elle éprouvait en cet instant lui était douloureusement familière. Ses traits se durcirent. Elle savait qu'elle allait mourir, elle savait que la douleur serait insupportable. Elle avait suffisamment flirté avec la Mort pour la reconnaître lorsqu'elle pointait le bout de sa faux. Mais les paroles de Yasuke résonnaient encore en elle. Byakko voulait les mettre à l'épreuve.

— Si vous voulez survivre, il est urgent de ne rien faire, reprit-elle. Encaissez, ne bronchez pas. Vous verrez, on se relèvera. On se relève toujours.

Les paroles d'Emma arrachèrent un frisson à Adèle. Elle observa les visages tétanisés qui l'entouraient. Les Pourfendeurs d'illusions n'avaient pas été choisis au hasard : des amants, des frères, des amis. Soudain, le brouillard qui obscurcissait ses pensées se leva comme un voile. L'épreuve à laquelle ils allaient tous être soumis serait sans nul doute la plus difficile de toutes. Ils allaient devoir assister, impuissants, à la mort de ceux qu'ils aimaient le plus sur terre. Elle prit une courte inspiration pour les avertir, mais les mots se nouèrent dans sa gorge brûlante au moment où un tigre bondit sur eux. Son pelage blanc étincelant se découpait nettement sur le ciel noir de suie.

— Laissez-les faire et fermez les yeux ! hurla Adèle.

Genou à terre, Yasuke réunit tout ce qu'il lui restait de courage pour redresser son dos et posa la paume de ses mains sur ses cuisses. Les yeux ouverts, mais tournés vers l'intérieur, il se réfugia dans un coin de son esprit afin de faire face au déferlement de violence qui allait s'abattre sur lui. Il prit une profonde inspiration et repensa à cet homme, cet inconnu qui avait refusé d'obéir aux ordres de son maître.

Yasuke était alors un grand guerrier dans son village au Mozambique. Un samouraï avait reçu l'ordre de le capturer afin de le réduire en esclavage et de l'extrader au Japon. Malgré les vociférations de son maître, l'homme était demeuré immobile, la lame de son katana inexorablement fixée dans son fourreau et le regard plongé dans celui du guerrier noir qui lui faisait face. Un voile sombre s'était déposé sur ses yeux. Refusant d'obéir, le samouraï s'était tourné vers son maître et l'avait rejoint d'un pas noble et compassé. Il s'était alors agenouillé devant lui tandis que deux autres samouraïs s'emparaient de Yasuke. Un coup derrière le genou avait fait ployer les jambes du grand guerrier, le faisant atterrir au pied du maître et face à celui qui avait refusé de le capturer comme un vulgaire animal. Impuissant, le guerrier avait assisté aux dernières secondes de vie de cet homme qui avait vu en lui son égal. Il avait eu le temps de voir le samouraï tourner les yeux vers l'intérieur de son être avant de saisir le *tantō*[15] coincé dans sa ceinture. Sans ciller, le condamné l'avait planté dans son ventre, juste au-dessus du nombril. Dans la seconde qui suivit, ses yeux étaient devenus vitreux. Avant que ses forces ne l'abandonnassent, il avait tiré sur le manche de façon que la lame fende horizontalement sa poitrine. Quelques instants, le corps était resté immobile, avant de s'effondrer sur le sol terreux dans un nuage de poussière rouge. Cet homme-là était devenu son maître, non pas parce qu'il le possédait, mais parce que, sans un mot, il lui avait tout appris.

Yasuke était déjà plongé dans cet état de semi-conscience lorsque les griffes d'un tigre s'enfoncèrent dans sa poitrine et

---

[15] Il s'agit d'un katana plus petit dont la taille de la lame légèrement courbe ne dépasse pas une trentaine de centimètres.

tranchèrent son abdomen d'un coup net. Il étouffa un gémissement et distingua la silhouette immobile d'Itazura avant de s'effondrer dans la poudreuse. Un deuxième *yōkai* s'élança sur Sebastian et referma sa mâchoire puissante autour de son cou. Une gerbe de sang éclaboussa le visage de Nayeli, déformé par la douleur. Un cri silencieux jaillit de sa bouche grande ouverte quand, d'un mouvement sec, le tigre arracha la tête de son frère et l'envoya rouler quelques mètres plus loin. Une longue traînée de sang macula la neige. L'adolescente se pencha pour ramasser son arc, mais Rachel la retint par le bras et l'attira contre elle. Le visage de la femme se décomposa lorsqu'elle jeta un coup d'œil par-dessus l'épaule de la jeune fille. Une autre créature courait dans leur direction. Fergus referma ses bras autour de sa femme et Rachel resserra son étreinte autour de Nayeli.

— Fermez les yeux, sanglota-t-elle.

Le cœur d'Adèle manqua un battement lorsqu'un hurlement de terreur électrifia l'air autour d'elle. Aïko ! En voyant deux tigres fondre sur son amie, elle perdit le contrôle de ses actes. Désorientée, elle chercha autour d'elle l'endroit où son fleuret avait laissé l'empreinte sur la neige désormais rougie par le flot de sang qui avait coulé. Elle se précipita vers son arme, dérapa dans la poudreuse et empoigna le pommeau. Il n'y avait plus d'épreuve, plus de Byakko. Il n'y avait plus que son amie et la promesse qu'elle avait faite à Yūri. Il était hors de question de la laisser succomber entre les griffes de ces *yōkai*. Elle se releva, tira sur le bras d'Aïko pour se placer devant elle et brandit sa lame devant la créature qui se ruait sur elles. Arcboutée sur ses jambes et transie de peur, elle observa chacun de ses mouvements pour savoir quand frapper. Mais Emma la prit de vitesse et lui décocha un coup de pied dans les côtes, la faisant tomber.

— Fermez vos putains d'yeux, bordel ! hurla Emma au désespoir.

Adèle vit deux créatures fondre sur elle et lui lacérer la chair à grands coups de griffes et de crocs. En une poignée de secondes, les cheveux colorés d'Emma furent recouverts d'une épaisse couche de sang noirâtre. Un cri guttural, presque animal, jaillit de la gorge d'Aïko. Adèle se tourna vers elle, plaqua une main sur ses yeux et l'autre sur les siens. Le son mouillé des organes chauds tombant dans la neige et l'odeur métallique du sang lui soulevèrent l'estomac. Quand elle sentit le corps de son amie happé par une force brutale, elle serra les dents et laissa les larmes brûlantes jaillir hors d'elle. Une vague de chaleur roula dans son ventre et se propagea dans tout son corps. Soudain, une douleur aiguë lui vrilla la gorge. Ses oreilles se mirent à bourdonner. Elle entrouvrit ses yeux embués et distingua le pelage blanc strié de noir maculé d'éclaboussures écarlates. Son sang ? Celui d'Aïko ? d'Emma ? des autres ? Le *yōkai* enfonça ses crocs plus profondément. Sa vue se brouilla et le monde s'évanouit autour d'elle. Il ne demeura plus que ce bourdonnement assourdissant et ce liquide chaud au goût métallique qui noya sa langue et ses dents.

Les silhouettes floutées de ses parents, de Yūri et d'Aïko se superposèrent les unes aux autres et les ténèbres enroulèrent leurs tentacules autour de leurs visages familiers. Suspendue par la gorge coincée dans l'étau puissant de la mâchoire du *yōkai*, Adèle ressemblait à un pantin privé de ses fils. La pointe de ses chaussures creusait des sillons dans le tapis de neige, recouvrant le cuir de cristaux blancs. Son cœur affaibli cogna une dernière fois dans sa poitrine et ce fut l'obscurité.

Une bourrasque puissante souleva la chevelure blonde d'Adèle qui exécuta une chorégraphie désordonnée autour de sa tête et fit claquer sa cape d'un coup sec. Hors d'haleine, elle maintenait ses yeux fermés et demeura aussi pétrifiée qu'une statue d'albâtre. Les doigts crispés autour du pommeau de son fleuret, elle attendit. Le pouls qui martelait furieusement ses tempes, nouait sa gorge et comprimait son ventre se mit à ralentir, laissant de nouveau l'air glacial affluer dans ses poumons.

Elle n'éprouvait plus la moindre douleur et, progressivement, elle réalisa que ses semelles étaient posées à plat sur la neige. Elle était debout. Luttant contre sa peur viscérale de voir l'étendue du massacre, elle s'efforça d'ouvrir lentement les yeux. Son regard se posa sur le sol. La neige était trouée çà et là des empreintes profondes laissées par leurs pas, mais il n'y avait plus la moindre trace de sang. Attirée par un bruissement d'étoffes, elle leva la tête et aperçut Aïko qui se tenait droite, un mètre devant elle, les muscles encore raidis par la peur. Leurs regards se croisèrent et le soulagement qu'elle éprouva fut tel qu'elle ne put réprimer les larmes brûlantes qui dessinèrent des rigoles sur sa peau brûlée par le froid. Elle regarda autour d'elle. Toute la troupe était au complet.

Craignant de voir se rejouer la scène macabre, ils se dévisagèrent sans un mot et n'osèrent aucun mouvement. Lentement, ils s'animèrent comme s'ils s'ébrouaient au sortir d'une nuit peuplée de cauchemars. Adèle pivota sur ses talons.

Le brouillard était retombé et la nuit épaisse avait de nouveau cédé la place à la lumière du jour.

Les tigres blancs avaient disparu.

CHAPITRE 16

Adèle posa machinalement sa main sur sa gorge comme pour s'assurer que la mâchoire du tigre n'y était plus incrustée. Non seulement les *yōkai* avaient disparu, mais en plus, il ne restait aucune trace de leur attaque sauvage. Elle déglutit douloureusement et sentit un flux acide lui brûler l'œsophage. D'une voix étranglée, elle rompit le silence macabre.

— Est-ce que tout le monde va bien ? s'enquit-elle.

Aïko fut la première à sortir de sa torpeur. Désorientée et bouleversée, elle lançait des regards terrifiés autour d'elle.

— Où ils sont passés ?

— C'était quoi, ça ? renchérit Emma en la rejoignant d'un pas vacillant.

Sans se donner la peine de répondre à toutes ces questions, Fergus et Rachel, enlacés l'un à l'autre, se bornèrent à leur adresser un regard où se lisait un mélange de peur et de soulagement. Yasuke se redressa cérémonieusement, enfila de nouveau son casque à cornes et ramassa son katana. L'air inquiet, il sonda le paysage enneigé et sembla chercher quelqu'un.

— Je crois que nous avons réussi, dit-il d'une voix hésitante qui trahissait encore le trouble dans lequel cette épreuve l'avait plongé.

Adèle tapota l'épaule d'Aïko, lui adressa un sourire pâle et se dirigea vers les deux adolescents.

— Tout va bien, c'est terminé, dit-elle, espérant les ramener à eux. Vous vous en êtes sortis comme des chefs !

La main agrippée à celle de Sebastian, Nayeli leva les yeux vers elle et, reprenant peu à peu ses esprits, ancra profondément ses prunelles dans celles de la jeune femme qui lui faisait face. Elle hocha doucement la tête et un rictus de douleur contracta son visage lorsqu'elle avala sa salive. Ses yeux glissèrent le long du corps d'Adèle et se mirent en quête de son arc et de l'arbalète de son frère dans l'épais tapis blanc. Lorsqu'elle les trouva enfin, elle s'empressa de les ramasser.

— Où est passée Itazura ? demanda Emma. Elle est partie avec eux ? Je savais qu'on ne pouvait pas faire confiance à cette... chose.

Tous les regards convergèrent vers Yasuke. L'air grave et sans se départir de son calme, il se tourna vers eux. Mais alors qu'il s'apprêtait à répondre, son visage s'illumina. La troupe suivit son regard. Au-dessus de la grotte sous laquelle ils s'étaient abrités, le *kyūbi* apparut, ses neuf queues flottant autour de sa silhouette élancée. Il s'arcbouta sur ses pattes arrière et fit un bond spectaculaire pour rejoindre le samouraï. Ses appendices tournoyèrent autour de lui et le *yōkai* reprit sa forme humaine lorsqu'il atterrit aux côtés de Yasuke. Les doigts effilés d'Itazura se posèrent sur l'armure de son amant tandis qu'un sourire énigmatique et mutin se dessinait sur son visage. Les yeux pétillants de malice, elle se tourna vers l'endroit où elle se trouvait quelques secondes plus tôt et inclina la tête en signe de soumission.

Comprenant ce qu'il se passait, Yasuke l'imita aussitôt et tous firent de même. Adèle leva le nez vers l'immense pierre grise. Ses lèvres s'entrouvrirent. Deux fois plus robuste que tous les tigres auxquels ils avaient fait face, Byakko se dressait de toute sa hauteur. Son pelage blanc strié de rayures noires était aussi étincelant que s'il était fait de poussières d'étoiles. Sur son front, juste entre ses yeux ambrés, un symbole étrange était tatoué. Adèle plissa les paupières et en distingua les contours lumineux qu'elle reconnut aussitôt. On aurait dit un « I » barré d'un trait horizontal, tracé à l'encre bleue. Aïko le remarqua également. Mais ses connaissances lui permirent d'en déchiffrer le sens.

— *Le Roi*, murmura-t-elle.

Cette fois, il n'y eut pas l'ombre d'une hésitation dans le cœur des Pourfendeurs. Juste une évidence. C'était lui.

Sans parvenir à détacher son regard de Byakko, Adèle ploya la jambe et mit un genou à terre. Les adolescents qui se tenaient près d'elle l'imitèrent aussitôt, suivis de près par Aïko, Emma, Rachel et Fergus. Elle jeta un coup d'œil derrière elle et vit que Yasuke et Itazura se contentaient d'incliner la tête. Mais après la violence inouïe de leur mise à mort illusoire, elle préférait se risquer à commettre un grotesque excès de zèle en exécutant des ronds de jambe plutôt que de contrarier le Gardien céleste. Ce dernier se campa sur ses pattes et leva sa tête massive vers les cieux. Un feulement puissant jaillit de sa gorge et fendit l'air. Les vibrations emplirent l'atmosphère et atteignirent le mont Cook. Des blocs de neige se détachèrent de la montagne et chutèrent en avalanche dans un nuage épais.

Les poils se dressèrent sur la nuque d'Adèle qui baissa aussitôt la tête, bouchant une oreille avec son épaule et l'autre du plat de la main. Le front plissé, elle lança un regard dans la direction de Byakko. Alors même qu'il demeurait immobile, des gerbes de neige jaillirent du sol sous ses pattes puissantes. Des langues de flammes bleu nuit mêlées de cristaux s'enroulèrent autour de lui, le soustrayant au regard de la troupe hébétée. Comme l'avait fait le *kyūbi* avant lui, il exécuta un bond prodigieux et atterrit devant l'entrée de la grotte. Lorsque les flammes disparurent, tous le dévisagèrent, stupéfaits. Le tigre blanc avait cédé la place à un homme.

Les mèches noires qui zébraient sa chevelure blanche ainsi que le tatouage bleu logé entre ses sourcils sombres et denses ne laissaient plus aucun doute planer sur son identité. La pointe de ses cheveux effleurait le tissu immaculé de sa chemise ample qui se fondait dans le paysage. Une large ceinture dorée lui ceignait la taille et un pan brodé d'or retombait sur son pantalon noir. Ses yeux pareils à deux éclats d'ambre glissèrent sur l'assemblée et s'attardèrent quelques instants sur Adèle avant de se poser sur le *kyūbi*.

La chevelure d'Itazura se dispersa autour d'elle comme neuf coulées d'encre se déversant dans une eau claire. Ses yeux polaires braqués sur Byakko devinrent aussi blancs que la neige. Un silence de plomb s'abattit sur la troupe qui assistait à leur conversation muette. Les sept compagnons échangèrent un regard désemparé et demeurèrent silencieux.

Au bout de quelques secondes qui leur parurent une éternité, la peur finit par se frayer un chemin dans chaque cellule de leurs corps. Le soulagement d'avoir enfin trouvé Byakko fut de courte durée. Au vu de l'accueil qu'il leur avait réservé, ils étaient sur leur garde et se tenaient prêts à voir débarquer d'autres félins. Pourquoi ne leur disait-il rien ? Pourquoi s'adressait-il uniquement au *kyūbi* ? Avait-il l'intention de leur faire subir une nouvelle épreuve ? Pour quelles raisons ces deux *yōkai* veillaient-ils à ce que cette conversation demeurât secrète ? Combien de temps allait encore durer ce cirque ?

Adèle observa ses compagnons et comprit que ces questions devaient également harceler leur esprit et tisonner leur patience. Ils avaient parfaitement conscience du fait qu'ils se trouvaient en présence d'une divinité céleste et d'un *kyūbi* dont les pouvoirs conjugués pourraient les annihiler en moins de temps qu'il n'en fallait pour le dire. La tension était devenue aussi palpable et glaçante que la neige sur laquelle ils faisaient le pied de grue. N'y tenant plus, Adèle avança vers eux et se planta devant Byakko.

— Monseigneur, commença-t-elle en jetant un coup d'œil dans la direction d'Aïko puis de Yasuke pour s'assurer qu'elle utilisait les bons termes pour s'adresser à une divinité telle que lui.

Byakko ne cilla pas. Il ne semblait ni la voir ni l'entendre. Aïko haussa les sourcils et secoua la tête en signe de dénégation. Quant à Yasuke, il se borna à la foudroyer du regard et secoua la main pour lui ordonner de s'écarter, car le seul fait de se tenir si près de lui sans y avoir été invitée revenait à commettre un sacrilège. Adèle se racla la gorge et déglutit, mais n'en demeura pas moins campée sur ses jambes, le cou et les épaules étonnamment droits. La peur lui lacérait les entrailles aussi efficacement que l'avaient fait les griffes de la horde de tigres quelques instants plus tôt. Pourtant, elle n'en démordait pas. La tension était à présent intolérable et ils n'étaient pas arrivés jusque-là pour se voir tenus à l'écart d'une conversation qui visait probablement à sceller leur avenir.

— Byakko ! l'interpella-t-elle d'un ton plus ferme qu'elle regretta aussitôt en voyant les yeux de l'homme se planter dans les siens.

Sans prononcer le moindre mot et le visage inexpressif, il l'observa. Une vague de froid déferla dans ses cellules qui semblèrent se geler et ralentir leur course dans ses artères.

—Nous avons le droit de savoir ce qui nous attend, souffla-t-elle.

Elle ferma le poing et enfonça ses ongles dans la paume de sa main pour réunir tout ce qu'elle possédait encore de courage. C'est-à-dire presque rien. Le regard de Byakko devint insoutenable. Elle baissa les yeux et sentit ses épaules se voûter, malgré elle. Sa gorge devint brûlante. Sentant l'angoisse la paralyser peu à peu, elle prit une profonde inspiration et, dans un élan de désespoir, déversa un flot de paroles.

—Nous ne sommes pas au complet, reprit-elle, et hormis Yasuke et moi qui bénéficions de votre protection, tous les autres luttent contre l'emprise des *Oni*. Chaque seconde compte, ils sont tous en train de crever à petit feu, exactement comme les trois Gardiens qui ont été capturés. Certains n'ont même plus de quoi se défendre en cas d'attaque. Les *ema* que nous a donnés le prêtre shinto ne pourront pas les protéger indéfiniment et…

Aïko enroula sa main autour de son poignet, la tira doucement en arrière et se plaça devant elle. La tête inclinée et le cœur martelant sa poitrine, elle acheva sa phrase à sa place.

—Et si nous ne disposons plus de nos armes, nous ne serons pas en mesure d'honorer notre mission qui est de servir les *Shijin*.

Un long silence s'ensuivit. Adèle releva doucement la tête et remarqua que Byakko ne leur prêtait déjà plus attention. Le froid qui avait gangréné son corps s'exfiltra petit à petit des pores de sa peau. En comparaison, le climat hivernal de la Nouvelle-Zélande parut bien plus clément. Le Tigre se tourna de nouveau vers le *kyūbi* et Adèle décocha un léger coup de coude à son amie pour lui signifier qu'elle pouvait se redresser à son tour. Si elle croyait qu'il n'avait pas écouté un traître mot de toute leur litanie, elle s'aperçut qu'elle avait fait erreur lorsqu'il s'adressa à *Itazura*. À voix haute, cette fois. La jeune femme reconnut immédiatement le timbre cristallin et néanmoins puissant qu'elle avait entendu dans son songe.

— Où se trouve la dernière Pourfendeuse d'illusions ? Je t'avais ordonné de la conduire ici, auprès des autres.

Emma tressaillit. Le capharnaüm linguistique dans lequel elle baignait depuis plusieurs jours à la façon de *Lost in translation* ne l'avait pas préparée à comprendre chaque mot que Byakko prononcerait. Ce qu'elle ignorait, c'était qu'il ne parlait la langue d'aucun Pourfendeur d'illusions, mais sa seule volonté lui permettait d'être compris de tous et de toutes.

— Je l'ai trouvée, mais elle est mourante, répondit Itazura. Les humains sont bien trop fragiles en vieillissant. Elle a vécu longtemps, inutilement, et ne pourra pas rejoindre l'armée.

— Si elle meurt, sa trace quittera sa peau pour aller s'incruster dans celle d'un autre. Le monde est vaste et nous ne disposons plus de beaucoup de temps.

— J'ai peut-être une solution.

Pour la première fois, Adèle décela une expression traverser fugacement le visage placide de Byakko. Une lueur étrange éclaira son regard. Itazura avait attiré son attention et, à vrai dire, celle de toute la troupe.

— Parle.

— J'ai testé son endurance, la force de son esprit et j'ai mis sa loyauté à l'épreuve. Elle ne sera pas une Pourfendeuse illustre, mais je sais qu'elle ira au bout de cette mission. Elle ne craint pas de mourir. Elle se considère déjà comme morte. C'est une qualité rare.

— Elle ne vient pas de dire que la Pourfendeuse était trop vieille et ne ferait pas l'affaire ? signa Nayeli.

— Je ne suis pas sûre qu'elle parle de la même personne, lui répondit Adèle dans un souffle.

— Où est-elle ? demanda Byakko.

Adèle fronça les sourcils et sentit son pouls marteler ses tempes en voyant le *kyūbi* venir vers elles. Désarçonnée, elle croisa le regard malicieux du *yōkai* et sa gorge se noua lorsqu'elle passa près d'elle, le parfum boisé de sa chevelure flottant dans son sillage. Itazura s'arrêta devant Emma et la désignant de sa main effilée, se tourna vers Byakko.

— Si elle survit au transfert, je suis convaincue qu'elle fera l'affaire. Elle ne se battra probablement pas pour les Gardiens et encore moins pour elle-même, mais comme chacun des membres de cette armée, elle a quelqu'un à protéger.

— Comment ça « si elle survit au transfert » ? s'écria Adèle.

Le visage blême, Emma coula un regard dans la direction d'Aïko et d'Adèle. Ce que sa bouche entrouverte ne parvint pas à articuler, ses yeux le dévoilèrent. Elle se battrait pour les seules personnes qui comptaient désormais pour elle. Les deux seules personnes à s'être jamais souciées d'elle : son amante et son amie. Aïko s'empourpra et son visage se crispa. Alors qu'elle allait s'opposer à ce qu'Emma risquât davantage sa vie pour servir une cause que son destin ne la contraignait pas à épouser, cette dernière sortit de son mutisme et ancra son regard dans celui de Byakko. Le vent se leva et souleva une mèche rose qui forma un trait horizontal sur son front. Si elle était lasse de se battre pour sa survie, Emma éprouva la puissance d'une énergie nouvelle s'emparer d'elle à l'idée de pouvoir le faire pour quelqu'un d'autre.

— J'accepte ! s'entendit-elle répondre d'une voix enrouée et néanmoins inflexible.

Un sourire releva le coin des lèvres fines d'Itazura.

— Et si ça ne marche pas ? intervint Adèle. Si…

Elle marqua une pause et sentit le regard brûlant d'Aïko chauffer son visage. Elle prit une courte inspiration et acheva sa phrase.

— Si Emma ne survit pas à ce transfert et que l'autre Pourfendeuse meurt, qu'adviendra-t-il ? Elles seront mortes inutilement et nous ne serons pas en mesure de libérer les Gardiens.

— C'est beaucoup trop risqué ! s'empressa d'ajouter Aïko.

— Malheureusement, nous n'avons pas d'autre choix, intervint Yasuke.

Ignorant la question d'Adèle et les interventions des autres Pourfendeurs d'illusions, Byakko s'approcha et rejoignit Emma, d'un pas lent empreint de majesté. Les jambes flageolantes, la jeune femme soutint son regard et se concentra sur sa respiration pour ne pas céder à la panique. L'aura qu'il dégageait était puissante. Et plus il s'approchait d'elle, plus elle éprouvait l'étrange sensation que le froid désertait son corps. Alors qu'il n'était plus qu'à quelques centimètres d'elle, Emma remarqua un détail surprenant. L'ambre de ses yeux résidait dans de minuscules taches qui mouchetaient ses iris, formant des constellations mouvantes. C'était exactement comme si elle observait le reflet des étoiles danser sur la surface houleuse d'une mer sombre. L'espace d'une seconde, elle songea que malgré sa beauté et son aura lumineuse, Byakko la terrifiait. De nouveau, comme lorsqu'elle était en présence de son père, elle se sentit vulnérable. Soudain, l'envie de pleurer et de hurler lui brûla la gorge.

— Je sais, dit Byakko.

Désarçonnée, Emma leva les yeux vers lui et, malgré sa peur, soutint son regard. Avait-il lu dans ses pensées ? Savait-il vraiment ?

— Je ne me servirai pas de tes peurs les plus profondes et n'attiserai pas ta souffrance, mais les *Oni* ne s'en priveront pas. Tu dois garder cela à l'esprit. Dès lors que tu porteras la marque, ils tenteront de s'infiltrer dans ton corps et dans ton âme. Repousse-les avec autant d'ardeur que tu soutiens mon regard. Tu as un avantage sur la plupart d'entre eux, ajouta-t-il en désignant d'une main le reste de la troupe en apnée. Toi, tu connais tes démons. Tu les as affrontés et tu les as vaincus.

Emma se mordit la lèvre inférieure pour réprimer un sanglot. Les yeux troubles, elle fixa son attention sur les iris de Byakko. Autour du visage du Gardien, tout devint flou et Emma se sentit vaciller. Il posa une main sur son épaule et une chaleur effroyable traversa sa chair avant d'irradier tout le reste de son corps. L'une après l'autre, chaque cellule de son organisme devint aussi ardente que de la braise sur laquelle soufflerait un vent implacable résolu à incendier tout son être. Elle poussa un gémissement, mais aucun son ne jaillit de ses lèvres serrées. Son estomac se contracta et la bile remonta dans sa gorge avant de couler sur ses vêtements et d'éclabousser la neige. Adèle hurla et Aïko poussa une plainte déchirante.

Lorsque la douleur devint insoutenable, elle se mit instinctivement en position de repli, ainsi qu'elle l'avait toujours fait en attendant que l'orage passe. Elle se visualisa recroquevillée dans un coin de son cœur, les mains sur les oreilles et les yeux ouverts sans voir. Elle n'entendit plus les vociférations d'Adèle et les pleurs d'Aïko. Plus rien. Juste le silence et le martèlement régulier de son cœur agité. Ce ne fut qu'à ce moment-là que ses muscles se détendirent.

Éreintée, elle tomba sur les genoux et son buste bascula en avant, mais des bras s'enroulèrent autour de ses épaules et de sa taille, la retenant dans sa chute. Les yeux clos, elle sentit le froid brûlant pénétrer sa chair et ronger ses os. Son cœur ralentit, son pouls gonfla ses veines et l'odeur enivrante des cheveux d'Aïko monta jusqu'à elle.

Elle esquissa un sourire et se sentit basculer dans un puits sans fond avant de perdre connaissance.

CHAPITRE 17

Adèle rongeait nerveusement l'ongle de son pouce en faisant les cent pas à l'entrée de la grotte.

— Arrête un peu, tu me fiches le tournis ! lâcha Fergus d'un ton bourru. Qu'est-ce que tu crois ? Qu'à force de faire claquer tes semelles, la *Belle au bois dormant* va se réveiller ? Au mieux, tu vas juste creuser un fossé où on finira par se casser la gueule quand on voudra se barrer d'ici. *Eyes of the tiger* et *Mozilla Firefox* ont dit que si elle ne mourait pas sur le coup, c'était qu'elle s'en remettrait.

— Un peu de patience ! conclut Rachel.

Les mains calées sur les hanches, Adèle haussa les sourcils.

— Facile à dire !

— Ça irait certainement plus vite si Aïko lui roulait une pelle, intervint Sebastian pour détendre l'atmosphère. En général, c'est assez efficace dans les contes de fées !

— Ferme-la, le rabrouèrent Rachel et Adèle à l'unisson.

Assise en tailleur à côté de son frère, Nayeli lui asséna une tape derrière la tête et roula des yeux avant de se tourner vers l'intéressée et d'afficher un air désolé. Réalisant que son humour était inapproprié dans de telles circonstances, l'adolescent leva les mains en signe de reddition. L'air hagard, Aïko le regarda s'agiter sans véritablement le voir. Elle n'avait absolument rien entendu.

C'était à peine si elle avait remarqué qu'il venait de parler. Elle fronça les sourcils pour se concentrer et ancrer sa conscience à la dérive dans la réalité. Au vu de l'air penaud qu'il affichait, elle songea que Sebastian ressemblait étrangement à un enfant contraint de présenter ses excuses. Elle haussa presque imperceptiblement les épaules, s'adossa contre la paroi glaciale et laissa rouler sa tête sur le côté. Du bout des doigts, elle remisa la mèche bleue derrière l'oreille d'Emma qui était étendue sur le sol, la tête posée sur sa cuisse.

Adèle s'accroupit devant elles.

— Toujours rien ? s'enquit-elle avec délicatesse.

Sans prendre la peine de détourner le regard, Aïko secoua la tête. Une larme roula sur sa joue et perla au bout de son menton avant de s'écraser sur son épaule. Des bruits de pas ponctués par un cliquetis métallique régulier attirèrent leur attention. Adèle se redressa et vit Yasuke retirer son casque afin de pénétrer dans la grotte. En voyant sa silhouette massive approcher de l'entrée, leur abri précaire lui sembla encore bien plus petit. Elle se pencha légèrement pour voir ce qu'il se passait à l'extérieur. Les deux *yōkai* avaient repris leur apparence originelle, si bien qu'elle assistait au spectacle saisissant d'une conversation animée entre un tigre et un renard. Si le premier n'était pas une divinité chargée de protéger l'Ouest du monde et le second, une créature capable d'étirer à l'envi l'espace et le temps, Adèle se serait probablement crue projetée dans une fable inédite de La Fontaine.

— Comment va-t-elle ? demanda Yasuke, la ramenant à elle.

La jeune femme décrocha son regard de Byakko et du *kyūbi* puis se passa une main sur la nuque.

— Elle respire. Pour le moment, c'est tout ce qu'on a.

— Byakko est confiant, la rassura Yasuke. Fions-nous à lui.

Adèle leva un sourcil et se mordit l'intérieur de la joue. Invariablement, son regard revint se poser sur les deux *yōkai*.

— Alors, c'est quoi le plan ? demanda-t-elle à brûle-pourpoint.

Elle se tourna vers Yasuke, attendant ostensiblement une réponse. Le samouraï fit signe à tous les Pourfendeurs d'illusions d'approcher et serra son casque entre ses mains.

— Dès que votre amie sera en état de marcher, nous partirons pour le Japon. À Kyoto, exactement.

— Kyoto ? répéta Aïko dont le seul nom de la ville suffit à la sortir de sa torpeur. Qu'est-ce qu'on va faire là-bas ?

— Maintenant que votre amie...

— Emma, le coupa Aïko. Elle a un prénom et elle s'appelle Emma. Et si c'est la seule chose qui puisse la montrer digne d'intérêt à vos yeux, rappelez-vous qu'elle est officiellement des nôtres maintenant.

Yasuke plongea son regard dans le sien et se rappela toutes les fois où son statut d'esclave l'avait privé de son nom, de son identité. Honteux d'avoir lui-même usé des armes qu'il avait toujours méprisées, il secoua doucement la tête pour signifier son approbation.

— Maintenant qu'Emma porte la marque, elle doit procéder au transfert.

Adèle craignit de comprendre où il voulait en venir. Elle se redressa.

— Comment ça ? dit-elle.

— La Pourfendeuse d'illusions qui manque à l'appel est là-bas. Elle doit transmettre son don à Emma.

Cette fois, Yasuke mit un soin particulier à articuler respectueusement le prénom de la jeune femme.

— Et, si j'ai bien compris ce que vous répétez tous depuis le début : il ne nous reste que peu de temps, signa Nayeli.

— C'est cela, confirma Yasuke. Nous allons tous partir à Kyoto. Nous nous retrouverons tous là-bas. Vous deux, dit-il en désignant Adèle et Aïko, vous l'accompagnerez chez la Pourfendeuse. Nayeli et Fergus feront équipe et je partirai après Sebastian et Rachel.

— Pourquoi on devrait se séparer ? bafouilla Sebastian, paniqué à l'idée de se trouver sans sa sœur.

— Là où nous allons, les *yōkai* sont partout et puissants. On ne doit pas se faire repérer.

À son tour, Fergus se redressa et se tourna vers Yasuke.

— Pourquoi on ne les attend pas ici ? Est-ce qu'on a besoin de tous se déployer si ça ne concerne que la petite ? ajouta-t-il en désignant Emma du menton.

D'un naturel taiseux et habitué à ne communiquer qu'avec Itazura qui était capable de le comprendre avant même qu'il n'ouvrît la bouche, Yasuke n'avait pas l'habitude de tout formuler. Et les Pourfendeurs d'illusions étaient un véritable catalyseur à questions.

— Nous devons tous nous rendre dans cette ville parce que c'est à Kyoto que les *Oni* retiennent captifs les trois Gardiens.

— Quoi ? sourit Adèle, incrédule. Sans déconner ? Au milieu d'une ville ? Et on peut savoir ce qui te fait penser ça ?

Passablement irrité, il souffla du nez et expliqua du ton le plus neutre qu'il put :

— C'est parce qu'ils sont retenus au cœur d'une ville, sur Terre, et entourés de milliers de personnes que les Gardiens sont de plus en plus vulnérables. Prends une baleine, puissante et majestueuse dans son élément. Regarde-là agoniser sur le rivage. Elle perd toute sa superbe. Il en va de même pour les Gardiens. Loin des Cieux, ils se meurent.

— Mais, Byakko ne semble pas affaibli ! commenta Rachel.

— Byakko va et vient entre le royaume des Cieux et la Terre. Du reste, il n'est pas entravé par quatre *Oni* qui le ponctionnent de sa divine énergie.

Désarçonnée, Adèle baissa les yeux vers Aïko et son ventre se noua. Celle-ci observait chacun des Pourfendeurs d'illusions comme on assiste à un Roland-Garros. Son teint était devenu aussi blême que la neige.

—Ça va aller ? lui demanda-t-elle en s'approchant de son amie.

—J'ai un mauvais pressentiment.

—C'est la peur. C'est normal, tu…

—Regarde-nous, reprit Aïko, la gorge brûlante. Nous avons tous des liens qui nous unissent les uns aux autres ici. Qui est cette Pourfendeuse d'illusions ? Qu'est-ce qui la relie à nous ? De qui est-elle proche ?

—Mais qu'est-ce que tu racontes ? Regarde Yasuke ! Je ne l'ai jamais vu auparavant et si j'en crois la tronche qu'on a tous tirée en le voyant pour la première fois, je suis presque sûre qu'aucun d'entre nous ne le connaissait. Du moins, personnellement, nuança-t-elle en jetant un coup d'œil vers le samouraï, craignant de le heurter en sous-entendant que sa légende n'avait pas perduré.

Aïko observa Yasuke puis chacun des membres de la troupe. La main posée à plat sur la gorge d'Emma pour guetter la moindre altération de son pouls, elle réfléchit. Adèle avait raison. Cependant, l'étau invisible qui lui avait saisi le cœur depuis qu'elle avait entendu le nom « Kyoto » ne relâchait pas son étreinte. Alors à l'instar de Galilée, au sortir du tribunal, contraint d'affirmer que la Terre ne tournait pas, elle murmura :

— Pourtant, j'ai un mauvais pressentiment.

Adèle arqua un sourcil et, posant une main sur son épaule, tourna la tête vers Yasuke pour tenter de la rassurer.

— Est-ce qu'on a un moyen de savoir qui est cette Pourfendeuse ? Est-ce qu'elle est obligatoirement liée à l'un d'entre nous ?

Le samouraï retint son souffle et enfila de nouveau son casque. Derrière le métal frappé d'or, Adèle vit sa pomme d'Adam rouler dans sa gorge. Il soupesa son katana et jeta un coup d'œil furtif dans la direction d'Aïko.

— Nous partons dans moins d'une heure, éluda-t-il. Byakko a décidé de faire diversion. Il va faire en sorte que les *Oni* perçoivent sa présence. Si tout se passe comme prévu, ils vont se lancer à sa poursuite et quitter le palais où sont retenus les Gardiens. Ça nous laissera le temps de procéder au transfert et d'infiltrer le château de Nijō.

Lorsqu'il acheva sa phrase, il pivota sur ses talons puis sortit de la grotte. Décontenancée par son attitude, Adèle se pencha vers son amie et déposa un baiser sur sa tempe.

— Kyoto est une grande ville, marmonna-t-elle. Tout ira bien.

Aïko se rembrunit. Elle glissa sa main dans celle d'Emma et posa son front contre l'épaule d'Adèle. Sans parvenir à comprendre et à expliquer la raison pour laquelle elle éprouvait ce sentiment étrange, elle avait néanmoins la certitude qu'un maillon manquant allait faire son apparition et compléter le puzzle de sa vie aux mille et une pièces éparpillées.

Sa mère était née à Kyoto et n'y avait vécu que deux mois avant d'être adoptée par un couple de Japonais qui vivaient en France. Longtemps, sa mère s'était posé des questions sur son enfance, sur ses parents biologiques et sur les raisons de son adoption, sans jamais obtenir de réponses. Et si, cette fois, en retournant sur les pas de sa mère, Aïko parvenait à résoudre cette énigme de toute une vie ? Lorsqu'elle était encore une enfant, elle l'avait plusieurs fois surprise, attablée dans le salon plongé dans l'obscurité, penchée sur son ordinateur, une tasse de thé fumante près du clavier et des mouchoirs en papier froissés dans son poing fermé. Son visage triste éclairé par l'écran n'avait jamais pu s'effacer de sa mémoire. Elle opposait une résistance égale à celle d'un flash persistant longtemps après qu'une photo a été prise.

Et ce souvenir était habillé du parfum entêtant du riz soufflé qui flottait dans l'air. Elle pouvait encore entendre sa mère renifler à intervalles réguliers. Sans même s'en apercevoir, Aïko renifla à son tour. Sa mère. Yūri, Nao et Mia. Sa maison. Sa vie d'avant. Avant tout ça. Avant la montée en puissance des *yōkai*, avant l'arrivée des *Oni*. Elle avait passé toute sa vie à lutter contre ses visions et tenté de mener une vie normale. Coûte que coûte.

Cacher son homosexualité à ses proches, cacher son don à tous les autres. Désormais, elle se retrouvait à l'autre bout du monde, privée de sa famille et lancée dans une guerre inéluctable. Toute une vie à essayer de consolider un château de cartes prompt à s'écrouler au moindre coup de vent. Tous ses efforts réduits à néant, sa famille lui manquait et Emma, qui reposait pourtant sur sa jambe, était en réalité loin d'elle, comme une funambule sans filets. Quelque part entre la vie et la mort.

La présence rassurante d'Adèle l'enveloppa. Un sanglot à peine retenu secoua ses épaules. Elle ne se sentait pas à la hauteur. Elle n'avait pas l'étoffe d'une guerrière. Elle était juste elle, une gamine tarée condamnée à voir ce que d'autres ne pouvaient pas voir et à cacher la vérité criante de son identité.

En la voyant sombrer, Adèle glissa sa main sous son menton et lui releva la tête pour lui faire face.

— Tout ira bien, Aïko, je te le promets, répéta-t-elle sans prendre véritablement la mesure des pensées vertigineuses qui accablaient son amie. Quoi qu'il arrive là-bas, Emma et moi serons avec toi. On est une équipe, tu te souviens ?

Les yeux clos, la lycéenne écrasa une larme du plat de la main quand, soudain, quelque chose de glacé se posa sur sa joue, lui arrachant un frisson. Elle ouvrit les yeux et son regard rencontra celui d'Emma qui lui caressait le visage. Le poids de ses tourments et de ses pensées s'allégea aussitôt et l'air afflua de nouveau dans ses poumons.

— On est une équipe, marmonna Emma d'une voix rauque.

La langue encore ankylosée, ses mots eurent des allures de bouillie verbale. Cette fois, Aïko ne retint plus ses larmes. Elle se baissa et embrassa plusieurs fois le front et les tempes d'Emma.

— Elle s'est réveillée ! s'écria Adèle en se tournant vers les autres Pourfendeurs.

CHAPITRE 18

L'esprit et le corps fourbus par le froid et l'attente, ils s'ébrouèrent et se redressèrent tandis que Yasuke, alerté par le cri d'Adèle, revenait au pas de course vers eux. Fergus fut le premier à atteindre Emma. Il s'accroupit près d'elle et lui asséna une tape sur l'épaule. Le coin de ses lèvres se releva sensiblement.

— Ne t'avise plus de nous faire des frayeurs pareilles, gamine !

Emma voulut lui rendre son sourire, mais n'obtint qu'une grimace. Elle réunit ses forces et tenta de se relever. Fergus l'aida en lui saisissant le bras tandis qu'Aïko et Adèle soutenaient sa nuque et son dos.

— Comment tu te sens ? demanda cette dernière.

— J'ai l'impression qu'un train m'est passé dessus, mais ça va.

Nayeli s'agenouilla devant elle et lui décocha un sourire.

— Je suis tellement heureuse de te revoir parmi nous, signa-t-elle.

Laissant davantage parler son cœur que la raison, elle s'était adressée à elle dans la langue des signes, sans se soucier du fait qu'Emma ne la comprenait pas. Un élan. Une sorte de « je t'aime » murmuré à un voyageur à bord d'un train qui s'éloigne du quai.

— Et moi de te voir, ma bichette, rétorqua aussitôt la jeune femme.

Les yeux de l'adolescente s'agrandirent de surprise. C'est en voyant sa réaction qu'Emma réalisa qu'elle venait de comprendre ce qu'elle lui avait dit avec la même précision que si elle s'était adressée à elle dans sa langue maternelle.

— Eh bien, je crois que ça y est. Je suis officiellement l'une des vôtres, sourit-elle.

Nayeli la serra dans ses bras et lui caressa doucement la joue. Sebastian se plaça près de sa sœur et s'étira avec une nonchalance feinte, les yeux rivés sur Emma.

— ¡Ay cabron[16]! J'ai vraiment cru que tu ne reviendrais pas !

Soutenue par ses compagnons, la jeune femme se releva et sentit le sol se dérober sous ses pieds. Des points blancs virevoltèrent sur la toile de ses rétines. Elle s'agrippa à l'épaule d'Adèle et ferma les yeux quelques secondes, le temps de recouvrer l'équilibre.

— Ça va aller ? s'enquit Aïko.

— Ouais, je me suis levée un peu trop vite, mais ça va aller.

Ce disant, elle rouvrit les yeux. Cette fois, une multitude de taches noires se mirent à danser autour d'elle, masquant tantôt le visage, tantôt le bras ou la jambe des personnes qui l'entouraient. Peu à peu, sa vue se clarifia. Elle croisa le regard de Rachel qui lui décocha un clin d'œil.

---

[16] Locution que l'on peut (poétiquement) traduire ainsi « Ah putain ! ».

— Tu étais déjà l'une des nôtres ! lui dit-elle. Enfin, si tu n'as plus envie de me trucider, sache que je me réjouis de t'avoir à nos côtés et de pouvoir parler avec toi sans avoir à faire appel à un traducteur.

Emma eut un petit rire.

— Ça, ça reste à voir ! rétorqua-t-elle avec un sourire en coin.

Le cliquetis métallique de l'armure de Yasuke rompit leur petit conciliabule.

— Est-ce que tu es prête ? lui demanda-t-il sans ambages.

— Quoi ? On part maintenant ? s'inquiéta Aïko. Mais c'est à peine si elle tient debout !

— On n'a plus de temps à perdre. Les *Oni* ne vont plus tarder à arriver. Byakko va les occuper jusqu'à ce qu'on parvienne à pénétrer dans le château, répéta-t-il pour tenir Emma informée de tout ce qu'elle avait manqué.

— Euh, à ce stade ce n'est pas un épisode que j'ai loupé, mais la saison complète, lâcha Emma. C'est quoi cette histoire de château ?

— Les Gardiens sont retenus captifs dans le château de Nigo, à Kyoto, répondit Sebastian.

— Nijō, le corrigea Rachel.

Incrédule, Emma fronça légèrement les sourcils.

— Et pourquoi Byakko ne vient pas avec nous pour les libérer ?

— En voilà une bonne question, gamine ! approuva Fergus. Je savais bien qu'elle en avait dans la caboche.

— Il doit rester en retrait et nous permettre d'accomplir notre mission, reprit l'adolescent. Nous sommes les seuls êtres capables de libérer les Gardiens et de tuer les *Oni*. *Vaya*[17] le cadeau !

— Mais c'est quel genre de divinité ce Byakko ? reprit Fergus. Sans déconner, s'il n'est pas fichu de tuer ces choses pourquoi on le serait, nous ?

Le regard torve que lui adressa Yasuke effaça le sourire de l'Écossais qui se tut aussitôt.

— Les *yōkai* ne peuvent pas se tuer entre eux, expliqua Aïko. Il n'y a que nous qui en ayons la capacité.

— On n'a pas le temps de discuter, coupa Yasuke. Byakko va ouvrir un portail.

— Une sorte de vortex ? demanda Sebastian en traduisant machinalement les signes de Nayeli.

— Y a comme un écho dans la montagne, ironisa l'adolescente dans une série de signes que tous pouvaient désormais comprendre.

Yasuke acquiesça d'un hochement de tête, mais son visage exprimait une impatience féroce.

— Suivez-moi, dit-il en regagnant l'extérieur.

---

[17] Dans ce contexte, on pourrait traduire ce mot ainsi : « Voilà »

Il s'éloigna de la troupe et Adèle l'observa avancer d'un pas martial sur le tapis de neige que le soleil froid de l'hiver ne ferait sans doute jamais fondre. La lumière du jour éclaira l'armure noire et fit étinceler les dorures.

— Sérieusement, reprit Fergus, tes talismans nous ont remis sur pied, mais on n'a toujours pas d'armes.

Machinalement, il porta la main à son cou. Il tressaillit et se raidit au contact de sa peau. Sous la pulpe de ses doigts, il ne sentit plus la texture grumeleuse. Il se pencha vers Rachel afin qu'elle lui confirmât ses espoirs. Un sourire se dessina sur le visage de sa femme. Émue de voir son homme revenir à lui et redevenir celui qu'elle croyait avoir perdu à jamais, elle se contenta d'opiner du chef. Incapable de faire davantage. Adèle se tourna vers Aïko qui tenait encore Emma dans ses bras, de peur de la voir s'effondrer. Sans lui demander son accord, elle se pencha et remonta le tissu jusqu'à son genou. Derrière l'articulation, la tache de naissance en forme de hache à doubles lames avait retrouvé sa teinte originelle. Le sourire plaqué sur son visage, Adèle se redressa et lui lança :

— Bon, eh bien, en route pour Kyoto !

Les Pourfendeurs d'illusions quittèrent la pénombre de la grotte et furent éblouis par la lumière aveuglante du soleil qui se réfléchissait sur la neige. Sa main libre en visière au-dessus de ses yeux, Adèle marchait dans le sillage de Yasuke, se dirigeant tout droit vers les deux *yōkai* qui avaient de nouveau repris leur apparence humaine. Elle plissa les paupières pour mieux distinguer les contours éclatants de leurs silhouettes et fixa son attention sur Byakko. Celui-ci se tourna vers la troupe. Il affichait toujours ce même visage impassible et Adèle ne put s'empêcher de penser qu'il ressemblait davantage à une sorte de berger guidant son troupeau vers l'abattoir qu'à une quelconque divinité soucieuse de son armée. S'il était plus charismatique et auréolé d'une lueur argentée dont n'importe quel quidam serait privé, son visage glabre ne laissait transparaître aucune émotion.

— C'est moi ou ce type n'en a rien à secouer de nous ? lui souffla Emma qui en était arrivée à la même conclusion.

Fergus qui les talonnait se racla la gorge et glissa sa tête entre celles des deux jeunes femmes.

— Sa gueule d'apôtre ne me dit rien qui vaille ! maugréa-t-il. J'espère qu'on a raison de lui faire confiance parce que…

Rachel lui décocha un coup de coude dans les côtes et sa phrase s'acheva dans un gémissement sourd.

— C'est une sorte de dieu et, pour l'heure, il représente notre seule chance de sortir vivants de ce merdier. Faites profil bas et, de grâce, bouclez-la.

Lorsqu'elle ne fut plus qu'à un mètre de Byakko, Adèle s'arrêta et vissa son regard au sien. Ainsi qu'elle l'avait éprouvé lors de son rêve, une douce chaleur pénétra ses yeux et se déversa dans le reste de son corps. Un frisson la traversa quand elle remarqua une lueur singulière éclairer le regard du Gardien. Lorsqu'il se posa sur Fergus, la mine renfrognée de l'homme s'effaça aussitôt tandis que ses membres transis de froid se réchauffaient. Honteux et reconnaissant, Fergus s'empourpra et pour la première fois, Adèle décela un rictus de satisfaction relever presque imperceptiblement les lèvres du Gardien. Rachel observa, tour à tour, son mari et Byakko puis sentit la main chaude du premier envelopper ses doigts bleuis.

— Il est pas mal l'apôtre, hein ? murmura-t-elle en se délectant de cette petite et néanmoins inestimable source de chaleur.

Byakko observa chaque membre de la troupe et le froid déserta leurs organismes respectifs. Lorsque le silence retomba, il prit la parole.

— Ainsi que Yasuke vous l'a dit, vous allez vous rendre à Kyoto, au Japon. C'est là que réside la dernière Pourfendeuse d'illusions. Vous deux, dit-il en se tournant vers Adèle et Aïko, vous accompagnerez cette jeune femme afin de procéder au transfert du don. Inutile de vous expliquer de quelle façon vous la retrouverez. Tu n'auras qu'à te laisser guider par ton instinct, ajouta-t-il à l'adresse de la plus jeune.

Adèle sentit la respiration de sa meilleure amie s'altérer et glissa sa main dans la sienne. Aïko avait vu juste. D'une façon ou d'une autre, cette Pourfendeuse d'illusions était liée à elle et, au vu de sa réaction, Adèle réalisa que ce n'était pas nécessairement une bonne nouvelle.

— Les autres, je vous enverrai directement près de l'endroit où se trouvent vos maîtres.

Sebastian sourit. Jugeant l'appellation ridicule, il eut un petit rire.

— Nos maîtres ?

Son intervention attira le regard d'ambre de Byakko et la chaleur qui se propagea dans son corps devint ardente. Une plainte jaillit de la gorge de l'adolescent et tous se tournèrent vers lui. La tension monta d'un cran en un quart de seconde. Nayeli lut la douleur sur le visage de son frère et la sentit en grignoter chaque parcelle comme si son propre corps l'éprouvait. Paniquée, elle signa maladroitement quelque chose que tout le monde comprit.

— Les Gardiens, s'empressèrent de dire en chœur les Pourfendeurs d'illusions pour mettre fin à la souffrance de l'adolescent.

Byakko détourna le regard et l'air afflua de nouveau dans les poumons comprimés de Sebastian. Soulagés et redoutant de subir le même sort, tous se turent et se tournèrent à nouveau vers le Gardien de l'Ouest.

— Or donc, ainsi que je vous l'ai expliqué, les Gardiens sont retenus captifs dans le château de Nijō. Les lieux ont été ensorcelés et je ne peux savoir ce qu'il se passe à l'intérieur. Il m'est impossible de vous en dire davantage sur l'endroit exact où vous devrez vous rendre pour les libérer. Néanmoins, ils ne se méfieront pas de vous si vous arrivez séparément, en petits groupes. Ils attendent l'Armée des *Shijin*, pas deux ou trois individus. Vous devrez pénétrer dans le château. Une fois à l'intérieur, vous saurez où aller. Vos Gardiens sentiront votre présence au même titre que vous sentirez la leur. Ils vous guideront jusqu'à eux.

Une main autour de son cou, Sebastian leva l'autre pour demander la parole. Nayeli émit un soupir exaspéré en constatant que même le tour de force de Byakko n'avait pas réussi à dissuader son frère d'en rajouter. Emma tourna la tête vers l'adolescent et sourit en le voyant lever la main comme un élève dans une salle de classe, attendant sagement l'autorisation de son professeur pour prendre la parole. Le visage inexpressif, le Gardien s'interrompit et le dévisagea un instant comme s'il ne comprenait pas ce qui lui prenait. Adèle vint à son secours en détournant l'attention de Byakko.

— De combien de temps disposons-nous ? Parce que si je fais le compte, il faut qu'on fasse le transfert pour Emma, que nous regagnions le château de Nigo... Nijō ! Et puis, il faut qu'on trouve un moyen d'y entrer avant de repérer nos traît... nos maîtres et de les libérer.

Satisfait de voir qu'Adèle se posait la même question que lui – et qu'elle souffrait probablement de la même dyslexie quand son anxiété crevait le plafond – Sebastian baissa la main sous le regard sévère et néanmoins soulagé de sa sœur. Il haussa discrètement les épaules et attendit la réponse qui ne tarda pas à venir.

— Deux lunes, dit Byakko en joignant ses mains devant lui.

— Deux mois ? marmonna Aïko.

— C'est très court, s'autorisa Yasuke en jetant un coup d'œil inquiet vers la troupe inexpérimentée.

— Deux jours, visiblement, souffla Adèle.

Le samouraï avait disposé de plusieurs siècles pour parfaire la maîtrise de son arme et pour s'exercer à la traque aux *yōkai* et il avait parfaitement conscience du fait qu'il n'en allait pas de même pour les autres. Si lui-même redoutait de faire face aux *Oni*, comment réagiraient les membres de l'Armée ? Son regard s'attarda quelques instants sur Emma qui allait se retrouver projetée à Kyoto, au cœur d'une ville pullulante de *yōkai* en tous genres alors que sa rencontre avec Itazura l'avait pétrifiée. Il avait beau être leur égal dans cette armée, son expérience le contraignait à les voir comme des débutants et le plaçait en supérieur.

— Pourtant, il le faudra, reprit Byakko.

Ce disant, il écarta cérémonieusement les bras et leva la tête vers le ciel. Ses longs cheveux noirs et blancs se mirent à onduler autour de lui et à battre ses flancs. Aussitôt, le soleil se couvrit d'ombre et un voile noir se déposa sur le paysage comme l'on tire un suaire sur le corps d'un cadavre. Tous furent plongés dans l'obscurité. À la fois fascinés et terrifiés par la puissance du Gardien qui semblait commander l'éclipse par la seule force de sa volonté, tous levèrent les yeux et demeurèrent interdits face à la somptuosité de ce spectacle époustouflant. Lorsqu'il ne demeura plus qu'un fin liseré lumineux cerclé autour de l'ombre de la Terre, une myriade d'étoiles moucheta la voûte nocturne.

Byakko tourna la paume de ses mains vers le ciel et les Pourfendeurs retinrent leur souffle. Des rayons faits de poussière dorée s'écoulèrent des ténèbres et descendirent jusqu'à se loger dans la main du Gardien. Quand les derniers éclats scintillants pénétrèrent sa peau, Byakko se tourna et d'un moulinet du poignet, projeta une gerbe lumineuse devant lui. L'éclaboussure se figea dans l'air et se mit à tournoyer lentement telle une galaxie miniature.

Enfin, il baissa la tête vers Fergus et lui fit signe d'approcher. Sachant qu'elle devait partir avec lui, Nayeli serra son frère dans ses bras, écrasa une larme sur sa joue et lui emboîta le pas. Les yeux mouillés, Rachel rejoignit Sebastian et lui marmonna des paroles réconfortantes. Le Gardien observa la tache de naissance de Fergus et tendit ses longs doigts effilés juste au-dessus. Les contours de la marque s'illuminèrent.

— À présent, vous pourrez faire appel à vos armes aussi souvent que vous le souhaitez, dit-il en plaçant sa main au-dessus de celle de Nayeli pour répéter l'opération.

D'un hochement de tête, Byakko les congédia. Fergus saisit la main de l'adolescente et lui sourit pour lui donner du courage. Ils firent un pas hésitant, puis un deuxième. La poussière d'étoiles les recouvrit et les deux silhouettes dorées disparurent aussitôt. Le Gardien se tourna vers Yasuke et lui fit signe d'approcher. Il marmonna des paroles inaudibles de tous, sauf de l'intéressé qui inclina la tête en signe d'approbation. Sans plus attendre, Rachel et Sebastian les rejoignirent. Byakko plaça à nouveau une main au-dessus de leurs taches de naissance et ils traversèrent.

Lorsque vint leur tour, Adèle, Aïko et Emma avancèrent, les mains soudées les unes aux autres.

— Voici Orion, sourit Byakko en les voyant aussi unies que la célèbre constellation composée de trois étoiles.

Adèle arqua un sourcil et se mordit l'intérieur de la joue pour ne pas faire offense à l'humour douteux du Gardien. Elle ne parvenait pas à déterminer si elle était soulagée ou terrifiée à l'idée de le voir sourire après avoir menacé de faire brûler Sebastian de l'intérieur. Sans prononcer le moindre mot, elle tendit son poignet vierge de toute tache de naissance tandis que le fleuret se trouvait dans son poing serré.

— Mon arme ne parvient plus à regagner sa place originelle, dit-elle pour toute explication.

— Tu es en constante vigilance, Adèle. Il suffit de le vouloir profondément. Accepte qu'il disparaisse. Il reviendra dès lors que tu sentiras le danger. Tu dois te fier à ton instinct et croire en toi. Il ira et viendra aussi souvent que nécessaire de ta peau à ton poing.

D'un geste rapide, il survola la tache de naissance d'Aïko et un picotement lui traversa la jambe. Elle n'avait pas besoin de faire le test. Elle savait que sa double hache réapparaîtrait le moment venu. Et malgré la crainte de ce qu'elle allait découvrir à Kyoto, le soulagement qu'elle en éprouva lui arracha un soupir.

Les trois amies échangèrent un regard, prirent une longue inspiration et avancèrent comme tous les autres l'avaient fait avant elles.

La poussière d'étoiles recouvrit chaque parcelle de leur corps et s'infiltra dans leurs narines, leurs oreilles, leurs yeux et leur bouche. Lorsqu'elles ne parvinrent plus à respirer, l'air se dilata, compressant leur chair et leurs os. Lentement, leurs semelles se décollèrent du tapis de neige et une force invisible appuya sur leurs épaules.

CHAPITRE 19

Adèle sentit l'air affluer dans ses poumons et dilater brutalement ses bronches. Les ongles d'Aïko s'enfoncèrent dans sa chair et les doigts d'Emma se refermèrent autour de son poignet. La douleur lui arracha une grimace, mais la seconde goulée d'air lui fut douce et décrispa ses muscles. Elle tourna la tête vers ses deux amies. À mesure que la souffrance les quittait, ces dernières relâchaient doucement leurs prises. Derrière Aïko, une sorte de tronc large et entièrement peint en rouge se dressait de toute sa hauteur. Les sourcils froncés et la respiration saccadée, Adèle déglutit avant de lever les yeux. Toutes trois se trouvaient sous un *torii* gigantesque planté au milieu d'une vaste place. Elle redressa les épaules et jeta un coup d'œil alentour.

La nuit était épaisse. Sans échanger un regard ni le moindre mot, scrutant le ciel et ce lieu gorgé de citadins, elles se demandèrent l'heure qu'il pouvait être de ce côté du monde. Stupéfaites, elles les observèrent aller et venir d'un pas mesuré, vaquant à leurs occupations. Contrairement au cataclysme qui s'était abattu sur Paris, ici, la vie semblait suivre son cours. Des voitures roulaient au pas autour de la place et les ruelles adjacentes avalaient et recrachaient les Kyotoïtes qui ne semblaient même pas avoir remarqué l'apparition soudaine de ces trois inconnues sous le *torii*.

Le sol pavé, trempé par les trombes d'eau qui avaient arrosé la ville quelques minutes plus tôt, réfléchissait la lumière des réverbères dans de petites flaques secouées par le martèlement des semelles des passants.

— Alors c'est ça, Kyoto ? demanda Adèle.

Une bourrasque glaciale leur fouailla le visage, souleva leur chevelure et couvrit la voix de la jeune femme avant de disparaître en emportant ses mots. L'air saturé d'un mélange étrange d'essence, d'encens et de pluie finit par les extraire de leurs pensées. Traversée par un frisson, Emma referma les bras autour de sa poitrine, enfonça la tête entre ses épaules.

— C'est presque plus flippant de voir ces gens agir comme s'il n'y avait aucun problème ! dit-elle.

— Peut-être qu'ici les choses ne vont pas aussi mal qu'à Paris, supposa Aïko en scrutant la foule.

Adèle souffla.

— On est à l'Est, ça m'étonnerait qu'il en soit autrement ici. D'autant que Byakko nous a laissé entendre qu'il y avait encore bien plus de *yōkai* à Kyoto que partout ailleurs parce que c'est le repaire des...

Les derniers mots moururent sur ses lèvres. Elle se figea et blêmit. La peau de son poignet s'étira et une série de picotements traversa sa tache de naissance. Une bouffée de chaleur remonta le long de son buste et se déploya autour de son cou telle une écharpe invisible. Elle détourna le regard vers ses amies, afficha un sourire crispé et se mit à tripatouiller les mèches colorées d'Emma.

— Alors que les choses soient claires, intervint cette dernière en souriant à son tour, j'ai bien compris ce que tu essaies de faire. Mais fous la paix à mes cheveux et arrête de sourire comme une demeurée, ça ne va pas nous aider à passer inaperçues.

— Ils sont où ? demanda Aïko empruntant l'air le plus détendu dont elle était capable en cet instant.

— Désolée, reprit Adèle sans se départir de son calme apparent. Je vois trois *yōkai* de l'autre côté de la place et j'ai cru qu'ils regardaient vers ici.

Emma réunit sa chevelure en une queue de cheval et ne put résister à la tentation de jeter un coup d'œil dans la direction que venait de leur indiquer Adèle. Quand son regard se posa sur les trois immenses silhouettes dégingandées aux visages monstrueux, elle le regretta aussitôt. À la façon des limiers, l'un d'eux tourna la tête vers elle. Malgré la distance, la jeune femme eut l'impression qu'il la dévisageait. Son cœur pulsa violemment contre sa poitrine et sa gorge se serra.

— Merde, je crois qu'ils nous ont repérées...

Voyant Emma se pétrifier, Aïko glissa sa main dans la sienne, se hissa sur la pointe des pieds et l'embrassa à pleine bouche. Un homme leva la tête vers elles et plaqua une main sur les yeux de son fils avant de s'éloigner en marmonnant son indignation. La méthode surprenante et néanmoins efficace de la lycéenne prit Adèle de court. Presque autant qu'Emma, d'ailleurs. Les yeux mi-clos, elle tourna légèrement la tête de façon à garder les *yōkai* dans son champ de vision. Les doutes de celui qui avait repéré Emma furent aussitôt désamorcés. Les trois créatures se séparèrent et se mirent à suivre les passants. Le corps incliné et leur long cou surmonté de leur tête planant au-dessus des épaules des Kyotoïtes. Ils avaient beau se trouver à des dizaines de mètres d'elle, Adèle pouvait deviner leur odeur pestilentielle et le crissement de leurs griffes sur le sol pavé.

— Il faut qu'on bouge d'ici !

Aïko remit ses talons à terre et ne se résolut à se détacher de la bouche d'Emma qu'à regret. Quelque peu embarrassée de s'être donnée en spectacle, elle posa son index contre ses lèvres rougies et sentit le sang monter à ses joues quand elle croisa le regard embrasé d'Emma. Du dos de la main, elle essuya délicatement sa bouche encore humide et jeta un coup d'œil autour d'elles.

Pour retrouver les traces de la Pourfendeuse agonisante, Byakko n'avait donné aucune indication si ce n'était celle de se fier à son instinct. Sans surprise, il s'était montré aussi énigmatique que tous ces satanés dieux aux voies impénétrables.

— Alors ? la pressa Adèle.

— Mais j'en sais rien, moi ! J'ai jamais fichu les pieds dans ce pays et je ne sais même pas qui on cherche !

Adèle passa une main sur sa nuque et émit un soupir. Elle savait qu'elle lui en demandait trop, mais le compte à rebours était lancé. Elles devaient retrouver la Pourfendeuse au plus vite, car, sans cela, il serait impossible à Emma de prendre sa place au sein de l'armée. Les lèvres encore gonflées par le baiser qu'elles venaient d'échanger, cette dernière s'efforçait encore de neutraliser ses émotions et de juguler son désir afin de se concentrer sur leur mission. Se tournant vers la place, elle désigna les passants d'un hochement de menton.

— Et si tu leur demandais ?

— Qu'est-ce que je suis supposée demander ? reprit Aïko qui ne se donnait plus la peine de maquiller son angoisse. En admettant qu'ils comprennent quelque chose à mon japonais, quelles sont nos chances pour qu'ils puissent nous guider ?

Emma se rembrunit. Elle avait raison. Elles avaient une chance sur cent que le premier passant à qui elles s'adresseraient croit en l'existence des *yōkai*, et moins d'une sur un million pour qu'il ait connaissance de celle de l'Armée des *Shijin*. Quant à leur pourcentage chance de rencontrer quelqu'un capable de leur révéler l'identité de l'une des Pourfendeuses, il avoisinait le zéro et dix millièmes. Ceux-là ne pouvant être annihilés, car, en fin de compte, s'il est un facteur qu'il ne faut jamais sous-estimer, c'est bien la chance elle-même.

Adèle balaya du regard les maisons en bois qui cerclaient la place. Les plus hautes s'élevaient sur trois étages et lorsqu'elle jeta un coup d'œil dans l'une des petites rues, elle en vit d'autres, plus basses, disposées en enfilade. Elles avaient beau se trouver dans l'ancienne capitale du Japon, cette place et ces ruelles lui donnèrent l'impression de fouler le cœur historique du pays.

— Si ce qu'a dit Itazura est vrai, cette Pourfendeuse est âgée, dit Adèle. Donc c'est pas impossible que des gens la connaissent. On dirait qu'on a atterri dans un petit quartier. Ce n'est pas l'idée que je me faisais d'une grande ville comme Kyoto.

Sentant le poids de la responsabilité briser ses épaules, Aïko jetait des regards à droite et à gauche. Une main posée sur sa poitrine, elle régula sa respiration et lorgna les lanternes rouges et blanches qui se balançaient doucement au gré du vent devant les portes des maisons dans l'espoir d'y déceler un signe. Mais rien.

— Je suis bien d'accord avec toi, enchérit Emma. Byakko ne nous a pas lâchées ici par hasard. Enfin, j'ose espérer qu'on ne va pas devoir traverser toute la ville. Ce serait ni dans notre intérêt ni dans le sien si on devait perdre des heures à trouver notre chemin.

Aïko laissa vagabonder son regard sur la place et l'arrima à deux *geiko*[18] qui avançaient côte à côte. Les deux inconnues s'engagèrent dans une toute petite ruelle en pente et disparurent derrière la façade d'une maison basse. Aïko sentit quelque chose

---

[18] *geiko* est le nom donné aux geishas à Kyoto.

se froisser dans son cœur. Aussi discret qu'un murmure et aussi chaleureux qu'un feu de camp. Maintenant qu'elle avait la certitude de savoir dans quelle direction aller, la peur de ne pas être à la hauteur et celle de voir des bribes de son passé reformer le vase brisé de l'histoire de sa mère, cédèrent la place à une énergie nouvelle. Un élan. Son sang se mit à battre frénétiquement ses veines, si bien qu'elle dut évacuer la pression dans un soupir avant de prendre la parole.

— C'est bon, dit-elle. J'ai une piste.

De crainte de perdre leurs traces en plongeant dans la marée humaine qui sévissait en bas des marches et brassait les Kyotoïtes affairés, Aïko leur désigna de l'index la direction à suivre. Sans attendre, elles descendirent la volée de marches au pas de course et s'immergèrent dans la foule ajourée. Pressées les unes contre les autres, elles se frayèrent un chemin sans difficulté et atteignirent très vite la ruelle où avaient disparu les *geiko*. Flanquée de maisons basses aux façades en bois, la rue pavée dépourvue de trottoirs formait un lacet en pente. Les lanternes suspendues devant chaque entrée les éclairaient de leurs halos rougeoyants.

— T'es sûre que c'est ici ? demanda Adèle en cherchant machinalement un panneau indiquant le nom de la rue sur les façades.

Aïko huma l'air chargé d'encens et de senteurs florales qui flottait. Un frisson lui traversa la colonne vertébrale. Elle savait qu'en fermant les yeux, elle éprouverait cette sensation étrange de se trouver à la maison, dans le salon, et que la voix de sa mère ne tarderait pas à s'élever près d'elle. Nerveuse, elle piétina et sentit un relief sous ses semelles. Elle baissa la tête et découvrit une plaque dorée frappée de deux éventails gravés et d'une inscription.

— *Hatsune-koji*, lut-elle à haute voix.

Elle prit une longue inspiration, s'enivra de ces parfums familiers pour se donner du courage et s'engagea dans la ruelle comme l'on avance, porté par les bras invisibles de nos ancêtres pour suivre le chemin qu'est le nôtre. Une nouvelle fois, Adèle et Emma lui emboîtèrent le pas sans poser de question.

À mesure qu'elles s'éloignaient de la place, le brouhaha de la foule et du moteur des voitures roulant au pas s'estompa pour laisser place à un silence musical. Bientôt, il n'y eut plus que le velours du vent, le martèlement de leurs chaussures sur le pavé, le frottement des bâtonnets d'encens se mouvant doucement dans les coupelles disposées sur les autels qui bordaient la chaussée et le bruit feutré des lanternes en papier caressant les façades en bois. Elles débouchèrent sur un petit carrefour qui leur offrait trois autres voies. À droite et à gauche, les chemins semblaient former la continuité de celle qu'elles venaient d'arpenter. En revanche, celle qui leur faisait face était plus large et un *torii* en bois se dressait à son entrée.

Les trois amies s'arrêtèrent et Aïko fit signe à Emma de se taire lorsqu'elle l'entendit prendre son inspiration. Elle tendit l'oreille et les deux autres jeunes femmes l'imitèrent. Un claquement régulier résonna dans la rue qui se trouvait face à elles. La lycéenne reconnut aussitôt le bruit des sandales en bois des *geiko* frapper le sol à chacun de leurs pas. Un sourire se dessina sur ses lèvres. Sans parvenir à déterminer pour quelle raison elle en était convaincue, elle savait qu'elle devait suivre ces femmes.

— C'est par ici ! dit-elle.

Emma qui les avait également repérées posa une main sur son épaule et tapota doucement.

— Ce ne sont pas des geishas qu'on cherche, mais une Pourfendeuse d'illusions.

— *Geiko*, rétorqua machinalement Aïko.

— Quoi ?

— On est à Kyoto. On ne dit pas geishas, mais *geiko*.

Emma haussa les sourcils et adressa un regard interrogateur à Adèle lorsqu'Aïko passa sous le *torii*.

— On s'en foutrait pas un peu ? lui demanda-t-elle.

Aïko pivota sur ses talons et planta son regard dans le sien.

— Quelque chose me dit que notre Pourfendeuse d'illusions est une *geiko* et il y a fort à parier que ce soit quelqu'un de ma famille.

Je ne te demande pas de trouver ça intéressant, mais juste de me faire confiance et de me suivre.

Lorsqu'elle acheva sa phrase, elle se retourna et s'enfonça dans la rue sombre à grandes enjambées. Adèle s'élança dans le sillage de sa meilleure amie et fit volte-face, levant les épaules et les mains en signe d'impuissance.

— Tu veux mon avis ? chuchota-t-elle à l'attention d'Emma. Si tu t'en fous, fais-le en silence et magne-toi.

En quelques foulées, les deux amies rejoignirent Aïko qui allait en tête. Le cœur battant, la lycéenne se laissa porter par son instinct à travers le dédale de ruelles toutes semblables les unes aux autres. À mesure qu'elles s'enfonçaient dans le quartier de Gion, les volutes de fumée des bâtonnets d'encens s'enroulaient autour d'elles et se dispersaient dans leur sillage, libérant leur odeur capiteuse qui imprégnait aussitôt leurs cheveux et les fibres de leurs vêtements. Les muscles brûlants et la gorge sèche, elles couraient aussi vite qu'elles le pouvaient. Tandis qu'Aïko et Emma creusaient involontairement la distance avec Adèle, cette dernière grimaça de douleur et étouffa un gémissement. Un point de côté la contraignit à ralentir la cadence puis à s'arrêter. N'entendant plus les pas de son amie résonner derrière elle, Emma jeta un coup d'œil par-dessus son épaule et aperçut sa silhouette, pliée en deux, une main plaquée sous ses côtes.

— Attends ! hurla-t-elle à l'adresse d'Aïko en rebroussant chemin. Tu vas trop vite ! Elle n'en peut plus !

L'interpellée ralentit puis s'arrêta avant de pivoter sur ses talons. Adèle tentait de se redresser, mais chaque fois qu'elle faisait le moindre pas, la douleur pulsait dans sa chair avec une vivacité nouvelle, l'obligeant à s'incliner davantage. Inquiète pour son amie et se sentant coupable de l'avoir si peu ménagée, Aïko revint sur ses pas. Elle referma ses bras autour d'Adèle dont le front vint se poser sur son épaule.

— Ça va aller, grommela Adèle. Je ne comprends pas pourquoi je me suis épuisée aussi rapidement. Désolée, je nous retarde.

Elle se redressa, dépliant son buste lentement, de peur de sentir éclater à nouveau la douleur aiguë qui lui traversait le corps. Ses doigts enroulés autour du bras d'Aïko, elle écarta les petites mèches blondes collées par la sueur qui lui zébraient le visage. Elle jeta un coup d'œil par-dessus l'épaule de son amie et arqua un sourcil.

Au fond de la ruelle enténébrée, elle crut voir une silhouette se mouvoir. Pensant avoir retrouvé la trace des *geiko*, elle esquissa un sourire et s'apprêtait à prévenir ses amies lorsqu'une bourrasque roula furieusement entre les façades et se dispersa en les heurtant de plein fouet. Le sourire d'Adèle s'évanouit sitôt que l'odeur pestilentielle caractéristique des *yōkai* lui monta aux narines. Cette fois, elle n'éprouva plus aucun picotement ni aucune brûlure à la surface de sa tache de naissance. Immédiatement, sa peau s'étira et le métal froid du pommeau de son fleuret se logea dans son poing fermé. Aïko pivota sur ses talons et referma ses doigts autour du manche de sa hache à doubles lames. Quant à Emma, elle accusa un frisson et, pour la première fois de sa vie, sentit les relents putrides de ces créatures jusqu'alors invisibles. Les yeux plissés pour mieux distinguer les formes en mouvement à quelques mètres d'elles, elle déglutit et jeta un coup d'œil furtif sur ses mains désespérément vides.

Le transfert du don n'avait pas encore eu lieu, sa métamorphose était donc inachevée. Elle s'épongea le front couvert de sueur d'un revers de manche et comprit que, pour l'heure, elle devrait se contenter de voir les *yōkai* sans être en mesure de les affronter.

Aïko, qui en était arrivée au même constat, se posta devant elle, de façon à dresser un obstacle entre leurs assaillants et Emma.

— Reste derrière nous, lui souffla-t-elle.

CHAPITRE 20

Des craquements sonores et sinistres fendirent l'air dans la rue déserte et l'odeur nauséabonde se répandit autour d'elles. Étonnamment, ce fut Adèle qui réprima un haut-le-cœur tandis qu'Aïko se contentait de froncer le nez. Peu expérimentée, Emma ne put se contenir. Secouée par un spasme, elle se pencha et évacua le maigre contenu de son estomac.

Le regard braqué sur le fond de la ruelle, Adèle aperçut une masse colossale marcher droit sur elles. Mais à mesure qu'elle approchait, les contours se firent de plus en plus nets. Ce ne fut qu'au moment où la chose sortit complètement de l'ombre que les jeunes femmes comprirent qu'il n'y avait pas un, mais trois *yōkai*, avançant au coude à coude. Cahotant au gré du relief du pavé, leurs mains osseuses se balançaient au bout de leurs poignets chétifs et décrivaient des moulinets désordonnés. Quant à leurs griffes, les pointes acérées raclaient les pierres sombres dans un crissement funeste. De longs cheveux noirs leur couvraient entièrement le visage et donnaient l'impression de poupées dont la tête aurait été montée à l'envers.

Lorsque les rayons de l'astre gris les éclairèrent entièrement, elles s'immobilisèrent et se laissèrent brusquement tomber à quatre pattes. Le craquement de leurs articulations résonna puissamment, arrachant un frisson aux Pourfendeuses. Les *yōkai* firent basculer leur tête en avant et la pointe de leurs chevelures enduites de crasse effleura le sol dans un sinistre mouvement de balancier. Emma sentit son cœur battre dans le fond de sa gorge quand elle reconnut, à l'arrière de leurs crânes respectifs, la forme simiesque d'une bouche gigantesque au sourire retors. Les crocs blancs et étincelants soulevaient la muqueuse couverte de bave.

Adèle échangea un regard entendu avec Aïko. Si des *yōkai* leur barraient la route, cela signifiait certainement qu'elles allaient dans la bonne direction. Et il était hors de question de renoncer maintenant. Paniquée, Emma jeta un coup d'œil autour d'elle et avisa un petit autel sur lequel brûlait encore de l'encens. Tout près du pot qui contenait les bâtonnets, elle remarqua une petite plaque en bois frappée d'une inscription sous laquelle luisait une lame de couteau. Une arme. Elle avait besoin d'une arme. Elle l'empoigna et rejoignit ses amies au moment où les créatures lancèrent l'assaut.

Terrifiées, Adèle et Aïko s'arcboutèrent néanmoins sur leurs jambes et se tinrent prêtes à combattre. Mais au même moment, un sifflement aigu fendit l'air. La première sursauta en voyant l'une des créatures s'effondrer et rouler au sol, une flèche plantée entre ses omoplates. Les deux autres *yōkai* poursuivirent leur course effrénée et s'élancèrent dans les airs comme deux lions bondissant sur leur proie. Adèle brandit son fleuret et orienta la pointe vers les clavicules du *yōkai* dont la silhouette massive se découpait sur le ciel nocturne moucheté d'étoiles. Mais un nouveau sifflement zébra l'air glacial. Une flèche se ficha dans le flanc de la créature qui heurta la façade en bois d'une maison avant de retomber lourdement sur le sol.

Adèle se tourna vers Aïko et vit le dernier *yōkai* terminer de rouler devant ses pieds, une flèche logée dans la nuque. Incrédules, les trois jeunes femmes se pressèrent les unes contre les autres et balayèrent du regard la ruelle désespérément déserte. D'où provenaient ces flèches ? Est-ce que cela pouvait être Nayeli ? Avait-elle déjà réussi à retrouver leur trace ? Qui que ce fût, ce ne pouvait être qu'un allié, car il ou elle venait de neutraliser trois créatures sanguinaires. Un claquement sonore retentit dans l'air, elles levèrent les yeux et virent une femme sur le toit d'une maison. Debout, un long arc dans une main et une flèche dans l'autre, elle les observa quelques instants. Adèle fut saisie par la pâleur de son visage qui offrait un contraste saisissant avec le rouge de ses lèvres et sa chevelure noire nouée en un chignon complexe qui lui dégageait la nuque. Sans un mot, l'archère leur tourna le dos, fit un bond et disparut de l'autre côté de la maison.

— C'était quoi, ça ? demanda Emma qui ne parvenait plus à détacher ses yeux des créatures qui gisaient sur le sol.

Le regard rivé sur le toit, Adèle et Aïko avaient complètement oublié la présence des *yōkai*. Toute leur attention était bandée comme un arc vers l'inconnue qui leur avait prêté main-forte.

Coup sur coup et avec une précision chirurgicale, elle avait décoché trois flèches et aucune n'avait manqué sa cible. À elle seule, elle avait réussi à terrasser leurs assaillants.

— Je me demande surtout qui elle était, elle ! dit Adèle en désignant du menton le toit sur lequel l'archère se trouvait, quelques secondes plus tôt.

— Une *geiko*, sourit Aïko. Venez, je crois qu'on est arrivées.

— Attends ! On doit terminer le travail si on veut être sûres d'avoir la paix.

Ce disant, Adèle empoigna la flèche qui avait perforé le flanc du *yōkai* et la retira d'un coup sec, sans que la chair putréfiée n'opposât la moindre résistance. L'odeur pestilentielle qui s'échappa du trou béant lui donna la nausée. Elle retint sa respiration et examina la pointe. Le liquide noir qui la recouvrait ne lui permettait pas de voir quel type de métal avait été utilisé. Elle saisit l'empennage et fit tournoyer le bout de bois avant de le jeter sur le sol. Puis, se redressant, elle pointa son fleuret contre le petit point lumineux qui ne brillait plus que faiblement entre les clavicules. Retenant sa respiration, elle laissa la lame s'enfoncer dans la chair. Une moue écœurée plaquée sur son visage, Aïko se dirigea vers la deuxième créature. À l'aide de sa hache, elle l'acheva, tandis que son amie scellait le sort de la troisième.

Une fois fait, elles enjambèrent les cadavres. Emma, qui n'avait rien manqué du spectacle, se contenta de les contourner précautionneusement. Toutes les trois jetèrent un dernier regard par-dessus leurs épaules et se dirigèrent vers la porte de la maison derrière laquelle l'archère avait disparu. Aïko posa sa main contre la façade en bois et, sans la retirer, recula d'un pas afin de déchiffrer les inscriptions gravées et peintes sur l'encadrement de la porte fermée.

— C'est une *okiya*, murmura-t-elle comme si elle craignait d'être entendue.

Ne comprenant pas ce dont son amie parlait, Adèle arqua un sourcil et jeta de nouveau un coup d'œil méfiant derrière elle. Maintenant qu'elle avait la certitude qu'elles avaient été repérées par des *yōkai*, elle s'attendait à en voir d'autres débarquer. La main refermée autour du pommeau de son fleuret, elle se tenait prête à parer une éventuelle nouvelle attaque.

— Tu nous expliques ? se résolut à demander Emma face au mutisme d'Adèle.

— C'est une maison de *geiko*. Elles y vivent ensemble aux côtés de leurs apprenties, les *maiko*. C'est là qu'elles les forment.

— Tu crois que c'était elle la Pourfendeuse d'illusions ? risqua Adèle sans quitter des yeux les flaques de ténèbres qui floutaient le fond de la rue.

— Elle ne m'a pas l'air d'être à l'article de la mort, répondit Emma. Je pense même pouvoir dire qu'elle est un poil trop jeune et un tantinet trop carrément-capable-de-se-battre par rapport à celle qu'on cherche.

— Ouais, mais elle a quand même réussi à neutraliser trois *yōkai*, commenta Adèle, dubitative. Elle les a vus et corrigez-moi si je me trompe, mais il me semble que seuls les Pourfendeurs en sont capables.

En prononçant les derniers mots, son regard glissa sur Aïko qui s'était figée. Si cette jeune *geiko* était bel et bien la Pourfendeuse d'illusions qu'elles recherchaient, cela écartait définitivement sa première hypothèse concernant son identité. Il était impossible qu'elle fût celle qui avait abandonné sa mère. Elle se mordit l'intérieur de la joue et songea qu'il s'agissait peut-être de l'une de ses tantes. Après tout, elle ignorait si sa mère avait eu des frères et des sœurs. Bien qu'elle éprouvât un certain soulagement à l'idée que cette archère n'avait peut-être aucun lien de parenté avec elle, une incontrôlable déception tomba comme une pierre froide dans le fond de son cœur et lui arracha un soupir.

— Qu'est-ce qu'on attend pour toquer ? demanda Emma qui commençait à claquer furieusement des dents.

Perdue dans ses pensées, Aïko pianota la façade en bois comme l'on tapote l'épaule d'une inconnue que l'on croit reconnaître au détour d'une rue. Emma posa une main dans son dos et déposa un baiser sur sa tempe. Un frisson traversa cette dernière en sentant la chaleur de sa peau contre ses lèvres froides. Adèle vint se placer tout près de son amie et s'adossa à la façade de façon à garder la ruelle étroite dans son champ de vision.

— Respire et on y va, l'encouragea-t-elle en lui donnant un léger coup de coude sur le bras.

Aïko gonfla sa poitrine, rejeta ses cheveux en arrière et mit de l'ordre dans sa frange. Elle expira au moment où l'index de son poing fermé frappa trois coups secs contre la porte. Le son se répercuta en écho et Adèle eut la sensation que l'air vibrait autour d'elle. Le vent se leva et souleva sa chevelure blonde qui se plaqua contre le bois. Soudain, la porte s'entrouvrit, libérant un rai de lumière orangée vertical sur le corps d'Aïko. Le visage d'une *geiko* apparut dans l'embrasure, adressant un regard torve et interrogateur aux visiteuses. Baissant la garde, Adèle se tourna de façon à lui faire face et glissa son bras derrière son dos afin de dissimuler le fleuret. *Disparais, bon sang !* songea-t-elle en s'adressant à son arme capricieuse. Lorsque la pointe de la lame effleura le sol, un grésillement sonore retentit, mais fut couvert par le vacarme assourdissant du vent.

Les yeux de la *geiko* se posèrent sur Aïko et glissèrent sur Emma puis Adèle avant de revenir vers celle qui avait frappé à la porte. La lycéenne se racla la gorge et remisa une mèche de ses cheveux derrière son oreille avant de prendre la parole. Adèle savait que son amie parlait japonais, mais elle ne l'avait jamais entendue. À la lumière de ses récentes découvertes, elle s'attendait à comprendre tout ce qu'Aïko dirait. Mais il n'en fut rien. Le don des Pourfendeurs leur permettait de se comprendre entre eux, mais cela ne semblait pas s'appliquer dès lors que l'un des leurs s'adressait à un tiers.

Emma et Adèle jugèrent plus prudent de se tenir en retrait tandis qu'Aïko exposait les raisons de leur venue. Ne pouvant s'appuyer sur les paroles, Adèle tenta de se raccrocher aux intonations et à la réaction de la *geiko*. Elle scruta son visage, mais la femme au teint blafard qui leur faisait face demeurait aussi silencieuse et impassible qu'une statue d'albâtre. Les yeux rivés sur le trait fin de ses sourcils noirs et sur le contraste qu'ils offraient avec le reste de son visage, Adèle se laissa bercer par la douceur de la voix faiblarde de son amie qui, selon toute vraisemblance, luttait de toutes ses forces pour ne pas tourner les talons et repartir d'où elle était venue.

La *geiko* écarta son visage de la porte et eut un mouvement de recul. Devinant qu'elle s'apprêtait à les congédier, Aïko plaqua sa main sur le battant et glissa son pied dans l'embrasure. Si le flot intarissable de paroles se poursuivit, le ton changea et alerta Adèle. Elle connaissait son amie. Elle la savait prudente et raisonnée. Elle ne se risquerait pas à révéler à une inconnue leur véritable identité de Pourfendeuses d'illusions. Non, elle ne ferait pas ça. Adèle lui vouait une confiance aveugle. Cela pourrait compromettre toutes leurs chances de réussite. Pourtant, un doute germa.

Elle l'observa du coin de l'œil et remarqua la crispation de son visage. Aïko ne se tairait jamais si elle n'intervenait pas pour l'arrêter. Elle posa une main dans son dos et tapota doucement de façon à lui donner le signal. Aïko tressaillit à son contact et le débit ralentit avant de se tarir tout à fait. La *geiko* haussa presque imperceptiblement les sourcils et planta son regard dans celui d'Aïko avant de prononcer une phrase lapidaire et de refermer brutalement la porte.

Les trois amies en eurent le souffle coupé.

CHAPITRE 21

— Qu'est-ce qu'elle a dit, là ? demanda Emma. Elle n'a pas l'air ravie de nous voir… Qu'est-ce que tu lui as raconté ?

Tisonnée par un doute persistant, Adèle renchérit :

— Tu ne lui as quand même pas révélé qui on est ?

— Non, enfin si. Presque. J'ai paniqué. J'ai… Je ne sais pas, j'ai merdé.

— Visiblement ! dit Emma en posant sa main sur la porte close.

— Explique-toi, s'impatienta Adèle en réprimant un soupir afin de ne pas accabler davantage son amie.

— J'ai commencé par lui dire qu'on avait vu ce qu'elles avaient fait, qu'on était comme elles, qu'on voyait les *yōkai*. Bref, je voulais qu'elle comprenne qu'on était leurs alliées.

— Impeccable, c'est un carton plein ! ironisa Adèle n'y tenant plus.

— Attends ! Elle ne me croyait pas. Je voyais bien que plus je parlais, plus je m'enfonçais. Elle allait fermer la porte. Du coup, j'ai changé mon fusil d'épaule.

— Efficace, apparemment… marmonna Emma entre ses lèvres bleuies par le froid.

Aïko la foudroya du regard et ses yeux embués trahirent ses émotions qui la noyaient de l'intérieur.

— Je lui ai décliné mon identité, je lui ai dit le nom de ma mère, sa date de naissance, son lieu de naissance. Je lui ai dit que je venais voir ma grand-mère, elle aussi Pourfendeuse d'illusions. Je lui ai dit que je ne partirai pas avant de l'avoir revue.

Emma rejeta sa tête en arrière et haussa les sourcils.

— Ta grand-mère ? Mais qu'est-ce que ça a à voir avec le film ? Tu m'étonnes qu'elle ait refermé la porte !

— Alors tu crois que c'est ta grand-mère ? reprit Adèle. Tu penses qu'elle est ici ?

— Franchement, je n'en sais rien, mais une chose est certaine. Dans toutes les *okiyas*, il y a une sorte de cheffe, une matrone. Bref, il y a des chances pour que ce soit elle.

— Kyoto est une...

— Une grande ville, je sais, acheva Aïko d'un ton las. Il n'empêche que Byakko a dit que je devais me laisser guider par mon instinct. Je suis sûre que ce n'est pas anodin. Et puis, le truc, c'est que j'ai vraiment pas l'impression de me tromper. Quand j'ai dit qui j'étais et qui était ma mère, je ne sais pas... J'ai cru voir quelque chose s'allumer dans son regard.

Sceptique, Emma dodelina de la tête.

— Elle nous a quand même claqué la porte au nez, dit-elle.

— En effet, répondit Aïko. Elle a fermé la porte parce qu'elle est partie transmettre mon message à l'*okāsan*[19]. Elle va revenir, ajouta-t-elle, confiante, le regard rivé sur la porte en bois hermétiquement close.

Adèle jeta un coup d'œil dans la ruelle enténébrée, faiblement éclairée, çà et là, par des lanternes en papier se balançant dans un froufroutement régulier, rappelant la course rapide de la trotteuse d'une horloge. *Rentre dans cette foutue tache de naissance*, ordonna-t-elle à son fleuret. Tête baissée, Aïko observait le fin liseré de lumière qui filtrait sous la porte, guettant l'approche d'une ombre qui la préviendrait du retour de la *geiko*. Concentrée sur ses pensées et sur les battements frénétiques de son cœur, ce fut à peine si elle entendit les paroles réconfortantes qu'Emma soufflait à son oreille. Car cette dernière commençait seulement à prendre la mesure des enjeux qui ébranlaient l'âme de la jeune femme.

Les ombres qui se dessinèrent sous la porte et sur le parquet en bois ranimèrent Aïko. Elle se redressa aussitôt, le corps électrifié par l'approche de la vérité. La *geiko* réapparut sur le seuil, flanquée de deux jeunes *maiko*[20] au visage encore plus poudré de blanc que le sien. De nouveau, la lumière orangée se déversa sur

---

[19] Mère, maman, en japonais. Nom que l'on peut donner à une personne comme marque de respect.

[20] Nom donné aux apprenties geishas/*geiko*s dans l'ouest du Japon.

Aïko et l'éblouit brutalement. Les deux jeunes apprenties s'écartèrent du passage et la *geiko* s'effaça pour laisser entrer les trois inconnues. *Disparais*, articula Adèle dans ses pensées à l'attention de son fleuret. Cette fois, il obtempéra. Juste à temps. Le fait de quitter la ruelle où gisaient encore les cadavres de *yōkai* devait sans doute y être pour quelque chose. Aïko repoussa doucement la main d'Emma et passa la première. Ses amies s'engagèrent à sa suite.

— Merci, dit Adèle lorsqu'elle sentit la chaleur de la maison l'étreindre doucement.

La porte se referma brusquement derrière elles. Les nouvelles venues se retrouvèrent entourées d'une dizaine de jeunes femmes disposées de façon à dessiner un chemin jusqu'aux escaliers qui menaient à l'étage supérieur. Formées en rang serré, elles faisaient barrage, interdisant ainsi l'accès aux autres pièces de l'*okiya*. Même si elles n'étaient pas véritablement les bienvenues, elles leur ordonnèrent de retirer leurs chaussures. Les trois amies s'exécutèrent derechef et enfilèrent les chaussettes que les *maiko* leur donnèrent. D'un bref coup d'œil, Adèle remarqua leurs mines impassibles et l'austérité de l'atmosphère qui juraient avec l'exubérance des couleurs criardes imprimées sur leurs kimonos et les atours élégants qui ornaient leur chevelure noir de jais.

Les femmes les dévisageaient sans pudeur et les accueillaient avec autant d'enthousiasme que s'il eut s'agit d'un enterrement.

La *geiko* qui leur avait ouvert traversa la pièce et se dirigea tout droit vers les escaliers. À chacun de ses pas, les fleurs vertes et jaunes qui recouvraient son kimono semblaient remuer au gré du vent, donnant au tissu des allures de toile vivante. Dans le silence de plomb qui pesait sur l'assemblée, on n'entendait plus que le frottement des chaussons contre le parquet.

Lorsqu'elle mit le pied sur la première marche, Adèle la vit lever la tête vers l'étage et sa main se crisper sur la rambarde en bois. Les breloques ciselées suspendues aux deux peignes dorés qui ornaient sa chevelure s'entrechoquèrent et tintèrent, brisant le silence opaque. Toutes les *geiko* et les *maiko* tournèrent leurs visages dans la même direction. En haut des escaliers, une vieille femme dardait ses prunelles sombres sur les trois amies. Son visage raviné par le temps et la souffrance était dégagé par un chignon bas – nettement moins soigné que celui de ses comparses – duquel s'échappaient, çà et là, des mèches noires capricieuses. Si sa peau n'était pas recouverte de la même poudre blanche que celle de ses protégées, et si son kimono rivalisait de blancheur avec la neige éternelle recouvrant le sommet du mont Cook, son port de tête et son élégance ne laissaient aucun doute sur son passé. Celle que l'on surnommait *okāsan* était une ancienne *geiko*. Et, à ce jour, elle était la plus âgée de toutes celles qui résidaient dans cette demeure.

Elle posa ses mains sur la rambarde en bois sans se départir de sa droiture. Lorsqu'elle écarta ses bras, ses larges manches immaculées se déployèrent comme les ailes d'un albatros en plein vol. En cet instant précis, Adèle songea à l'oiseau gigantesque moqué et torturé par l'équipage du navire sous la plume de Baudelaire. Ce qu'elle voyait de cette femme était saisissant de beauté et de drame. Car si l'on pouvait deviner ce qu'elle avait été et ce qu'elle était désormais devenue, les tremblements de ses mains et la lueur terne de ses prunelles laissaient présager qu'elle ne serait bientôt plus. Adèle sonda les visages autour d'elle et put y lire un mélange de tristesse et de stupeur.

— C'est elle, souffla-t-elle en effleurant du bout de ses doigts glacés la main tremblante d'Aïko.

Cette dernière n'eut aucune réaction. C'était à peine si un mince filet d'air parvenait encore à pénétrer et à ressortir de ses poumons opprimés. Bien sûr que c'était elle. Elle l'avait reconnue. Cette femme était une version vieillie de sa propre mère. Une sorte de portrait de Dorian Gray dont elle découvrait la toile délavée qui permettait d'insuffler la vie à son alter ego fait de chair et d'os, à des milliers de kilomètres de là. Le regard de la vieille femme glissa sur Adèle comme une caresse, s'attarda quelques secondes sur les cheveux colorés d'Emma et s'ancra dans les prunelles d'Aïko. Longuement. Au bout de quelques secondes qui parurent une éternité, elle leva la main et fit un signe à la *geiko* qui inclina la tête. Sans la quitter des yeux, cette dernière s'effaça pour libérer le passage. Elle ôta son pied de la marche et revint sur ses pas, les lanières jaunes de ses sandales tirant doucement les bas blancs qui renfermaient ses pieds menus. Aussitôt, toutes les *geiko* et les *maiko* se dispersèrent en plusieurs petits groupes puis disparurent derrière les panneaux qui donnaient sur les autres pièces de l'*okiya* plongées dans l'obscurité. Les yeux arrimés à ceux d'Aïko, la vieille femme laissa retomber doucement ses épaules et Adèle put voir s'effriter son masque d'apparat. Lorsqu'elles se trouvèrent seules dans le hall, l'*okāsan* se racla la gorge et s'adressa à celle qui semblait avoir ravivé l'éclat de ses prunelles vitreuses.

— *Aïko san* !

Aïko tressaillit.

— *Obāsan*[21].

Les lèvres fines de la vieille femme s'étirèrent et ne formèrent plus qu'une sorte de cicatrice qui ranima son visage et annihila la dureté de ses traits. Aïko s'empourpra. Sans plus attendre, elle s'élança vers les escaliers dont elle gravit les marches avec empressement. Prises de court, Adèle et Emma mirent quelques secondes avant de lui emboîter le pas. Aïko s'arrêta à un mètre de celle qu'elle venait de nommer grand-mère et tendit sa main, paume tournée vers le plafond blanc. Celle-ci la dévisagea

---

[21] « Grand-mère ». Nom qui peut être donné à sa propre aïeule comme à une personne âgée inconnue en signe de respect.

longuement, s'attardant sur ses cheveux mal peignés et sur son cou encore maculé de traînées de sang séché. Un examen rapide de sa tenue et de ses iris acheva de la convaincre.

— Ta mère est ici ? demanda-t-elle dans un français aussi dépourvu d'accent que s'il s'était agi de sa langue maternelle.

Rassurées de voir se briser le fil tendu du silence et s'effondrer les barrières de la langue, Emma et Adèle échangèrent un bref regard et se détendirent. Aïko, quant à elle, ne parvenait plus à arracher le sourire plaqué sur ses lèvres. Si elle avait plein de questions douloureuses à poser à cette femme dans l'espoir d'apporter les pièces manquantes au puzzle du bonheur de sa mère, et même si elle avait conscience de la mort imminente de son aïeule, elle goûtait à la douceur de cette rencontre. Ce qu'elles ignoraient toutes, c'était que leur don n'était pas la raison pour laquelle elles comprenaient chacun de ses mots. La vieille femme avait appris à parler le français depuis le jour où elle avait déposé son bébé dans les bras de la responsable du service d'adoption. Sachant que sa fille allait être accueillie par une famille résidant en France, elle avait appris cette langue à la grammaire capricieuse, dans le seul but de pouvoir échanger avec elle. Du moins, si le destin décidait de les propulser sur des chemins voués à se recroiser.

Le silence se déroula entre elles comme un long ruban de soie. Adèle les observa toutes deux et se résolut à le rompre.

— *Okāsan*, se risqua-t-elle soucieuse de ne pas lui manquer de respect, vous savez la raison de notre venue, n'est-ce pas ?

Des larmes piquantes embuèrent les yeux de la grand-mère d'Aïko. Elle avisa la main tendue de sa petite fille, inspira profondément et retint son souffle en la saisissant. La peau parcheminée de la vieille femme était douce et la chaleur qui s'en dégageait rompit le barrage d'Aïko. Elle essuya d'un revers de manche la larme qui roula sur sa joue et jeta un coup d'œil dans le couloir enténébré. Une lumière orangée, semblable à celle de l'entrée, filtrait à travers le panneau entrouvert d'une pièce faiblement éclairée, dessinant une flaque sur le parquet ciré. Supposant qu'il s'agissait de sa chambre, elle offrit son bras à sa grand-mère pour l'y conduire.

Si l'*okāsan* sembla hésiter un instant, elle accepta son aide et referma ses longs doigts autour de son bras menu. D'un pas lent et mesuré, elles se dirigèrent toutes deux vers la chambre, talonnées de près par Adèle et Emma.

Cette dernière observa le tandem qui marchait devant elle et sentit sa poitrine se compresser violemment. Elle passa une main sur sa nuque et jeta un coup d'œil sur la marque apposée par Byakko.

CHAPITRE 22

La grand-mère d'Aïko franchit les derniers mètres qui la séparaient de son futon. Maintenant qu'il n'y avait plus d'autres témoins, elle abandonna sa superbe et ses épaules se voûtèrent. Son corps maladif se recroquevillait à mesure qu'elle avançait ce qui la faisait paraître bien plus âgée qu'elle ne l'était réellement. Elle ploya le genou et s'allongea sur le matelas avant de rabattre sur elle les draps blancs et froissés. Aïko s'agenouilla à son chevet. Les yeux arrimés à ceux de sa grand-mère, la lycéenne s'efforça de canaliser toutes les questions qui lui traversaient l'esprit et partaient à l'assaut de ses lèvres frémissantes.

Emma longea le mur qui faisait face à la couche de la vieille femme et s'adossa contre l'encadrement de la fenêtre, sans prononcer le moindre mot. Sentant la culpabilité se répandre en elle comme une traînée de poudre, elle détourna le regard de la moribonde et scruta l'extérieur à travers les carreaux. Le vent avait soufflé les lanternes et les secouait farouchement. Les premières gouttes de pluie s'écrasaient sur le pavé en contrebas et mouchetaient les petites vitres. Pensive, elle fit courir le bout de son index sur l'huisserie et jeta un coup d'œil vers Adèle. Cette dernière semblait aussi résolue qu'elle à se tenir à l'écart pour laisser Aïko profiter de ses premiers et de ses derniers instants auprès de sa grand-mère. Lorsqu'Adèle referma le panneau de la chambre pour s'assurer que personne ne viendrait perturber l'intimité de ces retrouvailles, un bruit sourd et sec résonna dans la pièce. Le son semblait venir du fond du couloir. Elle tressaillit, se tourna vers Emma et la sonda du regard. L'avait-elle entendu ? Happée par la houle de ses pensées, celle-ci n'affichait pas la moindre réaction. Quant à Aïko, tout son être était tendu vers la vieille femme qui, si elle avait entendu quelque chose, ne semblait pas s'en inquiéter.

— Nous n'avons plus guère de temps, dit la grand-mère en rompant le silence.

Elle eut un petit rire et reprit :

— La voilà, la véritable quête de l'humanité : le temps. On passe nos plus jeunes années à le trouver trop long. En vieillissant, on se plaint d'en manquer. La vérité, c'est qu'on ne sait jamais en disposer correctement.

Elle posa une main sur le futon et tourna la tête pour jeter un coup d'œil vers les jeunes femmes qui accompagnaient sa petite fille. Les observant de pied en cap, elle se demanda laquelle des deux recevrait bientôt son don. L'examen fut rapide. Par sa volonté de disparaître, Emma attira son attention. La jeune femme avait calé l'ongle de son pouce entre ses dents et le mordillait nerveusement, tout en évitant soigneusement de croiser le regard d'Aïko. Mais cette dernière ne semblait même plus avoir conscience de sa présence. Ni de celle d'Adèle, du reste. Face à elle, il n'y avait plus que cette vieille femme agonisante, dont les dernières minutes de vie s'égrenaient au rythme lent et continu des grains de sable creusant le petit monticule d'un sablier. Aïko savait que le temps pressait, mais elle avait tant de questions qu'elle ne savait plus par où commencer. Elle baissa la tête, laissa échapper un soupir et ses yeux se posèrent sur l'index de sa grand-mère. À la base de son doigt, sur les plis de sa peau parcheminée, Aïko aperçut une trace. Sa blancheur était telle qu'on eut dit qu'elle souffrait de dépigmentation. Elle fronça les sourcils et, dans une caresse, aplanit délicatement la surface.

Sa gorge se serra et devint brûlante lorsqu'elle reconnut la forme de la hache à doubles lames. Les contours étaient identiques à celle qu'elle arborait au creux de son genou. Pourtant, il y avait une nette différence. Au vu de la teinte pâle et absolument incolore de cette parcelle de peau, Aïko déglutit et leva les yeux. Elle entrouvrit les lèvres et s'apprêtait à parler quand un sifflement suivi d'un nouveau bruit sourd la fit sursauter. Adossée contre la porte, Adèle se redressa et décroisa ses bras. Emma tressaillit. Cette fois, elles l'avaient toutes entendu. Cette dernière jeta un bref coup d'œil vers Aïko. Quand leurs regards se croisèrent, elle feignit de reprendre son examen minutieux de la ruelle sombre dissimulée sous la houle agitée de l'averse qui drainait le ciel.

— C'est quoi ce bruit ? interrogea Adèle.

Le sourire de l'*okāsan* se dessina de nouveau sur ses lèvres fanées et creusa ses pattes d'oies jusqu'à ses tempes.

— Votre unique chance de réussite, rétorqua-t-elle d'un ton ferme. J'ai passé les dix dernières années à les former. Des femmes – jeunes pour la plupart, qui plus est – des *geiko*... Personne ne se méfie d'elles. Au mieux, elles sont considérées comme des artistes maîtrisant les lettres et les arts, au pire comme un trophée national ou un caprice exotique. Mais là où elles excellent désormais, c'est dans l'art du *Kyūdō*. Personne ne les soupçonne de pratiquer le tir à l'arc traditionnel et c'est sans doute leur principale force. Notre atout majeur. Pourtant, vous pouvez me croire, elles sont devenues redoutables. Cela fait deux mois que je ne parviens plus à me battre à leurs côtés. Du moins, pas avec une arme. Elles ne manquent jamais leurs cibles. Les *yōkai* pullulent à Kyoto, mais je n'en ai vu aucun se relever derrière leur passage.

La vieille femme s'interrompit et s'épongea le front à l'aide d'un mouchoir en tissu blanc qu'elle roula en boule dans son poing.

— Qu'est-ce que tu veux dire, *Obāsan* ? demanda Aïko. Il y a d'autres Pourfendeuses d'illusions, ici ?

Adèle arqua un sourcil et ne put se retenir d'intervenir :

— Combien ? Je croyais que nous étions au complet. Enfin, presque... Byakko ne nous a rien dit à ce sujet !

— Elles ne sont pas nées Pourfendeuses, reprit la vieille femme avec une fierté non feinte dans la voix. Je leur ai enseigné.

— Je ne comprends pas, rétorqua aussitôt Adèle, incrédule. C'est un don. Soit on naît avec cette tache de naissance et cette faculté de voir au-delà des apparences, soit on naît sans. Ce n'est pas quelque chose qui s'apprend.

Aïko tourna la tête vers Emma qui se tenait encore dans l'angle de la pièce, tout près de la fenêtre. Sur la vitre, un rond de buée apparut et disparut aussitôt, trahissant le rythme altéré de sa respiration. Adèle suivit son regard et se sentit confuse. Regrettant que ses dernières paroles aient pu l'affliger, elle s'approcha d'elle, l'air désolé.

Embarrassée, Emma ramassa ses cheveux colorés en une queue de cheval.

— Ah non ! Mais non ! dit-elle. Je n'ai aucun problème avec la lucidité. Je ne fais pas ça dans l'espoir de parvenir à tuer un *yōkai*, hein ! Je n'aspire qu'à une chose, permettre à l'Armée des *Shijin* d'avoir une chance de vaincre et pour ça, il est impératif qu'elle soit au complet. Faute de mieux, je comble un trou. Je ne présume pas de mes capacités et je n'ai pas la prétention de remplacer qui que ce soit.

Étourdie par sa propre logorrhée, elle s'interrompit et croisa le regard exorbité d'Aïko. Sa poitrine se serra et le regard dépité d'Adèle n'améliora pas la situation. Enfin, elle se tourna vers la vieille femme dont elle venait d'évoquer implicitement la mort imminente.

— Sauf votre respect, ajouta-t-elle, les oreilles cramoisies.

La vieille femme lui offrit un sourire qui se mua en rire avant de s'achever dans une quinte de toux qu'elle endigua dans le creux de sa main. Lorsque le silence retomba dans la chambre, le bruit sec résonna à nouveau. D'intensité égale aux deux précédents, il n'attisa plus l'angoisse des jeunes Pourfendeuses, mais leur curiosité. Qu'est-ce qui pouvait produire ce bruit sourd avec la régularité d'un métronome ? La vieille femme se pencha, ramassa sa tasse de thé posée près du futon et avala une longue rasade de la boisson désormais tiède. Elle se racla la gorge et laissa glisser son regard sur les trois jeunes femmes avant de s'arrêter sur Emma.

— Aucune des femmes présentes dans cette maison ne possède ce don. Pourtant, elles sont à présent capables de sentir ce que leurs cinq sens ne parviennent pas à appréhender. J'ai été leurs yeux pendant de longues années. Maintenant, elles n'ont plus besoin de moi, ce qu'elles ne peuvent voir, elles ont appris à le sentir. Je peux mourir en paix.

— *Obāsan*, reprit Aïko. Je ne suis pas sûre de comprendre... Il ne suffit pas de les voir pour les tuer. C'est notre arme qui nous le permet.

Ce disant, elle posa sa main sur celle de sa grand-mère, caressa la tache de naissance incolore du bout du pouce et en dessina machinalement les contours. L'aïeule laissa faire sa petite fille, l'enveloppant de son regard doux et las.

— Aide-moi à me lever, lui dit-elle.

Aïko se redressa aussitôt et s'exécuta. D'un mouvement du menton, sa grand-mère lui indiqua la fenêtre près de laquelle se tenait Emma. Ensemble, elles traversèrent la pièce dans le silence feutré de ses bas qui frottaient le sol à chacun de ses pas et les coups sourds des talons de la jeune fille. Lorsqu'elles furent suffisamment près, elle tendit le bras et s'agrippa plus qu'elle ne s'appuya au rebord de la fenêtre pour ne pas vaciller.

— Il y a de cela une quinzaine d'années, j'étais encore l'une d'entre elles, reprit l'*okāsan*. Un soir, j'étais sortie avec deux autres *geiko* pour l'une de nos prestations. Alors que nous rentrions à l'*okiya*, nous avons croisé la route de deux *yōkai*. Et j'ai commis une erreur. Une erreur qui allait m'apporter son châtiment. Le pire de tous. Celui qui fait tomber la foudre à côté de nous... D'habitude, je m'efforçais de ne jamais croiser leurs regards, mais cette fois-là, je l'ai fait. Allez savoir pourquoi ! Quoi qu'il en soit, ils m'ont vue. Ils savaient que je savais qui ils étaient. Je n'avais jamais parlé de mon don, ni à mes compagnes ni à ma famille. À personne. Elles, elles croyaient avoir affaire à deux ivrognes. Moi, je savais et, même à ce moment-là, je n'ai rien dit.

Je ne les ai pas prévenues du véritable danger. Quand je leur ai demandé de courir jusqu'à l'*okiya*, elles ont refusé de me laisser seule. Elles ne savaient pas qui j'étais, ce que j'étais, et je crois pouvoir dire que, d'une certaine manière, je l'ignorais encore. Jamais un *yōkai* ne m'avait attaquée jusqu'à ce jour.

Serrant l'huisserie jusqu'à s'en blanchir les phalanges, elle s'immergea dans les profondeurs de sa mémoire pour laisser rejaillir le souvenir douloureux de cette soirée funeste. Un court silence s'ensuivit et, sans rien dire, les trois amies attendirent qu'elle reprît la parole.

— J'ai réussi à pourfendre le premier, mais je suis arrivée trop tard pour le second. Il avait déjà plongé ses griffes dans le ventre de mon amie et le sang pénétrait déjà le tissu de son col blanc. Je l'ai tué. Trop tard, évidemment, mais je l'ai tué. La terreur de la *maiko* qui nous accompagnait m'a glacé le sang. J'avais une hache dans les mains et les lames étaient souillées d'un liquide épais et sombre. Elle a vomi en sentant leur odeur putride. J'ai compris que je n'y arriverais pas seule et qu'en leur cachant qui j'étais, j'avais condamné mon amie et mis en danger toutes les femmes de la maison. J'ai brisé mon arme sur le sol et, si je ne me rappelle pas le cri que j'ai poussé à ce moment-là, je me souviens encore de la brûlure dans la gorge.

Les yeux embués de larmes, la vieille femme porta sa main à son cou flétri par le temps.

— Mais sans ton arme, comment tu as fait pour survivre toutes ces années ? souffla Aïko.

— Et comment se fait-il que la *geiko* ait réussi à tuer les *yōkai* qui nous ont attaquées tout à l'heure ? renchérit Adèle en se postant près de la vieille femme.

— Je ne l'ai pas détruite dans le but de m'en débarrasser, reprit cette dernière. J'ai décidé de briser les lames et d'en récupérer les morceaux afin que chacune des femmes et jeunes filles de la maison en possède un éclat. Elles devaient pouvoir se défendre. Je n'avais pas le droit de garder ce don pour moi seule.

Adèle fronça les sourcils et chercha à déchiffrer les paroles énigmatiques de l'*okāsan*, mais elle n'eut pas à attendre longtemps, car celle-ci enchaîna aussitôt :

— J'ai récupéré chaque morceau de mon arme et la petite *maiko* qui avait survécu à l'attaque m'a aidée. Nous sommes directement allées voir notre *okāsan*. Ma prédécesseuse, ajouta-t-elle pour clarifier ses propos. Nous lui avons tout raconté. Je n'ai omis aucun détail concernant mon secret, les événements, les circonstances de la mort de mon amie et ma responsabilité dans cette affaire. Elle a récupéré les bris de mon arme et a fait appel à un grand maître du *Kyūdō*. Ce qu'il en restait était bien trop petit pour façonner des katanas, mais pouvait être taillé de façon à servir de flèches. Pour me permettre de racheter mon mensonge qui avait coûté la vie à l'une des nôtres, j'ai appris la maîtrise du *Kyūdō* et je l'enseigne à toutes les *geiko* et *maiko* de l'*okiya*.

Un nouveau bruit sourd résonna dans la pièce lorsqu'elle prononça ces derniers mots.

— Ça explique comment cette femme a réussi à les tuer, commenta Adèle, l'air songeur.

— En effet, toutes les *geiko* qui vivent sous ce toit maîtrisent cet art à la perfection. Les *maiko* suivent leur enseignement et seront bientôt de véritables *Yumihiki*[22].

La vieille femme se tourna vers Aïko et lui fit signe de la reconduire jusqu'à sa couche.

— Pour cette raison et pour tant d'autres, reprit-elle avant d'atteindre son futon, après ma mort, vous pourrez compter sur leur aide pour accomplir la mission qui nous incombe. Notre maison accueille bien plus de *geiko* qu'elle ne devrait en compter. Nous avons fusionné avec les trois autres *okiya* des bâtiments voisins.

En s'allongeant sur le futon, elle saisit la main de sa petite fille.

— Je vais transmettre mon don à cette jeune femme, dit-elle en regardant Emma. Mais à toi, Aïko, je te lègue une armée de *Yumihiki* dévouées.

Aïko demeura interdite et s'efforça de remettre de l'ordre dans ses idées. Tout allait trop vite. Comment sa grand-mère savait-elle

---

[22] Personnes maîtrisant l'art du *Kyūdō*.

qui elle était ? Pourquoi avait-elle décidé d'abandonner sa mère ? Pourquoi, aujourd'hui, la traitait-elle comme si elle la connaissait depuis toujours ? Adèle remarqua son trouble et profita de ce court silence pour intervenir.

— Alors c'est ça le bruit qu'on entend depuis tout à l'heure ? Des volées de flèches qui se plantent dans une cible ?

La vieille femme hocha le menton. Elle but une nouvelle gorgée d'eau avant de tourner la tête vers Adèle et Emma, tandis que sa main enveloppait celle de sa descendante comme l'on tient un trésor.

— Sortez de la chambre et remontez le couloir vers la grande fenêtre, vous les verrez. Mayumi ne devrait pas être loin, elle veille toujours sur elles en mon absence.

Adèle chercha le regard d'Aïko. Celle-ci était encore perdue dans ses pensées, les yeux rivés sur la trace blanche et lisse qui tachait la main enroulée autour de la sienne.

— Aïko, on va vous laisser deux minutes, souffla Adèle. On est là, tout près. Ça ira ?

L'interpellée tourna la tête, essuya son nez d'un revers de manche et acquiesça d'un hochement de tête.

CHAPITRE 23

Le cœur lourd, Emma et Adèle firent coulisser le panneau sur ses rails, sortirent et le laissèrent entrouvert de façon à entendre leur amie si, d'aventure, elle avait besoin d'elles. Adèle tourna la tête et tressaillit en découvrant la silhouette droite et longiligne d'une *geiko* au fond du couloir. Postée devant la fenêtre, celle-ci ne semblait pas les avoir entendues arriver. Immobile et la poudre de riz blanchissant son visage, elle ressemblait à s'y méprendre à une poupée de porcelaine grandeur nature. Reconnaissant celle qui leur avait ouvert la porte de l'*okiya*, Adèle et Emma échangèrent un regard et la rejoignirent à pas feutrés.

Tandis qu'elles traversaient le long corridor faiblement éclairé par la lueur spectrale de la lune qui filtrait à travers les vitres, un nouveau claquement sec les surprit. Mais, cette fois, le bruit était plus net, plus précis. Adèle se rappela les dernières paroles de la vieille femme et s'arrêta près de celle qui répondait au nom de Mayumi. Face à l'absence de réaction de la *geiko*, elle demeura silencieuse et coula un regard vers ce qui semblait capter toute son attention.

La cour était délimitée par quatre façades en bois qui s'élevaient jusqu'à l'étage. L'eau ruisselait à gros bouillons sur les toits et se déversait dans la cour intérieure en suivant les rigoles tracées par le relief gondolé de la tôle. L'averse drue arrosait le sol tapissé de graviers blancs et brouillait partiellement les détails. Adèle laissa glisser son regard le long de la façade et avisa un petit abri sous lequel une dizaine de cibles étaient alignées les unes près des autres. Répondant à la logique la plus élémentaire, elle tourna machinalement la tête de l'autre côté et reconnut les *maiko* qu'elles avaient rencontrées au moment de leur arrivée.

Les kimonos colorés ceints par des *obi*[23] aux teintes pâles avaient été troqués pour d'autres intégralement blancs et aux manches amples, leur octroyant ainsi une plus grande liberté de mouvement. Les yeux écarquillés, Adèle contempla ces femmes et ces jeunes filles alignées qui empoignaient leur arc tout en échangeant quelques paroles. Celles qu'elle avait prises pour des êtres délicats et vulnérables ressemblaient à présent à des archères expérimentées prêtes à combattre. Le souvenir du dessin animé *Mulan* lui arracha un sourire. Elle revoyait l'héroïne juchée au sommet d'un poteau étroit, arc en main, après avoir décoché la flèche qui était venue soulever une gerbe de terre en s'enfonçant au pied de la tente de Li Chang.

Elle tourna la tête et son sourire enfantin s'évanouit sitôt que le regard froid de Mayumi se posa sur elle. Confuse, elle s'empressa de chasser ces images et chercha quelque chose à dire pour

---

[23] Ceinture traditionnelle en tissu plus ou moins large selon le kimono qu'elle accompagne.

meubler le silence oppressant qui régnait dans le couloir comme l'espace entre le marteau et l'enclume.

— On a entendu du bruit et l'*okāsan* nous a proposé de venir voir de plus près, baragouina-t-elle sans être convaincue que la *geiko* comprendrait un traître mot de français.

Mayumi plongea son regard dans le sien et arqua un sourcil rehaussé de noir. Imperturbable, elle tourna à nouveau la tête vers les archères. Adèle l'entendit prendre une profonde inspiration et déglutit. Emma, qui se tenait à ses côtés, ne prêtait aucune attention à leur échange. Elle était bien trop occupée à contempler l'enchaînement précis et minutieux des gestes lents des *maiko*.

— *Tekichu*, dit la geiko.

— Pardon ? demanda Adèle, surprise d'entendre la voix chaude de cette femme jusqu'alors taiseuse.

Elle dévisagea son interlocutrice et, cette fois, Emma fit de même. La mâchoire de Mayumi se contracta et un léger sourire étira sa lèvre inférieure empourprée.

— C'est le nom du bruit que fait la pointe évasée de la flèche au moment où elle frappe le papier tendu de la cible, expliqua-t-elle en s'appliquant à prononcer les mots en français malgré son accent marqué.

Adèle fronça les sourcils et opina du chef plus pour ne laisser transparaître ni sa surprise ni son embarras. L'heure était grave, la grand-mère d'Aïko était sur son lit de mort, trois des quatre points cardinaux du monde avaient déjà sombré dans le chaos, Emma n'avait pas encore reçu le transfert de son don, sa famille avait été assassinée, celle d'Aïko était dans une sécurité relative et il y avait peu de chance qu'elle revoit un jour Yūri. Du reste, les autres Pourfendeurs étaient là, quelque part, à Kyoto, guettant leur retour pour s'infiltrer dans le château où étaient retenus captifs les Gardiens célestes desquels dépendait encore l'avenir du monde. Rien que ça. Pourtant, en cet instant, en entendant la *geiko* parler, elle eut l'étrange sentiment de se retrouver sur un banc d'école tandis que le monde s'écroulait sous leurs pieds.

Adèle baissa de nouveau la tête et son regard fut attiré par les mouvements des archères qui se tenaient sous le porche, à l'abri des trombes d'eau. Elle posa ses doigts contre la vitre et les observa se placer à intervalles réguliers. Le tissu de leurs kimonos immaculés secoués par le vent impétueux qui s'engouffrait dans la cour claquait dans l'air. Elles ressemblaient à une nuée d'oiseaux, battant frénétiquement des ailes, à la fois plantée dans les cieux et irrémédiablement clouée au sol. Dans un mouvement parfaitement synchronisé, elles se placèrent de profil par rapport à la cible et tournèrent la tête vers l'autre côté de la cour. L'arc dans la main gauche et la flèche dans la droite, elles écartèrent leurs pieds et s'ancrèrent dans le sol lorsque les épaules et le bassin furent dans le même alignement. Lentement, elles saisirent la corde et raffermirent leur prise sur la poignée de l'arc abaissé sur la gauche. Soudain, comme si les archères ne faisaient plus qu'une, elles décrivirent un arc de cercle avec leur arme et bandèrent la corde. Elles se placèrent de façon que la flèche se plaquât contre leur joue, au niveau de leurs bouches vermeilles et blanches.

— Comment elles font pour tenir ? s'extasia Emma. J'ai lu quelque part qu'il fallait une force incroyable pour maintenir un arc bandé aussi longtemps... Et puis comment elles font pour ne pas manquer leur cible ? Je veux dire, on n'y voit presque rien avec toute cette flotte et le vent doit sûrement dévier les flèches, non ?

— Le *Kyūdō* est un art martial, répondit Mayumi, sans ciller. Pour atteindre la cible, les archères doivent atteindre le parfait équilibre entre le corps et l'esprit. C'est ce qu'on appelle le *Hikiwake*. Elles doivent trouver l'harmonie entre le lieu, le corps, l'esprit, l'arc, la flèche et la cible. Ce n'est que lorsque le *Kaï*[24] est parfait qu'elles auront accumulé suffisamment d'énergies pour pouvoir procéder au *Hanare*[25].

À peine eut-elle le temps d'achever sa phrase qu'une volée de flèches traversa la cour sous la pluie torrentielle et perfora les cibles en papier. Au même instant, le panneau de la chambre de

---

[24] Sixième des huit phases de tir. Ce mot signifie l'union.
[25] Phase qui suit le Kaï, que l'on peut traduire par « la séparation ». Il s'agit de la phase du tir à proprement parler puisque c'est à ce moment-là que la flèche se sépare littéralement de l'arc et du *Kyudojin*.

l'*okāsan* coulissa brutalement sur ses rails, attirant aussitôt l'attention des trois femmes. Le visage blême d'Aïko apparut.

— Emma, tu dois venir maintenant, dit-elle d'une voix brisée. C'est le moment.

Adèle sentit son cœur voler en éclats en voyant son amie essuyer ses joues d'un revers de manche. Talonnée par Emma et Mayumi, elle traversa le couloir d'un pas pressé et referma ses bras autour des épaules raides d'Aïko. Le front posé contre le cou d'Adèle, la jeune femme tourna la tête dans la direction de sa grand-mère et de sa petite amie qui s'agenouillait à ses côtés. Sous sa frange en bataille, ses yeux mouillés de larmes ne cillaient plus.

— Est-ce que tu as obtenu des réponses à toutes tes questions ? lui souffla Adèle en posant son menton contre sa tempe moite.

Aïko porta son poing à ses lèvres et secoua doucement la tête en signe d'acquiescement. Son corps fut parcouru d'un nouveau frisson. Adèle resserra son étreinte.

— Je suis là, murmura-t-elle en déposant un baiser sur son front.

À son tour, la *geiko* s'agenouilla lentement près du futon de la vieille femme, face à Emma. Comme si elle savait exactement ce qu'elle devait faire, elle échangea un bref regard de connivence avec la moribonde et saisit une petite boîte en métal argentée qui se trouvait près d'elle. Elle l'ouvrit cérémonieusement avant de plonger son pouce et son index à l'intérieur. Entre ses doigts effilés, elle en prit une pincée et approcha sa main du visage de l'*okāsan*. Cette dernière entrouvrit ses lèvres pâles et Mayumi déposa la poudre verte sur le bout de sa langue.

— Ouvrez la bouche, dit-elle ensuite en dardant ses prunelles sombres sur Emma.

Incrédule et désemparée, la jeune femme tourna la tête vers Aïko comme pour obtenir son consentement. Elle s'apprêtait à recevoir le don de la Pourfendeuse d'illusions et elle savait que ce transfert ôterait la vie à sa grand-mère. Aïko, dont les larmes continuaient de ruisseler sur son visage figé par la souffrance, hocha doucement la tête. Adèle retint les siennes et caressa les cheveux de son amie. Dans ce geste, elle ne put s'empêcher de penser à Yūri caressant la chevelure noire de Nao pour lui apporter un réconfort qui n'effacerait jamais le chagrin.

Les yeux mi-clos, la vieille femme retroussa doucement la manche de son kimono blanc dévoilant son avant-bras flétri et amaigri.

— Où portes-tu la trace ? marmonna-t-elle à l'attention d'Emma.

Cette dernière sembla hésiter un instant puis se racla discrètement la gorge avant de déglutir. Sa glotte devenue aussi râpeuse que du papier de verre, elle réprima une grimace de douleur. Elle tira sur son col pour dégager son épaule, mais celui-ci était trop étroit. Un soupir exaspéré filtra entre ses lèvres serrées. Elle retira son bras de sa manche, souleva le pull et le bloqua entre son menton et son épaule. La tache de naissance apposée par Byakko était aussi pâle que la dernière fois qu'elle l'avait vue. C'était à peine si l'on pouvait en distinguer la forme qui rappelait vaguement celle d'un serpent endormi. Au prix d'un grand effort, l'*okāsan* se redressa sur son futon et posa sa main contre la peau d'Emma. La chaleur qui émanait encore de la vieille femme lui arracha un frisson. Aïko se dégagea aussitôt des bras d'Adèle et courut pour s'agenouiller près de sa grand-mère.

— Attends ! s'écria-t-elle en refermant ses doigts autour de ceux de la vieille femme.

Emma eut un brusque mouvement de recul et se raidit. Elle jeta un coup d'œil vers Aïko et se sentit honteuse d'avoir accepté de se prêter à cette cérémonie destinée à la priver d'un membre de sa famille. Confuse, elle baissa la tête et frotta nerveusement ses mains contre ses cuisses.

— Tu m'as confié tes secrets, dit Aïko d'une voix chevrotante. Des secrets que tu n'as jamais révélés à personne.

L'air grave, la vieille femme dévisagea sa petite fille. Mayumi détourna le regard et le riva sur la petite boîte métallique contenant l'étrange poudre verte. D'un geste mécanique, elle remit le couvercle qui tinta délicatement et le vissa.

— Laisse-moi te révéler l'un des miens, poursuivit Aïko en jetant un coup d'œil furtif vers Emma.

Elle prit une courte inspiration et plongea son regard dans celui de son aïeule. Ses doigts se crispèrent tant elle se retenait de saisir la main d'Emma dont la seule présence à ses côtés suffisait à l'apaiser. Si elle n'avait jamais réussi à dire qui elle était, ce qu'elle éprouvait au plus profond d'elle à chaque fois que ses yeux croisaient ceux d'Emma et ceux de toutes les jeunes femmes pour lesquelles elle avait ressenti bien plus qu'une simple amitié sans jamais réussir à se l'avouer elle-même, elle se sentait prête à le confier à cette grand-mère fantôme désormais retrouvée. Fut-ce pour un court instant. Le temps d'un souffle. Le dernier.

Le menton fiché dans la poitrine, Aïko fixa discrètement les mains d'Emma qu'elle brûlait de prendre dans les siennes.

— Je suis... commença-t-elle, hésitante.

La phrase demeura suspendue quelques secondes et le silence s'étira dans la chambre. Une bouffée de chaleur enveloppa le cou d'Aïko comme une écharpe. Emma retint son souffle et, une fois encore, ne put s'empêcher de tourner la tête dans la direction opposée. Ses yeux se posèrent sur les motifs végétaux et les oiseaux au plumage coloré qui décoraient le mur derrière lequel se trouvait le futon. Cela n'échappa pas à l'œil avisé et expérimenté de la vieille femme et un sourire étira ses lèvres.

— Je suis... tenta une nouvelle fois Aïko, sans y parvenir.

— Amoureuse, acheva sa grand-mère pour venir à son secours. Et c'est de toi, n'est-ce pas ? ajouta-t-elle en se tournant vers Emma.

Muette, cette dernière se figea. Elle n'osa pas regarder Aïko dont le sang afflua brutalement sur ses joues et son cou. L'*okāsan* eut un petit rire qu'elle réprima afin d'éviter une nouvelle quinte de toux.

— Je ne pouvais pas partir plus heureuse. En vous quittant, je vous permets d'accomplir notre mission. Et elle sera à tes côtés, ajouta-t-elle en adressant un sourire caressant à sa petite fille.

Aïko accusa un frisson.

— Il n'y a que l'amour qui soulève des montagnes. Rien d'autre, tu m'entends ? dit sa grand-mère en lui relevant le menton. Tout le reste ne compte pas. Sans amour, le monde meurt.

En prononçant ce dernier mot, elle posa sa main sur la joue d'Aïko et essuya une nouvelle larme avec son pouce. Elle glissa ses doigts dans son chignon, tâtonna délicatement sa chevelure et s'arrêta sur le peigne orné de gouttes d'argent surmonté d'une feuille de ginkgo aux couleurs flamboyantes. D'un geste machinal et expert qu'elle avait exécuté des milliers de fois durant sa vie, elle le retira et le soupesa dans sa paume. Elle effleura du bout du doigt les pointes affûtées. La lumière se refléta sur le métal. Aïko écarquilla les yeux en reconnaissant la lueur étrange qui ondoyait à sa surface. La vieille femme sourit, car sans aucune explication, sa petite fille avait compris qu'il s'agissait là d'un peigne hors du commun. Des éclats de l'arme de l'*okāsan* avaient été sertis sur les pointes. Entre des mains avisées, ce bijou devenait une arme puissante capable de pourfendre un *yōkai*. Elle riva son regard dans celui d'Aïko et le lui tendit.

— Lorsque tout cela sera terminé, donne-le à ta mère, murmura-t-elle en refermant les doigts d'Aïko sur le bijou. Dis-lui qu'il n'y a pas un seul jour où je n'ai pas pensé à elle et que je suis fière d'elle. Dis-lui bien cela, car en te voyant, j'ai désormais la certitude d'avoir pris la bonne décision. Je redoutais qu'elle devienne la cible des *yōkai* dans cette ville où il y en a tant. Je lui ai donné la plus douloureuse de toutes les libertés. Et d'une certaine façon, à son tour, elle t'a rendue libre.

Sans retirer sa main de la joue de sa petite fille, elle posa l'autre contre le bras d'Emma. Elle ferma les yeux et une chaleur intense infiltra l'empreinte pâle apposée par Byakko. La tache de naissance de la vieille femme disparut de son doigt comme un flocon de neige fond en s'écrasant sur le rebord d'une fenêtre. Une force nouvelle envahit Emma à mesure que celles de l'*okāsan* l'abandonnaient. Les contours de la tache se précisèrent et dessinèrent la forme d'une chaîne aux maillons piquetés de pointes affûtées. Une fumée sans feu chargée d'une odeur puissante de chair brûlée envahit la pièce et souleva l'estomac d'Adèle. Celle-ci s'accroupit derrière Aïko, une main posée sur son épaule secouée par les spasmes des sanglots qu'elle retenait. Soudain, le nuage vaporeux s'évanouit, ne laissant rien d'autre dans son sillage que le parfum capiteux d'un ginkgo. La poitrine de la vieille femme se souleva et s'abaissa violemment jusqu'à lui creuser les côtes.

Le souffle court, elle s'étendit lentement sur le futon, assistée par sa petite fille et la *geiko* qui s'était ranimée en entendant la respiration sifflante de l'*okāsan*. La moribonde glissa sa main dans celle fébrile de sa descendante et tourna la tête vers elle. Ses lèvres frémissantes et violacées articulèrent des mots douloureux. Sa voix n'était plus qu'un murmure. Aïko se pencha près d'elle, posa sa tempe contre la sienne. Elle ferma ses yeux, accusant l'assaut brûlant des larmes salées.

— Il n'y a que deux devoirs dans cette vie et dans l'autre : sauver les autres et se sauver soi-même.

Aïko serra la mâchoire et, sans éloigner son visage du sien, enroula son bras autour des épaules chétives. Le barrage des larmes céda lorsque le souffle de la vieille femme se suspendit une dernière fois.

CHAPITRE 24

Adossée contre le mur du couloir, Aïko laissa retomber sa tête en arrière et ficha son regard dans le plafond blanc et bas traversé de poutres vernies. Attristée de la voir dans cet état, Emma s'approcha et se posta près d'elle, veillant à être suffisamment proche afin qu'elle sentît sa présence, mais assez éloignée pour ne pas l'envahir. Côte à côte, leurs bras s'effleuraient à peine. Le petit espace qui les séparait était chargé d'électricité créant une chaleur réconfortante qui les liait l'une à l'autre. Le cœur lourd, Aïko émit un soupir tout juste audible. Emma tendit lentement sa main vers la sienne. Elle suspendit son geste quelques secondes, sondant son visage. Une larme coincée entre les cils de la lycéenne et l'inclinaison de ses sourcils plissés lui donnèrent le courage d'oser. Elle retint sa respiration et effleura sa peau du bout des doigts. Ceux de la jeune femme lui répondirent. Rassurée, elle les glissa lentement entre les siens et lui caressa la paume du plat du pouce. Loin de la repousser, Aïko referma son poing et laissa retomber sa tête contre son épaule.

La voix monotone de la *geiko* récitant un sutra s'éleva dans la chambre. Adèle jeta un coup d'œil dans l'embrasure du panneau presque entièrement poussé et vit l'ombre de la femme agenouillée se dessiner sur le mur du fond. Le corps chétif et sans vie de l'*okāsan* gisait devant elle. La mélopée roula paresseusement jusque dans le couloir et vint étreindre la gorge d'Aïko. Elle baissa la tête et ses yeux se posèrent sur la feuille de ginkgo aux pétales verdoyants qu'elle tenait encore dans sa main. L'air absent, elle fit glisser son pouce, d'avant en arrière, le long des pointes du peigne en argent. Mais soudain, un bruit l'extirpa de ses pensées cristallisées.

Une dizaine de *maiko* gravit les escaliers à vive allure et s'élança dans le couloir. Adèle et Emma reconnurent les archères grâce aux kimonos blancs qu'elles arboraient. L'air grave, chacune tenait dans ses mains deux carrés de tissu d'un blanc éclatant. L'une d'elles avançait d'un pas plus lent, les bras chargés d'une petite bassine remplie à ras bord. Le frottement de leurs semelles contre le parquet repoussa le silence et chargea l'air d'électricité. Lorsqu'elles arrivèrent à leur hauteur, Adèle remarqua les sillons laissés par leurs larmes sur leurs visages fardés. Elle recula d'un pas afin de les laisser passer. L'âme en miettes, elles ouvrirent le panneau et s'engouffrèrent, les unes à la suite des autres, dans la chambre de leur *okāsan*. Elles se réunirent autour du corps de l'ancienne et, s'obligeant à juguler leur peine, entreprirent de la dévêtir.

Adèle posa sa main sur l'épaule d'Aïko.

— Je ne crois pas que tu aies besoin de voir ça, lui dit-elle.

La lycéenne ne réagit pas et demeura interdite en découvrant, peu à peu, la nudité de la vieille femme. Emma se racla la gorge et lui tapota la main pour détourner son attention. Adèle avala difficilement sa salive et lutta contre l'envie de se placer entre sa meilleure amie et le spectacle macabre de la toilette mortuaire. Les *maiko* plongèrent leurs carrés de tissu dans la bassine puis se mirent à essuyer le corps malingre de celle qui avait été leur guide durant tant d'années.

Adèle se frotta le cou et émit un soupir sonore. Elle s'apprêtait une nouvelle fois à convaincre Aïko de s'éloigner, quand Mayumi se releva et braqua son regard sur elles. La tension baissa d'un cran lorsqu'elle sortit de la chambre en prenant soin de refermer totalement le panneau derrière elle. La *geiko* se planta sur le seuil et prit une profonde inspiration qui souleva ses épaules et gonfla sa poitrine menue. Si le tremblement de ses mains et sa respiration saccadée trahissaient ses émotions, son visage ne laissait rien deviner de la tornade qui sévissait sous le masque. Ses yeux rehaussés d'un fin trait d'*eye-liner* demeuraient inexorablement secs. Adèle sonda son regard et y lut une fracture ancienne. La cause, sans doute, du tarissement de ses larmes.

— Vous devriez retourner au rez-de-chaussée.

Sa voix était enrouée. Elle s'en aperçut et se racla la gorge pour s'éclaircir la voix avant de reprendre :

— Nous allons vous servir du thé et quelques mochis. Je vous rejoindrai lorsque nous aurons terminé.

Emma et Adèle jetèrent un coup d'œil interrogateur vers Aïko qui ne semblait pas prêter davantage attention aux paroles de la *geiko* qu'au vacarme de l'averse qui fouettait les carreaux des fenêtres et tambourinait la tôle du toit.

Adèle posa une main sur l'épaule de son amie.

— On va encore attendre quelques minutes, si vous le voulez bien, finit-elle par répondre, embarrassée.

Mayumi plissa le front et une fine ride se dessina entre ses sourcils. Ses prunelles noires glissèrent sur Aïko et s'arrimèrent brutalement à sa main que la feuille de ginkgo maintenait légèrement ouverte. Un frisson remonta le long de l'échine de la *geiko* quand elle reconnut le précieux bijou. Son menton tremblota. Mais, très vite, elle se ressaisit. Pour garder son calme et juguler la souffrance qui menaçait de s'abattre sur elle, elle étira son cou et abaissa les épaules. Pourtant, malgré ses efforts, un voile vibrant recouvrit ses yeux. La mâchoire crispée et un sourcil arqué, elle leva les bras au-dessus de sa tête et inclina le cou. D'une main experte, elle ôta trois épingles de son chignon et une lourde mèche noire se déroula comme un long ruban. Sans prononcer le moindre mot et s'affranchissant de tout consentement, elle se planta face à Aïko et plongea ses doigts dans ses cheveux, soulevant des mèches et en enroulant d'autres au-dessus de son oreille gauche avant de les fixer. Elle saisit alors délicatement la feuille de ginkgo entre son pouce et son index puis glissa le peigne dans la chevelure de la jeune femme. Elle recula et la dévisagea, satisfaite. Un sourire triste étira ses lèvres empourprées.

—La mort de notre *okāsan* ne rompt pas notre engagement. Nos armes et nos esprits ont été affûtés par notre mère, ils sont aujourd'hui au service de notre sœur.

—Merci, souffla Aïko en effleurant le peigne du bout des doigts.

—Nous devons…

Hésitante, Adèle laissa sa phrase en suspens et marqua une courte pause. La vieille femme avait-elle tout dit à ses protégées ? Étaient-elles au courant pour les Gardiens célestes ? les *Oni* ? leur mission de sauvetage ? Elle l'ignorait, et maintenant qu'elle n'était plus de ce monde, Adèle n'avait aucun moyen de s'en assurer sans craindre de commettre un impair. Pourtant, elle avait l'intime conviction que s'il fallait jouer la carte de la transparence, c'était avec cette femme-là. Mayumi avait le courage inébranlable et la loyauté solide. Et puis, toutes œuvraient depuis des années auprès d'une Pourfendeuse d'illusions qui leur avait tout enseigné. Finalement, elles poursuivaient le même but qu'eux. Du reste, elles n'appartenaient pas officiellement à l'Armée des *Shijin*. Elles ne faisaient rien par obligation, mais par conviction.

Adèle soupira et poursuivit :

— Nous devons retrouver les autres Pourfendeurs avant d'infiltrer le château de Nijō où les Gardiens sont retenus captifs.

— Les connaissant, intervint Emma, ils doivent probablement chercher un moyen d'y entrer à l'heure qu'il est. Enfin, surtout Fergus.

Une lueur nouvelle illumina le regard de la *geiko*.

— Nijō, répéta-t-elle, s'animant soudain. Je comprends maintenant pourquoi elle a tant insisté pour que nous y allions... Nous y avons récemment donné trois représentations. Ce château cache un véritable labyrinthe dans son souterrain. Je pourrai vous guider.

— Ce serait déjà pas mal si on arrivait à y entrer... tempéra Emma.

Une sonnerie retentit dans l'*okiya* et fit sursauter les trois amies. Le sourire de Mayumi se fana sur son visage. Aussitôt, le panneau de la chambre se rouvrit et les *maiko* en sortirent, les unes après les autres, charriant dans leur sillage un doux parfum d'encens et l'odeur froide d'un souffle interrompu.

— Nous avons de la visite... Pour aller au rez-de-chaussée, passez par là, ajouta-t-elle en joignant le geste à la parole. Des escaliers vous conduiront dans l'*okiya* voisine. Je vous rejoins dans quelques minutes. Je suis curieuse de savoir ce que vient faire ce visiteur à une heure si inconvenante.

Tout en réajustant sa coiffure, la *geiko* disparut dans le corridor et descendit les marches qui menaient à la porte d'entrée. Adèle sonda du bout des yeux le couloir que Mayumi venait de leur indiquer. L'ombre des gouttes de pluie ruisselant sur les carreaux de la fenêtre en enfilade dansait sur le parquet. Elle s'attarda sur ce spectacle hypnotique et eut l'étrange sensation que les lames du parquet exsudaient l'eau du bois. Au fond, les ténèbres épaisses lui arrachèrent un frisson.

— On y va ? dit-elle autant pour encourager ses amies que pour elle-même.

— Je suis désolée, lâcha Aïko. Je ne comprends pas pour quelle raison je me sens aussi mal. C'est ridicule ! Elle a beau être de mon sang, je ne la connais pas. C'est à peine si j'ai pu lui parler une dizaine de minutes. Dix foutues minutes et je me sens amputée.

— C'est tout sauf ridicule, la rassura Emma sans oser s'étendre davantage sur le sujet.

Si elle savait qu'elle n'était pas vraiment responsable du décès de la grand-mère, la jeune femme éprouvait néanmoins une farouche culpabilité. D'une certaine manière, sa mort lui avait profité. Les yeux rougis et les joues humides, Aïko se triturait nerveusement les mains. Adèle caressa le bras de son amie pour la consoler.

— Tu n'as pas à t'excuser, dit-elle. Encore moins auprès de nous et certainement pas parce que tu as de la peine. Tu es riche de cette rencontre. Quand tu rentreras à Paris, tu retrouveras ta famille et tu pourras révéler à ta mère tout ce que tu as appris sur son passé. Parce que, oui, tu rentreras chez toi. Je l'ai promis et je renouvelle ma promesse.

— Tu ne devrais pas promettre des trucs pareils, soupira Aïko d'un ton désabusé. T'en sais rien du tout. Aussi bien, aucune d'entre nous ne survivra.

— Impeccable ! intervint Emma, tentant un trait d'humour. Vous me rassurez, là. J'ai eu peur. J'ai cru que vous étiez devenues optimistes. Ça m'a flanqué une de ces angoisses !

Aïko ne put réprimer un sourire et Adèle décocha un clin d'œil à Emma. Cette dernière qui avait toujours été tenue pour responsable de tout – et surtout de ce qu'elle n'avait pas fait – se sentit déstabilisée. Visiblement, personne ne lui en voulait d'avoir hérité du don de la vieille Pourfendeuse. Son cœur pesa moins lourd dans sa poitrine.

Adèle se tourna vers sa meilleure amie, fit un pas vers elle et colla un baiser sonore sur sa tempe dégagée. Maintenant qu'elle avait découvert l'existence de cette horde d'archères, l'espoir renaissait de ses cendres. La seule idée de voir Aïko entourée et protégée par toutes ces femmes suffisait à l'apaiser. Ces *geiko* avaient consacré les dernières années de leur vie à lutter contre les *yōkai* et il ne faisait aucun doute qu'elles seraient prêtes à la donner pour sauver le monde et la petite fille de leur *okāsan*. Finalement, ses chances de respecter sa promesse faite à Yūri se multipliaient.

— Si, déclara Adèle en lui adressant un sourire confiant. Ça, je peux te le promettre.

Un brouhaha provenant du rez-de-chaussée monta jusqu'à elles. Deux voix d'hommes s'élevèrent et des protestations se firent entendre. Les trois amies n'eurent pas besoin de se consulter pour comprendre qu'il était temps de décamper. Aïko jeta un dernier regard vers la chambre où reposait le corps de sa grand-mère et prit une courte inspiration avant de s'engager la première dans le couloir. À son signal, Adèle et Emma s'élancèrent à sa suite.

Elles descendirent la volée de marches qui menaient au rez-de-chaussée et déboulèrent dans une sorte de hall gigantesque aux murs lambrissés dépourvus de fenêtres. Au-dessus de leurs têtes, deux appliques murales l'illuminaient faiblement. En revanche, huit couloirs étroits et obscurs se déployaient autour comme les pattes d'une araignée géante. Un bourdonnement continu froissait le silence. Adèle pivota sur ses talons et balaya le hall d'un regard circulaire. Une nuée de frissons lui parcourut les épaules. Instinctivement, elle se rapprocha de ses amies dont les doigts entrelacés semblaient les avoir soudées définitivement l'une à l'autre.

La pénombre coulait son encre dans chacun des couloirs. Si bien qu'il leur était impossible d'en voir le bout. Cependant, elles devinaient quelques panneaux blancs sur lesquels se dessinaient nettement les silhouettes majestueuses d'oiseaux au plumage coloré juchés sur des branches de cerisiers en fleurs. Cette partie de la maison semblait inoccupée, mais le bourdonnement incessant trahissait la présence d'un hôte discret.

Adèle se détacha du groupe, posa une main sur l'angle de la paroi et tendit l'oreille pour déterminer si le son provenait du couloir. Soudain, le coulissement d'un panneau couvrit le bruit et une flaque de lumière se déversa sur le parquet ciré, crevant les ténèbres au fond du corridor. Les trois amies tressaillirent lorsqu'une silhouette projeta son ombre contre le mur. Celle-ci s'agrandit à mesure que l'individu approchait. La tension retomba lorsqu'une jeune *maiko* apparut enfin. Lentement, celle-ci se plaça face à elles. Malgré la distance, elles virent les broderies dorées de son kimono qui illuminaient sa tenue et le peigne surmonté d'une fleur aux pétales flamboyants scintillant dans sa chevelure noire enroulée en chignon. Une puissante odeur de camélia embauma aussitôt l'air et crispa les estomacs vides des Pourfendeuses. Les mains jointes et sans un mot, la *maiko* regardait dans leur direction.

— Venez, c'est sûrement la cuisine, dit Aïko. Mayumi nous a dit de l'attendre là-bas.

Emma posa sa main sur son ventre.

— J'ai la dalle !

— Ce n'est un secret pour personne, rétorqua Aïko d'un ton badin.

Surprise et doutant d'avoir bien interprété le double sens des paroles d'Aïko, Emma tourna la tête vers elle et la dévisagea. Les larmes de la lycéenne s'étaient taries et un sourire complice étirait ses lèvres. En la voyant réchapper à l'abîme dans lequel l'avait plongée la mort de l'*okāsan*, Emma sentit les dernières miettes invisibles de la culpabilité logées sur sa nuque glisser le long de ses trapèzes et rouler sur l'arrondi de ses épaules avant de se briser sur le sol. Adèle sourit, caressa le dos d'Aïko et toutes trois s'engagèrent dans le couloir.

— Entre dalleuses, on se reconnaît ! sourit cette dernière, muant en certitudes les doutes d'Emma.

À mesure qu'elles approchaient, les traits juvéniles de la *maiko* se précisèrent. Sous l'épaisse couche de maquillage, Adèle distingua les contours de son visage juvénile et ne put s'empêcher de se demander quel était son âge. À vue de nez, elle ne devait guère avoir plus de treize ans. Pourtant, elle avait ce quelque chose dans son regard qui laissait deviner une vieille âme nichée dans un corps d'enfant. Une femme miniature parée de tous les atours d'une *geiko*.

Un bruit de succion fit vibrer le fil tendu du silence. Adèle sentit une brûlure au niveau de son poignet et son estomac se crispa. Le son était si net que la source devait être proche. Quelque part dans les ténèbres qui dressaient un mur derrière la *maiko* impassible. Elle ralentit le pas et sonda l'obscurité. Ne décelant aucune présence au niveau du sol, elle serra les mâchoires et leva doucement la tête vers le plafond. À une volée de pas, apparurent les contours singuliers d'une silhouette gigantesque. Un *yōkai* faisait courir sa langue démesurément grande sur les lambris du plafond. Lorsqu'il sentit le regard d'Adèle se poser sur lui, il interrompit sa besogne et tourna lentement sa tête de reptile vers elle. Un frisson secoua l'échine de la créature, agitant les poils et les plumes qui recouvraient ses longs membres. Agacée, la *maiko* s'adressa au *yōkai* sans prendre la peine de se retourner.

— Veux-tu bien poursuivre ton travail ? Il reste encore tout l'étage à nettoyer pour que nous soyons quittes !

Le *tenjônamé* émit un léger grognement de protestation et claqua furieusement sa langue avant de se détourner du regard d'Adèle. Puis, agissant comme s'il n'avait pas remarqué l'arrivée des trois intruses, il s'exécuta docilement et se remit derechef à lécher méticuleusement chaque parcelle du plafond. Sa langue noire s'enroula autour d'une toile d'araignée colossale et se rétracta dans sa gueule béante.

L'une après l'autre, les trois amies pénétrèrent dans la petite pièce à la décoration très épurée. Deux lampes à pétrole étaient savamment disposées de façon à éclairer chacun des murs. Au centre, une table basse en bois verni était dressée. Trois tasses et le bec d'une théière exhalaient des volutes de fumée chargées du parfum entêtant du camélia. Sur le sol, quatre coussins attendaient leurs hôtes. D'un geste, la *maiko* les invita à s'y asseoir. Elles s'exécutèrent sans quitter du regard la jeune fille qui se dirigeait vers l'unique desserte placée à l'angle de la pièce. Cette dernière revint avec une assiette garnie de gâteaux blancs enrobés d'une pâte de riz gluant et les posa devant elles. Mais au lieu de prendre place à leurs côtés, elle leur décocha un sourire timide puis, sans un mot, quitta la pièce. Surprises de se retrouver seules, Adèle, Aïko et Emma échangèrent un regard perplexe.

— C'est moi ou c'est un peu flippant, tout ça ? demanda Emma en frottant la marque apposée par Byakko, le regard braqué sur le panneau derrière lequel se trouvait encore le *yōkai*.

— Perso, j'ai la tête qui tourne alors, flippant ou pas, je n'ai pas l'intention de me priver, déclara Aïko en portant la tasse à ses lèvres.

La gorge sèche, Adèle saisit un mochi qu'elle mordit à belles dents avant d'avaler une rasade de thé. Si la texture gluante n'avait qu'un très léger goût de riz, la pâte rouge fourrée à l'intérieur apporta une délicieuse note sucrée qui ravit ses papilles gourmandes. Tout en mastiquant, elle observa les dessins qui ornaient les murs de la pièce. Des fleurs de ginkgo gigantesques se déployaient sur la partie supérieure de la cloison qui lui faisait face, séparée du bas par une frise peinte en noir, fine et régulière, pareille à un ruban. Une main posée sur la gorge, elle but une nouvelle lampée de thé pour l'aider à faire passer sa dernière bouchée. Elle grimaça en sentant le morceau glisser dans son œsophage et prit une longue inspiration.

— Elle ne devrait plus tarder, dit-elle en se raclant la gorge pour s'éclaircir la voix.

— Ça brûle toujours comme ça quand vous sentez la présence d'un *yōkai* ? interrogea Emma en écartant le tissu qui frottait sur sa marque.

— Là, c'est rien, lâcha Aïko. Celui-ci doit vraiment être inoffensif. Ça picote juste un peu.

— Ouais, enfin, ça picote bien quand même, nuança Adèle.

Emma épongea son front plissé par l'inquiétude et la douleur.

— Vous pensez qu'elles vont vraiment pouvoir nous aider ?

— Les *geiko* ? demanda Adèle en levant un sourcil. Ça me paraît évident ! Tu as vu la manière dont elle a dégommé les *yōkai*, tout à l'heure ? Elle était seule, ils étaient trois et ils n'ont pas fait un pli.

— Je crois que c'est le plus bel héritage que je pouvais recevoir de ma...

Aïko marqua une courte pause et referma ses doigts autour de la tasse. Elle fit courir ses pouces sur le rebord et plongea son regard dans le liquide fumant.

— Ma grand-mère, acheva-t-elle avec un sourire.

Ce mot amer qu'elle n'avait jamais eu la chance de pouvoir prononcer avait désormais une saveur exquise. Heureuse de la voir si sereine, Emma ne put s'empêcher d'intervenir.

— Je crois que c'est la grand-mère la plus *badass* de l'Histoire.

— Ce serait bien qu'elles nous indiquent où se trouve le château de Nijō, reprit Adèle. Et je dois avouer que je ne suis pas mécontente d'avoir une horde d'archères à nos côtés parce qu'on n'ira pas bien loin sans elles.

Elle saisit un nouveau mochi et, cette fois, mordit un morceau bien plus petit que le précédent. Une série de claquements secs retentirent dans le couloir, de l'autre côté de la cloison. Les trois amies tournèrent instinctivement la tête dans la direction d'où provenait le bruit et le panneau coulissa sur ses rails.

CHAPITRE 25

Mayumi apparut sur le seuil, referma derrière elle et rejoignit ses hôtes en quelques petites foulées. Ralentie par l'étroitesse de son kimono d'apparat, elle ne s'en déplaçait pas moins avec aisance. D'une main, elle prit une tasse posée sur la desserte et se servit une généreuse quantité de thé au camélia. Elle se tourna vers les trois jeunes femmes attablées, les dévisagea silencieusement puis vint s'agenouiller sur le dernier coussin libre. La tasse tinta sourdement contre la table en bois lorsqu'elle l'y déposa. Les yeux rivés sur Aïko qui lui faisait face, elle prit la parole.

— Ta grand-mère t'a promis notre secours, dit-elle en articulant le plus nettement possible chacun des mots qu'elle craignait de voir écorché par son accent. Il n'était pas nécessaire de nous le demander. Il est évident que nous ferons tout notre possible pour vous aider à accomplir votre mission. Nous n'aurions pas assez d'une vie pour lui rendre la moitié de ce qu'elle nous a donné.

Sous le regard appuyé de ses hôtes, Mayumi marqua une courte pause. Elle plissa le nez et renifla sans émettre le moindre son. Malgré le voile de tristesse qui recouvrait son visage, Adèle décela une lueur étrange dans son regard. Aussi ténue que le chatoiement des braises sous une épaisse couche de cendres. Un feu brûlait en son intérieur. Cette force – fut-elle ancienne ou nouvelle, Adèle n'aurait su trancher avec certitude – semblait ranimer la *geiko*.

— Il semble que nous bénéficions de la protection des *kami*.

Elle avala une gorgée de thé brûlant et ses yeux plongèrent dans le fond de sa tasse. Suspendues à ses lèvres, les trois amies maintinrent le silence.

— Nous venons de recevoir la visite d'un homme qui travaille au château de Nijō.

En l'entendant prononcer le nom du château, le duvet qui recouvrait les avant-bras d'Adèle se hérissa aussitôt. Elle reposa le mochi à peine entamé, essuya ses mains poudrées de farine de riz sur ses cuisses et ses doigts se crispèrent.

— Apparemment, reprit Mayumi avec un nouvel éclat dans le regard, une fête va être donnée là-bas. Nos services sont à nouveau requis.

Adèle arqua un sourcil et les mines incrédules de ses amies lui laissèrent deviner qu'elles non plus n'étaient pas certaines d'avoir compris qui désignait le « nous » et encore moins la nature desdits services. La *geiko* réprima un sourire en lorgnant leurs yeux ronds comme des soucoupes. Emma blêmit et Adèle se mordit nerveusement l'intérieur de la joue tandis qu'Aïko attendait patiemment la suite des explications. Les yeux rieurs au-dessus de sa tasse, Mayumi avala une autre gorgée de thé, puis la déposa devant elle. Amusée par leur appréhension pétrie de préjugés, elle afficha un large sourire, révélant la rangée supérieure de ses dents.

— Ils nous ont fait appeler pour un spectacle, dit-elle, triomphale. Pour l'occasion, nous danserons, nous chanterons et nous jouerons de la musique.

Adèle haussa les sourcils et se racla la gorge. Elle sonda le regard de la *geiko* et y lut une franche bonne humeur dont elle ne saisissait pourtant pas la raison. Évidemment, elle avait compris que leurs chances de parvenir à franchir les murs du château venaient d'augmenter considérablement. En revanche, ce qui la laissait perplexe, c'était le ton enjoué qu'elle avait employé pour énumérer chacune des prestations qui leur avait été commandé.

— Et c'est une bonne nouvelle ? intervint Emma en pianotant sur la table. Je veux dire, vous allez trouver un moyen de nous faire entrer dans le château ? Est-ce qu'il faudra qu'on se déguise ? Enfin, non, pardon, je voulais juste savoir si on allait devoir nous habiller et nous maquiller comme vous pour passer inaperçues… Vous connaissez des gens sur place ? Et puis, il faut d'abord qu'on retrouve les autres, ajouta-t-elle, poursuivant son flot de paroles. On ne va quand même pas les laisser se débrouiller tout seuls. Est-ce que vous croyez que…

Le regard de Mayumi s'attarda sur elle. Aïko glissa discrètement sa main sous la table et la posa sur le genou d'Emma. Car, prise de panique, cette dernière ne se serait sans doute jamais arrêtée sans une intervention extérieure. Le débit ralentit et finit par se tarir sur le bord de ses lèvres qu'elle mordilla nerveusement pour se contraindre à se taire.

— Tu es beaucoup trop bavarde, déclara Mayumi d'un ton neutre qui tenait davantage du simple constat que du reproche.

Voyant le feu monter aux joues d'Emma, Adèle prit aussitôt le relais, s'efforçant d'être concise.

— Vous nous avez dit que vous pourriez nous guider dans les souterrains du château, mais est-ce que vous pourrez nous aider à y entrer ?

— Je peux faire bien plus que cela !

Les regards convergèrent vers la *geiko*. L'atmosphère chaleureuse de la pièce sembla s'étirer et le temps s'allonger.

— Non seulement nous allons vous aider à y entrer, mais en plus, nous avons désormais une bonne raison de nous trouver entre les murs en même temps que vous.

— Et comment vous comptez amener vos armes ? demanda Aïko.

Mayumi haussa un sourcil fin rehaussé de noir et son regard devint pétillant.

— Ils nous ont commandé un spectacle de danse, de chant et de musique. Nous allons devoir amener beaucoup de matériel. C'est la quatrième fête qu'ils organisent en à peine quelques semaines.

— Vous allez dissimuler les arcs et les flèches dans vos affaires ?

Un sourire confirma l'hypothèse d'Aïko. Le front soucieux, Adèle se répéta les dernières paroles de la *geiko*. Elle saisit sa tasse de thé et la porta à ses lèvres. Mais juste avant d'en boire une gorgée, elle se ravisa et releva les yeux vers elle.

— Est-ce qu'on sait les raisons pour lesquelles ils organisent des fêtes de ce genre ? lui demanda-t-elle.

— Jusqu'à il y a peu, nous n'en avions pas la moindre idée, mais depuis que le *kyūbi* est venu voir notre *okāsan*, on sait que trois Gardiens ont été capturés. On a donc fini par en déduire que chaque fête célébrait la capture de l'un d'entre eux.

— Trois gardiens. Trois fêtes. Que signifie la quatrième ? s'inquiéta Emma. Qu'ils ont réussi à mettre la main sur Byakko ?

— Je ne pense pas, dit Adèle en tapotant nerveusement ses cuisses du bout des doigts. Je crois plutôt qu'il a simplement fait en sorte de nous faciliter l'entrée au château de Nijō. Il avait prévu de les mettre sur sa piste de façon à détourner leur attention. Il devait se douter que, pensant le tenir, les *Oni* ou ceux qui retiennent captifs les *Shijin* lanceraient d'ores et déjà les festivités.

— J'espère que tu as raison, dit Aïko en refermant ses bras autour de sa poitrine.

— À ce stade, on l'espère tous, dit Emma.

Mayumi les dévisagea les unes après les autres et s'attarda quelques secondes sur Emma et Adèle. Elle évalua les traits de leurs visages et afficha une moue sceptique. Au terme de son examen rapide, elle secoua la tête en signe de négation. Ses lèvres se plissèrent légèrement juste avant qu'elle ne prît la parole :

— Le maquillage ne suffira pas pour vous deux, conclut-elle. Celui des *maiko* est beaucoup plus chargé que celui des *geiko*. Il aurait pu dissimuler vos traits à la perfection, mais vous êtes bien trop grandes et âgées pour passer pour des apprenties. En revanche, ajouta-t-elle en se tournant vers Aïko, toi, tu viendras avec nous.

Cette dernière réprima un frisson et se raidit. Elle jeta un coup d'œil vers ses amies qui semblèrent au moins aussi paniquées qu'elle à l'annonce péremptoire de leur hôte.

— Comment ça, je viens avec vous ? demanda-t-elle d'une voix blanche.

— Il est hors de question qu'on se sépare, intervint Adèle s'efforçant de maîtriser le ton de sa voix. C'est bien trop dangereux. On doit rester groupées si on veut avoir une chance de s'en sortir.

— On ne va pas la laisser seule ! renchérit Emma.

— Seule ? répéta Mayumi, mi-outragée, mi-amusée. Vraiment ? Nous sommes près de trente archères formées par l'une des plus anciennes Pourfendeuses d'illusions. Nos âmes et nos corps sont dévoués à une noble cause. La petite fille de notre *okāsan* sera nos yeux, nous serons ses bras. Avez-vous la moindre idée de ce que peut donner une Pourfendeuse dotée de soixante-deux bras et autant de jambes ?

Adèle fronça les sourcils et réfléchit une seconde à cette proposition. Elle avait raison sur un point : Aïko serait bien plus en sécurité au milieu de toutes ces femmes qu'avec elles deux. Cependant, une question la taraudait : pourquoi était-il indispensable de se séparer ?

— En admettant qu'on procède de cette façon et je dis bien en admettant, parce qu'il faut qu'Aïko donne son accord... Quel serait le plan ?

Emma allait protester, mais la lycéenne posa une nouvelle fois sa main sur la sienne, le visage tourné vers Mayumi. L'idée d'être séparée d'elles ne l'enchantait guère. Pourtant, elle voulut la laisser répondre à la question.

— Nous sommes attendues au château de Nijō, dit la *geiko* en réajustant son *obi* de ses doigts effilés. Aïko peut se faire passer pour l'une d'entre nous. Elle n'éveillera aucun soupçon. Pendant ce temps, vous chercherez les autres Pourfendeurs d'illusions. Après la tombée de la nuit, quelques minutes avant que le spectacle ne commence, Aïko viendra vous ouvrir par un accès que je lui aurais montré. Il est possible de pénétrer dans le château par un endroit bien plus discret que l'entrée principale et c'est celui-ci que vous emprunterez.

— Pourquoi on ne pourrait pas rester ensemble en attendant que vous nous ouvriez, vous ? l'interrogea Adèle.

— Il est préférable que ce soit Aïko qui s'en charge. Plus vite vous serez tous réunis, mieux ce sera. Du reste, je leur ai dit que nous serions une trentaine pour le spectacle. J'ai pensé que plus nous serions nombreuses, moins ils seraient attentifs aux différents visages. Cet endroit regorge de *yōkai* et d'humains à leur service. Nous vous offrons notre aide, mais je ne laisserai pas l'une des nôtres s'aventurer dans ce château seule. En revanche, si elle est accompagnée par une véritable Pourfendeuse, je serai bien plus rassurée.

Le silence retomba dans la pièce et la tension devint palpable.

— Il est où cet accès ? demanda Adèle.

— À l'arrière du château. Il faut traverser la douve et passer par la grille d'évacuation.

— Impeccable ! ironisa Emma. Avec un froid pareil, qui refuserait un bain de minuit ?

Aïko eut un sourire qui se voulait sincère, mais quelque peu crispé. Cette fois, elle n'avait pas envie de rire.

— C'est pas comme si on avait vraiment le choix.

Concentrée sur le déroulé de la stratégie et déstabilisée à la perspective de ne plus être aux côtés de son amie, Adèle ne réagit pas au trait d'humour cynique d'Emma. Elle coinça sa langue entre ses molaires tout en dessinant du bout des ongles des traits horizontaux sur sa cuisse. Aïko surprit son geste et le souvenir des cicatrices laissées par les nombreuses crises d'automutilation de son amie lui revint en mémoire. Son sourire déjà pâle s'évanouit. Elle se pencha au-dessus de la table et posa une main sur la joue d'Adèle avant de plonger son regard dans le sien.

— Tout va bien se passer, dit-elle.

— Est-ce que tu es d'accord avec ce plan ? lui demanda Adèle. Je veux dire, ça reste assez risqué.

— C'est plutôt à vous qu'il faut demander ça… rétorqua Aïko. Moi, je serai bien entourée.

Ce disant, elle posa son autre main sur le peigne que lui avait donné sa grand-mère et ses yeux s'humidifièrent presque instantanément. Un nouveau sourire naquit au coin de ses lèvres.

— Si jamais les *Oni* trouvent encore un moyen de nous contrôler, je serais affaiblie, peut-être même que ma hache me fera faux bond, mais il me restera encore un moyen de me défendre.

D'un hochement de tête, Adèle acquiesça.

— Bien, conclut Mayumi en se relevant. Maintenant que nous sommes d'accord, nous allons nous occuper de toi. Il va falloir revoir ton accoutrement si tu ne veux pas attirer l'attention, ajouta-t-elle à l'adresse d'Aïko. Si ta démarche ou ton attitude n'est pas irréprochable, ce ne sera pas un problème. Nous n'aurons qu'à prétendre que tu es une nouvelle apprentie. Suis-moi.

Elle se dirigea vers la sortie et fit coulisser le panneau de telle façon que les gigantesques fleurs de Ginkgo cachèrent partiellement les oiseaux au plumage coloré. Les trois amies se levèrent aussitôt. Les jambes engourdies et pétries de fourmillements, elles la rejoignirent d'un pas chancelant et s'engagèrent à sa suite dans le couloir éclairé par de petites lanternes suspendues au plafond lambrissé. Le frottement de leurs chaussons contre le parquet couvrait le froissement de leurs vêtements à chacun de leurs pas. Une odeur d'encens flottait dans l'air. De part et d'autre du corridor, de nombreux panneaux trahissaient la présence d'autres pièces illuminées faiblement. De temps à autre, des silhouettes vaporeuses de femmes s'y dessinaient et devenaient de plus en plus nettes à mesure qu'elles s'approchaient, sans jamais se montrer, espérant surprendre leur conversation ou simplement les observer secrètement. Dans leur sillage, des murmures s'élevaient derrière les cloisons.

Lorsque Mayumi atteignit le bout du couloir qui formait un coude, elle s'y engagea, les trois jeunes femmes sur ses talons. Cette fois, des voix se répercutèrent en écho contre les murs. Quelques rires roulèrent même jusqu'à elles. Adèle sentit la tension baisser d'un cran. Malgré la mort de la vieille *okāsan*, la vie semblait reprendre ses droits dans l'*okiya*. Une lumière vive éclairait une vaste pièce dont le panneau ouvert laissait les teintes orangées éclabousser le mur, le parquet et une grande partie du couloir.

Arrivée devant le panneau, Mayumi pivota sur ses talons et disparut dans la pièce. Les éclats de voix s'estompèrent jusqu'à ce qu'un silence assourdissant règnât à nouveau dans la maison. La seule présence de la *geiko* avait balayé les conversations aussi sûrement que l'eut fait un tsunami détruisant toute forme de vie sur son passage. Lorsque Adèle, Aïko et Emma arrivèrent à sa hauteur, elles suivirent son regard et demeurèrent stupéfaites. Une vingtaine de *geiko* et leurs apprenties se trouvaient réunies dans une pièce quatre fois plus grande que la cuisine où elles s'étaient restaurées. Des kimonos, des *obi* et une variété d'étoles aux couleurs criardes pendaient mollement sur les paravents disposés dans les angles. Les plateaux des cinq petites tables qui meublaient la pièce disparaissaient presque entièrement sous une quantité ahurissante de maquillage. Adèle reconnut sans aucun mal la fameuse poudre blanche dont les *maiko* se fardaient le visage. De grands pots circulaires contenaient un mélange d'eau et de farine de riz. Elle observa l'une d'elles poser son doigt sur la matière visqueuse et creuser un petit sillon du bout de l'ongle.

Au fond de la salle, une quarantaine d'arcs et trois fois plus de flèches étaient accrochés au mur blanc. Le contraste était à ce point saisissant que le regard des nouvelles venues allait des armes aux tables garnies de maquillage. Les kimonos colorés de ces femmes occupaient une large penderie. Tout près, une seconde contenait des kimonos amples et blancs qu'elles ne revêtaient que pour s'adonner à l'art du *Kyūdō*.

La *geiko* qui les avait conduites jusqu'ici s'adressa à toutes les femmes rassemblées. Si Adèle et Emma n'en comprirent pas un traître mot, Aïko l'écoutait avec la même attention que toutes les autres. À mesure que ses paroles s'égrenaient, tous les yeux convergeaient vers les intruses, les détaillant d'un air curieux. Quelques sourires se dessinèrent sur les visages des plus jeunes d'entre elles. Les plus âgées, l'air grave, demeuraient impassibles. Des hochements de tête accueillirent la fin du discours puis, lentement, elles se ranimèrent comme des statues de cire sortant d'un sommeil profond. Mayumi pivota sur ses talons et fit face aux trois amies.

— Vous allez dormir deux heures, leur ordonna-t-elle d'un ton sans appel. Et puis on vous apportera des vêtements un peu moins délabrés et un peu moins tape-à-l'œil…

Adèle voulut protester, mais son épuisement ainsi que le regard foudroyant de son interlocutrice l'en dissuadèrent. Du reste, sa proposition concernant leurs tenues était tout aussi séduisante que celle de pouvoir dormir une paire d'heures.

— Lorsque vous serez en état, reprit Mayumi en se tournant vers Aïko, je viendrai te chercher et nous te préparerons pour le spectacle.

Pour manifester son approbation, cette dernière opina du chef.

— Quant à vous, ajouta la *geiko* à l'adresse d'Adèle et d'Emma, nous vous conduirons jusqu'au château de Nijō afin que vous ne perdiez pas de temps.

CHAPITRE 26

Une bourrasque glaciale s'enroula autour de la nuque d'Adèle et souleva sa lourde chevelure blonde. Du bout de ses doigts insensibilisés par le froid, elle écarta les mèches plaquées sur ses joues et retira celles qui s'étaient glissées à la commissure de ses lèvres. Emma poussa un juron et plaqua ses mains sur le haut de sa tête pour empêcher ses cheveux roses et bleus de lui fouailler le visage. Elle jeta un coup d'œil derrière elle et eut tout juste le temps de voir les silhouettes des deux *geiko* disparaître au coin de la ruelle étroite. Mayumi les avait missionnées pour les accompagner jusqu'aux abords du château. Après s'être acquittées de leur mission, celles-ci avaient rebroussé chemin avec autant de précautions qu'elles étaient venues. Elles avaient mis toute leur science de la musique au service de leur démarche pour ne pas éveiller les soupçons. Livrant une guerre sans merci à l'arythmie, chacun de leurs pas était cadencé et mesuré.

Assommée par le brouhaha de la foule et par le son lointain et régulier du taiko[26] qui résonnait jusque dans sa cage thoracique, Adèle sonda la place. Les percussions émettaient des vibrations si graves et continues qu'elle avait l'impression de les sentir irradier chaque cellule de son sang et déferler dans ses veines. Transies de

---

[26] Tambour traditionnel japonais.

froid, Emma et elle échangèrent un bref regard puis se tournèrent à nouveau vers l'entrée du château d'où s'élevait le vacarme martial. Un frisson remonta le long de la colonne vertébrale d'Adèle. Son amie recula instinctivement d'un pas, se posta près d'elle et lui asséna un discret coup de coude.

— T'as pas l'impression qu'ils s'attendent à nous voir débouler ? demanda Emma en s'efforçant de ne pas claquer des dents.

Sans quitter le château du regard, Adèle déglutit et se passa une main sur la nuque. Le rythme menaçant du taiko faisait naître en elle une peur nouvelle. Jusque-là, leur mission avait consisté à réunir l'Armée des *Shijin*, à retrouver la trace de Byakko et à se rendre à Kyoto. La difficulté montait désormais d'un cran. Le danger était là. Devant elles. Inéluctable. Quelque part derrière l'immense porte et les murs du château. Si les *Oni* étaient encore lancés aux trousses de Byakko, ils ne tarderaient plus à revenir bredouilles. Ou victorieux. Adèle réprima un frisson et décocha un sourire confiant à Emma dont le visage était devenu diaphane.

Les accents lointains du biwa[27] remontèrent jusqu'à elles et se mêlèrent au son des tambours. Ils roulèrent derrière la façade, traversèrent l'immense porte et semblaient même suinter des pierres poreuses élimées par le temps. Sur la place, les Kyotoïtes se baladaient par petits groupes de trois ou quatre individus

---

[27] Luth japonais.

enveloppés dans de larges manteaux de laine. De la vapeur jaillissait de leurs lèvres serrées et de leur nez qui dépassaient de leurs écharpes épaisses et duveteuses. Adèle scruta le parvis qui, malgré la présence de ces individus, paraissait presque désert tant il était immense. Quelque chose d'étrange s'agita entre les grappes de promeneurs attardés. L'air semblait onduler sur lui-même, créant une sorte de voile vaporeux et légèrement luminescent qui comblait les espaces entre les passants.

La peau qui recouvrait le poignet d'Adèle s'étira légèrement et des picotements dessinèrent le contour de sa tache de naissance. De nouveau, le vent frappa vigoureusement son visage, charriant dans son sillage les relents pestilentiels d'une odeur devenue bien trop familière à son goût. Elle déglutit douloureusement. La saveur acide de la nausée qu'elle réprima lui brûla le fond de la gorge. Les *yōkai*. Un frisson électrisa sa colonne vertébrale avant d'éclater sur sa nuque. Elle rendit un coup de coude à Emma. Sa main gelée plaquée sur son épaule, cette dernière serrait les dents pour retenir un gémissement de douleur. Adèle lui désigna du menton le phénomène lumineux étrange qui se produisait sous ses yeux embués par le froid.

— C'est quoi ça ? interrogea la nouvelle Pourfendeuse dont l'attention fut aussitôt captée par les ondulations qu'elle n'avait pas remarquées jusqu'alors. Des *yōkai* ?

En guise de réponse, Adèle haussa les épaules et plissa les yeux pour tenter de mieux distinguer les formes vaporeuses. Celles-ci gagnaient en épaisseur à mesure que sa vue s'aiguisait. Elle pressa son pouce contre sa tache de naissance comme pour empêcher son fleuret d'apparaître entre ses mains. S'il était une chose qu'elle souhaitait éviter en cet instant, c'était bien de se faire remarquer. Leurs accoutrements et les traits de leur visage suffiraient amplement à les démasquer, si d'aventure quelques curieux s'attardaient un peu trop longtemps sur elles. Instinctivement, Emma eut le même réflexe. Elle exerça une pression contre son épaule qu'elle rejeta en arrière comme pour la soustraire à la vue des *yōkai* dont les contours se dessinaient désormais nettement. Les yeux écarquillés, les deux amies prirent conscience du fait que ce qu'elles avaient pris pour une place quasi déserte était en réalité peuplée d'un mélange d'êtres humains et de *yōkai*. Emma sentit son cœur manquer un battement en découvrant les détails sordides de toutes ces créatures réunies en un seul et même endroit. D'un pas chancelant, elle recula et saisit le bras d'Adèle pour l'inviter à la suivre.

— Viens, lui souffla-t-elle d'une voix blanche. Faut pas rester ici.

Adèle sentit un goût métallique se répandre dans sa bouche. Cette fois, ses dents n'avaient pas simplement imprimé la chair de sa joue, elles s'y étaient enfoncées jusqu'au sang. Elle embrassa du regard la silhouette massive du château de Nijō. En dépit du fait que quelques mètres seulement les séparassent de leur objectif, l'édifice était pour l'heure hors d'atteinte. La marée de *yōkai* qui leur barrait la route lui sembla bien plus infranchissable que les profondes douves dont Mayumi leur avait parlé. Elle abdiqua et se laissa entraîner par Emma.

— On doit trouver le moyen de contourner le château, chuchota la jeune femme.

— Tu crois qu'ils seront moins nombreux là où on est supposées retrouver Aïko ? dit Emma d'une voix étranglée. Si ça se trouve, il y en aura une blinde. Si ça se trouve, ils savent qu'on va se radiner et ils surveillent tous les accès. Si ça se trouve…

— Si ça se trouve, on va y arriver ! la coupa Adèle, luttant pour ne pas se laisser gagner par l'angoisse et le pessimisme déconcertant de son amie. Viens, on va essayer de passer par là…

Ce disant, elle désigna de l'index l'angle d'une ruelle étroite perpendiculaire à la leur. Celle-ci, bien qu'elle fût bordée de deux rangées d'habitations, semblait longer la façade du château. S'efforçant de conserver une allure calme, elles réfrénèrent leur envie de s'enfuir à toutes jambes et sentirent la peur diffuser une chaleur intense dans leur dos. Toutes deux se surprirent à prier pour que la centaine de *yōkai* qui se tenait désormais derrière elles ne remarquât ni leur présence ni ne décelât l'odeur de la peur qui exsudait de leurs pores. Tête baissée, Adèle leva les yeux et aperçut les silhouettes de deux hommes qui venaient à leur rencontre dans la rue. Le plus grand et massif des deux gesticulait nerveusement tandis que l'autre semblait trotter à ses côtés pour s'aligner sur l'allonge des pas du premier. Si leur conversation était animée, elle n'entendit pas le son de leurs voix étouffées par le souffle du vent, les notes de biwa et le martèlement régulier du taiko qui continuaient de pulser dans ses veines.

Adèle ficha son menton dans sa poitrine, serra le bras d'Emma au moment de bifurquer dans la ruelle qui leur permettrait de s'éloigner à la fois de la place et des deux hommes. Elles n'eurent pas le temps de faire une dizaine de pas lorsque, soudain, une voix tonitruante et familière s'éleva derrière elles.

— Putain, gamin, tu vas finir par la boucler un jour ? Arrête de chouiner comme ça, bordel ! Si j'avais su que tu étais une mauviette, j'aurais embarqué ta sœur. Elle a le double avantage de ne jamais l'ouvrir et d'avoir écopé de toute la dose de courage dans le ventre de votre mère ! Alors, ferme-la et avance !

Une chaleur intense implosa dans la poitrine d'Adèle. Elle reconnut cette voix lapidaire et rocailleuse. Fergus ! Elle pivota sur ses talons et ne put réprimer un sourire en voyant le Pourfendeur flanqué de Sebastian qui peinait à le suivre en marmonnant des paroles inaudibles. Emma l'imita. Ses lèvres bleuies par le froid s'étirèrent et son visage s'illumina.

— Hey, les gars ! s'écria-t-elle, oubliant la présence des *yōkai* qui arpentaient encore le parvis du château.

Fergus et Sebastian s'immobilisèrent aussitôt et tournèrent la tête dans leur direction.

— ¡Ay ! ¡Hijo de su chingada madre[28] ! lâcha Sebastian comme une prière, le nez planté au ciel.

Le soulagement se lut aussi nettement sur son visage que sur celui d'Emma. Fergus, quant à lui, jeta un coup d'œil alentour puis s'empressa de lui emboîter le pas. Si ses sourcils ne se défronçaient pas, son sourire trahissait la joie profonde de les retrouver. Lorsqu'il les rejoignit, il ne put s'empêcher de poser ses mains massives sur les épaules des deux Pourfendeuses. Oubliant toute sa pudeur et son inimitié pour cet homme qui avait pris l'habitude de l'agacer prodigieusement, Emma se lova contre sa poitrine et le serra dans ses bras. S'il était évident qu'elle n'en aurait jamais fait son ami dans sa vie passée, dans cet endroit peuplé de *yōkai*, il était ce qui s'en rapprochait le plus, tout comme chacun des membres de l'Armée des *Shijin*.

— Nayeli va être tellement soulagée de savoir qu'on vous a retrouvées ! soupira Sebastian en passant une main dans ses cheveux.

---

[28] La putain de sa mère.

— Ouais, ben moi aussi je suis soulagé, dit Fergus. Vous n'avez même pas idée de la scène à laquelle j'aurais eu droit si j'étais revenu bredouille.

L'élan de joie passé et la pudeur reprenant ses droits, Emma s'écarta précipitamment de Fergus. L'air embarrassé et les joues empourprées, elle se racla la gorge, passa une main sur sa nuque et son sourcil droit dessina un accent circonflexe. Mais l'éclat de ses prunelles voilées par les larmes contenues attendrit l'Écossais.

— Je ne suis pas sûre que Rachel soit la plus casse-couilles des deux, sourit Emma en essuyant son nez d'un revers de manche.

— Tu ferais bien de te méfier des apparences ! rétorqua-t-il en lui décochant un clin d'œil. À Édimbourg, on l'appelle la baronne de Briseburn...

— Aïko n'est pas avec vous ? s'enquit Sebastian.

— Non, enfin, si, mais c'est long à expliquer, soupira Adèle. Et vous, vous êtes au complet ?

— Négatif, répondit Fergus. Aucune trace de Yasuke et d'Itazura.

— Vous n'étiez pas supposés être avec eux ?

— Sûrement un changement de programme du grand manitou !

La jeune femme fronça les sourcils et fit claquer sa langue.

— En même temps, j'attendrais le bon moment avant de me pointer si j'étais à leur place, dit-elle. Pas sûre qu'un samouraï noir et un *kyūbi* puissent passer inaperçus. C'est déjà difficile de se planquer des humains, mais des *yōkai*... Le numéro d'illusionniste d'Itazura est certainement sans effets sur ces congénères.

Un lointain bruit métallique retentit dans la rue perpendiculaire et se répercuta en écho contre les façades des maisons en bois qui bordaient la chaussée au milieu de laquelle se tenaient les quatre amis. Les sens aux aguets, Adèle tressaillit et le sang reflua de ses joues rosies par le froid et l'émotion. Elle retint son souffle et pivota aussitôt sur ses talons. Alarmés par son attitude, les trois Pourfendeurs suivirent son regard et un silence de plomb s'abattit sur la troupe, dissipant définitivement la joie des retrouvailles. Une sueur froide mouilla sa nuque.

— Elles sont où ? demanda-t-elle, son attention tournée vers les ténèbres qui comblaient tous les recoins de la ruelle.

— À deux pas d'ici, rétorqua Sebastian.

Sans un mot, Fergus fit un pas de côté, s'effaçant pour libérer le passage, et tendit le bras dans la direction à suivre. Sebastian hocha le menton. Il fit signe à Adèle et Emma de le suivre et s'élança dans la rue.

CHAPITRE 27

Les quatre compagnons revinrent sur leurs pas et obliquèrent dans la rue, plus large, par laquelle Fergus et Sebastian étaient arrivés. Les lanternes soufflées par le vent tournoyaient sous leurs crochets dans un cliquetis métallique et se balançaient mollement au bout de leurs ficelles. Autour de la rue enténébrée se déployaient les traditionnelles maisonnettes en bois du vieux quartier de Gion, séparées en plusieurs blocs troués par des ruelles étroites. Sebastian s'engouffra dans l'une d'elles et jeta un bref coup d'œil par-dessus son épaule pour s'assurer que toute la troupe le suivait.

Adèle, qui le talonnait, ralentit légèrement la cadence et plissa les narines lorsqu'un mélange d'odeur âpre d'urine et de corps en putréfaction s'infiltra insidieusement dans ses narines. Aussitôt, elle plaqua le creux de son coude sur son nez, s'efforçant de ne plus respirer que par la bouche. Si jusqu'à présent le sol était particulièrement propre et dégagé de toutes sortes de détritus, il n'en allait pas de même dans cette allée exiguë. L'obscurité y était opaque et la voûte nocturne envahie de nuages ne suffisait pas à éclairer les façades et le pavé troué. Pire encore, la noirceur des murs et du ciel lui donnait des allures de tunnel. Les mâchoires serrées, elle ignora les bruits spongieux et mouillés de toutes ces choses non identifiables dont elle sentait le relief douteux rouler sous ses semelles. Elle réprima une nuée de frissons. Craignant que cette puanteur ne fût l'annonce de la présence de *yōkai* lancés à leurs trousses, elle referma ses doigts autour de son poignet. Bizarrement, elle en vint à espérer que ce qu'elle piétinait n'était autre que des cadavres de rats ou de chats errants. Sa tache de naissance ne dégageait pas de chaleur et aucun picotement ne naquit sur son derme. Écœurée et néanmoins rassérénée, elle prit une courte inspiration, leva les yeux et lorgna par-dessus la tête de Sebastian. L'adolescent avançait d'un bon pas et ne semblait se soucier ni de l'odeur ni des matières visqueuses qu'il foulait vigoureusement du pied.

Au loin, elle distingua une lumière vive qui disparaissait et réapparaissait au gré des silhouettes passant devant le faisceau éblouissant. Elle accéléra le pas pour ne pas laisser le fossé se creuser entre Sebastian et elle. Son pied s'enfonça dans une flaque. Une grimace traversa son visage lorsqu'un liquide tiède éclaboussa ses mollets. L'idée qu'il s'agît d'autre chose que de l'eau de pluie croupie coincée dans l'ornière d'une dalle manquante lui traversa l'esprit. Elle la chassa aussitôt et poursuivit sa route, encouragée par le martèlement sonore des pas d'Emma et de Fergus qui la talonnaient.

À mesure que la distance s'effaçait entre les Pourfendeurs et la sortie de la ruelle, la lumière s'intensifiait. Celle-ci éclaboussait les murs et la rumeur rassurante de la ville absorbait le vacarme de leur course effrénée. Un courant d'air glacé s'engouffra dans le passage et leur fouailla le visage. Le parfum capiteux de l'encens recouvrit les odeurs putrides et revigora Adèle qui commençait à cruellement manquer d'air. Sebastian s'immobilisa devant elle et posa ses mains à plat contre les murs latéraux. La jeune femme allongea encore deux foulées avant de s'arrêter à quelques centimètres de lui. Emma se heurta contre son dos, s'excusa en jurant. Quant à Fergus, son pied rencontra un obstacle, manquant de le faire tomber. Se rattrapant de justesse avant de provoquer un carambolage, il s'illustra dans sa légendaire prose poétique la plus élégante.

— Elles nous attendent là, dit Sebastian en désignant la devanture d'un café qui faisait l'angle de la rue sur laquelle ils venaient de déboucher.

Adèle jeta un coup d'œil par-dessus l'épaule de l'adolescent et avisa les grandes baies vitrées derrière lesquelles étaient disposées de hautes tables assorties de tabourets. Parmi les Kyotoïtes qui se restauraient, elle ne reconnut pas les visages de Nayeli et de Rachel.

— T'es sûr qu'elles y sont encore ? demanda-t-elle.

— Elles ont intérêt, maugréa Fergus, le souffle court. On leur a rien demandé de plus que de rester au chaud à se gaver de tout ce dont elles auraient envie, le cul vissé sur une chaise. Pendant ce temps, nous, on s'est pelé les meules pour vous retrouver…

Emma arqua un sourcil et emprunta une mine faussement éplorée.

— Voilà ce que donnent des millénaires de patriarcat. Deux prototypes résiduels de chasseurs-cueilleurs contraints de se sacrifier pour une noble cause. Pas facile.

Fergus haussa les épaules et fronça les sourcils, mais un sourire amusé naquit sur le bord de ses lèvres. Sebastian tourna la tête vers lui. L'adolescent n'avait jamais pu s'empêcher de rendre à César ce qui lui appartenait. Surtout quand celui-ci se nommait Nayeli.

— Ouais, ben, en attendant, si ma sœur n'avait pas réussi à faire les poches d'une paire de passants, on n'aurait même pas pu passer la porte de ce café. Et t'aurais pu t'asseoir sur le tien, ajouta-t-il, décidé à taquiner l'égo de l'Écossais.

— Elle, elle me plaît, déclara Emma, admirative face à l'audace, l'ingéniosité et les ressources illimitées de l'adolescente.

Pourtant, son cœur se serra. Rares étaient les individus capables de déployer de telles qualités. Et ceux-là les avaient toujours acquises à leurs dépens, avançant en funambule sur la corde étroite de la vie tissée par les Parques.

Les yeux rivés sur la baie vitrée, Adèle les écoutait d'une oreille distraite.

— Allez, on y va ! dit-elle en tapotant l'épaule de Sebastian.

Quittant l'étroitesse de la ruelle, ils se sentirent à la fois exposés et vulnérables quand ils s'engagèrent dans la rue passante. Réglant leurs pas sur ceux des promeneurs pour ne pas attirer davantage l'attention sur eux, ils cheminèrent, tête baissée, parmi la foule. Sebastian fut le premier à pénétrer dans le café, suivi de près par Adèle. Il retint la porte quelques secondes, la laissa entrer à sa suite et n'attendit pas que le reste de la troupe fût à l'intérieur avant de se frayer un chemin entre les tables. Au fond de la salle, derrière le long comptoir qui séparait les employés des clients, les fourneaux dégageaient une fumée épaisse chargée d'un pêle-mêle d'odeurs appétissantes.

L'estomac d'Adèle se contracta et émit un gargouillis sonore. La main plaquée contre son ventre, elle sentit les vibrations rouler contre sa paume. Si certaines senteurs lui étaient familières, d'autres lui étaient inconnues. Elle jeta un coup d'œil sur la table la plus proche et vit une femme porter une tasse à ses lèvres. À l'intérieur, un liquide vert à l'allure peu engageante tournoyait encore sur lui-même. Près de la soucoupe vide, un muffin aux pépites de chocolat blanc et noir portait encore les traces de la morsure qu'elle lui avait infligée. Adèle détourna le regard des miettes qui mouchetaient la table et déglutit. Une main se referma autour de son bras. Emma apparut alors dans son champ de vision et l'attira brusquement vers elle. La jeune femme leva la tête et repéra Fergus. Bien plus grand que les autres, l'homme dépassait de deux têtes celles des clients qui attendaient leur tour afin de passer leur commande. Sebastian et lui s'immobilisèrent à l'angle de la salle.

Un mur fait en vieille pierre jouxtait une immense baie vitrée derrière laquelle Adèle reconnut aussitôt la silhouette imposante et illuminée du château de Nijō qui se découpait sur la voûte céleste nocturne. Vue d'ici, la majesté du bâtiment était saisissante. Ses yeux s'agrandirent quand, soudain, quelque chose heurta violemment sa poitrine, lui coupant net la respiration. Elle sentit un souffle chaud rouler contre son cou et une chevelure hirsute lui chatouilla le menton. Reconnaissant Nayeli, Adèle sourit et posa sa main sur sa tête pour aplanir ses boucles rebelles. Devant elle, Rachel était assise. Son sourire tranchait avec son teint crayeux.

— On est là, marmonna Adèle en approchant ses lèvres de l'oreille de l'adolescente.

Nayeli s'écarta, lui décocha un sourire, dévoilant la rangée blanche de ses dents, et exerça une légère pression sur sa main avant de remonter se jucher sur le haut tabouret.

— Vous en avez mis du temps ! maugréa Rachel d'un ton qui ne laissait aucun doute sur son niveau d'anxiété.

— Vous avez déjà tout bouffé ? s'insurgea Sebastian en lorgnant leurs assiettes constellées de miettes.

Ignorant la question de l'adolescent, Rachel haussa les sourcils et se tourna vers Emma.

— Est-ce que tu as pu…, commença-t-elle. Je ne sais même pas comment on peut dire ça ! Est-ce que tu as pu « activer » la marque de Byakko ?

Les résurgences de la culpabilité tordirent le ventre d'Emma. Cependant, un fait la détourna de son introspection. Elle avait déjà pu constater que la marque des Pourfendeurs brisait la barrière de la langue, mais elle s'en émerveillait encore. Elle jeta un coup d'œil vers Nayeli.

— Je ne sais toujours pas à quoi ressemblera mon arme, mais je suis enfin capable de vous comprendre. Tous, ajouta-t-elle en décochant un clin d'œil à l'adolescente. Et ça, c'est le pied !

— Maintenant, plus aucune de nos conneries ne sera un mystère pour toi ! signa Nayeli avec un regard espiègle.

— Le transfert s'est bien passé, répondit Adèle. Je pense qu'on est tous opérationnels maintenant. Il n'y a plus qu'à.

— Mais alors, tu ne nous as pas expliqué, finalement. Elle est où Aïko ? s'enquit Sebastian.

Adèle s'assit face à la baie vitrée entre Rachel et Nayeli. Tous l'imitèrent. Les coudes sur la table, ils se penchèrent en avant de façon que leur petit conciliabule n'attirât pas trop l'attention.

— On a trouvé un moyen de nous infiltrer dans le château de Nijō. Aïko sera bientôt à l'intérieur. C'est elle qui va nous y faire entrer… Dès qu'elle aura un créneau, elle nous ouvrira l'accès à l'arrière.

— On en a fait le tour. Il n'y a qu'une porte et on la voit d'ici, déclara Fergus en désignant du menton l'entrée du château. Tout le reste n'est fait que de murailles et cerné de douves. C'est une forteresse médiévale ce bordel !

Adèle s'immobilisa et marqua un court silence. Elle se tourna vers Emma et le doute voila fugacement ses iris limpides. Que se passerait-il s'il avait raison ? Et s'il n'y avait pas d'accès ? Se pouvait-il que les *geiko* eussent menti ? Aïko était-elle en danger ? Une angoisse terrible forma un nœud dans sa gorge. Elle avait cru chacune de leurs paroles sans jamais les remettre en question. Pourtant, la remarque de Fergus venait de faire basculer ses certitudes. Nerveuse, elle saisit la tasse posée devant Rachel et but d'un trait son thé tiède. Pourquoi la vieille Pourfendeuse aurait trahi à la fois sa petite fille et la cause pour laquelle elle s'était battue toute sa vie ? Ça n'avait aucun sens.

— Si la grand-mère nous a dit qu'on pouvait faire confiance à ces femmes, je leur fais confiance, trancha Emma.

Sans un mot et pleine d'espoir, Adèle leva les yeux vers elle.

— Il faut être sacrément tordu pour mentir sur son lit de mort, reprit-elle. Et, croyez-moi, les tordus, ça me connaît et je sais reconnaître l'amour là où il y en a. Elle était probablement psychorigide et casse-couilles, mais pour ce qui est de la malveillance, on est loin du compte.

Adèle esquissa un sourire. En quelques mots, Emma venait d'évacuer ses peurs les plus irrationnelles alimentées par une fatigue qui, elle, était bien réelle. Les bras croisés sur la table et les manches retroussées, Fergus caressait du plat du pouce ses avant-bras, l'air songeur.

— De quelles femmes tu parles ?

— Des geishas, répondit Emma.

— Des *geiko*, corrigea Adèle malgré elle, alors que ses pensées étaient bandées comme un arc vers sa meilleure amie pour laquelle elle ne pouvait s'empêcher de s'inquiéter.

— On s'en fout, la rabroua gentiment Emma.

Le rappel à l'ordre ramena Adèle à la réalité.

— C'est quoi le plan avec ces geishas ou ces *gei* machin-truc ? demanda Fergus.

— Des *geiko*, le reprit Rachel, à son tour. C'est quand même pas sorcier à comprendre !

— Elles donnent un spectacle au château de Nijō dans quelques heures, souffla Adèle. Aïko les accompagne, ajouta-t-elle en jetant un bref coup d'œil vers la forteresse.

— Elles sont de notre côté, expliqua Emma. Et, franchement, c'est une aubaine. Il doit bien y avoir une trentaine de nanas, formées au tir à l'arc. Ce sont des Katniss croisées avec *Lucky Luke*. Elles dégomment des *yōkai* plus vite que leur ombre.

Le visage de Rachel s'illumina aussitôt. La perspective de recevoir le secours de ces archères lui redonna la force et le courage qui commençaient à lui faire défaut.

— Au *Kyūdō*, corrigea à nouveau machinalement Adèle.

Emma coula un regard vers elle, arqua un sourcil, mais poursuivit sans s'interrompre.

— Elles luttent contre ces créatures depuis toujours. L'ancienne Pourfendeuse les a formées. Les pointes de leurs flèches sont faites d'un fragment de son arme qu'elle a brisée. Ça multiplie considérablement nos chances de réussite.

Confus, les membres de la troupe dévisagèrent Emma.

— Bref, elles peuvent toutes casser du *yōkai*, résuma-t-elle.

— Perso, je dirais que ça réduit un peu nos chances d'échec, souffla Sebastian.

Nayeli posa sa main sur le bras de son frère et l'autre au milieu de la table. Ses compagnons se turent aussitôt. Elle se redressa, prit une profonde inspiration et jeta un coup d'œil circulaire dans le café. Les visages des clients convergeaient vers leur tablée. Au fil de la conversation, les Pourfendeurs ne s'étaient pas aperçus que leurs voix avaient sensiblement augmenté de volume et que le silence s'était fait autour d'eux.

Adèle se redressa à son tour et afficha un sourire de façade tout en frottant la tache de naissance qui barrait son poignet. Les avaient-ils entendus ?

Même si elle était convaincue qu'il n'y avait pas le moindre *yōkai* dans cet établissement, elle ne put s'empêcher de se tenir sur ses gardes. Comment savoir si, parmi eux, ne se cachait pas un homme ou une femme œuvrant pour l'ennemi ? Après tout, Léonard avait fait ce choix, lui, et il ne devait pas être le seul. La pression qu'elle exerça sur son poignet alerta ses compagnons. Par mimétisme, ils plaquèrent leurs mains contre leurs marques respectives.

— Tenez-vous prêts, murmura-t-elle.

CHAPITRE 28

Une petite fille se fraya un chemin parmi la masse compacte des clients figés. À chacun de ses pas, sa courte frange noire sautillait sur son front. Elle déboula aussi vite qu'une balle dans un *flipper*, se précipita vers eux et donna un léger coup sur la jambe de Fergus en passant près de son tabouret. Les Pourfendeurs sentirent un poids quitter leurs épaules et l'air affluer de nouveau dans leurs poumons quand ils la virent passer devant eux sans s'arrêter. Elle plaqua ses mains contre la grande baie vitrée, écarta ses doigts et colla son nez dessus, le regard rivé sur l'extérieur.

Incrédule, Adèle fronça les sourcils, pivota sur sa chaise et observa plus attentivement les clients. Ce n'était pas eux qu'ils regardaient. À dire vrai, ils se fichaient complètement de leur présence. Quelque chose d'autre attirait leur attention. Un coude sur la table, elle tourna la tête et comprit aussitôt ce qu'il se tramait. Elle reconnut les *geiko* et les *maiko* de l'*okiya*. Leurs kimonos flamboyants et leur teint blafard se détachaient nettement sur le parvis.

Adèle se leva d'un bond, se posta devant la baie vitrée et chercha du regard sa meilleure amie, espérant la reconnaître dans ce qui ressemblait en tout point à une foule de clones. Emma l'enjoignit silencieusement à s'asseoir en tirant sur sa manche de deux coups secs. Visiblement, dans ce quartier touristique, personne ne semblait s'être soucié de leur présence. Hors de question qu'une imprudence inversât la vapeur maintenant. Les mains moites et les muscles raides, Adèle embrassa du regard la procession. Obnubilée par la seule idée de repérer Aïko, elle se dégagea, faisant glisser le pull entre les doigts de son amie, et posa sa main à plat contre la vitre glacée où des ronds de buée se dessinaient et disparaissaient au rythme de sa respiration.

Les *geiko* avançaient comme une seule femme, d'un pas harmonieux et régulier. Un pas que les plus anciennes leur avaient enseigné depuis leur enfance. Adèle songea qu'Aïko serait incapable de les imiter à la perfection. Elle s'efforça de conserver une vue d'ensemble comme on observe une toile jusqu'à repérer l'accroc, la maille défectueuse qui tranche avec les autres, plus unies et serrées. Une vague de chaleur roula dans ses entrailles lorsqu'elle repéra la faille. Les *geiko* et les *maiko* regardaient toutes dans la même direction, droit devant. Seule l'une d'entre elles tournait discrètement la tête à droite et à gauche, à la recherche d'un visage familier parmi les badauds qui s'étaient arrêtés pour se repaître du spectacle du défilé.

— Là ! souffla Emma en refermant ses doigts autour de la main d'Adèle.

Suivant la même méthode, les deux amies avaient réussi à la retrouver. C'était elle, cela ne faisait aucun doute. À cet instant précis, comme si elle avait entendu le murmure d'Emma, Aïko tourna la tête vers le café et plissa les yeux. Un sourire releva discrètement la commissure de ses lèvres. À cette distance, Adèle et Emma ne purent le voir distinctement, mais elles sentirent son regard insistant s'attarder sur elles. Quelques secondes tout au plus. Un rayon de lune se refléta sur le peigne en forme de ginkgo qu'elle arborait fièrement sur son chignon massif. Une lueur fugace éblouit sa chevelure ténébreuse puis disparut lorsqu'elle tourna la tête vers l'entrée du château de Nijō. Les grandes portes s'ouvrirent, arrachant un hurlement aux gigantesques gonds métalliques, et la tête de la procession franchit le seuil.

— Allez ! s'impatienta Adèle en tapotant son index replié sur la table pour attirer l'attention de ses compagnons. On bouge ! On ne doit pas la faire attendre !

Nayeli fut la première à se lever, suivie de près par son frère. Rachel décocha un coup de coude à Fergus et tous deux se levèrent à leur tour. Ce dernier renifla bruyamment, enfourna le mochi qu'il tenait entre ses doigts et suça son index et son pouce avant de les essuyer sur son torse.

— Mais pour aller où ? bougonna-t-il en postillonnant un morceau de la pâtisserie. Puisqu'on vous dit qu'il n'y a aucune entrée derrière ! Le château est cerné de douves ! Putain, on est peut-être des Pourfendeurs, mais aucun de nous n'est un piaf. Pas d'ailes, pas de traversée !

Emma lorgna du coin de l'œil le postillon fait d'un mélange de pâte de riz et de salive qui gisait sur la table à quelques centimètres d'elle.

— Rachel... ce mec est un porc fini, lâcha-t-elle, une mine de dégoût plaquée sur son visage. Je ne sais pas comment tu fais, ça me dépasse. Effectivement, il y a plus de chances de lui voir pousser un putain de groin à la place du tarin qu'une paire d'ailes sur le dos.

Fergus haussa les sourcils, se pencha au-dessus de la table et arrima son regard rieur au sien avant d'engloutir un autre mochi en une seule bouchée. Il manqua de s'étouffer.

— Je suis certaine qu'il y a un accès, dit Adèle. Les *geiko* connaissent les lieux et elles ont été formelles. Si elles nous disent de les retrouver là-bas, on y va sans discuter. Aïko est avec elles.

Fergus leva les yeux au plafond, passa une main dans ses cheveux et poussa un soupir exaspéré.

— Je me tue à le répéter, mais...

— Si quelqu'un se tue à vous le dire, laissez-le mourir, l'interrompit Adèle avec un sourire espiègle tandis qu'elle s'éloignait.

Les adolescents pouffèrent et Rachel sourit. Sur les talons d'Adèle, Emma passa devant lui, les yeux pétillants de malice. Fergus leva les bras en signe de reddition puis leur emboîta le pas. Les Pourfendeurs quittèrent le café le plus discrètement possible et s'attroupèrent devant l'entrée. Le vent et l'humidité infiltrèrent aussitôt leurs vêtements, leur arrachant un frisson. Adèle se détacha du groupe et atteignit le bout de la rue en quelques foulées. Lorsqu'elle jeta un coup d'œil vers le château, les *geiko* avaient disparu de son champ de vision et les portes se refermaient déjà. Elle se tourna pour faire signe à ses compagnons de la suivre, mais c'était inutile. Ils s'étaient déployés autour d'elle comme les ailes d'un aigle en plein vol.

— Puisque vous êtes déjà allés faire un repérage à l'arrière du château, conduisez-nous là-bas, leur dit-elle.

Les doigts entrelacés, Fergus et Rachel avançaient en éclaireurs, tandis que Nayeli et Sebastian les suivaient de près. Si bien que les quatre compagnons ressemblaient à une famille de touristes attardée, inconsciente du danger qui régnait dans ces temps troublés. Quant à Adèle et Emma, il avait été décidé qu'elles devaient laisser suffisamment de distance entre elles et le quatuor afin de ne pas éveiller les soupçons. Il n'était pas exclu que les *Oni* – ou d'autres *yōkai* œuvrant pour eux – eussent eu vent de leur venue imminente. Il n'était pas non plus impossible qu'ils fussent déjà sur leurs traces. Aussi, malgré la peur qui leur tenaillait le ventre, elles s'évertuèrent à cheminer une cinquantaine de mètres derrière eux. En laisser davantage eût été dangereux, car il fallait les garder dans leur champ de vision pour pouvoir agir rapidement en cas d'attaque. Tandis qu'elles longeaient les remparts, les deux jeunes femmes s'engagèrent dans une conversation creuse et néanmoins animée, ponctuée de gestes insensés destinés à faire illusion.

Si le parvis de la forteresse était fréquenté, aucun Kyotoïte ne semblait vouloir se risquer si près du cœur du château. L'endroit était désert. La tension monta d'un cran. Le silence qui baignait cette partie de la ville contrastait avec la rumeur qui roulait et enflait derrière les murailles. Lorsqu'ils atteignirent enfin leur destination, le silence s'épaissit lourdement. De ce côté de la forteresse, même la vie intramuros semblait s'être suspendue. On n'entendait plus que le bruissement des feuilles secouées par le vent.

Adèle continuait d'avancer d'un pas régulier et jetait discrètement quelques coups d'œil vers les hautes murailles qui se dressaient par-delà les douves profondes. À sa gauche, des rangées d'arbres aux troncs rapprochés les uns des autres donnaient l'impression que le château était serti dans un écrin de verdure. Elle songea à toutes les créatures qui les guettaient peut-être, tapies dans cette obscurité épaisse.

Elle tourna de nouveau la tête vers les remparts et l'angoisse planta ses griffes acérées dans ses entrailles. Fergus avait dit vrai. Aucune passerelle, aucune embarcation de fortune, ni aucune barque ne leur offrirait un accès à l'intérieur du château où se trouvait déjà Aïko. La végétation des jardins intérieurs – étonnamment luxuriante en cette saison – débordait sur les grosses pierres de la muraille. Les branches les plus fines retombaient le long du mur gigantesque et le caressaient délicatement. Le frottement du bois contre la pierre et le son feutré des feuilles mues par le vent donnèrent à son angoisse une teinte poétique et sinistre.

— Je suis certaine qu'on trouvera un moyen d'entrer là-dedans, souffla Emma, luttant contre ses propres inquiétudes.

Sa voix étranglée contrasta soudainement avec le ton enjoué et comique qu'elle s'était efforcée d'emprunter depuis leur départ du café. Adèle coula un regard vers la jeune femme dont les cheveux colorés et la peur qui la rongeait de l'intérieur ravivaient la pâleur de son teint. Pourtant, ses prunelles rompues à l'exercice de la souffrance et de la terreur brillaient d'un éclat vif. Sa détermination farouche tendait son corps et son esprit avec la même précision que les *geiko* pratiquaient le *Kyūdō*.

Adèle hocha du menton et redressa les épaules. Cette gamine d'à peine dix-huit ans ne s'était jamais autorisée à abandonner. Elle avait toujours trouvé un chemin de traverse pour survivre et continuer à avancer. Même si elle n'était pas née Pourfendeuse, il lui apparut clairement que sa force intérieure et sa résilience faisaient d'elle l'une des pièces maîtresses de la partie d'échecs infernale dans laquelle ils s'étaient tous lancés.

CHAPITRE 29

Au loin, le couple s'immobilisa. Calquant leurs pas sur les leurs, les adolescents ralentirent avant de s'arrêter à leur tour. Les mains dans les poches, Rachel s'approcha du bord des douves et jeta un coup d'œil en contrebas avant de rejoindre les autres. En moins d'une minute, Adèle et Emma effacèrent la distance qui les séparait. L'air contrit et découragé qu'ils affichaient arracha un soupir à Emma.

— Elle ne va pas tarder ! s'agaça-t-elle. Arrêtez avec vos mines de déterrés. Sans déconner, vous êtes stressants !

Le regard glissant sur l'entièreté des remparts, Adèle parut abattue. Pourtant, le coin de ses lèvres se releva quand elle aperçut des rigoles vertes sillonnant entre les pierres et descendant le long de la muraille jusqu'à l'eau. Cette coulée de rouille trahissait la présence d'un métal. Elle ne prêta aucune attention à la réponse douce-amère de Fergus ni au coup de coude décoché par Rachel qui suivit. Une violente bourrasque percuta les six compagnons de plein fouet, envoyant valser leurs chevelures et plaquant leurs hardes sur leurs corps frigorifiés. L'avant-bras en visière, Adèle plissa les yeux et son sourire s'agrandit quand le vent redressa les branches à la verticale, révélant une grande grille d'évacuation qui trouait le rempart. Nichée à quelques mètres au-dessus de la surface de l'eau et dissimulée par l'épais rideau végétal, elle se soustrayait à la vue des passants. D'ailleurs, la Pourfendeuse aurait été incapable de la repérer si son regard n'avait pas accroché ces traces discrètes laissées par la rouille. Pourtant, la grille était suffisamment grande pour qu'un adulte de taille moyenne y tînt debout. Emma avait vu juste : les *geiko* avaient dit vrai et, si tout se déroulait comme prévu, ce n'était plus qu'une question de minutes avant que la silhouette d'Aïko ne se dessinât derrière les barreaux. L'espoir enfla dans la gorge serrée d'Adèle. Le vent retint son souffle, laissant les branches retomber en cascade sur le rempart.

— Là ! Il y a un accès ! s'écria-t-elle, triomphale, en se tournant vers ses compagnons.

Sebastian suivit son regard et s'approcha du bord.

— Où ça ? demanda-t-il, perplexe.

— Sous les branches. Regardez les traînées vertes qui descendent jusqu'en bas. Juste au-dessus, il y a une grille d'évacuation. C'est le métal des barreaux qui crache toute cette rouille... La *geiko* ne nous a pas menés en bateau !

Emma afficha un sourire satisfait et s'assit sur le rebord, les jambes pendant au-dessus des douves.

— Parfait ! dit-elle. Alors, il n'y a plus qu'à attendre.

— Et vous avez une idée de comment on va faire pour traverser ? enchaîna Fergus. Le rempart est aussi lisse que le cul d'un nourrisson, bordel ! Même si on plonge et qu'on traverse à la nage, on ne pourra jamais grimper jusque-là !

— ¡*Ay cabron* ! ponctua Sebastian comme pour lui-même en se tournant vers Rachel. C'est son côté rabat-joie qui t'a convaincue pour lui dire oui ?

— Ton optimisme est... déroutant, enchérit Adèle.

L'air songeur et le visage fermé, Nayeli se massa la nuque et fit courir ses doigts sur sa tache de naissance. Tandis que la conversation s'échauffait entre les Pourfendeurs et que chacun proposait *a minima* une stratégie vaseuse pour traverser les douves, l'adolescente vint s'asseoir près d'Emma. Elle lui tapota la cuisse pour attirer son attention. Surprise, la jeune femme se redressa légèrement et tourna la tête vers elle. L'adolescente lui montra sa tache de naissance en forme d'arc puis plongea son regard dans le sien.

— Montre-moi ta marque, signa-t-elle. Je voudrais vérifier quelque chose.

Emma dégagea le bout d'épaule sur lequel se trouvait la marque apposée par Byakko. Nayeli se rapprocha et observa ce qui ressemblait à une corde ou à une chaîne enroulée sur elle-même. Le souffle chaud de l'adolescente roula sur la peau glacée d'Emma qui replaça le tissu derechef. Le sourire de Nayeli s'étira. D'un mouvement brusque, elle se tourna vers son frère et tapa du plat de la main sur le sol pour attirer son attention. Mais Sebastian s'était lancé dans une joute verbale avec Fergus qui se défendait désormais de ne pas être un rabat-joie, mais un homme pragmatique et lucide. Emma tourna la tête, soupira et étira le cou comme pour allonger la portée de sa voix.

— Mais vous allez la boucler, oui ? tonna-t-elle excédée. Nayeli a un truc à dire et m'est avis que ce sera bien plus intelligent que vos mesurages de bites.

Dès que le regard de Sebastian croisa celui de sa sœur, celle-ci se frotta les mains puis s'empressa de réaliser un enchaînement de signes rapides et précis.

— Une tyrolienne ? lâcha Sebastian, l'air incrédule, quand elle eut terminé.

Un court silence s'ensuivit.

— L'idée est bonne, intervint Rachel. Mais comment on procède ? On n'a pas le matériel !

— Nayeli a un arc, moi une arbalète et, apparemment, Emma a une sorte d'arme qui peut servir de corde.

Le regard d'Adèle s'alluma aussitôt et tous les visages convergèrent vers la nouvelle Pourfendeuse.

— Ne vous emballez pas, tempéra-t-elle en se relevant. Je ne l'ai jamais utilisée ni même eue entre les mains. Ce truc pourrait aussi bien être aussi petit qu'un bracelet…

Nayeli revint vers elle.

— Tu n'as qu'à vérifier, signa-t-elle.

Emma n'avait pas la moindre idée de comment procéder. Elle interrogea Adèle du regard.

— De toute façon, on ne perd rien à essayer, l'encouragea cette dernière. Et quoi qu'il en soit, ce n'est pas plus mal que tu saches quelle est ton arme avant de te lancer dans l'arène…

Sentant l'angoisse monter en elle, Emma s'apprêtait à objecter quelque chose lorsque, brusquement, Fergus la coupa dans son élan.

— Dépêche-toi, gamine, et ferme-la, lâcha-t-il d'un ton sarcastique et néanmoins dénué de toute agressivité.

— Et on fait ça comment ? reprit Emma sans s'offusquer. Ce n'est pas comme une carte bancaire, ce truc ? Pas besoin de l'activer une première fois avant de l'utiliser ?

Ils se dévisagèrent les uns les autres. Si leurs armes respectives s'étaient toujours matérialisées au moment idoine – en cas d'attaque sauvage de *yōkai* – ils n'avaient que très récemment réussi à les convoquer par la seule force de leur volonté.

— Essaie tout simplement de l'appeler, suggéra Adèle. Ça ne coûte rien d'essayer, ajouta-t-elle lorsqu'elle vit, malgré la pénombre, les pupilles d'Emma se dilater sous ses sourcils arqués.

Nayeli s'approcha encore un peu plus d'elle et posa délicatement sa main sur son cœur. Emma aurait sans doute broyé la main de n'importe quel quidam qui se serait aventuré à la toucher ainsi sans son accord. Mais au lieu de cela, elle réprima un frisson et serra le poing. L'adolescente inspira et expira longuement sans la quitter des yeux. Maintenant que la nouvelle Pourfendeuse comprenait le sens de chacun des mots qu'elle signait, Nayeli aurait pu faire ce choix. Mais privée de parole depuis tant d'années, elle avait appris la valeur inestimable du non verbal. Dès leur rencontre, elle avait longuement observé Emma. Elle savait intuitivement que cette dernière se fiait bien plus aux actes qu'aux mots, car les premiers en révélaient davantage que les seconds. Sous sa paume, elle sentit les battements de cœur rapides de la jeune femme. Elle répéta une dernière fois cette respiration lente et profonde, puis recula d'un pas et ôta sa main avant d'incliner la tête pour l'inciter à poursuivre seule.

Enveloppée par le regard confiant de Nayeli, Emma ferma les yeux. Il fallait juguler sa peur de ne pas être à la hauteur pour pouvoir espérer contrôler cette arme. Elle inspira et songea à la seule chose qui lui avait procuré un tant soit peu de paix et de sérénité ces dernières années. Étrangement – et aussi surprenant que cela pût paraître – elle réalisa qu'elle n'avait jamais été si sereine que dans ce chaos infernal peuplé de *yōkai* et cette atmosphère de fin du monde. Le visage d'Aïko s'imprima dans ses pensées. Elle se concentra sur son souffle et le régula, apaisant progressivement les battements de son cœur. Elle posa sa main en dôme sur sa tache de naissance et fut parcourue d'une vague de froid intense semblable à celle qu'elle avait ressentie lorsque

Byakko lui avait apposé la marque des Pourfendeurs. Cependant, cette fois, il n'y eut aucune douleur. Sa peau s'étira et une douce chaleur roula sous sa paume. Au bout de quelques secondes, un objet dur et froid s'enroula autour de son poing. Lorsqu'elle rouvrit les yeux, elle découvrit avec stupeur une longue et épaisse chaîne en argent scintillante.

Le vent poussa un hurlement et toute la végétation émit une plainte assourdissante. Une voix s'éleva dans l'air agité. Adèle mit son avant-bras en visière devant ses yeux plissés et tourna la tête dans la direction du rempart. Aïko se tenait là, un barreau de la grille du conduit d'évacuation logé dans sa main droite. Le coin de ses lèvres carmin se releva lorsqu'elle vit tous ses compagnons de l'autre côté des douves. Agrippée aux barreaux, elle tourna la tête par-dessus son épaule. Le geste n'avait pas échappé à Adèle. S'assurait-elle de ne pas avoir été suivie ?

Le vent retomba brusquement, entraînant dans sa chute les branches feuillues de l'arbre, et Aïko disparut derrière le rideau végétal. Nayeli examina la chaîne d'Emma et sourit à son tour. Elle invoqua silencieusement son arme. Aussitôt, l'arc apparut entre ses mains. Elle banda la corde et une flèche en argent vint le compléter. Les Pourfendeurs se regroupèrent autour de l'adolescente et observèrent chacun de ses gestes. Ses doigts égrenaient les maillons de la chaîne d'Emma et son pouce caressait la pointe de sa flèche. En un tournemain, elle glissa un maillon de l'extrémité de la chaîne autour de la pointe et enroula le reste jusqu'à l'empennage. Emma la laissa faire, son regard allant de l'adolescente aux branches dansantes derrière lesquelles elle avait eu tout juste le temps d'apercevoir Aïko.

Comprenant ce que Nayeli trafiquait, Adèle intima aux Pourfendeurs de s'éloigner d'un pas. Une nouvelle bourrasque s'abattit sur eux. Elle pivota sur ses talons et mit ses mains en porte-voix, de part et d'autre de sa bouche.

— Aïko, s'époumona-t-elle pour couvrir le vacarme du vent. Ouvre la grille et couche-toi, Nayeli va tirer !

Au même instant, les gonds hurlèrent. Fergus releva ses manches, saisit l'autre extrémité de la chaîne et l'enroula autour de son poing avant de refermer ses doigts dessus. Il s'arcbouta sur ses jambes robustes et fit rouler ses épaules afin de les détendre. Sans préambule, Nayeli encocha la flèche lestée de la chaîne d'argent et lança un coup d'œil vers lui avant de bander son arc. Elle visa juste au-dessus du conduit d'évacuation. Le trait fendit l'air et se planta profondément dans la pierre. Fergus tira doucement sur la chaîne pour tester la résistance de l'ensemble, puis de plus en plus fort. Ses muscles et la tyrolienne de fortune allaient devoir supporter le poids de chacun d'entre eux. Il tourna la tête vers la troupe et examina leur silhouette pour déterminer laquelle pèserait le plus lourd. Son regard s'attarda sur sa femme avant de s'arrêter sur Sebastian. La première était plus petite et menue que l'adolescent, mais il ne résistait jamais à l'envie de la taquiner, s'amusant de ses réactions.

— Vraiment ? demanda Rachel en haussant un sourcil et en croisant les bras sous sa poitrine.

Emma roula des yeux ostensiblement et Fergus partit d'un rire franc.

— Allez, viens par-là, petit ! dit-il à l'adolescent.

L'air inquiet, celui-ci saisit fermement la chaîne. Fergus leva le bras si haut qu'il semblait l'avoir soulevé sans peine. Mais les muscles de l'homme massif roulèrent sous la chemise et d'épaisses veines bleues saillirent sur ses avant-bras.

— Waow ! le railla Emma en insistant longuement sur les voyelles.

Rachel et Nayeli pouffèrent. Les pieds à dix centimètres du sol, Sebastian se fendit d'un sourire. Fergus abaissa brutalement le bras. L'adolescent retoucha terre et chancela. D'une main, l'homme l'aida néanmoins à recouvrer l'équilibre.

— T'as assuré, dit Adèle en déposant un baiser sonore sur le front de Nayeli, une main posée sur ses boucles rebelles. On y va ! Aïko ? Tiens-toi prête à nous réceptionner !

Une main apparut entre les branches tentant de repousser la végétation envahissante. D'un pouce levé, l'interpellée leur indiqua qu'elle avait entendu la mise en garde.

— Comment on va faire pour Fergus s'il nous aide à traverser ? s'inquiéta Rachel.

— T'inquiète, dit-il avec un sourire goguenard agrémenté d'un clin d'œil appuyé. Tu sais bien que j'ai toujours rêvé de me la jouer à la Tarzan.

— C'est risqué, rétorqua-t-elle sans relever la pointe d'humour libidineuse de son mari.

— Nope, c'est juste ridicule à souhait, corrigea Emma. Et, très sincèrement, j'ai hâte de voir ça !

Fergus réprima un rire et fronça les sourcils, l'air menaçant.

— Fais gaffe, gamine. Je pourrais être pris d'une crampe soudaine et te laisser faire trempette dans les douves pour un bain de minuit improvisé !

Emma croisa les bras sous sa poitrine et haussa les épaules.

— Tu feras jamais un truc pareil, j'ai vu clair dans ton jeu. T'es un lourdaud doublé d'un putain d'ourson à la guimauve.

— Pour vous servir ! Filez, avant que je ne change d'avis, grogna-t-il.

L'un après l'autre, ils descendirent le long de la tyrolienne de fortune et atterrirent maladroitement sur les branches auxquelles ils s'agrippèrent de toutes leurs forces. Lorsqu'ils parvenaient enfin à poser le pied sur le rebord de la cavité, ils se frayaient un chemin jusqu'à Aïko qui leur tenait la main pour les guider et prévenir d'une éventuelle chute. Adèle fut l'avant-dernière.

Quand elle s'engouffra dans le mur végétal, deux feuilles s'infiltrèrent entre ses lèvres. Un goût amer se répandit dans tout son palais. Elle plongea entre les branches et sentit des doigts se refermer autour de ses poignets puis l'attirer à travers. Aïko la prit aussitôt dans ses bras et la serra contre elle.

— J'ai eu peur de ne plus vous revoir, souffla-t-elle. Maintenant que vous êtes là, je suis sûre que tout ira bien. On ne se lâche plus, compris ?

Adèle déposa un baiser sur le front trempé de son amie et sentit l'odeur iodée de sa transpiration. D'un revers de manche, elle essuya ses lèvres maculées de ce qui n'était plus qu'une bouillie de poudre de riz.

— On ne se lâche plus, répéta Adèle comme une promesse.

Un bruit sourd résonna dans le conduit d'évacuation et fit vibrer l'air.

— Fergus ! appela Rachel qui s'escrimait déjà à repousser les branches pour repérer son mari.

Tous voulurent l'aider, mais le feuillage fut violemment secoué et une succession de craquements secs arracha des frissons à la troupe. Fergus le traversa en tirant rageusement sur les branches désormais partiellement dénudées.

— Vous sentez ça ? demanda Sebastian en épongeant son front soudain couvert de sueur ?

— Oui, dit Aïko. Je sens l'appel de mon Gardien depuis que j'ai franchi les portes du château.

— Comment ça ? demanda Adèle qui ne ressentait pas plus leur présence à l'intérieur du château qu'à l'extérieur.

Comme si les paroles d'Aïko avaient agi sur eux, Emma, Rachel, Nayeli et Fergus sentirent une chaleur accablante les envelopper tout entiers. De légers picotements naquirent sur les contours de leurs marques de Pourfendeur. Chacun sentait la présence et l'appel du Gardien auquel il était assigné.

— Je pense qu'on n'aura pas à les chercher longtemps, conclut Aïko en épongeant ses tempes d'un revers de manche. Ils nous appellent. Ils ont l'intention de nous guider jusqu'à eux.

— Il doit y avoir une sorte d'enchantement autour des murailles pour que les Pourfendeurs ignorent où se trouvent les Gardiens, dit soudain une voix.

Mayumi sortit de l'ombre et avança vers eux, le claquement de ses semelles en bois heurtant le sol d'un bruit sourd. Préférant se charger elle-même de cette besogne périlleuse, elle avait finalement renoncé à l'idée d'envoyer l'une des *maiko* pour accompagner Aïko jusqu'ici.

— C'est ce que pensait ta grand-mère, reprit-elle à l'adresse d'Aïko.

Adèle approuva d'un hochement de tête. C'était logique qu'elle ne ressentît rien. À la différence de ses compagnons, Byakko n'avait pas été capturé par les *Oni*. Elle était liée à lui et le Tigre blanc ne devait toujours pas être dans les parages. Elle s'approcha de la grille rabattue à l'intérieur du conduit. Elle s'agrippa aux barreaux couverts de rouille et jeta un coup d'œil à l'extérieur. Une puissante odeur de fer humide s'infiltra dans ses narines et tapissa son palais lui rappelant celle du sang. La chaîne argentée qui se balançait au rythme du vent disparut et le cliquetis métallique contre la pierre s'évanouit. Les sourcils plissés, elle leva la tête et ne vit plus aucune trace de la flèche. Toutes deux avaient rejoint leurs propriétaires. Le vent glacé secoua les branches et fouailla son visage.

— La représentation ne va plus tarder, annonça la *geiko*. On doit y aller maintenant. Pendant le spectacle, vous aurez bien plus de marge de manœuvre.

Adèle planta son regard dans l'astre gris qui dardait ses rayons blafards sur la cime des arbres alignés de l'autre côté des douves. La gorge serrée, elle songea que c'était peut-être la dernière fois qu'elle voyait la lune. Le ciel dépourvu d'étoiles lui glaça le sang. En quelques secondes, des images fugaces et désordonnées traversèrent ses pensées sans s'attarder : ses parents, le nouveau restaurant qui avait ouvert en bas de chez elle, son appartement, sa mère riant dans le canapé, le journal de son père, son manuscrit éclaboussé d'hémoglobine, la famille d'Aïko, le sanctuaire shinto. Yūri.

— Qu'on en finisse ! dit-elle.

Elle s'engagea à la suite de ses compagnons et les ténèbres les engloutirent. Dehors, le vent souffla rudement. Son hurlement roula dans le tunnel et les Pourfendeurs se mirent à courir.

CHAPITRE 30

— Retirez vos chaussures ! ordonna la *geiko* en s'adressant aux Pourfendeurs.

Adèle baissa les yeux et constata qu'Aïko et Mayumi avaient déjà enlevé les leurs qu'elles tenaient d'une main. Elles avaient également ôté leurs bas et retroussé leurs kimonos au niveau des hanches en prenant soin de coincer le tissu dans leurs sous-vêtements de façon à ne pas les souiller. Ainsi, lorsqu'elles regagneraient la surface, elles n'auraient plus qu'à essuyer leurs mollets et leurs pieds couverts du mélange de crasse et de vase qui tapissait le sol. Personne ne pourrait alors soupçonner leur escapade dans les souterrains du château.

Le conduit était suffisamment haut et large pour que des individus de petite et de moyenne taille pussent y tenir debout. Si Mayumi connaissait d'ores et déjà les lieux, c'était pour avoir été amenée à les explorer lors de nombreuses missions de chasse aux *yōkai* commanditées par l'*okāsan*. Aussi, malgré l'obscurité opaque, elle guida la troupe sans aucune difficulté dans ce dédale. Les Pourfendeurs filaient à toute allure dans son sillage. Fergus fermait la marche et ne se laissait pas distancer, malgré le frottement continu de ses épaules contre les parois trop étroites pour sa physionomie titanesque. Il avançait d'un bon pas, le menton niché dans sa poitrine, afin d'éviter que sa tête ne se cognât contre le plafond bas.

La main plaquée contre sa gorge, Nayeli grimaça de douleur et émit une plainte gutturale. Aïko tourna la tête par-dessus son épaule et découvrit le visage crispé de l'adolescente. Exception faite d'Adèle, le reste de la troupe ne semblait guère aller mieux. La douleur crispait leurs traits et raidissait leurs muscles brûlants, gonflés par l'effort. Ils étaient en si mauvais état qu'elle n'eut d'autre choix que celui de modérer sa course. Bien qu'elle fût fermement décidée à ne pas s'arrêter, elle ralentit et pivota sur ses talons pour leur faire face, continuant d'avancer à reculons.

— Ne paniquez pas, dit-elle pour les encourager. Ce sont simplement vos Gardiens qui vous appellent et ça, c'est plutôt bon signe.

— ¡Chingados[29] ! souffla Sebastian comme pour lui-même.

La mâchoire serrée et le poing enfoncé contre son plexus solaire, il dit à voix haute :

— C'est surtout douloureux !

— Je sais, admit Aïko, mais c'est aussi une aubaine. Grâce à ça, on va gagner un temps considérable.

— Et qu'est-ce qui nous dit qu'on n'a pas une horde de *yōkai* au cul ? demanda Fergus. Franchement, qui fait la différence ?

---

[29] Modisme mexicain que l'on peut traduire ainsi : « Putain ! »

À bout de souffle, Rachel plaqua sa main contre son ventre pour calmer un point de côté.

— Tu vois bien que ce n'est pas du tout la même douleur !

— Croyez-moi, c'est notre passeport pour la victoire, renchérit Mayumi. Le château de Nijō est un vrai labyrinthe.

— Putain de fil d'Ariane ! maugréa Emma entre ses dents.

Aïko lui décocha un sourire, tourna de nouveau sur ses talons et se remit dans le sens de la marche. Cela donna un regain d'énergie à Emma. La brûlure qui irradiait sa poitrine devint supportable et ses foulées s'allongèrent sensiblement. Durant une dizaine de minutes qui leur parurent une éternité, les Pourfendeurs poursuivirent leur course effrénée dans le silence feutré du frottement de leurs étoffes jusqu'à ce que le conduit s'élargît et formât un coude. Là, Mayumi ralentit et s'arrêta. Après de longues années d'entraînement, son corps était rompu à l'exercice. C'était à peine si elle était essoufflée. Se tournant vers eux, elle leva le bras pour attirer leur attention. Lorsqu'ils furent tous à sa hauteur, elle prit une courte inspiration et fit glisser son regard sur chacun d'eux. Derrière elle, le conduit se divisait en cinq couloirs nettement plus vastes et plus propres que ceux qu'ils avaient traversés jusqu'à présent. Au vu de leur inclinaison, trois d'entre eux menaient vers la surface tandis que deux autres s'ouvraient sur des escaliers qui semblaient descendre vers des profondeurs abyssales.

Comme des aimants, Nayeli et Sebastian se rapprochèrent l'un de l'autre. Les yeux sondant l'obscurité épaisse et à bout de souffle, Rachel frissonna quand le torse humide de Fergus effleura son dos. La main plaquée sur son ventre et le front couvert de sueur, Aïko se plaça près de Mayumi pour leur faire face.

— On doit prendre une décision, dit-elle.

Ses yeux oscillèrent d'Adèle à Emma qui se tenaient devant elle. Elle s'épongea la nuque et prit une longue goulée d'air. Le froid irrita sa gorge et la fit tousser.

— Soit on reste tous ensemble, soit on forme des groupes, reprit-elle.

— Je croyais qu'on avait été clairs sur ce point. Hors de question qu'on se sépare, refusa Adèle d'un ton sans appel.

La respiration hachurée, Emma se borna à hocher la tête.

— Je suis d'accord. Et puis ça sert à rien, on sait qu'ils sont là-bas !

Ce disant, elle désigna le couloir vers lequel tout son corps la poussait à aller.

— Bien sûr que non, intervint Rachel en montrant les escaliers. Il faut descendre par ici. J'en suis certaine.

Sebastian arqua un sourcil et échangea un bref regard avec sa sœur qui exécuta une série de signes que lui seul eut le temps de voir.

— Nayeli est d'accord avec toi, mais je ne vous suis pas sur ce coup-là. Perso, j'irais vers là.

D'un mouvement de menton, il leur montra un troisième couloir. Adèle sentit son ventre se tordre. Elle se rappela que Fergus et Aïko avaient été les premiers dont l'état avait sérieusement commencé à décliner alors qu'ils étaient en Nouvelle-Zélande. Seiryū, le Dragon azur, était leur Gardien. Si tous les deux éprouvaient le besoin d'aller dans la même direction, il n'y aurait plus aucun doute. Cela signifierait que les Gardiens n'étaient pas tous retenus captifs au même endroit. Si sa théorie s'avérait exacte, il serait alors indispensable de se séparer afin de pouvoir les libérer au plus vite.

— Toi, dit-elle en plongeant son regard dans celui d'Aïko, tu penses qu'il faut emprunter quel couloir ?

La lycéenne sentit son sang pulser contre ses tempes. Visiblement, elle en était arrivée à la même conclusion qu'Adèle. En posant cette question, son amie confirmait ses propres doutes.

— Là, répondit-elle en observant la réaction de Fergus.

Comprenant à son tour ce que cela signifiait, ce dernier pâlit et déglutit. Il posa sa main sur l'épaule de Rachel qui se pressa davantage contre lui.

— Je ne me sépare pas de ma femme. On se bat contre qui vous voulez, mais je reste avec elle. Compris ?

— Idem pour moi, déclara Sebastian d'un ton péremptoire. Nayeli et moi, on reste ensemble.

Baissant la tête, il murmura comme pour lui-même : *¡Me vale verga[30] !* L'adolescente opina du chef pour valider la prose poétique de son frère qu'elle seule avait entendue.

— OK. Je suis désolée de vous dire ça, mais on se sépare, trancha Adèle. Trois Gardiens, trois groupes et un seul guide pour chacun. Fergus, tu suivras Rachel. Nayeli, tu suivras Sebastian. Quant à nous, ajouta-t-elle en refermant ses doigts autour du poignet d'Emma et les yeux braqués vers Aïko, on te suit.

L'angoisse de se retrouver tous séparés étreignit la troupe, mais le soulagement de pouvoir rester auprès des êtres qui comptaient le plus à leurs yeux fut bien plus puissant encore.

— Je suis pas sûre de comprendre, intervint Emma.

— C'est simple, expliqua Adèle. On a tous envie voire besoin de terminer cette aventure aux côtés de ceux avec qui on l'a commencée. Donc chaque groupe sera composé d'un Pourfendeur lié au Gardien à sauver. Les autres renonceront à l'appel du leur, laissant le second désigné se charger de le retrouver.

— C'est bon pour moi, déclara Emma.

Perplexe, Sebastian fronça les sourcils. Cette fois, Aïko prit le relais.

---

[30] Expression mexicaine que l'on peut traduire ainsi : « Je n'en ai rien à foutre »

— En gros, si tu suis l'appel de Suzaku et que Nayeli t'accompagne, elle devra ignorer l'appel du sien et laisser Rachel se charger de sauver le Gardien auquel elles sont toutes les deux liées.

L'adolescent acquiesça afin de signifier qu'il avait compris.

— Ah et autre chose, reprit Adèle. Quoi qu'il arrive, ceux qui suivent doivent écouter les consignes de celui qui les guide. On fait confiance, on ne discute pas, on s'exécute.

— Et si on ne s'en sort pas ? demanda Sebastian d'une voix étranglée. Je veux dire, si l'un des groupes échoue ?

Un frisson parcourut la petite assemblée.

— Vu qu'il n'y aura pas deux Pourfendeurs liés au même Gardien dans chaque groupe, il en restera toujours un capable de retrouver celui qui n'aura pas été libéré, dit Emma pragmatique.

— Et si l'un d'entre nous…

Sebastian laissa sa phrase en suspens, incapable de prononcer ces mots funestes qui lui brûlaient la gorge et écorchaient les lèvres. S'il arrivait quoi que ce soit à sa sœur, il savait qu'il ne s'en remettrait pas. Pire encore, s'il mourait et qu'elle se retrouvait seule dans ce château grouillant de *yōkai*, qui l'aimerait suffisamment pour lui porter secours comme il l'aurait fait lui-même ?

L'angoisse de l'adolescent contamina aussitôt Emma. Harcelée par la même pensée, elle se racla la gorge et fronça les sourcils pour repousser sa peur. Elle tenta de se raisonner en jetant un coup d'œil vers Adèle et Aïko. S'il lui arrivait quelque chose, elles pourraient toujours compter l'une sur l'autre.

— Nous, promit Rachel en posant sa main sur l'épaule du jeune garçon. On ne vous laissera pas tomber.

Nayeli et Sebastian se dévisagèrent, stupéfaits. Rares étaient les personnes qui s'étaient risquées à leur faire une telle promesse. Et aucun ne l'avait jamais tenue. Pas même leur propre mère.

— Je ne supporterai pas qu'elle se retrouve seule si jamais…

— Personne ne va mourir, petit con ! le coupa Emma, un sourire pincé au coin des lèvres pour chasser ses propres démons. On n'a pas le temps !

Son ton confiant et abrupt balaya les craintes de Sebastian. Il y avait quelque chose dans l'attitude de cette jeune femme qui laissait penser que la mort ne pouvait se pointer que si elle l'y avait elle-même expressément invitée. Dans le cas contraire, la grande faucheuse aurait dû faire comme tout le monde et prendre son ticket. Bien qu'irrationnelles et parfaitement déraisonnées, ses paroles résonnèrent en lui et il acquiesça d'un hochement de tête.

— Bon, il n'y a plus qu'à ! dit Aïko sur qui la magie des mots d'Emma avait fait naître une détermination farouche et un espoir inébranlable. Vous devriez rejoindre les autres, ajouta-t-elle à l'adresse de Mayumi.

— Nous ne serons pas loin, promit celle-ci.

Elle leva la main et caressa du bout des doigts la feuille de ginkgo qui ornait le peigne d'Aïko enfoncé dans son chignon postiche.

— Comme vous le savez, il est fait du même métal que la pointe de chacune de nos flèches. Il est une partie d'un tout. Un éclat de l'arme et de l'âme de ta grand-mère. Si tu t'en sers, nous le sentirons et nous saurons où te trouver. Tu n'es pas seule, on a prêté serment. Aucun d'entre vous ne le sera.

Aïko posa sa main sur son précieux legs et un sourire pâle se dessina sur son visage. Comme les grandes peines, la gratitude scelle souvent les lèvres et secoue le cœur. Sans un mot, elle inclina doucement la tête, les yeux ancrés dans ceux de la *geiko*. Celle-ci lui rendit le salut, recula de trois pas et sourit à son tour. L'ourlet de ses lèvres carmin révéla la blancheur éclatante de la pointe de ses dents.

— Soyez prudents, ajouta-t-elle à l'adresse de tous les Pourfendeurs.

Elle enfila ses sandales, pivota sur ses talons et s'engagea dans le couloir qui menait à l'étage, montant les escaliers en petites foulées.

— Je ne suis pas certain que ce soit l'idée du siècle qu'on se sépare, maugréa Fergus lorsque Mayumi disparut.

— Je suis pas très chaude non plus, confia Emma. Mais on n'a pas vraiment le choix.

— On ne peut pas se permettre de libérer les Gardiens au compte-goutte, soupira Adèle. Ça laisserait aux *Oni* et à tous les autres putains de *yōkai* qui traînent dans le coin la latitude pour avoir le temps de réagir. S'ils en voient un s'échapper, ils sauront exactement où venir nous cueillir.

— OK, abdiqua Emma, mais regarde ces deux-là.

D'un hochement de menton, elle désigna les adolescents.

— Je ne m'inquiète pas pour Nayeli, dit-elle d'un ton entendu, mais Sebastian... Je suis sûre que si on lui appuie sur le nez, y a encore du lait qui sort !

Fergus, Aïko et Nayeli étouffèrent un rire attendri. Sebastian en força un pour donner le change, mais les paroles d'Emma l'avaient piqué au vif. L'adolescente donna un léger coup de coude à son frère passablement vexé et se plaça dos aux autres de telle manière que lui seul pût la voir signer. À mesure que ses gestes s'enchaînaient, le visage de Sebastian se détendit et un sourire tendre s'étira doucement sous ses yeux embués. Lorsqu'elle eut terminé, elle lui ébouriffa les cheveux et déposa un baiser sur son épaule avant de lui demander de traduire lui-même. Il sembla hésiter, mais les regards attentifs du reste de la troupe l'encouragèrent.

— Disons simplement que Nayeli et moi, on a survécu à des monstres bien pires que ceux qui rôdent dans le château. Deux d'entre eux nous ont même engendrés. On n'a jamais pu compter sur personne d'autre que sur nous-même. Pourtant, on s'en est toujours sorti. On fait une bonne équipe. Ne vous faites pas de soucis pour nous.

Emma les observa et sentit l'amertume de ses paroles s'attarder sur sa langue. Son ventre se crispa. Oui, ces deux-là avaient bien l'air de deux survivants. Elle s'était laissé duper par les clowneries du garçon, mais le sourire brisé qu'il affichait en cet instant était le plus résilient de tous.

— On n'en doute pas une seconde, dit Adèle. On est tous flippés et tous à cran.

— Je... commença Emma.

— Mais oui, t'en fais pas, la coupa Sebastian en lui décochant un clin d'œil. Quand tout sera terminé, je te laisserai appuyer sur mon nez. Pour la science.

La tension se dissipa dans les rires des Pourfendeurs.

— J'allais surtout m'excuser d'avoir été conne sur ce coup-là. Mais ça me va. Je note ça sur ma *to-do list*.

— Bon et puis de toute manière, on est répartis de façon à ce qu'il y ait forcément un membre d'un autre groupe qui soit en mesure de retrouver la trace de l'autre, les rassura Adèle.

— L'idéal serait qu'on se fixe un point de rendez-vous quelque part pour quitter le château, suggéra Fergus. Une fois qu'on les aura libérés, on n'aura plus qu'à se rejoindre et à se casser loin, très loin.

— On pourrait se retrouver ici ? suggéra Rachel.

— Dès qu'ils auront senti notre présence, les sous-sols seront probablement blindés de *yōkai*, opposa Adèle.

— Le jardin zen, proposa soudain Aïko. Il y en a un immense juste en haut de ces escaliers, ajouta-t-elle en désignant celui par lequel était partie Mayumi. Et il est situé près de l'entrée. Tout à l'heure, j'ai remarqué que les portes s'ouvraient de l'intérieur. On pourra s'échapper.

Les Pourfendeurs d'illusions échangèrent des regards et prirent une seconde de réflexion. Bien qu'ils ne se fussent rencontrés que depuis peu, tous éprouvèrent une peine sincère. Et leurs pensées s'assombrirent, hantées par le spectre de la peur qui instillait dans leurs cœurs celle de ne plus jamais se revoir.

Ce fut Adèle la première à rompre le silence électrique. Elle valida la proposition d'Aïko, non sans une certaine amertume. Les mains tremblantes et les yeux mouillés, ils se serrèrent les mains, se prirent pudiquement dans les bras et se souhaitèrent mutuellement bonne chance.

CHAPITRE 31

À mesure que les trois amies gravissaient les marches, le vacarme s'intensifiait à l'étage. Des voix étouffées, le tintement de la vaisselle et le martèlement du plancher contrastaient nettement avec le silence sépulcral qui régnait de leur côté.

—Il y a beaucoup trop de monde, murmura Emma. On risque de se faire gauler !

Aïko secoua la tête en signe de dénégation.

—Non, ça devrait aller. Je suis venue par ce chemin. C'est une porte dérobée dans le mur de l'arrière-cuisine. Et puis, ils sont beaucoup trop affairés pour nous remarquer.

En haut des marches, l'encadrement d'une porte se dessinait sur un mur. Pour laisser passer Aïko, Adèle et Emma s'adossèrent de part et d'autre du rectangle presque invisible. Elles sentirent les vibrations des voix et de la musique lointaines traverser la cloison. La fête battait son plein. Le château de Nijō était devenu une véritable fourmilière en ébullition.

—Une porte dérobée ? répéta Adèle. Est-ce que tu sais s'il y en a d'autres ?

Aïko fit courir ses doigts et le bout de ses ongles sur les rainures du bois comme si elle cherchait quelque chose. Un levier, une clé ou tout autre moyen d'ouvrir le passage hermétiquement clos.

— J'en sais rien, confia-t-elle en approchant son visage pour mieux distinguer les détails du chambranle. Je n'ai ni eu le temps de poser la question ni celui d'explorer les lieux de fond en comble.

Emma haussa les épaules.

— S'il y en a une, il y en a très certainement d'autres !

— Hum... Putain, mais comment on ouvre ce truc ? s'agaça Aïko. Même pas une foutue serrure ! Rien !

Sans s'en apercevoir, Aïko avait élevé la voix. Adèle s'adressa à elle d'un ton plus bas, l'incitant implicitement à en faire autant.

— Est-ce que tu te souviens de comment Mayumi s'y est prise ?

— Tu parles ! Elle a fait ça en deux temps trois mouvements. Et moi, comme une abrutie, j'ai rien retenu. J'avais qu'une obsession : vous retrouver au plus vite.

Ce disant, elle posa son épaule et le plat de sa main sur la porte dans une tentative vaine de l'enfoncer. Irritée, elle s'écarta de quelques centimètres et, veillant à ne pas faire trop de bruit, elle prit son élan et cogna sensiblement plus fort. Là encore, la paroi résista à l'assaut. Soudain, un bruit sourd fit trembler les murs et résonna dans le couloir. Les trois amies reculèrent instinctivement d'un pas et retinrent leur souffle. Une bordée de jurons fusa de l'autre côté de la porte capricieuse. Ne comprenant rien aux vociférations de l'homme, Emma et Adèle interrogèrent leur amie du regard. Si elles n'avaient eu aucun mal à déceler la colère dans la voix de l'individu, elles ne saisissaient pas le sens de ses mots. Pire encore, elles craignirent d'en être la cause. Aïko tendit l'oreille lorsqu'une nouvelle salve d'insultes parvint jusqu'à elle.

— C'est rien, éluda-t-elle. Ils cherchent juste à mettre la main sur un voleur.

— T'es sûre qu'ils ne se doutent pas qu'on est là ? demanda Emma dans un filet de voix.

Voyant le masque de la peur figer les traits du visage de ses amies, Aïko colla sa joue contre la porte scellée. Elle se concentra pour tenter d'en savoir davantage sur ce qu'il se passait dans la pièce voisine.

— Archi sûre, déclara-t-elle d'un ton satisfait. Ils recherchent un gamin. Absolument rien à voir avec nous.

L'homme dont on entendait distinctement la voix tonitruante acheva sa diatribe puis se tut. Le cœur battant, les jeunes femmes échangèrent des regards inquiets face à ce silence soudain. Mais celui-ci fut de courte durée. Des pieds de meubles que l'on déplaçait raclèrent le parquet dans un hurlement.

— Qu'est-ce qu'ils foutent ? souffla Adèle.

Emma referma ses bras autour de sa poitrine et planta son regard dans la porte. Son corps frissonnait et ses prunelles étaient si fixes qu'elles semblaient voir ce qu'il se tramait de l'autre côté. Une montée d'adrénaline dilata ses pupilles et durcit ses traits. Impuissante, la jeune femme assistait à la résurgence d'une peur ancienne et profondément ancrée. Une de ces peurs contre lesquelles on ne peut rien. Ou si peu.

— Ils cherchent le gamin, lâcha-t-elle d'une voix blanche.

Adèle haussa les sourcils.

— Ils ne vont quand même pas mettre tout le château sens dessus dessous pour punir un gamin qui a fait une connerie !

— Bien sûr que si ! lui répondit Emma la voix étranglée. Aujourd'hui, les chasseurs ne tuent pas pour se nourrir. S'ils veulent bouffer, ils vont au supermarché. Non, le truc qu'ils kiffent par-dessus tout, c'est la traque. Ben, dis-toi que c'est pareil pour les détraqués. Ils sont…

Emma se mura brusquement dans le silence et ses muscles se tétanisèrent. Adèle et Aïko échangèrent un regard. La dernière fois qu'elles avaient lu une telle frayeur sur le visage d'Emma remontait à leur séjour en Nouvelle-Zélande, quand le *kyūbi* l'avait torturée à coup de visions intolérables. Aïko glissa sa main dans la sienne et déposa un long baiser sur sa tempe. Elle sentit le sang pulser sous la peau fine. Emma n'esquissa aucun mouvement de recul. Elle se laissa envelopper par la douceur des lèvres d'Aïko, mais son pouls ne ralentit pas la cadence. Un sentiment d'urgence l'envahit.

— Il faut faire quelque chose, lança-t-elle, luttant de toutes ses forces pour faire sauter les verrous invisibles qui l'entravaient.

Progressivement, le silence retomba dans la pièce voisine. Les hommes étaient sans doute partis. Résolue à trouver un moyen pour faire céder la porte, elle se faufila entre les deux jeunes femmes. Son cœur manqua un battement quand celle-ci s'ouvrit brutalement.

Elle n'eut pas le temps de voir l'enfant se ruer sur elle. Son corps malingre la percuta de plein fouet. Elle étouffa un cri et vit la terreur s'enclaver dans les prunelles arrondies du petit garçon. Terrifié, il hurla à pleins poumons.

Il y eut des pas précipités et le bruit mat d'une table ou d'une chaise heurtant le plancher. Emma tourna son visage blême dans la direction d'où provenait le son. Elle attira sans ménagement l'enfant contre elle et cercla un bras autour de lui pour l'empêcher de s'enfuir. Une main plaquée au travers de sa bouche, elle étouffa ses plaintes gutturales. Les dents de l'enfant s'enfoncèrent dans sa chair. Retenant un cri de douleur, elle le projeta vers le fond du couloir. Aussitôt, elle se rua sur la porte pour la refermer avant qu'il n'ameutât la horde de barbares lancée à ses trousses. S'il n'était pas en mesure de se protéger, elle s'en chargerait elle-même. Au lieu de s'écraser au sol, le garçonnet atterrit dans les bras d'Adèle qui le réceptionna tant bien que mal. Il se débattait si furieusement qu'elle n'eut d'autre choix que celui d'enserrer son buste et ses bras pour le neutraliser.

Une poignée de secondes plus tard, ses poursuivants déboulèrent dans l'arrière-cuisine, laissant éclater leur fureur mêlée d'incompréhension. Encore une fois, l'enfant leur avait échappé. Pourtant, ils l'avaient vu courir tout droit vers la zone de stockage dans laquelle il n'y avait nulle autre porte que celle qu'il avait empruntée pour s'y réfugier. Adèle retint son souffle. Il n'y avait plus qu'à espérer qu'ils ignorassent tout de l'existence des passages dérobés et qu'ils ne trouvassent pas la trace de celle qui les séparait d'eux.

Les yeux clos et le menton niché dans la poitrine, l'enfant jouait des épaules pour se soustraire aux bras d'Adèle. Malgré le timbre chaud et enveloppant des mots qu'elle soufflait dans le creux de son oreille, le petit garçon continuait à livrer bataille pour sa liberté. Ne connaissant pas la langue française, il entendait un charabia fait de sons étrangers dénués de sens. Du reste, il n'avait pas la moindre idée de ce que ces trois femmes lui voulaient. Et malgré la douceur de la voix de celle qui le maintenait contre elle, sa peur ne déclinait pas. Au cours des dernières semaines, il avait appris à se méfier du ton doucereux et mielleux que certains adultes étaient capables d'emprunter pour plier sa volonté et déjouer sa méfiance. Entre ses mains et contre son ventre, quelque chose émettait de petits couinements perçants.

Un battement d'ailes effleura de si près le visage d'Adèle qu'elle eut un mouvement de recul. Dans la pénombre, elle distingua la silhouette gracile d'un petit oiseau voleter au-dessus de sa tête. Malgré sa petite taille, le colibri n'en demeurait pas moins vaillant et la harcelait de minuscules coups de bec sur le haut de son crâne. Elle s'abrita la tête et lâcha quelques secondes l'enfant. Ce dernier hurla si fort qu'elle abandonna sa lutte perdue d'avance contre l'oiseau et remit sa main sur la bouche du petit garçon.

— Ne hurle pas comme ça, on ne te veut pas de mal !

Les cris étouffés se muèrent en gémissements qui redoublèrent d'intensité.

— Faites-le taire ! grinça Emma dans une supplique désespérée. Il va nous faire repérer ! Il croit qu'on est du même côté que ces types !

Tout en essayant d'esquiver les assauts incessants du volatile, Adèle recula de plusieurs pas pour l'éloigner de la porte dérobée. Aïko les rejoignit et se laissa tomber sur les genoux. Elle empoigna le menton de l'enfant et planta son regard sur ses paupières serrées.

— On va t'aider ! lui dit-elle dans sa langue maternelle, à quelques centimètres seulement de son visage. On est avec toi. Tu ne risques rien. Ils ne te feront rien, tu m'entends ?

Étrangement, la douce mélodie de la voix de la jeune femme se fraya un chemin vers son cœur. Elle lui répéta les mêmes mots, une seconde fois. Ce ne fut que lorsqu'il comprit leurs sens qu'il consentit à rouvrir les yeux. Le souffle court, il dévisagea les trois étrangères. Non, elles ne semblaient pas lui vouloir du mal. En voyant Emma maintenir le passage fermé en s'aidant de son corps, il s'autorisa à lâcher prise. Elles n'avaient pas l'intention d'ouvrir la porte afin de libérer le passage à ses traqueurs. Et puis, c'étaient des femmes...

La colère et la peur disparurent de son visage pour céder la place à un flot incontrôlable de larmes. En sanglots et le corps secoué de spasmes, il se laissa retomber contre le torse d'Adèle. Dès lors qu'il rendit les armes, l'oiseau cessa de battre furieusement des ailes et vint se jucher sur la tête de l'enfant, ses yeux comme deux globes miniatures tournés vers Aïko. Les fines pattes disparurent dans la chevelure noire ébouriffée et crasseuse.

Doucement, Adèle desserra ses bras. Ses muscles se détendirent et l'entrave se fit aussi enveloppante qu'une étreinte maternelle. Emma s'agenouilla près d'Aïko, tourna la tête par-dessus son épaule pour s'assurer que les hommes n'avaient pas trouvé leur cachette et posa un index sur sa bouche.

— Je m'appelle Emma, se présenta-t-elle au petit garçon en tapotant le plat de sa main contre son ventre.

Elle pointa son index vers lui pour l'inviter à en faire autant. Désemparé, il adressa un regard inquiet à Aïko, lui demandant silencieusement de lui traduire les paroles de cette étrangère aux cheveux arc-en-ciel.

— Elle, c'est Adèle, elle, c'est Emma et moi, Aïko. Quel est ton prénom ?

— Tadashi, répondit-il d'une voix chevrotante. Et lui, il s'appelle Koichi, ajouta-t-il en entrouvrant les mains. Une queue de rat glissa entre les paumes écartées et se mit à onduler sur ses doigts, battant nerveusement les engelures qui recouvraient la peau anormalement rugueuse du petit garçon. En quelques coups de museau, le rongeur écarta enfin les doigts de son maître qui le tenaient encore prisonnier. Une fois libre, il remonta le long de son bras menu et se glissa dans son col avant de sortir sa tête de l'autre côté du cou. Lui aussi semblait vouloir garder à l'œil les trois inconnues. Dans une caresse apaisante, les ongles sales de l'enfant raclèrent le poil court et rêche du rat.

— N'aie pas peur, Koichi, je suis là, le rassura l'enfant à voix basse.

Un sifflement l'interrompit. Relevant la tête, il saisit délicatement l'oiseau d'une main.

— Elle, c'est Sora, reprit-il en s'adressant à Aïko.

— Qu'est-ce qu'ils lui veulent, ces types ? demanda Emma, rompant brusquement les présentations.

Elle posa une main sur le genou d'Aïko pour lui demander de traduire. Cette dernière s'exécuta aussitôt et une conversation animée et incompréhensible pour Emma et Adèle s'ensuivit. À mesure que les mots jaillissaient de ses lèvres, l'enfant se redressait. Il fut vite sur pieds et épousseta inutilement ses vêtements entièrement couverts de suie et de crasse. À maintes reprises, son regard s'attarda sur les mèches colorées qui encadraient le visage d'Emma. Les cernes violacés et les traits tirés par l'épuisement et l'angoisse, il semblait si vulnérable qu'Aïko en eut le cœur serré. S'il parlait aussi bien que l'eut fait un enfant de huit ou neuf ans, son corps chétif ne lui en donnait guère plus de quatre ou cinq. C'était comme si, trop occupé à survivre, son organisme avait abandonné ou reporté tout projet de croissance.

Aïko prit une profonde inspiration et le souvenir de Nao vint se superposer au visage de Tadashi. Lorsque le flot de ses mots se tarit enfin, elle caressa doucement ses cheveux et se tourna vers ses amies.

— Il vit dans les murs du château depuis assez longtemps. Il ne saurait dire si ça se compte en semaines ou en mois. Il dit qu'il cherche son père. Apparemment, il aurait été conduit jusqu'ici. Mais le petit n'arrive pas à retrouver sa trace. Et en attendant, pour se nourrir, il a volé deux ou trois trucs en cuisine.

Tadashi jucha l'oiseau sur une épaule et posa le rat sur l'autre. Là encore, les créatures épiaient avidement les trois jeunes femmes. L'enfant fourra sa main dans la poche de son short élimé et en sortit une poignée de miettes.

— Bon appétit ! souffla-t-il.

En quelques battements d'ailes, l'oiseau vint se percher sur le bout des doigts tandis que le rat descendit prestement le long du bras avant de s'immobiliser sur son poignet.

— On s'occupera de son père plus tard, dit Adèle en s'évertuant à ne pas s'attarder sur le visage blême de l'enfant.

Car chaque fois que leurs regards se croisaient, elle sentait une partie de son cœur se désagréger.

— S'il se terre au château depuis tout ce temps, reprit-elle, il doit sûrement avoir vu ou entendu quelque chose au sujet des Gardiens !

Emma leva la tête, les yeux ronds comme des soucoupes. Le désespoir de l'enfant avait annihilé tout le reste. La jeune femme n'avait pas oublié leur mission de sauvetage des Gardiens, mais en l'espace de quelques minutes, elle l'avait reléguée au second plan. Les genoux et les coudes écorchés de l'enfant avaient attiré toute son attention. Aïko se massa la nuque et tapota la cuisse d'Emma.

— Elle a raison, trancha Aïko. On doit rester *focus* sur notre mission. Si on s'éparpille maintenant, c'est l'échec assuré.

Remisant une mèche rose derrière son oreille, la jeune femme haussa les sourcils et déglutit. Un bruit sourd résonna et leur arracha un frisson collectif. Instinctivement, les trois jeunes femmes se positionnèrent autour de l'enfant et dardèrent leurs regards vers le mur. Un deuxième coup porté contre celui-ci décolla le vieux plâtre lézardé qui encadrait la porte. Des plaques entières chutèrent et se brisèrent en un nuage de poussière blanche sur le sol. Non seulement les hommes étaient revenus, mais en plus, ils semblaient désormais équipés. Cette fois, ils avaient compris que l'enfant avait emprunté un passage secret et ils étaient fermement résolus à le retrouver. Si démolir l'arrière-cuisine était le prix à payer, ils étaient prêts à s'en acquitter. Chaque fois qu'ils pensaient avoir enfin réussi à mettre la main sur lui, il parvenait encore à s'enfuir sans laisser aucune trace de sa présence. Le jeune garçon était devenu presque aussi insaisissable qu'une ombre, aussi furtif que le dernier rayon de soleil du crépuscule.

Ils cognèrent de nouveau et, cette fois, la porte dérobée s'enfonça légèrement. Tout juste ce qu'il fallait pour laisser la lumière électrique éclabousser le sol en béton armé d'une ligne jaune et déverser les senteurs alléchantes des mets mijotant sur les fourneaux. Les voix victorieuses devinrent plus nettes. Emma sentit son cœur battre jusque dans sa gorge et se figea comme un lapin pris dans les phares.

Terrorisé, Tadashi se faufila entre Adèle et Emma avant de tirer nerveusement la manche d'Aïko. Il pointa l'index vers l'autre côté du couloir et s'y engagea à vive allure. Prises de court, les trois amies hésitèrent une seconde. Le temps d'échanger un regard, elles lui emboîtèrent le pas. Il y avait urgence : encore deux ou trois coups assénés avec la même vigueur et la porte céderait.

Maintenant qu'ils ne craignaient plus d'être repérés, les quatre fuyards martelaient le sol dans leur course déchaînée, ne songeant plus qu'à profiter de chaque seconde pour creuser la distance entre leurs poursuivants et eux. Tadashi allait en tête. Il se déplaçait avec aisance d'une galerie à une autre, sans jamais ralentir. C'était exactement comme s'il savait où aller dans ce dédale souterrain qui n'avait aucun secret pour lui. La troupe eut tout juste le temps de franchir une centaine de mètres lorsqu'un craquement sec se répercuta en écho dans le tunnel où ils se trouvaient. Sans cesser de courir, l'enfant jeta un regard terrifié par-dessus son épaule. Sa peur se propagea comme une traînée de poudre, contaminant le cœur des Pourfendeuses.

La porte avait cédé. Le vacarme assourdissant des semelles battant le sol et des voix qui s'élevaient accéléra leur course. Tadashi sembla hésiter une seconde puis bifurqua dans un boyau étroit. Des effluves nauséabonds d'excréments et d'urines flottaient dans l'air saturé. En traversant le corridor, Adèle repéra une sorte d'alcôve, guère plus haute et plus large qu'une niche de chien. À l'intérieur, elle distingua le minuscule recoin qui servait probablement de toilettes pour le petit garçon. Sans ralentir, elle plissa le nez et réprima un violent haut-le-cœur davantage causé par la peine qu'elle éprouvait pour lui plutôt que par l'odeur fécale.

Lorsqu'ils parvinrent à un nouveau carrefour de galeries, l'enfant s'engagea dans un énième corridor. Mais cette fois, Aïko s'arrêta brutalement et jeta un coup d'œil dans le couloir qui menait dans la direction opposée. Elle pointa le boyau étroit plongé dans les ténèbres.

— Il faut aller par ici, lâcha-t-elle suffisamment fort pour couvrir le bruit des pas précipités de ses compagnons.

— Non ! hurla l'enfant qui comprit son intention.

À bout de souffle, elle adressa un regard entendu à Emma et à Adèle.

— Seiryū est ici, insista-t-elle. Je sens sa présence. Il est tout près.

— Tu es sûre de toi ? l'interrogea Adèle en s'arrêtant près d'elle.

Catégorique, Aïko répondit d'un hochement de menton. Sans plus attendre, Emma saisit fermement la main de l'enfant qui s'enfonçait à reculons dans la galerie opposée.

— Vas-y, on te suit !

Le teint crayeux, Tadashi s'arcbouta sur ses jambes et secoua la tête de droite à gauche. Mais aucun son ne parvenait plus à s'échapper de ses lèvres exsangues. À en juger par sa réaction, Adèle comprit qu'il s'était déjà aventuré par là. Il avait l'air encore plus terrifié par ce qui les attendait au bout de ce corridor que par leurs poursuivants qui ne tarderaient plus à les rattraper.

— Fais-nous confiance, lui dit Emma en l'attirant vers elle. On ne te laissera pas tomber !

— Ils sont là ! hurla une voix caverneuse dont seuls Aïko et Tadashi comprirent le sens.

Une silhouette surgit à l'angle de la galerie par laquelle ils étaient arrivés. Dans la pénombre, les compagnons distinguèrent plusieurs formes en mouvement ainsi qu'un concert confus de voix.

— On va mourir, marmonna l'enfant.

Le regard braqué vers le boyau où s'engageaient déjà Aïko et Adèle, il ne prêtait plus la moindre attention à ses poursuivants. Emma le dévisagea de la tête aux pieds. Il était tétanisé. Ses muscles ne répondaient plus. Et si elle ne comprit pas les mots, elle n'eut aucun mal à en deviner le sens.

— Ouais, mais pas aujourd'hui, répondit-elle intuitivement en le soulevant à bout de bras.

Le rat bondit hors de la poche du petit garçon et l'oiseau se mit à battre furieusement des ailes. Comme pour donner leur aval à l'enfant, les deux créatures s'enfoncèrent dans les ténèbres, à la suite des deux jeunes femmes. Convoquant ses dernières forces, Emma resserra son étreinte et plaqua sa main dans le dos de l'enfant pour lui dire de s'agripper à elle. La petite troupe disparut dans l'obscurité épaisse et courut à perdre haleine.

Bientôt, ils n'entendirent plus le claquement des semelles des hommes. Seules leurs voix lointaines roulaient encore paresseusement dans le souterrain. Comme s'ils avaient été arrêtés par une sorte de grille invisible, les traqueurs s'amassèrent devant l'entrée du boyau, mais ne firent pas un pas de plus. Interloquées, les trois jeunes femmes jetèrent un coup d'œil derrière elles. À leur tour, elles s'arrêtèrent. Les hommes échangèrent des paroles aussi ténues qu'un murmure puis, à regret, finirent par rebrousser chemin. Tous, sauf un.

Pareil à un prédateur traquant sa proie, celui qui avait conduit les autres jusqu'ici demeura immobile. Le visage enfoui dans le cou d'Emma et les jambes enroulées autour de sa taille, Tadashi planta son regard dans celui de l'homme. Une larme brûlante roula sur sa joue dessinant un sillon de crasse. La douleur nichée dans ses yeux, il se remémora la dernière fois que ce monstre avait posé la main sur lui. Il tressaillit et referma ses bras autour du cou d'Emma quand il distingua le sourire carnassier fiché sur les lèvres de son agresseur.

— Ils savent qu'on va mourir, dit-il d'une voix chevrotante.

Le cœur d'Emma se mit à battre furieusement dans sa poitrine. Une fois encore, elle n'eut pas besoin de comprendre ses mots, elle connaissait ce timbre brisé. Elle posa une main protectrice sur la tête chevelue de l'enfant et allongea ses foulées.

— Ils ne te feront plus rien. Je te le promets.

CHAPITRE 32

Au bout de quelques minutes de course à l'aveugle dans l'obscurité dense, une lumière grisâtre recouvrit les parois rocheuses du corridor. Les contours du tunnel se dessinèrent progressivement autour des Pourfendeuses et de l'enfant en fuite. Maintenant que les trois amies parvenaient à distinguer le sol et qu'elles étaient assurées de ne rencontrer aucun obstacle risquant d'entraîner une mauvaise chute, elles sentirent les griffes acérées de l'angoisse relâcher doucement leur étreinte. Leurs muscles se délièrent lorsqu'elles aperçurent, au loin, la source de lumière.

Une épaisse courtine secouée par un courant d'air indiquait le bout de la galerie souterraine. Galvanisée par la quasi-certitude d'avoir enfin trouvé la sortie de ce labyrinthe infernal, Adèle accéléra. La gorge serrée et les muscles brûlants, elle fut la première à atteindre la tenture. Elle posa sa main contre le mur et s'inclina pour reprendre son souffle. Étonnée de ne pas voir Aïko à ses côtés, elle leva un sourcil. Habituellement, celle-ci courrait bien plus vite qu'elle. Mais en tournant sur ses talons, elle comprit que son amie avait préféré revenir sur ses pas pour assurer les arrières d'Emma qui peinait à maintenir la cadence, les bras lestés du poids de l'enfant. Tadashi ne pleurait plus, mais son corps crispé hurlait la terreur que ses larmes et ses lèvres ne parvenaient plus à exprimer.

Voyant qu'il ne leur restait plus qu'une volée de pas à franchir pour la rejoindre, Adèle glissa sa main entre les tentures et écarta doucement le lourd tissu épais. Ses yeux s'agrandirent et sa bouche s'entrouvrit quand elle découvrit l'immensité de la salle qui se trouvait de l'autre côté.

À bout de souffle, Emma tenta de déposer le petit garçon à terre malgré ses réticences. Il était aussi fermement agrippé à elle qu'un lierre enroulé autour d'un tronc. Le sifflement aigu qui filtrait entre les lèvres de la jeune femme épuisée incita Aïko à intervenir. Elle saisit doucement les bras de Tadashi et le berça de paroles rassurantes jusqu'à ce qu'il acceptât de lâcher sa prise.

Les yeux dans le vague, l'enfant caressait le doux plumage de son oiseau niché entre ses mains tandis que le rat, de nouveau juché sur son épaule, frottait tendrement son museau pointu contre sa joue. Luttant contre son aversion viscérale pour les rongeurs, Aïko serra l'enfant contre elle, exactement comme elle l'eut fait avec Nao. Appuyée contre la paroi rocheuse et pliée en deux pour juguler un point de côté douloureux, Emma la remercia d'un mouvement de tête.

— Qu'est-ce que c'est que ça ? marmonna Adèle, une fois la stupeur passée.

Elle écarta davantage le rideau et fit un pas de côté. D'un coup sec, elle repoussa un pan. Les anneaux en or coulissèrent sur la tringle dans un cliquetis métallique sonore. La luminosité qui baignait la salle les aveugla quelques secondes et un vent glacial charriant d'étonnantes senteurs sylvestres leur fouetta le visage. Les trois amies placèrent leurs avant-bras et leurs mains en visière contre leur front. Cramponné à la taille d'Aïko, Tadashi tourna la tête contre le ventre de la jeune femme, un œil rivé sur le long corridor qu'ils venaient de traverser. L'obscurité lui arracha un frisson.

Progressivement, leurs pupilles s'acclimatèrent à la lumière. Adèle plissa les yeux et découvrit que la myriade de petits soleils éblouissants n'était autre qu'une quantité pharaonique de miroirs circulaires dont le tain réfléchissait une lumière blafarde. Collés les uns aux autres, ils recouvraient l'entièreté des deux longs murs latéraux ainsi que le plafond de la salle bâtie en forme de rectangle.

— Combien y en a ? demanda Emma abasourdie.

— Je tablerais sur des centaines, répondit Aïko. À la louche.

Adèle s'agrippa à la courtine et leva la tête afin de mieux évaluer la dimension gargantuesque de la salle et d'examiner les miroirs les plus proches. Le plafond s'élevait à environ sept ou huit mètres au-dessus de leurs têtes. Chaque miroir semblait avoir été façonné sur le même patron : le cadre en métal poli par les années renfermait une plaque de tain qui assurait sa fonction première. Savamment disposés, ils se faisaient le relais de quelques rayons de lune provenant d'une sorte de puits de lumière niché tout au fond de la salle. En dessous de celui-ci, la silhouette massive d'une créature était étendue sur le sol. Aïko sentit une brûlure intense naître dans le creux de son genou et irradier sa jambe aussi ardemment que l'eut fait une langue de flamme.

— Seiryū ! marmonna-t-elle en pressant son poing fermé contre son plexus solaire.

Adèle déglutit. À cette distance, elle distinguait le reflet chatoyant de la lune sur les écailles du Dragon azur. Par endroit, de larges rigoles bleues striaient son corps que de longues chaînes entravaient. Un anneau massif cerclait son cou et le maintenait cloué au sol. Bien qu'immense, le Gardien lui sembla misérable. Son échine s'élevait et s'abaissait aussi vite que la poitrine d'un moribond à l'article de la mort.

Les doigts de Tadashi s'enfoncèrent dans les côtes d'Aïko. Sentant les muscles de l'enfant se raidir entre ses bras, elle baissa la tête et leva les yeux pour suivre son regard. La silhouette d'un homme se découpait dans la pénombre du tunnel. Entièrement vêtu d'un kimono blanc, il approchait lentement, pareil à un prédateur en chasse. Un flux acide se répandit dans le ventre de la lycéenne. Elle plissa les yeux et distingua le sceau rouge et noir brodé sur le pan de tissu immaculé qui lui barrait la poitrine. Celui-ci représentait le visage d'un *Oni*, gueule béante, dont les crocs massifs soulevaient des lèvres épaisses.

— Merde ! s'écria-t-elle.

Alertée, Adèle pivota sur ses talons et relâcha la courtine. L'homme se mit alors à courir avec autant de célérité qu'un rapace fondant en piqué sur sa proie. Le regard rivé sur l'enfant, un rictus se plaqua sur ses lèvres pincées dont la langue lubrique relevait la commissure. Le cœur logé dans le fond de sa gorge, Emma sentit la fureur brûler ses entrailles et contaminer ses membres. Au premier coup d'œil, elle comprit à quel genre d'individu elle avait affaire. Car avec des êtres de cette engeance, son corps réagissait toujours de la même manière. Invariablement, la peur s'emparait d'elle et paralysait ses membres.

Pourtant, à la dernière seconde, alors même qu'elle sentait déjà l'haleine chaude et nauséabonde de l'homme, elle poussa violemment Aïko et Tadashi contre le mur, prit leur place et s'arcbouta sur ses jambes. Surpris, l'homme n'eut pas le temps de dévier sa trajectoire et fonça droit sur elle. Juste avant qu'il ne la percutât de plein fouet, elle tendit ses bras, referma ses mains sur ses épaules et bascula en arrière dans une chute contrôlée. Se servant de la vitesse de son assaillant, elle plia ses jambes et cala ses pieds de part et d'autre de ses hanches avant de le propulser loin derrière elle. Comme une vulgaire poupée de chiffon, l'homme fut projeté dans la salle aux miroirs.

En traversant le rideau, il poussa un cri aigu et tenta désespérément de s'accrocher au tissu épais. Mais il ne parvint qu'à en décrocher la tringle qui heurta le sol dans un bruit métallique. Il s'écroula sur le sol, rebondit lourdement, et son corps roula deux ou trois mètres plus loin avant de s'immobiliser. La courtine qu'Adèle tenait dans ses mains quelques secondes plus tôt s'étira de tout son long. Malgré son poids, le tissu retomba dans une valse lente sur les dalles grises et froides.

Un gémissement ponctué de jurons gronda dans la gorge de l'homme tandis qu'il se ramassait sur lui-même pour se relever. Il mit un genou à terre et posa sa main à plat sur le sol. Du bout des doigts, il saisit un coin du rideau qu'il s'efforça de tirer vers lui. Une grimace de douleur crispa son visage qui avait pris une teinte rougeâtre. Au masque de la souffrance s'ajouta brutalement celui de la terreur. Ses yeux se mirent à rouler dans leurs orbites. Son dos se voûta à mesure qu'il observait les centaines de miroirs qui l'encerclaient. Ou étaient-ce les miroirs qui l'observaient ? Sa pomme d'Adam roula fébrilement dans sa gorge et l'odeur iodée de la peur flotta dans l'air autour de lui, comme un nuage récalcitrant.

Tremblant, il essaya une première fois de se relever, mais ses jambes se dérobèrent. Il prit appui sur le sol pour ne pas s'effondrer et fit une deuxième tentative. Mais avant qu'il ne parvînt à se mettre debout, des crépitements résonnèrent dans l'immense salle. Adèle perçut une lueur plus intense que les autres émaner de l'un des miroirs, sur sa gauche. Elle jeta un coup d'œil dans cette direction et vit sa surface argentée onduler.

Progressivement, un visage simiesque aux contours anguleux apparut. Elle retint sa respiration lorsqu'elle réalisa que ce n'était pas le reflet du visage de l'homme qui regardait dans la même direction. Sa tache de naissance fut parcourue de picotements. Terrifié, leur assaillant tourna la tête dans tous les sens. Comme les Pourfendeuses, il avait deviné qu'un *yōkai* se trouvait là, quelque part. À la seule différence qu'il n'avait aucun moyen de le repérer et encore moins de s'en protéger.

Soudain, une créature ressemblant vaguement à un humain, rachitique et tordu, jaillit du tain. Elle s'élança sur lui et le traversa, fauchant ses jambes branlantes, avant de s'agripper au mur d'en face. Les dents pointues qui saillaient de sa large mâchoire étaient teintées de rouge et de noir. Ses membres décharnés recouverts d'une fine pellicule de peau marron se glissèrent à l'intérieur d'un autre miroir. Juché sur le bord, il referma ses doigts osseux de part et d'autre du cadre et tourna brusquement la tête dans la direction des Pourfendeuses et de l'enfant. Lorsque son regard croisa celui des trois amies qui le dévisageaient avec horreur, un sourire mauvais s'étira. Aussitôt, les taches de naissance respectives des jeunes femmes devinrent brûlantes. Aussi ardentes que si elles avaient été imprimées dans leur peau au fer rouge. Elles étouffèrent un cri et soutinrent le regard de la créature. Cette dernière fit rouler sa tête à trois cent soixante degrés dans un craquement sinistre. Elle disparut derrière la surface ondulante du miroir, ne laissant dans son sillage que l'écho lointain d'un rire démoniaque.

L'homme poussa à nouveau un hurlement. Animal, cette fois. Dans un élan désespéré, il saisit la courtine qui gisait sur le sol, enroula prestement le tissu autour de son poing fermé et esquissa un mouvement du bras comme s'il voulait se dissimuler en dessous. Mais avant qu'il ne parvînt à achever son geste, son corps s'embrasa. Une fumée épaisse et nauséabonde se répandit dans l'air glacial. Ses cordes vocales fondirent, rendant muet son dernier cri. Celui qui avait fait endurer mille morts à Tadashi et qui l'avait contraint au silence était à son tour condamné à agoniser sans un bruit, sans une plainte. Le feu qui rongeait sa chair, sa peau et ses os lui refusa même les larmes.

Emma posa sa main sur l'épaule de l'enfant qui regardait son bourreau se consumer. Les flammes dansèrent dans les iris de l'enfant et dans les prunelles de la jeune femme.

— Lui, il ne te touchera plus, dit-elle en se postant devant le petit garçon afin de le préserver de ce spectacle macabre.

Un tic nerveux secoua son visage, mais un sourire naquit sur ses lèvres. *Un de moins*, songea-t-elle. Au fond, elle avait su qui il était et ce qu'il avait fait dès la première fois qu'elle avait entendu sa voix éclater dans l'arrière-cuisine. Sans qu'elle pût se l'expliquer vraiment, elle l'avait senti. Exactement comme un chien pisteur n'est capable de reconnaître qu'une odeur qu'il connaît déjà.

Tadashi referma ses doigts autour de la main de sa protectrice et murmura un merci inaudible. Le creux du coude plaqué contre sa bouche et son nez, Aïko réprima un haut-le-cœur. Ses yeux s'agrandirent de stupeur devant le cadavre calciné. La main de sa meilleure amie se glissa dans la sienne qui pendait mollement au bout de son bras inerte.

— Regardez ! s'écria Adèle en refermant ses doigts autour de ceux d'Aïko.

Ce disant, elle désigna de l'index le corps de l'homme – ou du moins ce qu'il en restait – étendu sur le sol. Appelé par le trou béant du tunnel, un courant d'air provenant de l'autre bout de la salle charria les relents pestilentiels de chair brûlée dans leur direction. Aïko blêmit sous l'épaisse couche de poudre qui recouvrait partiellement son visage et son estomac se souleva. L'odeur s'infiltra dans ses narines et se plaqua contre ses papilles aussi nettement que si elle avait mordu dans le corps calciné. Cette fois, elle ne parvint plus à retenir le flot acide qui lui brûlait la gorge. Elle se tourna et vomit tout son soûl.

Sans quitter le cadavre des yeux, Adèle se posta derrière elle, saisit son épaule droite et frotta doucement son dos. Elle fit claquer sa langue pour attirer l'attention d'Emma. La jeune femme tourna la tête et vit Aïko accuser un dernier spasme avant de se redresser lentement en s'essuyant la bouche d'un revers de manche. Son cœur se serra, mais ses membres raides et l'enfant blotti contre elle la paralysèrent. Les sourcils froncés et les lèvres closes, son corps s'était verrouillé. Elle n'eut pas la force de rejoindre Aïko pour la rassurer. Et aussi atroce fut la scène à laquelle ils venaient d'assister, Emma devinait sans aucune difficulté celles encore plus terribles qu'avait dû endurer Tadashi. Non, elle n'éprouvait aucune compassion ni la moindre once d'empathie pour le bourreau de Tadashi. L'odeur n'était pas insoutenable, car c'était celle de la justice. Elle déglutit et referma son bras autour des épaules de l'enfant.

— La main ! insista Adèle en désignant les restes de l'homme. Regardez, tout le corps a brûlé, sauf sa main !

— On a vraiment besoin de s'attarder sur les détails ? souffla Aïko.

Impatiente, Adèle émit un soupir agacé et haussa les sourcils.

— Le rideau, dit-elle comme si c'était là une évidence. Le tissu l'a protégée. Mais enfin, regardez sa main... Elle est presque intacte !

Pour illustrer ses propos, la jeune femme s'accroupit et saisit précautionneusement un coin de la courtine qui se trouvait à une dizaine de centimètres de ses pieds. Elle tenta de l'attirer vers elle, mais les doigts de l'homme étaient si crispés autour du tissu qu'elle dut tirer d'un coup sec. La main du cadavre se désolidarisa du squelette devenu friable. Hormis quelques brûlures superficielles, la chair n'était pas entamée et la peau quasi intacte. Malgré l'horreur de la scène, Adèle afficha un large sourire et ses yeux s'illuminèrent.

— Je crois qu'on a trouvé un moyen de rejoindre le Gardien sans terminer en méchoui ! déclara-t-elle, triomphante.

Un sourire releva doucement le coin des lèvres d'Aïko et Emma acquiesça d'un hochement de tête. La joue collée contre le ventre de cette dernière, Tadashi leva les yeux vers sa sauveuse. Pareille à la première goulée d'air qui dilate les poumons d'un naufragé crevant la houle pour remonter à la surface, il sentit l'espoir gonfler son cœur.

Pour la première fois depuis longtemps.

CHAPITRE 33

Accroupie, Adèle ramena vers elle la lourde courtine qu'elle roula en boule avant de la reposer par terre. Elle jeta un coup d'œil par-dessus son épaule et avisa la seconde qui était encore accrochée à l'autre tringle demeurée intacte. Les mains posées en appui sur ses genoux, elle se releva.

— Venez m'aider ! Ce rideau-là ne pourra en abriter entièrement que deux d'entre nous. Il nous faut impérativement le deuxième si on veut pouvoir faire la traversée.

— Et c'est nécessaire d'y aller tous les quatre ? lâcha Emma en désignant l'enfant du menton.

Un court silence s'ensuivit. Adèle relâcha la courtine suspendue et s'agenouilla de nouveau près de celle qui formait une boule informe à ses pieds.

— Non, tu as raison, conclut-elle. Reste avec lui, on va s'en charger.

Le visage d'Emma s'empourpra aussitôt et ses yeux s'agrandirent. Le regard d'Aïko se posa sur l'enfant toujours cramponné au bras de sa sauveuse.

— Ah, mais c'est pas du tout ce que je proposais ! se défendit-elle. Je peux venir avec vous.

Adèle émit un soupir tout en dépliant le tissu.

— Aïko est liée à Seiryū. Il est indispensable qu'elle soit de la partie. Je ne ferai que l'accompagner et assurer ses arrières si jamais l'espèce de créature réapparaît !

— Et Tadashi ne peut pas rester seul, compléta Aïko. Si d'autres hommes viennent, il faut que tu sois à ses côtés... Il te fait confiance, ça crève les yeux.

Des plaques rouges couvrirent le cou d'Emma. Un sentiment de honte l'envahit lorsqu'elle se vit reléguée au rang de couarde déguisée en nounou. Et puis la peur, celle de se retrouver coincée entre ce *yōkai* et d'autres prédateurs pareils à celui dont les os commençaient maintenant à se muer en poussière au milieu de la salle. Adèle l'observa du coin de l'œil et comprit ce qu'il se tramait dans l'esprit tourmenté de son amie. Elle se sentait impuissante. Le souvenir du jour où Aïko et elle lui avaient demandé de les attendre dans le van s'imposa à elle. Elle se releva et fit un pas vers Emma.

— Si jamais on est en difficulté, tu pourras nous aider, tenta-t-elle de la rassurer en refermant sa main sur son épaule. On a autant besoin de toi que toi de nous.

— Absolument, confirma Aïko. Inutile de mettre tous les œufs dans le même panier. Si on se retrouve tous les quatre coincés, on sera fichus. Perso, j'ai beau avoir réussi à vaincre une paire de *yōkai*, celui-ci me semble bien plus rapide que les autres.

Le regard de Tadashi glissa sur les murs immenses couverts de miroirs.

— On dirait un *ungaikyō*... murmura-t-il.

Son colibri vint se loger dans le creux de son cou. Les battements précipités du cœur de l'oiseau se mirent au diapason du pouls du petit garçon. Ce dernier secoua doucement la tête afin de caresser le plumage mordoré. Nerveux, il fit courir ses doigts sous le museau de son rat. Niché entre ses mains, le rongeur épiait la grande salle de ses petits yeux noirs. Des couinements jaillissaient sporadiquement de la gorge étroite de l'animal terrifié.

Emma et Adèle échangèrent un regard interloqué. Aucune d'elles n'avait compris un traître mot de ce que l'enfant venait de dire. La réponse d'Aïko et le court échange qui s'ensuivit ne les éclairèrent guère plus. Cependant, leurs visages crispés ne leur dirent rien qui vaille.

— Qu'est-ce qu'il se passe ? finit par demander Adèle.

Aïko déglutit et se composa un sourire de façade. Mais son amie la connaissait beaucoup trop pour se laisser duper.

— Apparemment, c'est un *ungaikyō*, commença-t-elle.

Elle marqua une courte pause et s'épongea le front du plat de la main.

— Quoi ? C'est le petit qui t'a dit ça ? interrogea Adèle.

Aïko acquiesça d'un hochement de tête.

— Un quoi ? s'enquit Emma.

— C'est un *yōkai*, rétorqua laconiquement Aïko.

Emma leva les yeux au ciel dans un mouvement plus impatient qu'agacé.

— Sans déc, on s'en serait pas douté...

— Il l'a vu ? s'étonna Adèle. Je veux dire, il a réussi à le voir ? Comment ça se fait ?

Aïko haussa les épaules et interrogea l'enfant qui lui répondit sans détour.

— Il dit qu'il a toujours vu ces créatures, qu'il en a déjà parlé à son père, mais que les adultes ne le croient jamais.

Adèle écarquilla les yeux de surprise.

— C'est possible, ça ?

— Les gosses voient toujours des trucs que les adultes sont pas foutus de voir, ça ne me paraît pas impossible du tout, commenta Emma en ébouriffant les cheveux du petit garçon.

Tadashi n'était pas un Pourfendeur d'illusions. La logique aurait voulu qu'il soit incapable de voir les *yōkai*. Mais les enfants sont les enfants, et de tout temps à jamais, ils ont toujours su voir ce que les adultes n'étaient plus capables de voir. La camisole du déni enserrant leur esprit jusqu'à le rendre trop étroit.

— Bon et c'est quoi son nom à ce truc-là ? reprit Adèle en calant ses mains sur ses hanches.

— On se cogne de savoir comment il s'appelle, dit Emma qui perdait patience. On a déjà vu ce dont il était capable, je ne vois pas ce qu'il peut y avoir de plus inquiétant...

Le silence retomba sur le petit groupe. On n'entendait plus que le hurlement du vent s'engouffrer dans le puits de lumière à l'autre bout de la salle et répandre son air glacial jusqu'à eux. Adèle croisa le regard d'Aïko et la vit se mordiller l'intérieur de sa lèvre inférieure, comme si elle se retenait de dire quelque chose. L'angoisse resserra son étreinte autour de son cœur.

— Quoi ? Qu'est-ce qu'il y a de pire ?

— Selon Tadashi, chaque miroir possède son propre *ungaikyō*, ce qui signifie que...

— Que c'est la merde ! acheva Adèle dans un souffle tandis qu'elle embrassait du regard les murs et le plafond.

— Une centaine ? lâcha Emma.

Adèle déglutit et arqua les sourcils.

— Au bas mot. Trois bonnes grosses centaines de Golums...

— Raison de plus pour tenter une traversée à deux, reprit Aïko. Le rideau nous protégera entièrement et, si jamais les choses tournent mal, vous pourrez aller demander de l'aide aux autres.

Emma serra le poing et n'acquiesça qu'à contrecœur. Elles avaient raison. Entamer cette traversée à quatre ne pourrait que compromettre leurs chances de réussite. Aïko glissa sa main sur son chignon et en détacha le peigne à la feuille de ginkgo de sa grand-mère. Elle avança vers Emma et déposa un baiser aussi léger qu'une brise sur ses lèvres.

— Tu ne maîtrises pas encore complètement ton arme de Pourfendeuse, mais quelque chose me dit que tu ne t'en sors pas mal au corps à corps. Si un *yōkai* vous attaque, sers-toi de ça. Les *geiko* sauront où vous êtes et viendront vous porter secours.

Adèle brandit les bras au-dessus de sa tête et les écarta, les mains cramponnées à la courtine dépliée qui se déployait comme une tente.

— On y va, dit-elle à Aïko.

Accusant un frisson, cette dernière s'approcha d'Emma qui la dévisageait, les yeux rougis par le sel des larmes contenues, refusant de faire céder le barrage devant Tadashi. Aïko fit un pas de plus et mit ses mains en coupe de part et d'autre de son visage avant de l'embrasser. Un baiser léger puis de plus en plus appuyé. Emma entrouvrit ses lèvres tremblantes pour accueillir la langue d'Aïko que la pointe douce et humide pressait doucement.

Tadashi leva le nez et fit une moue de dégoût avant de détourner la tête. Il croisa alors le regard amusé et attendri d'Adèle. Tous les enfants jugent les baisers écœurants jusqu'au jour où, la puberté battant son plein, ils ne songent plus qu'à en donner et à en recevoir. Pourtant, malgré sa mine dégoûtée, une lueur raviva l'éclat des iris ternis de Tadashi. Son visage s'illumina. Le sourire d'Adèle s'effaça lentement. C'était comme si après des semaines d'errance et d'horreur, cet enfant redécouvrait ce qu'était un véritable geste de tendresse et d'amour. Son cœur se serra d'un cran.

Un bruit métallique extirpa Adèle de ses pensées. Elle pivota sur ses talons. Seiryū, le regard braqué dans leur direction, les observait depuis le fond de la salle. Il tentait de lever son long cou entravé par les chaînes puissantes qui le maintenaient rivé au sol. Un feu fauve illuminait les prunelles du Gardien. Adèle se mordit l'intérieur de la joue pour encaisser la douleur provoquée par une nouvelle brûlure qui éclata dans tout son poignet. Les *yōkai* étaient là et les lorgnaient, attendant patiemment le moment où ces intruses allaient entreprendre leur périlleuse traversée. Adèle jeta un coup d'œil sur les miroirs et un frisson glacé la fit tressaillir. Une goutte de sueur naquit entre ses omoplates et coula le long de sa colonne vertébrale.

— Je suis prête ! dit Aïko la voix enrouée.

La lycéenne se glissa sous la tenture aux côtés de sa meilleure amie puis se tourna vers Emma et Tadashi qui avaient reculé d'un pas pour s'abriter sous le tunnel.

— Tout va bien se passer, reprit-elle. Restez sur vos gardes. De notre côté, on sera prudentes. Ne vous inquiétez pas.

Elle baissa les yeux vers l'enfant et lui répéta la même chose dans sa langue natale. Le ton de sa voix devint si doux et mélodieux qu'il rappelait celui d'une berceuse. Adèle se racla la gorge et déglutit aussi douloureusement que si cette dernière était tapissée de laine de verre. L'une contre l'autre, elles prirent soin de tirer sur les pans de la courtine afin de s'en recouvrir intégralement. Aucune partie de leur corps ne devait être exposée à l'air libre, car elles savaient empiriquement ce qu'il adviendrait d'elles si d'aventure leur reflet apparaissait sur l'un des miroirs. Elles glissèrent alors les bords du rideau épais sous leurs semelles et les coincèrent dans leurs chaussures, anticipant les effets d'un quelconque courant d'air. Lorsque l'obscurité fut totale sous leur abri de fortune, Adèle se redressa lentement, mais conserva sa tête légèrement inclinée.

— C'est bon ! souffla-t-elle. Calque tes pas sur les miens. Ça va aller. On est ensemble.

Aïko ne put retenir une grimace en avalant sa salive et hocha le menton. Adèle fit un premier pas quand soudain, la main de son amie se referma autour de sa taille.

— Attends ! On devrait peut-être prendre nos armes, au cas où ça dégénérerait. Si les *Oni* ont choisi ce… ces *yōkai* pour protéger l'accès au Gardien, c'est qu'ils doivent être particulièrement coriaces.

Adèle se rangea à son avis. Coriaces, il ne faisait nul doute qu'ils l'étaient. Pourquoi n'y avait-elle pas songé ? Elle était si occupée à veiller à ce que la courtine fût correctement placée pour faire office de bouclier qu'elle en avait oublié son fleuret. La peur avait à ce point gangrené son cerveau que la posture défensive avait fini par occuper toutes ses pensées au détriment de l'offensive. Elles étaient des Pourfendeuses et ces créatures infernales n'étaient que des *yōkai*. *Que quelques centaines de yōkai* ! songea-t-elle avec une pointe de sarcasme. Les bras tendus et écartés au-dessus de sa tête, elle leva les yeux vers son poignet et ordonna mentalement à son fleuret d'apparaître. Aussitôt, le pommeau se logea dans son poing fermé, repoussa ses doigts crispés aux phalanges blanchies et la lame perfora la courtine.

— Merde ! jura-t-elle à mi-voix.

Elle se tourna vers Aïko et découvrit la double hache scintillante. Mieux préparée, son amie avait positionné sa main de sorte que le manche fut tourné vers le sol tandis que les lames courbes tournoyaient lentement entre leurs mollets.

— C'est bon, la rassura Aïko. La garde du fleuret obstrue le trou. Tout va bien !

— Non, attends.

Ce disant, Adèle abaissa lentement son coude et pinça le tissu effiloché entre son pouce et son index, si bien que ni l'air ni la lumière ne purent s'infiltrer entre le trou de la courtine et la garde. Elle tira lentement la lame tout en veillant à ajuster sa largeur à celle de l'accroc. Le geste fut lent et minutieux. Elle savait qu'au moindre écart, les *yōkai* qui infestaient les miroirs n'hésiteraient pas à se glisser dans la brèche. Quand il ne resta plus que la pointe du fleuret à l'extérieur, elle passa furtivement sa langue sur sa lèvre supérieure. Un frisson lui parcourut l'échine. Les créatures s'agitaient, battant bruyamment leurs membres osseux dans l'air et frappant le cadre des miroirs. Les yeux rivés sur les filaments vermeils qui se découpaient nettement sur le métal brillant, elle retint son souffle. D'un mouvement sec et précis, elle dégagea le fleuret puis referma le poing autour du tissu qu'elle enroula autour de son poignet.

Soulagées, les deux amies échangèrent un regard et s'autorisèrent de nouveau à respirer. Dans la semi-pénombre éclairée par le scintillement de leurs armes respectives, elles devinèrent plus qu'elles ne virent les sourires pâles qui s'étiraient sur leurs lèvres exsangues. La lueur ténue de la double hache et du fleuret leur permettait maintenant de se voir l'une et l'autre. Et aussi insignifiant que cela pût paraître, elles en éprouvèrent une maigre consolation.

— En route ! dit Adèle.

Elles eurent tout juste le temps de faire trois pas lorsqu'elles entendirent la voix puissante d'Emma résonner dans la salle. Altéré par la peur, son timbre était déchirant.

— Attention ! Il y en a partout !

Instinctivement, Emma attira Tadashi derrière elle et tendit le bras pour le protéger. Des centaines de créatures terrifiantes s'étaient accroupies sur le rebord de chaque miroir, un sourire carnassier plaqué sur leurs lèvres décharnées, et observaient de leurs orbites creuses le convoi. Le vent s'engouffra une nouvelle fois dans la salle et fit tournoyer leurs longues et filandreuses mèches de cheveux qui coiffaient leurs crânes grisâtres et burinés.

Les yeux exorbités et le menton tremblant malgré elle, Emma embrassait du regard ce spectacle macabre et horrifique qui se déployait autour d'Adèle et d'Aïko. Les deux êtres qui comptaient désormais le plus pour elle étaient devenus la cible d'une horde de *yōkai* et n'avaient pour bouclier qu'un vulgaire bout de tissu. Son cœur s'emballa et se mit à cogner furieusement sa poitrine.

Quant à Tadashi, si Emma le contraignait à ne pas regarder l'intérieur de la salle, ses connaissances en matière de *yōkai* lui permettaient de se représenter la scène. Son imagination d'enfant faisant le reste. Néanmoins soulagé de ne pas être obligé de les voir, il se pressa contre Emma. Son rat remonta le long de son bras et se fourra dans l'une de ses poches tandis que l'oiseau gracile se mit à émettre des pépiements suraigus ponctués de rapides battements d'ailes.

Soudain, une bourrasque plus violente que les autres, provenant de l'extérieur, s'engouffra dans le puits de lumière au-dessus de Seiryū. Une vague de chaleur puissante roula dans l'immense salle et les *yōkai* se mirent à pousser des cris pareils à des glapissements. Emma recula de trois pas et manqua de trébucher sur Tadashi. Elle s'agrippa à la paroi, glissa sa main dans celle de l'enfant et, l'entraînant à sa suite, se mit à courir dans le tunnel.

— Vite ! s'époumona-t-elle en tirant sur son bras pour le forcer à accélérer la cadence.

Les yeux du Dragon azur s'ouvrirent et les taches couleur miel qui mouchetaient ses iris lagon se mirent à tournoyer comme une coulée d'ambre dans un lac. La vitesse finit par tracer un fin liseré doré sur la vague minérale impétueuse qui emplissait ses orbites. Il ne tenta pas de se relever, mais une énergie nouvelle parcourut son corps. Ses écailles étincelèrent et un grondement sourd jaillit de sa gorge. L'air sembla voler en éclats comme une pluie de verre et des cris puissants provenant de la surface parvinrent jusque dans le souterrain. L'un de ses semblables venait de recouvrer la liberté.

Dans sa course effrénée, Emma jeta un coup d'œil par-dessus son épaule et sentit un liquide acide baigner le fond de sa gorge quand elle distingua les silhouettes immobiles d'Adèle et d'Aïko sous l'épaisse courtine bordeaux. À contrecœur, elle détourna la tête et allongea ses foulées.

Sous le tissu, les deux amies échangèrent un regard mêlé de terreur et de victoire. Un Gardien venait d'être libéré. Et ce n'était plus qu'une question de minutes avant que les *Oni* et tous les *yōkai* du château de Nijō ne se lançassent à leurs trousses.

CHAPITRE 34

Quelque part dans les profondeurs du château de Nijō, un Gardien avait été délivré de ses chaînes, mais ce fut à peine si Nayeli entendit la rumeur de sa libération. À bout de souffle, elle empoigna sa flèche et laissa son arc choir sur le sol. Le sang qui s'écoulait à gros bouillon de son avant-bras recouvrit l'empennage argenté de sa flèche d'une couche épaisse de liquide pourpre. Le regard braqué sur le *yōkai* penché au-dessus de Sebastian qui gisait à terre, elle n'éprouvait plus ni la peur ni la douleur qui la paralysaient jusqu'alors. Rien.

Impatient, le Phénix poussa un cri perçant. Le son cristallin fusa dans la pénombre, fracturant le silence assourdissant qui succédait à la bataille. L'air se craquela. Une énergie nouvelle galvanisa l'adolescente et tout son être se ranima aussi prestement que celui d'un moribond miraculeusement guéri. Les yeux rivés sur sa cible, elle ne voyait rien d'autre que cette abominable créature prête à donner le coup de grâce à son frère.

La fureur irrigua ses veines et prit le contrôle de son corps. Un grondement animal roula dans sa gorge soumise au silence. Elle se rua sur le *yōkai* tandis qu'il brandissait sa main au-dessus du torse de Sebastian. Pareils à des dagues souillées, les ongles démesurément longs et jaunâtres eurent tout juste le temps de lacérer la chemise de l'adolescent et d'entamer superficiellement sa chair quand la créature entendit le martèlement sourd des pas de la Pourfendeuse. Elle tourna brusquement sa tête monstrueuse vers elle. Le sourire carnassier qui lui barrait le visage disparut au moment où Nayeli la percuta de plein fouet. Aidée par son élan et le poids de son corps, la jeune fille enroula son bras autour des épaules aux os saillants du *yōkai* et bascula avec lui. Avant même de toucher le sol, elle planta rageusement la pointe de sa flèche entre ses clavicules. Une giclée de liquide noirâtre et visqueux moucheta son visage. D'un mouvement sec, elle sortit le trait de la chair putréfiée et ne sentit pas l'odeur nauséabonde qui s'en échappa avant de le renfoncer avec hargne.

Les bras du *yōkai* se refermèrent autour du torse de Nayeli. Une brûlure intense lui arracha une grimace de douleur quand les griffes creusèrent de larges sillons dans son dos. La chaleur du sang se mêla à celle de la plaie. Mais la souffrance ne l'affaiblit pas. L'adolescente n'en resserra que davantage sa prise. Une dernière fois, elle ressortit la pointe pour l'enfoncer plus profondément dans le corps. Ses doigts plongèrent dans la chair glacée et grumeleuse. Là encore, elle n'éprouvait ni répugnance ni peur. Elle ne songeait plus qu'au mouvement de la flèche qui entrait et sortait du *yōkai* et aux soubresauts de celui qui avait eu le dessein d'achever son frère inconscient.

Elle referma ses cuisses autour de ses côtes qui craquèrent sous la pression. Le *yōkai* brandit à nouveau son bras griffu. Mais avant qu'il ne réussît à l'atteindre, Nayeli saisit le corps de la flèche entre ses deux mains, prit un court élan puis l'enfonça une dernière fois dans le magma de chair, à l'endroit exact où devaient se trouver ses clavicules. L'épais liquide noirâtre qui recouvrait les plaies rendait invisible le point lumineux. Le regard plongé dans ses orbites creuses, elle balbutia des paroles inaudibles. Enfin, d'un geste assuré et chirurgical, elle pourfendit le *yōkai*.

Même lorsqu'il cessa de remuer et qu'elle eut la certitude de l'avoir vaincu, elle continua d'enfoncer et de retirer la flèche dans le corps affaissé. Cette fois, la peur, la peine, la haine et sans doute le soulagement prirent possession de la jeune Pourfendeuse. Son esprit relâcha la pression et laissa libre cours à sa rage. Des cris gutturaux étouffés lui brûlèrent la gorge et donnaient au tableau un aspect grotesque et pathétique. Quand elle n'eut plus la force de frapper, elle plongea une dernière fois la flèche dans la plaie en s'aidant du poids de son buste pour la planter le plus loin qu'elle put. Le visage à quelques millimètres de celui du *yōkai*, elle fouailla sa chair et ne s'arrêta que lorsque la pointe de la flèche racla la dalle en pierre.

Les épaules secouées par les sanglots, elle se balança d'avant en arrière au-dessus de lui et des larmes jaillirent de ses paupières tuméfiées. Elle lâcha son arme et posa ses mains ensanglantées et brûlantes sur le sol froid. D'un mouvement de hanche, elle se dégagea du corps en charpie et se hissa sur ses bras afin de ramper jusqu'à son frère. La vue brouillée, elle repéra la forme inerte de Sebastian.

Étendu sur le dos, son visage était tourné dans l'autre direction, si bien que, de là où elle était, il lui fut impossible de savoir s'il était encore en vie. Elle essuya prestement ses yeux dans le creux de son coude et les contours du décor qui l'entourait se firent plus nets. Quand son regard revint se poser sur son frère, son cœur manqua un battement. Puis deux. La jambe droite de Sebastian était broyée et gisait à quelques centimètres de son corps. Des éclats d'os couverts partiellement de sang avaient une teinte rosâtre et se mêlaient anarchiquement dans la chair écarlate. Des lambeaux de peau zébraient le membre et s'étiraient sur le sol comme de sordides guirlandes.

Elle réprima un haut-le-cœur et le choc tarit aussitôt ses larmes. Elle réunit tout ce qu'il lui restait de courage et s'approcha davantage. S'il y avait ne serait-ce qu'une chance qu'il eût survécu à pareille blessure, elle se devait d'être alerte afin de lui porter secours. Ignorant ses propres douleurs, elle se hissa au-dessus de son buste, glissa sa main sous sa joue et tourna délicatement sa tête. Son teint était blême et de minces filets de sang coulaient de ses narines. La gorge brûlante, elle approcha son oreille de ses lèvres et sentit un souffle épais chargé d'une haleine métallique glisser contre sa peau. Il était encore en vie. Sebastian était encore là, quelque part entre la vie et la mort. Mais il était là.

Elle essuya sa paume et ses doigts couverts d'hémoglobine contre ses vêtements puis plaça sa main devant les yeux hermétiquement clos de son frère.

— Ne me laisse pas, signa-t-elle une première fois.

Puis deux. Puis trois. Puis elle cessa de compter et continua ainsi, dans le silence épais et bourdonnant, jusqu'à ce que sa main se raidît et que ses muscles tendus fussent écrasés par des crampes douloureuses. Mue par l'énergie du désespoir, elle trouva la force de poursuivre malgré la souffrance.

Elle ne pouvait pas le laisser mourir. Pas maintenant, pas après tout ce qu'ils avaient traversé. Depuis son accident vasculaire cérébral des lobes frontaux survenu à l'âge de huit ans qui avait entraîné son mutisme, sa mère l'avait traitée comme un rebut dont il était urgent de se défaire. Et si son père n'en avait pas fait autant, c'était uniquement parce qu'il les avait abandonnés quelques jours avant qu'ils ne vinssent au monde. Prétendre que son AVC avait été un déclencheur du désintérêt maternel aurait été un mensonge. Il n'avait fait qu'accélérer un processus ancien et douloureux. Pour tous. Des mois durant, les jumeaux avaient été ballotés dans cet utérus hostile qui ne voulait pas d'eux depuis le début et qu'une loi contraignait à les porter malgré tout. Pourtant, après leur naissance, leur génitrice avait fini par réussir à créer un lien avec Sebastian. Un lien fragile, ténu, comme une corde élimée enroulée autour de son cou. Mais le frère avait souffert de ce favoritisme d'une violence inouïe. Favoritisme qui revenait simplement à être le moins rejeté des deux. Instinctivement, il avait repoussé cet amour vicié et ses liens avec sa sœur jumelle ne s'en étaient trouvés que renforcés.

Le front couvert de sueur, Nayeli continuait de signer devant les yeux clos de Sebastian et ses pensées la renvoyèrent plus d'une dizaine d'années en arrière.

Le souvenir vivace du clignotement régulier des néons suspendus au-dessus de son lit d'hôpital laboura sa mémoire. Elle pouvait encore sentir la chaleur de la main de son frère qui ne l'avait pas quittée. Personne n'avait réussi à le faire sortir de la chambre. Ce jour-là, quand elle avait rouvert les yeux, il s'était mis à pleurer. Sans vraiment comprendre ce qu'il se passait, mais habituée à éponger ses larmes comme il séchait les siennes, Nayeli avait essayé de prononcer quelques mots pour le consoler. En dépit de ses efforts, aucun son n'avait franchi ses lèvres. Sa gorge était brûlante et la douleur lancinante qui pulsait sous son front lui interdisait une nouvelle tentative. Elle pensait que c'était passager. Lui savait. Il avait entendu les médecins parler à leur mère. Il avait vu cette dernière s'effondrer et supplier les docteurs d'appeler les services sociaux. Elle avait hurlé dans le couloir qu'elle aimait son enfant, mais qu'elle ne pourrait plus s'occuper d'elle, que les moyens manquaient. Si Sebastian savait que l'argent était une denrée rare à la maison, il n'était pas dupe. L'amour manquait plus encore.

Sachant qu'il n'entendrait probablement plus jamais la voix de sa sœur, il avait approché sa bouche de son oreille et lui avait murmuré ceci : « À la vie, à la mort, fidèles et fraternels ». Cette phrase, ils l'avaient entendue dans le film *Lancelot* dont ils avaient trouvé le DVD en fouillant dans le vieux meuble télé. Chaque fois que leur mère s'absentait de la maison, ils abandonnaient leurs corvées et se laissaient tomber dans le canapé, la télécommande dans la main. La loyauté. Ils l'avaient acquise au prix fort et ne l'avaient jamais vue ailleurs que dans les films et les romans. Jusqu'à ce que leur chemin croisât celui des Pourfendeurs d'illusions.

Tout en continuant de signer, Nayeli articula ces mêmes mots qu'il lui avait dits comme une promesse sur son lit d'hôpital. Les yeux implorants arrimés au visage de son frère, elle les répéta encore et encore, et ses gestes prirent le relais de ses lèvres tremblantes.

Soudain, un nouveau cri jaillit de l'ombre. Le fond de la galerie souterraine formait un coude. Là-bas, une lueur bleu argenté éclairait faiblement les ténèbres. Quand le cri se répéta une troisième fois, Nayeli comprit que le Gardien l'appelait. Elle devait répondre à cet appel. Elle devait s'éloigner de son frère et accomplir leur mission. Ils étaient venus jusqu'ici pour libérer le

Gardien. Un dernier espoir enfla dans sa gorge comprimée par l'angoisse et un sourire pâle se plaqua sur ses lèvres. Suzaku était le Gardien de Sebastian. Ce qu'elle ne pouvait faire, lui le pourrait certainement. Elle jeta un coup d'œil vers son frère, déposa un baiser sur sa joue et lui caressa le front avant de signer une dernière fois devant son visage exsangue.

— ¡Te juro que si te mueres ahora, iré a donde sea que estes y te llevaré conmigo con o sin tu permiso, cabron de mi alma[31] !

Elle libéra l'arbalète du poing fermé de son frère, poussa un soupir et prit appui sur ses mains et ses genoux pour se relever. Elle étouffa une plainte lorsque ses membres se déplièrent. Les sens en alerte, elle jeta un dernier regard circulaire dans la salle jonchée d'une vingtaine de cadavres de *yōkai* contre lesquels ils s'étaient battus. Il fallait s'assurer qu'elle n'abandonnait pas son frère à d'autres créatures restées tapies dans l'ombre. Lorsqu'elle eut la certitude qu'ils étaient bel et bien les derniers survivants, elle se dirigea d'un pas raide vers le fond de la galerie, les yeux braqués sur la lueur bleue scintillante ténue qui luisait dans les ténèbres aussi férocement que son dernier espoir dans son corps et son âme meurtris.

---

[31] Je te jure que si tu meurs maintenant, peu importe l'endroit où tu te trouves, j'irai te chercher et je te ramènerai avec moi, avec ou sans ta permission, petit con de mon âme !

Le son bourdonnant d'un ruissellement continu dispersa le silence. À mesure qu'elle avançait, il se fit de plus en plus fort, si bien qu'au bout d'un moment, elle n'entendait même plus le bruit de sa propre respiration saccadée. Quand elle atteignit enfin le coude de la galerie, le vacarme était intense. Elle prit une profonde inspiration et plissa les paupières le temps de s'habituer à la lumière. Elle déglutit. Lentement, ses yeux s'écarquillèrent de stupeur.

Déployées de toute leur envergure, les ailes de Suzaku étaient clouées à la paroi et recouvertes d'une fine couche de boue. De son plumage flamboyant et vermeil, il ne restait presque plus rien. Son immense silhouette dégageait une lumière bleue et argentée puissante qui perçait par endroit la boue étonnamment craquelée. Une cascade d'eau saumâtre ruisselait sur ses plumes. Dans un enchaînement régulier et implacable, le liquide retirait la crasse et en ajoutait une nouvelle. Sans cesse. Nayeli comprit qu'il était à la fois retenu par les clous qui trouaient ses ailes et par la boue qui se régénérait sans fin, ensevelissant son corps. Le Gardien céleste enfermé dans les profondeurs de la Terre avait perdu toute sa superbe.

Elle fit un pas en avant et le Phénix darda ses prunelles noires vers les siennes. Soudain, deux coulées de lave allumèrent ses iris et se mirent à tournoyer à l'intérieur.

Son cœur menaçant de crever sa cage thoracique, Nayeli l'observa en silence, pétrie de respect, mais avec une détermination farouche. Le Gardien et la Pourfendeuse s'affranchirent des mots. Ils s'étaient compris. Leur accord était scellé.

Une vague de bonheur déferla dans les entrailles de l'adolescente et rejaillit sur ses lèvres qui s'étirèrent en un sourire. Elle soupesa l'arbalète et le rejoignit en quelques enjambées.

CHAPITRE 35

Les centaines de *yōkai* juchés sur leurs miroirs se balançaient mollement et anarchiquement d'avant en arrière ou d'un côté à l'autre. Si bien que l'ensemble donnait l'illusion d'un tunnel constitué de trois champs de blé retournés et secoués par le vent dont les épis auraient été troqués par des monstres. Ils attendaient le moment opportun pour se laisser choir et fondre sur Adèle et Aïko. Des hurlements stridents pareils à ceux des harpies emplirent l'immense salle. Le cœur battant, les Pourfendeuses se mirent à courir droit devant elles.

Les premiers assauts ne tardèrent pas à venir. Si la courtine empêchait les créatures de les réduire en cendres, elles n'en éprouvèrent pas moins l'ardeur de leurs attaques. Au contact du tissu brûlant, leurs mains, leurs chevilles et leurs pieds se couvrirent de plaques rouges. Malgré la douleur, elles continuaient à courir – en apnée et à l'aveugle – espérant atteindre le Gardien avant que les *yōkai* n'eussent raison d'elles. La chaleur les étouffant et la douleur lancinante irradiant leurs membres, elles émirent des plaintes couvertes par le vacarme infernal des *yōkai* qui rebondissaient contre la courtine.

— Protège-toi avec ton arme ! hurla Adèle en ralentissant.

Aïko se heurta contre son dos et chancela. *In extremis*, elle s'agrippa à la taille de son amie et, non sans mal, finit par recouvrer l'équilibre. La sueur qui perlait sur le front de la jeune femme plaquait sa frange blanchie par la poudre de riz. Sous l'épais tissu, l'air était suffocant. L'odeur acide de leur transpiration et le parfum salé de la peur roulaient comme des vagues de chaleur, s'alimentant l'une et l'autre.

Adèle grimaça de douleur et leva les yeux vers ses doigts cramoisis qui maintenaient la courtine au-dessus de sa tête. Elle serra les dents, redressa son fleuret à l'horizontale et enroula le tissu troué autour de la lame, de telle façon que ses mains ne furent plus au contact du tissu. À plat sous le pommeau et sous la lame, les doigts étaient désormais protégés. Elle sentait le sang pulser dans ses veines et son cœur enfler dans le fond de sa gorge. Si la douleur ne s'évanouit pas, au moins cessa-t-elle de croître. Aïko l'imita aussitôt. La hache et le fleuret prirent le relais de leurs bras affaiblis et de leurs mains meurtries. Adèle se repositionna, martelant nerveusement la dalle pour lutter contre les brûlures qui se répandaient sur leurs chevilles et la plante de leurs pieds. Le visage crispé, elle se tourna vers son amie.

— Maintenant, on court ! On ne s'arrête que lorsqu'on est hors de leur portée !

Aïko opina du chef. Sans attendre, elles s'élancèrent et malgré la terreur et la souffrance – ou peut-être grâce à elles – l'adrénaline se déversa dans leur corps, annihilant leurs sens, aiguisant leur instinct de survie et allongeant leurs foulées. À mesure qu'elles approchaient du Gardien, les cris des *yōkai* devinrent de plus en plus stridents. Elles comprirent qu'elles étaient enfin en sécurité quand le silence retomba brutalement dans la salle. Par précaution, elles firent encore quelques pas jusqu'à ce que la pointe de la chaussure d'Adèle butât contre un obstacle.

D'un même mouvement, elles ôtèrent la courtine épaisse et prirent une longue goulée d'air. Adèle resserra ses doigts autour du pommeau de son fleuret, pivota sur ses talons, inspectant les murs et le plafond couverts de miroir. Si leurs surfaces ondulaient encore comme celle d'une mer calme, les *yōkai* s'étaient à nouveau réfugiés à l'intérieur. Elle jeta un coup d'œil vers l'endroit où elles avaient laissé Emma et Tadashi. Ils n'étaient plus là. Avaient-ils été attaqués ? Avaient-ils décidé de s'enfuir ? Elle voulut en informer Aïko, mais sa gorge se noua. Les mots congelés qui y demeuraient captifs se rompirent silencieusement et enfoncèrent leurs éclats de cristal dans sa trachée. Elle déglutit douloureusement. *Pourvu qu'il ne leur soit rien arrivé*, songea-t-elle. La bourrasque glaciale qui s'engouffra dans le puits de lumière au-dessus du Dragon azur souleva sa chevelure dorée, balaya sa nuque mouillée par la sueur et la fit frissonner.

Quand elle se retourna, son cœur manqua un battement. Les yeux écarquillés, elle laissa glisser son regard le long du corps de Seiryū. Depuis l'autre extrémité de la salle, elle n'avait pas mesuré que le Gardien était à ce point gigantesque. Maintenu au sol par des anneaux larges et épais reliés à des chaînes, son corps dépourvu de pattes formait un « S ». Sa forme longiligne et massive rappelait celle d'un anaconda géant. Les écailles qui le recouvraient semblaient absorber la lumière de la lune blafarde et luisaient d'une lueur singulière pareille à un mélange de nacre et de pierre de lune aux reflets bleutés. Là où les anneaux métalliques enserraient le Gardien, un liquide turquoise suintait entre les écailles écartées par de profondes plaies. Des rigoles bleues scintillantes s'écoulaient lentement sur le métal et formaient des gouttes qui accéléraient puis suspendaient leur course quelques secondes avant de s'écraser dans des flaques azur.

Le cœur d'Adèle se crispa quand Aïko s'effondra devant son Gardien. Elle se précipita et tendit les bras pour la rattraper, mais retint son geste lorsque celle-ci tomba sur les genoux. Sidérée, Aïko observait le Dragon. Des larmes mouillaient son visage et creusaient des sillons sur ses joues souillées par le maquillage. Les sourcils noirs froncés de la Pourfendeuse formaient une barre horizontale au-dessus de ses yeux. Seiryū tourna la tête vers elle. Son crâne triangulaire était coiffé d'une sorte de couronne osseuse et palmée sur laquelle dansaient des reflets irisés. À chaque fois qu'il expirait, ses longues moustaches blanches ondulaient dans l'air. Comme deux rubans charriés par le vent, caressant le duvet azur qui recouvrait la partie supérieure de son corps.

Se gardant bien de prononcer le moindre mot, Adèle s'accroupit près de son amie et les observa en silence. Le Dragon plongea son regard cristallin dans celui de sa protégée et s'y arrima aussi fermement qu'une ancre s'enfonce dans le sable des profondeurs marines. Une langue de flamme bleue se mit aussitôt à tournoyer dans les prunelles d'Aïko. Adèle tressaillit en voyant son corps se raidir et ses lèvres se pincer. Elle posa sa main sur son épaule pour la ramener à elle, mais la Pourfendeuse n'eut aucune réaction. L'avait-elle même sentie ? Le cœur d'Adèle se mit à cogner furieusement dans sa poitrine quand une vague de froid glacial pénétra sa peau et brûla de l'intérieur ses doigts et sa paume. Qu'est-ce que le Gardien était en train de lui faire ?

Mais avant qu'elle n'eût le temps de comprendre ce qu'il se passait, le sol se mit à trembler et des clameurs affolées provenant de l'extérieur rompirent le charme.

— Guembu ! Suzaku ! hurlèrent des individus à la surface dans un concert de voix.

Tête baissée – comme si elle venait de sortir d'un songe – Aïko ferma ses paupières et se massa la nuque d'une main distraite pour recouvrer ses esprits. Adèle sentit l'étau se desserrer autour de sa gorge et se leva d'un bond afin de voir ce qui causait un tel vacarme à la surface. Elle se pencha au-dessus du corps meurtri de Seiryū qui se mit à s'agiter furieusement sans toutefois parvenir à se libérer de ses chaînes. En équilibre, elle leva la tête. Au bout de l'immense tunnel vertical fait de grosses pierres, la lune gibbeuse se découpait nettement sur le ciel nocturne. Les cris et les vociférations redoublèrent d'intensité.

Une lueur illumina faiblement le rond de ciel visible, puis de plus en plus, jusqu'à l'embraser tout entier. Soudain, des battements d'ailes couvrirent le tumulte et une brise ardente s'enfonça dans le tunnel avant de venir déposer un baiser brûlant sur son visage. Un sourire étira ses lèvres lorsqu'elle aperçut la silhouette flamboyante du Phénix. L'Oiseau de feu embrasa le firmament et disparut de son champ de vision, laissant une traînée d'étincelles vivaces dans son sillage. Nayeli et Sebastian avaient eux aussi accompli leur mission. Si Suzaku venait d'être libéré, cela signifiait que Guembu, la Tortue-serpent noire, l'avait précédé. Et plus important encore, cela signifiait qu'il ne restait plus qu'à rompre les chaînes qui clouaient encore Seiryū au sol afin que les trois Gardiens recouvrissent tous leur liberté.

Le Dragon azur émit un son caverneux et s'agita de plus belle. Chaque ondulation de son corps entravé creusait davantage les plaies béantes desquelles s'écoulait à gros bouillon le sang bleu. Brusquement, la peur se logea dans le ventre d'Adèle et fondit ses entrailles. À présent, les *yōkai* du château – et peut-être même les *Oni* eux-mêmes – ne tarderaient plus à les débusquer.

— Vite ! Il faut qu'on se magne ! s'écria-t-elle en rejoignant Aïko qui se relevait à peine. Ils vont tous débarquer d'une minute à l'autre !

Cette dernière se pencha pour ramasser sa hache à doubles lames, jeta un bref coup d'œil vers son amie et acquiesça d'un hochement de tête. Adèle empoigna l'une des lourdes chaînes pour repérer l'endroit où elle était rivée. Elle tenta de la soulever, mais malgré ses efforts, celle-ci resta irrémédiablement immobile. C'était comme si ses maillons étaient ancrés dans le sol. Elle se précipita vers le mur et tira sur l'anneau métallique enfoncé dans la pierre sous le puits de lumière. Elle leva la jambe, posa son pied contre le mur pour prendre appui et s'aida du poids de son corps pour le déloger. Ce faisant, elle scrutait le mur et cherchait un autre moyen, car elle avait bien conscience que si la force du Gardien n'avait pas suffi, la sienne n'y changerait rien.

— Viens m'aider, s'écria-t-elle en tournant la tête vers Aïko. Je ne sais pas comment…

Elle n'eut pas le temps d'achever sa phrase. Elle retint son souffle lorsqu'elle vit Aïko saisir le manche de sa hache. Un grondement sourd et caverneux roula dans le corps du Gardien qui se mit à s'agiter. Les mains jointes et les bras levés au-dessus de sa tête, la Pourfendeuse prit un court élan avant de frapper de toutes ses forces. Les lames scintillantes décrivirent un arc de cercle lumineux devant Aïko et s'enfoncèrent de quelques centimètres dans la dalle. Des éclats de pierre rebondirent sur les écailles du Gardien et la pluie minérale fouetta violemment les jambes d'Adèle. L'une des deux chaînes qui entravaient le cou du Dragon se rompit aussi facilement que s'il s'était agi d'une simple corde. Aussitôt, elle se mua en une sorte de racine d'arbre gigantesque avant de se désagréger jusqu'à n'être plus qu'un tas de poussières.

Le cou partiellement libéré, Seiryū se redressa brusquement. Une plainte jaillit de sa gorge quand il tourna sa tête massive vers les anneaux encore reliés aux chaînes qui le maintenaient prisonnier. Il tenta de nouveau de se dégager, en vain. Dans un élan désespéré, il ouvrit grand sa gueule et voulut atteindre le deuxième anneau, mais celui-ci demeurait hors de sa portée.

En voyant Aïko contourner Seiryū afin de rompre le deuxième lien qui retenait son cou, Adèle comprit que leurs armes de Pourfendeuses leur permettraient d'accomplir ce que le Gardien de l'Est avait été incapable de faire malgré sa puissance. Elle referma son poing sur le pommeau de son fleuret et trancha la chaîne qui lui entravait le bas du corps. Galvanisé, Seiryū s'agita de plus en plus énergiquement et ses mouvements gagnaient de l'amplitude à mesure que ses liens se désagrégeaient. Lorsque le dernier fut tranché, le Dragon azur s'enroula et se déroula sur lui-même avec autant de brutalité que de maladresse. Il était entravé depuis si longtemps qu'il peinait à reprendre possession de son corps et de sa puissance. Il tenta de se redresser, mais retomba sur le sol et roula sur la courtine qui gisait à terre. Adèle et Aïko sentirent un mélange de peur et de désarroi les envelopper tout entières. Étaient-elles arrivées trop tard ? Chaque fois que son corps frappait les dalles, la terre semblait trembler sous leurs pieds. Le vacarme qu'il faisait se répercutait en écho contre les grosses pierres humides. Elles reculèrent et se plaquèrent contre le mur, en bas du puits de lumière. Leurs armes au poing, elles regardèrent le Dragon, étendu sur le dos, se débattre dans le vide. Enfoncée dans les profondeurs de la Terre, la créature céleste ne ressemblait plus qu'à une sorte de serpent géant à l'agonie, s'entortillant sur lui-même, grotesquement encombré par sa propre taille.

Seiryū continua de rouler jusqu'à ce que, soudain, sa tête se trouvât face au trou qui menait à l'extérieur. L'astre gris coulait sa lumière blafarde sur les grosses pierres humides. Des racines sillonnaient dans les interstices, laissant éclore çà et là des bouquets de plantes grasses. Lorsque la lune gibbeuse se refléta dans les yeux du Dragon azur, une lueur illumina ses iris et une secousse violente le traversa de part en part. Son corps enfla comme s'il prenait une profonde inspiration, se gorgeant de la lumière de l'astre. Ses plaies s'écartèrent, laissant les rayons de la lune s'infiltrer entre ses écailles et lui insuffler une énergie nouvelle. Il tourna la tête vers Aïko et la dévisagea.

— Sauve-toi, souffla-t-elle.

En guise de réponse, Seiryū ferma ses paupières et les rouvrit lentement. Il arrima de nouveau son regard à l'astre de nuit, recula doucement sa tête comme pour prendre son élan, puis s'élança dans le conduit. La vélocité du Gardien créa un courant d'air qui souleva la chevelure dorée d'Adèle et fit danser les mèches rebelles qui avaient fini par se désolidariser du chignon d'Aïko. Les vêtements plaqués contre leurs corps raides, les deux amies s'enlacèrent dans une étreinte protectrice.

Les yeux plissés, la plus âgée leva la tête et vit le Dragon azur onduler le long du puits en heurtant maladroitement les parois humides avant d'atteindre la surface. À l'extérieur, des hurlements teintés d'admiration et de terreur accueillirent l'apparition du Gardien. Libéré de ses chaînes et flottant dans le ciel nocturne, le corps de Seiryū se régénéra instantanément. Devant les portes de son royaume, il retrouva toute sa puissance. Il jeta un dernier coup d'œil vers ses sauveuses en contrebas, puis s'enfonça dans la voûte céleste. Adèle et Aïko l'observèrent sans ciller jusqu'à ce qu'il ne formât plus qu'un minuscule ruban scintillant dans la nuit d'encre. Il disparut, balayant les nuages et rallumant les étoiles dans son sillage.

CHAPITRE 36

Le souffle court et le cœur battant dans le fond de sa gorge, Adèle déglutit. Elle saisit Aïko par les épaules et d'un regard la passa au crible. Elles allaient bien, elles avaient survécu. Pour le moment. Un peu comme celui qui se jette du haut d'une tour et qui, durant sa chute, se répète inlassablement « Jusqu'ici, tout va bien ». Car il est de notoriété publique que cinq minutes avant de mourir, on est encore en vie.

Soucieuse, Adèle tourna la tête vers l'immense salle. Elles allaient devoir quitter cet endroit et, pour ce faire, il n'y avait pas d'autres options que celle de revenir sur leurs pas.

— T'es prête ? souffla-t-elle.

Aïko suivit son regard. Blême et le cœur au bord de la rupture, elle lorgna les centaines de miroirs fixées au plafond. Lentement, ses yeux glissèrent le long des murs et vinrent se poser sur le sol. Elle secoua la tête.

— Non...

Désarçonnée par sa réponse, Adèle fronça les sourcils et la dévisagea. Ce n'était pas le moment de se décourager. Elles avaient accompli leur mission et, visiblement, leurs compagnons y étaient également parvenus.

— Comment ça, « non » ? C'était une foutue question rhétorique. On a réussi à libérer les Gardiens, Aïko ! Maintenant, on doit se casser d'ici au plus vite, retrouver les autres et rentrer au bercail.

— Ça, je le sais, répondit son amie d'une voix éteinte. Mais on est coincées ici. Le puits est beaucoup trop profond et il n'y a pas assez de prises. Quant à l'autre issue…

Elle n'eut pas le courage d'achever sa phrase. À la place, elle se contenta de désigner les lambeaux de la courtine dont une partie gisait sur les marches et l'autre sur les dalles.

Soudain, une douce lumière coula sa liqueur orangée dans les profondeurs du puits. À peine eurent-elles le réflexe de lever la tête vers la surface que les premiers rayons du soleil au zénith illuminèrent leurs visages couverts de sueur et de crasse. Aveuglées par les feux inopinés de l'astre, elles plissèrent les yeux et prirent une profonde inspiration. L'Armée des *Shijin* avait réussi. Maintenant que les Gardiens avaient recouvré leur liberté, les aiguilles du cadran cosmogonique s'étaient affolées, rattrapant leur retard. La valse lente du soleil et de la lune allait enfin reprendre son cours. Grâce aux Pourfendeurs d'illusions, la poutre d'acier que les *Oni* avaient coincé dans l'engrenage du cycle naturel avait fini broyée par la puissance des Gardiens.

Adèle enroula son bras autour des épaules frémissantes d'Aïko, la pressa contre elle et déposa un baiser sur son front. Une larme brûlante roula sur sa joue glacée et se perdit dans la frange de son amie. Si elles avaient réussi à accomplir leur mission de

Pourfendeuses, elle prit conscience qu'il lui serait impossible de tenir sa promesse faite à Yūri. Elles étaient condamnées à attendre que les *Oni* et tous les *yōkai* qui pullulaient dans le château de Nijō vinssent les cueillir. À elles deux, elles n'auraient pas assez de force pour les vaincre. Au mieux, elles pourraient en pourfendre quelques-uns. Mais ils auraient tôt fait de les surpasser en nombre et elles n'avaient pas la moindre idée de ce qu'il était advenu de leurs compagnons. S'ils étaient encore en vie – et cela demeurait une hypothèse – peut-être qu'ils avaient été pris en chasse et s'étaient vus contraints de s'enfuir du château sans attendre. Peut-être étaient-ils trop grièvement blessés pour leur porter secours ? Quant aux *geiko*, sans le peigne, elles n'avaient plus aucun moyen de les alerter.

— On est ensemble, lui dit-elle. Ça va aller.

Elle n'en croyait pas un mot, pourtant elle ne pouvait se résoudre à formuler à voix haute ce qui les attendait. Mais Aïko était intelligente et à la manière dont elle lui rendit son étreinte, Adèle sentit les larmes monter. Lorsque les cris redoublèrent à la surface, cette dernière leva les yeux et découvrit les silhouettes de plusieurs individus penchées au-dessus du puits. Elle recula tout en attirant Aïko vers elle afin de sortir de leur champ de vision. Doucement, elle posa sa main tremblante contre l'oreille et la joue de son amie et la caressa comme l'on cajole un enfant pour l'apaiser.

— Il faut choisir, murmura Aïko dont la voix fracturée par la peur ne parvenait plus à émettre de son. Soit on les attend ici et on se bat, soit on se livre aux *yōkai* des miroirs.

Adèle tressaillit et resserra son étreinte quand les sanglots de son amie mouillèrent son épaule.

Aïko se racla la gorge en désignant les rangées de miroirs et reprit :

— Ceux-là nous promettent une mort bien plus rapide. Au moins, on sait ce qui nous attend…

Adèle lui essuya la joue. Le regard rivé sur la courtine déchirée, elle se mordit l'intérieur de la joue, cherchant désespérément à mettre de l'ordre dans ses idées. Son instinct de survie fit tourner son cerveau à plein régime pour trouver une autre solution. N'en trouvant aucune, l'angoisse continua à gagner du terrain. Elle plongea son regard dans celui de sa meilleure amie et s'apprêtait à lui demander pardon pour n'avoir pas réussi à tenir sa promesse, quand brusquement des sifflements aigus et sourds fendirent l'air.

Aussitôt, les deux Pourfendeuses tournèrent la tête vers le fond de la salle et virent une dizaine de miroirs se briser. Des gerbes de verre jaillirent des cadres accrochés aux murs et au plafond avant de retomber en pluie drue sur le sol. Le vacarme assourdissant emplit toute la salle et s'amplifia en roulant contre les parois du puits de lumière. S'attendant à voir surgir les *Oni* ou les *ungaikyō* sous l'averse minérale, elles empoignèrent leurs armes. Bien que terrifiées, elles s'arcboutèrent instinctivement sur leurs jambes et se mirent en position de combat.

Les yeux écarquillés de stupeur, elles virent alors les miroirs brisés vomir les créatures qui y étaient tapies. Une flèche logée en travers de leur buste rachitique ou dans le crâne, les *yōkai* traversèrent les cadres et disparurent dans les éclats de tain.

— C'est quoi ce bordel ? lâcha Adèle, sidérée.

Aïko secoua la tête en signe d'incompréhension. Mais quand les derniers morceaux de verre s'écrasèrent sur le sol, l'espoir délogea la peur de leur cœur et l'adrénaline irrigua leurs membres engourdis par la fatigue, le froid et la terreur. Devant elles se dressait la troupe de *geiko* au complet. Enveloppées dans leurs kimonos d'apparat dont elles avaient fendu le tissu sous les bras et le long des cuisses afin de faciliter leurs mouvements, une vingtaine d'entre elles se déploya au fond de la salle. Tandis que celles-ci bandaient à nouveau leurs arcs, leurs sœurs d'armes achevaient les *yōkai* étendus sur le sol. D'un geste chirurgical et synchronisé, elles enfoncèrent la pointe de leurs flèches entre leurs clavicules et les pourfendirent. Au même instant, dans un enchaînement rapide et précis, les archères en position exécutèrent en accéléré chaque phase du *Kyūdō* puis une nouvelle volée de flèches fendit l'air.

— Emma, marmonna Aïko en la voyant apparaître au milieu des *geiko*.

— Ils étaient simplement allés chercher de l'aide pour nous sortir de là, soupira Adèle comme pour elle-même.

Son regard croisa celui de Tadashi, son rat sur l'épaule et son colibri se déplaçant à vive allure autour de sa tête. L'enfant tenait fermement la main d'Emma. Le visage d'Adèle s'illumina. Ils étaient en vie et ils ne les avaient pas abandonnées à leur sort.

À mesure que les miroirs se brisaient, les *geiko* gagnaient du terrain et se déployaient dans l'immense salle. Les archères laissaient le temps aux autres d'achever les *yōkai* délogés et profitaient de ce laps de temps pour répéter inlassablement les huit étapes du *Kyūdō*. Elles ne devaient pas manquer leur cible. Elles savaient qu'elles n'avaient pas le droit à l'erreur, pas d'autre choix que la victoire. Un seul écart, un seul faux pas, et la mission de sauvetage terminerait en un brasier humain géant.

Lorsqu'elles brisèrent les derniers miroirs, Adèle et Aïko attendirent que la pluie de verre cessât puis se ruèrent sur les corps des *yōkai* qu'elles pourfendirent à leur tour. Quand Aïko retira sa hache du corps du dernier cadavre, Emma se précipita vers elle et la prit dans ses bras. Sans se soucier des regards, elles s'embrassèrent, longuement, imprimant leurs lèvres brûlantes contre celles de l'autre. Emma sourit et leurs bouches qui se réclamaient l'une l'autre se séparèrent. Le cœur agité, elle déposa le peigne orné de la feuille de ginkgo dans le creux de la main d'Aïko avant de s'écarter. Les yeux pétillants, celle-ci lui rendit son sourire.

— Merci, dit maladroitement Adèle en s'adressant à toute la troupe.

Le mot était faible et lui sembla ridicule, mais aucun autre ne lui venait à l'esprit. Car il était de ceux dont l'usage abusif avait fini par annihiler le véritable sens et la valeur profonde.

— On n'allait quand même pas vous laisser vous la jouer à la *Frodon* et *Sam* flanqués de quelques centaines de Golums ! plaisanta Emma. Vous avez assuré !

— Tous les Gardiens ont été libérés, confirma une voix familière.

Adèle tourna la tête et reconnut Mayumi.

— Pour le moment, je n'ai vu que Rachel et Fergus, reprit Emma. Ils se sont planqués dans le jardin zen – qui à mon humble avis n'a de zen que le nom – et nous y attendent. Enfin, il y a quinze, vingt minutes, ils y étaient encore.

— Le jardin zen de Ninomaru, précisa la *geiko*. Il y en a plusieurs, alors autant être précise pour éviter toute confusion.

— Aucune nouvelle de Sebastian et Nayeli ? s'enquit Aïko.

L'air contrit, Emma répondit par la négative d'un mouvement de tête.

— Et de Yasuke et d'Itazura ? renchérit Adèle, inquiète.

— Ils ne devraient plus tarder, dit Emma d'un ton qui se voulait encourageant. Si ça se trouve, ils sont déjà tous là-haut à nous attendre.

— Elle a raison, intervint Mayumi. Suivez-nous, on va vous escorter jusque là-bas.

Sans se consulter, les *geiko* empoignèrent fermement leurs arcs et encerclèrent les trois Pourfendeuses et Tadashi qui refusait obstinément de s'éloigner d'Emma. Les bris de verre crissant sous leurs semelles, les archères avançaient têtes baissées et les yeux mi-clos de façon à ne pas se laisser duper par ce qu'elles voyaient. Si elles semblaient baisser la garde, il n'en était rien. Tous leurs autres sens étaient en éveil, leurs esprits entièrement tournés vers leur ressenti.

Lorsqu'elles atteignirent enfin le fond de la salle, les *geiko* retirèrent leurs sandales en bois criblées de tessons et les abandonnèrent. Les pieds recouverts de leurs bas blancs, elles allongèrent leurs foulées. Entourés des archères, les Pourfendeuses et l'enfant calquèrent leurs pas sur ceux de leurs protectrices. Les claquements de leurs kimonos et le bruit feutré des frottements de tissus rappelèrent les battements d'ailes d'une nuée d'oiseaux en plein vol.

En rangs serrés, la troupe s'enfonça dans les entrailles labyrinthiques du château de Nijō.

CHAPITRE 37

La lumière éblouissante du soleil aveugla la tête de la troupe lorsqu'elle franchit les portes du palais de Ninomaru. Secondée par Tadashi, Mayumi avait emprunté des raccourcis et des passages dérobés pour guider les Pourfendeuses jusqu'au jardin zen où elles devaient rejoindre leurs compagnons. Alors qu'Adèle s'attendait à se retrouver projetée dans un vacarme étourdissant fait de cris de terreur et de fureur, elle fut saisie par le silence épais qui les accueillit. Elle n'entendait plus que le froissement de leurs vêtements, le bruit de leurs pas ainsi que les respirations saccadées de ses amies et des *geiko* qui cherchaient à reprendre leur souffle après leur course effrénée. La tension serra un nouveau cran autour de la troupe qui redoubla de vigilance. De leurs mains gantées, les archères saisirent une flèche qu'elles encochèrent lentement sur la corde de leur arc sans le bander.

Encore aveuglée par la lumière puissante du soleil qu'elle n'avait pas revu depuis leur départ de la Nouvelle-Zélande, Adèle plissa les paupières pour laisser à ses pupilles le temps de se réhabituer progressivement. Le fleuret dans sa main droite, elle leva son bras libre qu'elle plaça en visière contre son front. Elle se mordit l'intérieur de la joue et jeta un coup d'œil alentour. Nulle trace de Rachel ni de Fergus. Des frissons remontèrent le long de son échine avant de s'écraser contre sa nuque comme la houle sur le flanc escarpé d'une falaise. Mais ce qu'elle vit alors lui coupa le souffle. Un immense bassin troué de trois îles verdoyantes étalait sa palette de couleurs et secouait son parfum. Les feux de l'astre solaire éclairaient la cime des pins miniatures et ravivaient l'éclat rose et blanc des quelques cerisiers en fleurs qui ajoutaient une teinte délicate au dégradé de verts sylvestres. De nombreuses pierres grises étaient savamment disposées sur ce paysage que les mains de l'homme avaient sculpté et dompté sans rien laisser au hasard.

Les yeux harponnés par ce spectacle hypnotisant ponctué de pépiement d'oiseaux, Adèle fit quelques pas et huma les parfums doux, boisés et suavement fruités de la sève qui exsudait des troncs fins et tordus ainsi que celui des fleurs qui piquetaient le jardin. Alors qu'à l'extérieur du château la nature était encore roussie par l'automne et commençait à peine à basculer en hiver, le printemps semblait d'ores et déjà installé au cœur de ce jardin luxuriant.

— Comment est-ce possible ? souffla Aïko, stupéfaite.

— Les *Oni* ponctionnaient la vitalité des Gardiens pour les affaiblir et pour accroître leur propre puissance, répondit Mayumi. Si le reste du monde en a été privé, un tel flux d'énergie a probablement dû nourrir la nature sous laquelle ils étaient retenus prisonniers.

— Ce printemps est un leurre, marmonna Adèle comme pour elle-même.

Plus qu'un leurre, ce paysage n'était rien de plus qu'un vulgaire trompe-l'œil. La vie avait fleuri au-dessus des quatre Gardiens célestes à l'agonie. Ce décor factice avait de quoi endormir la méfiance des gens et leur faire oublier le chaos qui régnait hors les murs et partout ailleurs sur Terre.

Les Pourfendeuses avancèrent prudemment jusqu'au bassin et les *geiko* suivies de leurs apprenties se déployèrent en arc de cercle derrière elles, formant un rempart humain hérissé d'arcs et de flèches.

— On est là ! s'écria une voix chaude et familière.

Adèle, Aïko et Emma tournèrent la tête dans la direction d'où provenait le son et découvrirent la silhouette massive de Fergus. Si elles ne l'avaient pas vu jusqu'alors, c'était simplement parce que l'Écossais s'était réfugié sur l'île la plus proche du palais avant de se dissimuler derrière les troncs entrelacés de trois cerisiers en fleurs. Au-dessus de lui, les branches les plus fines ployaient sous le poids des *sakura* agglutinées et retombaient en cascade. Les plus épaisses s'étiraient vers le ciel azur ou traçaient des lignes horizontales. Le moindre courant d'air secouait les ramures fleuries qui laissaient alors s'échapper des pétales rose et blanc dans une valse lente pareille à celle des flocons de neige sur un paysage verdoyant.

En quelques enjambées, Adèle s'écarta du groupe et s'approcha du bord du bassin.

— Rachel est avec toi ?

En guise de réponse, Fergus glissa son bras entre les branches des cerisiers et souleva le rideau floral. Rachel était assise à même le sol, le dos appuyé contre les troncs entrelacés. Adèle sentit son cœur bondir contre ses côtes lorsqu'elle aperçut les traînées de sang qui maculaient son cou et les éclaboussures sombres qui souillaient ses vêtements. Son teint blême rivalisait avec les notes blanches des sakuras qui l'entouraient. Les bras tendus et posés sur ses genoux repliés, elle avait rejeté sa tête en arrière et semblait à bout de force. Seule la blancheur de ses phalanges qui enserraient ses dagues souillées de sang de *yōkai* trahissait sa volonté farouche et inébranlable de survivre. Ses poings fermés hurlaient à son corps que le combat n'était pas terminé, qu'elle n'en avait pas fini.

Emma – flanquée de Tadashi qui ne la lâchait plus d'une semelle – et Aïko rejoignirent Adèle. D'un même mouvement, les archères pivotèrent sur leurs talons et les suivirent à reculons de façon à resserrer les rangs et à couvrir leurs arrières. Les sens en alerte, elles sondaient l'atmosphère afin de déceler la moindre variation annonçant l'imminence d'une attaque. Et bien qu'elles n'entendissent rien d'autre que les chants réguliers de l'eau et du vent, le bruissement de la flore et le pépiement des oiseaux, elles redoublèrent de vigilance. Elles avaient appris à se méfier du calme et du silence.

— Où sont les autres ? s'enquit Emma.

— J'ai pas vu revenir les gosses ! lâcha Fergus d'un ton qui trahissait son inquiétude, mais on a libéré Guembu très vite. Quand on est arrivés ici, on a vu le Phénix et le Dragon azur. Tous les Gardiens ont été libérés !

— Toujours aucune nouvelle de…

Adèle n'eut pas le temps d'achever sa phrase que l'air sembla se dilater brusquement. Reconnaissant le phénomène pour l'avoir expérimenté plusieurs fois, un sourire se dessina sur ses lèvres. Aussitôt, les archères bandèrent leurs arcs et orientèrent leurs flèches vers un point invisible que leurs sens et leur intuition exercés leur indiquaient. Adèle se plaça devant elles et brandit ses bras pour attirer leur attention et les empêcher de tirer. Elle avait reconnu l'arrivée fracassante du *kyūbi*.

— Ceux-là sont avec nous ! s'écria-t-elle en faisant signe aux *geiko* et à leurs apprenties d'abaisser leurs armes.

Aïko vint se placer à ses côtés et traduisit immédiatement les paroles de son amie. Méfiantes, les archères débandèrent leurs arcs, mais conservèrent la flèche dans son encoche, prêtes à tirer. Il y eut un crépitement juste avant que le gigantesque *kyūbi* apparût, ses neuf queues enroulées autour de lui. Sidérées, les archères reculèrent d'un pas. C'était la première fois qu'elles parvenaient à voir un *yōkai* de leurs propres yeux. Et si elles n'en avaient jamais combattu de si puissants, la réputation de celui-ci ne leur était pas inconnue. Malgré les paroles rassurantes d'Adèle, elles pincèrent leurs flèches sans le quitter des yeux.

Les iris mordorés de la créature se plantèrent sur la troupe et étincelèrent d'une lueur menaçante. Elle avait décidé de se rendre visible et, qui plus est, sous sa forme originelle. Lentement, elle déplia ses queues, révélant la silhouette de Yasuke. Impressionné, le samouraï observa la rangée de guerrières puis son regard glissa sur Fergus et Rachel avant de se poser sur les trois Pourfendeuses qui lui faisaient face. Au moins aussi admiratives qu'il l'avait été en les voyant, les archères demeurèrent bouche bée. Elles avaient reconnu le célèbre samouraï noir dont elles avaient entendu parler durant leur instruction auprès de l'*okāsan*. Si cette dernière leur avait inculqué quantité de choses à savoir sur les Pourfendeurs d'illusions et sur les quatre Gardiens, elle n'avait jamais mentionné le fait que l'Armée des *Shijin* comptait également un homme âgé de plus de cinq siècles – et s'était bien gardé de leur dire que son compagnon de voyage était un *kitsune* à neuf queues.

— Tenez-vous prêtes, dit le samouraï en faisant mouliner son katana et en sondant les cieux. Les *Oni* ne devraient plus tarder.

— Sebastian et Nayeli ne sont toujours pas là, l'informa Emma.

Les yeux levés vers le ciel, Yasuke plissa les paupières et sa mâchoire se crispa sensiblement. Le casque noir surmonté de cornes qui protégeait son crâne semblait absorber la lumière puissante du soleil. Aïko renchérit.

— Quant à Rachel, elle est dans un sale état. Les Gardiens sont libres, on doit partir d'ici.

Brusquement, le guerrier leva la tête et accusa un frisson.

— Pourtant, on n'a plus le choix ! Venez vous battre ! tonna Yasuke à l'adresse de Fergus et de Rachel en plantant la pointe de son katana dans l'herbe rase.

Adèle suivit son regard et pivota sur ses talons. Éblouie par l'astre de feu, ses yeux larmoyèrent. Soudain, elle remarqua quelque chose d'inhabituel. Quatre boules de flammes rougeoyantes roulèrent dans le ciel comme des soleils crachés et se dirigeaient droit sur eux. Les *Oni*. À cette allure, ils seraient là dans moins d'une poignée de minutes. La troupe s'écarta de façon à ne pas être percutée comme des quilles dans une partie de bowling infernale. Réunissant leurs forces, Fergus et Rachel bondirent dans le bassin et entamèrent leur traversée à gué.

Une odeur pestilentielle de cadavre en voie de décomposition emplit l'atmosphère. Adèle contint un nouvel élan de nausée et une douleur fulgurante lui vrilla le poignet. Accusant le coup, elle balaya du regard les environs. C'est alors qu'elle distingua les silhouettes brumeuses d'une horde de *yōkai* jaillir des portes et des fenêtres du palais. La cour attenante au jardin zen en vomit une autre flopée. Maintenant que leurs maîtres arrivaient, les sous-fifres des *Oni* entraient en scène. Adèle déglutit. La gorge brûlante, elle se tourna vers Mayumi.

— Une centaine de *yōkai* arrive ici et là, l'informa-t-elle en désignant l'endroit où la brume s'épaississait. Maintenez-les à distance le plus longtemps possible, tuez tous ceux que vous pouvez. Nous, on s'occupe des *Oni*.

— Comptez sur nous !

Mayumi brandit son arc et ordonna à la troupe de se mettre en formation en leur montrant les différents endroits d'où venaient les *yōkai*. Aussitôt, les archères se déployèrent. Des *geiko* formèrent une ligne serrée devant la cour et la porte du palais, laissant toutefois un mètre entre chacune d'elles. Si elles ne voulaient pas manquer leurs cibles, elles devaient veiller à conserver assez d'espace afin d'exécuter leurs mouvements amples. D'autres grimpèrent sur le toit pentu de l'édifice aussi aisément que si elles avaient été dotées d'ailes invisibles. Défiant les lois de la gravité et de la pesanteur – comme poussés par un souffle divin – leurs pieds effleurèrent à peine la façade et leur vitesse d'ascension augmenta.

Tadashi enroula ses bras autour de la taille d'Emma et se mit à trembler. S'il ne voyait pas tous les *yōkai* avec la même précision que les Pourfendeurs d'illusions, il apercevait néanmoins leurs silhouettes spectrales avancer comme une houle de brume. La jeune femme déglutit, décrocha les bras de l'enfant qui l'enserraient et s'agenouilla devant lui.

— Rejoins l'île où étaient nos amis tout à l'heure, dit-elle à grand renfort de gestes pour rendre intelligibles ses propos. Reste allongé, cache-toi derrière les grosses pierres dressées. Bouche tes oreilles, ferme les yeux et compte. Compte jusqu'à ce que l'un de nous vienne te chercher. Ne t'arrête que lorsque nous serons à tes côtés.

Incrédule et terrifié, le petit garçon la dévisagea sans un mot. Face à l'urgence de la situation, Aïko saisit la main de l'enfant et se mit à courir vers le bord du bassin en l'entraînant dans son sillage. Elle traduisit alors sommairement les recommandations d'Emma qui courait à leurs côtés, car l'autre main du petit garçon refusait de se détacher de son pull.

— Fergus ! héla Emma à l'homme qui se trouvait encore au milieu du bassin. Mets-le gosse à l'abri sur l'île et rejoignez-nous ! Magne-toi !

Elle s'accroupit, serra l'enfant en pleurs dans ses bras avant de déposer un baiser sur son front. Plongeant son regard dans le sien, elle s'adressa de nouveau à lui.

— Fais-moi confiance. Je viendrai te chercher.

Cette fois, Tadashi n'eut pas besoin d'interprète. Le ton de la voix et les gestes de la Pourfendeuse étaient un langage universel. Il inclina légèrement la tête et desserra l'étreinte de ses doigts.

Dans sa poche, quelque chose roula en émettant un couinement. Au moment où la tête pointue du rat en sortit, le colibri voletait déjà au-dessus de la tête de Fergus qui tendait les bras vers le petit garçon.

CHAPITRE 38

Aux côtés de Yasuke et du *kyūbi*, Adèle sentit le pommeau de son fleuret glisser dans ses mains et son ventre se tordre. Même leur présence ne parvenait pas à la rassurer. Où étaient Nayeli et Sebastian ? Que leur était-il arrivé ? Le souvenir terrifiant du cauchemar dans lequel elle avait vu les *Oni* pour la première fois s'incrusta dans ses rétines fracturées par la peur. Les yeux rivés sur les boules de feu qui grossissaient à mesure qu'elles approchaient, elle essuya ses paumes moites contre son pantalon et jeta un coup d'œil vers ses deux amies qui les rejoignaient déjà au pas de course. Armes aux poings, Fergus et Rachel sortirent du bassin, trempés jusqu'aux os, et leur emboîtèrent le pas. Nettoyées par l'eau, les plaies de la Pourfendeuse étaient désormais visibles sur son cou et, de nouveau, du sang se mit à couler. Trois entailles parallèles laissaient deviner qu'elle avait été griffée par un *yōkai* durant le sauvetage de la Tortue-serpent noire. Leur profondeur avait causé une sérieuse hémorragie, mais pas assez pour lui coûter la vie. Par chance, l'aorte et la jugulaire n'avaient pas été touchées. Adèle déglutit et se mordit les lèvres avant de jeter un coup d'œil vers Yasuke.

— Putain, mais il est où Byakko ?

— Il ne viendra pas, répondit-il d'un ton lapidaire.

Adèle tourna brusquement la tête vers lui. La chaleur que dégageaient les boules de feu en approche se plaqua sur son visage et s'engouffra dans ses lèvres entrouvertes et ses narines. Elle eut la sensation de respirer du magma en fusion et de brûler de l'intérieur. La douleur lui arracha une grimace.

— C'est une blague ? Ils vont nous laisser nous démerder contre ces monstres ?

— Leur mission est de protéger les cieux, la nôtre est de les servir.

— Mais on va se faire laminer la gueule ! intervint Emma.

— On n'aura aucune chance de les vaincre sans leur aide ! s'époumona Adèle pour couvrir le vacarme des flammes.

Yasuke échangea un regard de connivence avec Itazura et inclina doucement la tête. Il prit une profonde inspiration et esquissa un sourire empreint de tendresse au *kyūbi* juste avant qu'il ne disparût. La stupeur se lut sur le visage d'Adèle qui croyait jusqu'alors pouvoir compter sur la puissance par neuf fois séculaire du *yōkai*.

— On en aura une si l'Armée des *Shijin* est au complet et reste soudée, reprit-il. Pour l'heure, contentez-vous de survivre. Nos Gardiens ne nous abandonneront pas à notre sort.

Adèle sentit son pouls marteler ses tempes et les serres de l'angoisse crever ses entrailles. Justement, ils n'étaient pas au complet. Nayeli et Sebastian n'étaient pas réapparus. Avaient-ils même survécu ? Avaient-ils tout juste eu le temps de libérer Suzaku avant de succomber à leurs blessures ? Après tout, sans le secours des archères, Aïko et elle n'auraient jamais pu regagner la surface et leurs cendres seraient probablement en train de se disperser aux quatre coins de l'immense salle aux miroirs. Quant à Rachel, il n'y avait qu'à la regarder pour comprendre que le seul fait qu'elle tînt encore debout relevait du miracle. Elle jeta un rapide coup d'œil vers les *geiko* et les *maiko* dont les flèches décochées avec la régularité d'un métronome formaient une pluie de bois et de métal, atteignant leurs cibles, toujours plus nombreuses. Combien de temps arriveraient-elles à tenir la Faucheuse en respect ?

Un hurlement l'arracha de ses pensées. Les quatre boules de feu percutèrent de plein fouet le sol qui trembla sous les pieds des Pourfendeurs d'illusions. L'impact fit jaillir des gerbes de terre qui s'élevèrent au-delà du toit du château. Peu à peu, les flammes rougeoyantes cessèrent d'onduler dans le désordre et se réunirent jusqu'à épouser les contours des silhouettes titanesques qui se formaient lentement. Au bout de quelques secondes, les dernières flammèches léchèrent la peau bleue des *Oni* et finirent par la pénétrer totalement. Les longues cornes noires qui saillaient de leur crâne étaient aussi affûtées que les crocs proéminents et pointus qui ourlaient leurs lèvres épaisses. Leurs muscles qui semblaient avoir été taillés dans du granit se contractaient au moindre de leurs mouvements. Leurs bras massifs se terminaient par une massue gigantesque hérissée d'esquilles.

Ils avancèrent de quelques pas et la pointe de leurs armes creusa de larges ornières dans la terre meuble. Sous leurs pieds nus dotés de griffes courbes, l'herbe verte se muait en un conglomérat informe de boue et de pourriture. Le cœur martelant sa poitrine et les jambes flageolantes, Rachel déglutit et fit tournoyer ses dagues dans ses mains. Le regard rivé sur l'*Oni* le plus proche, elle concentra toute son attention sur le point lumineux qui brillait faiblement entre ses clavicules.

— Parlons franchement, on va tous crever ! lâcha Fergus.

— *Franchement*, ta gueule, souffla Emma sans conviction.

Sans préambule, les *Oni* se ruèrent sur eux et les Pourfendeurs se dispersèrent. Seule Rachel ne bougea pas d'un pouce. La main tremblante, elle brandit sa dague devant elle. Le bras plié, elle visa et la lança. Mais elle manqua sa cible et atteignit l'épaule de l'*Oni* qui se trouvait juste derrière. Celui-ci poussa un hurlement monstrueux, s'immobilisa et retira la lame enfoncée jusqu'à la garde. Une gerbe de sang turquoise et blanc jaillit de la plaie. Le *yōkai* jeta l'arme qui disparut dans le bassin et planta son regard dans celui de Rachel.

L'adrénaline irrigua aussitôt les veines de la Pourfendeuse. Elle empoigna le manche de sa deuxième dague et visa la créature titanesque qui se ruait maintenant vers elle. Mais avant qu'elle eût le temps de lancer son arme, une flèche s'enfonça entre les omoplates de l'*Oni* et la pointe troua sa poitrine. Rachel tourna la tête et repéra la *maiko* qui l'avait décochée. Juchée sur le toit, la jeune archère maintenait sa position et fixait sans ciller l'empennage qui dépassait du dos musculeux.

Le regard de Rachel revint se poser sur la créature écumante de rage. Sans réfléchir, elle se rua sur elle. Elle devait atteindre le point lumineux logé entre ses clavicules afin de l'anéantir, mais l'*Oni* était si grand qu'elle n'avait aucune chance d'y parvenir. Lorsqu'il ne resta plus qu'une dizaine de pas entre eux, elle vit une masse glisser sur l'herbe humide, juste aux pieds de sa cible. Elle reconnut la chevelure blonde d'Adèle et la lame scintillante de son fleuret juste avant qu'elle ne tranchât net le pied droit du *yōkai*. Le géant chancela et poussa un rugissement caverneux. Adèle brandit de nouveau son arme et l'abaissa de toutes ses forces, privant l'*Oni* de son deuxième pied. Il s'effondra sur le sol.

— Vas-y, Rach ! hurla Adèle en prenant appui sur sa main et son genou pour se relever. « *Finish him* » !

Rachel bondit sur lui et, profitant de son inertie passagère, planta sa dague entre les clavicules. Le point lumineux s'éteignit aussitôt. Elle enfonça la lame jusqu'à la garde et le pourfendit en poussant un hurlement guttural. En se relevant, elle retira sa dague ensanglantée et se tourna victorieuse vers l'endroit où se tenait Adèle quelques instants plus tôt. Elle n'y était plus. Les sourcils froncés et le cerveau pulsant sous son crâne, elle donna un coup d'œil circulaire autour d'elle. Son cœur manqua un battement. Si la ligne des archères ployait sous les assauts incessants des *yōkai* enragés, celles-ci demeuraient fermes et maintenaient leur position coûte que coûte. Mais tous ses compagnons se trouvaient aux prises des *Oni*. Et il n'était pas indispensable d'être un génie en stratégie militaire pour comprendre qu'ils étaient en très mauvaise posture.

Le *yōkai* qu'elle avait manqué avait réussi à s'emparer d'Adèle. Il la soulevait dans les airs, les doigts aussi épais que des cordages de marin refermés autour de son cou. Le fleuret de la Pourfendeuse gisait sous ses pieds, à plusieurs centimètres du sol. Les mains agrippées sur celles du *yōkai*, Adèle tentait de se dégager. Mais en la voyant se débattre de plus en plus mollement, Rachel comprit que l'air commençait à lui manquer. Paniquée, elle chercha son mari du regard et le vit étendu sur le sol. Le dos zébré de profondes entailles. Son cœur vola en éclats et ses forces l'abandonnèrent aussi promptement qu'elles lui étaient revenues. Ses jambes se dérobèrent et elle s'effondra à terre.

Près de son corps inerte, Yasuke tentait encore de tenir tête à l'*Oni* qui l'avait pris pour cible. Les siècles d'entraînements dont il avait bénéficié lui permettaient de parer chacune de ses attaques et de lui infliger de sérieuses blessures, sans toutefois parvenir à lui asséner le coup fatal. Et les premiers signes d'épuisement apparaissaient déjà. Il ne pourrait pas continuer éternellement.

À quelques mètres de lui, Emma et Aïko arrivaient encore à esquiver les coups de massue assénés par le *yōkai* qui les harcelait. Chaque fois qu'elles avaient une ouverture, elles le frappaient aussi fort qu'elles le pouvaient. La hache s'enfonçant dans ses muscles et la chaîne hérissée de piques s'incrustant dans sa chair. Pourtant, chaque tentative pour atteindre le point lumineux niché entre ses clavicules se soldait par un échec. Et les blessures qu'il leur avait infligées, couplées à l'épuisement et à leur inexpérience, rendaient leurs coups plus faibles et leur stratégie d'esquive de plus en plus inefficace.

Rachel posa ses mains à plat sur le sol et tenta de se redresser, en vain. Le cœur au bord de la rupture, elle leva la tête. Sa lourde chevelure rousse, maculée du sang de l'*Oni* et des autres *yōkai* qu'elle avait combattus, roula sur ses épaules, dissimulant une partie de son visage. Son corps ne répondait plus, mais le feu qui la consumait de l'intérieur se mua en force. Sa mâchoire se crispa et ses dents grincèrent. Une rage féroce irrigua ses veines et ses iris s'allumèrent comme deux flambeaux.

— Fergus ! rugit-elle.

CHAPITRE 39

Adèle étouffait. Plus elle se débattait, plus la main puissante de l'*Oni* resserrait son étreinte autour de sa gorge brûlante. La pression dans son crâne devenait si forte qu'elle sentit ses yeux saillir de ses orbites. Lentement, ses iris se couvrirent d'un voile, lui brouillant la vue. Les traits du visage monstrueux se floutèrent. Le *yōkai* n'était plus qu'une sorte de toile bleu et noir délavée. Elle songea à ses parents. À ses compagnons. À Yūri. Lorsqu'elle n'eut plus le moindre filet d'oxygène dans ses poumons, sa tête retomba sur le côté et son regard se perdit dans l'azur du ciel, au-dessus du toit du palais de Ninomaru.

Mais juste avant qu'elle ne perdît connaissance, deux immenses ailes flamboyantes déployées de toute leur envergure surgirent dans son champ de vision. *Le Phénix*, pensa-t-elle. Aussitôt, l'étrange Oiseau de feu fondit en piqué sur la créature qui tenait encore la jeune femme par la gorge. Un trait d'arbalète traversa le crâne du *yōkai*. Ses doigts desserrèrent légèrement leur étreinte. Il poussa un grognement et rejeta la tête en arrière. Adèle vit les ailes enflammées battre furieusement derrière lui comme une couronne animée. Des serres s'écartèrent puis s'enfoncèrent dans son cou massif et une main – *humaine ?* – planta une flèche entre ses clavicules.

Le puissant *yōkai* relâcha sa prise et Adèle s'effondra sur le sol. Ignorant la douleur causée par sa chute, elle plaqua une main sur sa gorge. De l'air. Vite. Elle en avala douloureusement une goulée qui dilata sa trachée et brûla ses poumons. Une quinte de toux lui secoua violemment la poitrine. Elle se mit à quatre pattes et cracha un filet de sang. Le goût métallique emplit sa bouche asséchée par l'asphyxie. S'aidant de ses bras et de ses jambes, son instinct lui ordonna de s'éloigner de l'*Oni*. Elle rampa du mieux qu'elle put jusqu'à ce que, par chance, son coude rencontrât son fleuret. Au contact de la lame contre sa peau, son cœur bondit dans sa poitrine, envoyant une décharge d'adrénaline dans tout son corps. Elle leva la tête, avisa le pommeau et tenta de le saisir tandis qu'elle se relevait. Mais au lieu d'empoigner son arme, ses doigts s'enfoncèrent profondément dans la terre.

Désemparée, elle jeta un coup d'œil sur son fleuret et sentit la bile brûler le fond de sa gorge. À la place de ses mains se trouvaient à présent deux énormes pattes pourvues de griffes. Ses avant-bras étaient recouverts d'un pelage blanc et noir, rappelant celui de Byakko. Terrifiée, elle hurla de terreur et un feulement rauque jaillit de sa gorge. Un battement d'ailes fouetta l'air au-dessus d'elle, elle leva la tête vers le ciel et ses yeux s'agrandirent. Doté d'ailes flamboyantes pareilles à celles du Phénix, Sebastian s'élança vers les cieux et fondit en piqué sur la marée de *yōkai* que les archères peinaient à contenir. À peine survola-t-il la houle spectrale que des gerbes de flammes jaillirent de ses nouveaux appendices, brûlant tout ce qui se trouvait sur son passage.

Désorientée, Adèle se releva tant bien que mal. Les yeux écarquillés de stupeur, elle suivit du regard Sebastian. Dans son sillage, au milieu d'une allée faite de flammes et de fumerolles, elle reconnut la chevelure bouclée de Nayeli se balancer au rythme de sa course débridée. Sa peau avait cédé la place à des écailles serrées et lisses semblables à celles de la carapace d'une tortue. Mais la souplesse de cette protection lui permettait de se mouvoir avec une agilité ahurissante. Arc bandé, elle décochait flèche sur flèche sur les *yōkai* rabougris et brûlés qui jonchaient le sol. Dès lors que la corde en libérait une, une nouvelle apparaissait.

Adèle déglutit. Les Gardiens ne les avaient pas abandonnés. S'il leur était impossible de quitter leurs trônes célestes, chacun d'eux avait gratifié ses Pourfendeurs de leurs attributs, décuplant ainsi leur puissance. Le courage enfla dans la poitrine d'Adèle. S'il y avait encore une chance de survivre et de vaincre les *Oni*, elle se battrait jusqu'au bout. *On est des X-men, les gars, préparez-vous à crever*, songea-t-elle en sortant ses griffes.

— Ceux-là sont avec nous ! hurla Mayumi aux archères quand elle reconnut Nayeli et Sebastian.

Galvanisées en voyant les jeunes Pourfendeurs venir à leur secours, les *geiko* et les *maiko* redoublèrent d'énergie. Maintenant que ces adolescents extraordinaires repoussaient les *yōkai* enragés, elles avaient de nouveau toute la latitude pour les seconder efficacement. Exemptées d'un corps à corps qui ne leur aurait laissé aucune chance, elles se repostèrent en ligne tout en arrosant les créatures d'une pluie drue de traits mortels. La silhouette de Nayeli disparut du champ de vision d'Adèle lorsque les guerrières refermèrent leur rang.

Encore chancelante, Adèle pivota sur ses talons et balaya du regard les alentours. Arcboutée sur ses jambes et les pieds de part et d'autre du buste massif de Fergus qui gisait encore à terre, Rachel le protégeait. Une carapace argentée de tortue lui recouvrait la poitrine, le ventre et le dos tandis qu'un serpent noir tournait inlassablement autour de l'homme qu'elle aimait, comme une sentinelle sur son chemin de ronde. Le visage couvert d'un mélange de terre et de sueur, elle tenait fermement la seule dague qui lui restait dans une main. Ses yeux allaient et venaient d'un point à l'autre, attendant le bon moment pour lancer sa lame. Sa concentration était aussi tendue que ses muscles. Elle savait qu'elle n'avait pas le droit à l'erreur et tout son être lui interdisait de manquer une nouvelle fois sa cible mouvante.

Adèle suivit son regard. Devant elle, Yasuke poursuivait son combat contre l'*Oni*. Le casque du samouraï noir avait roulé à terre. Son crâne était désormais celui d'un tigre blanc. La lame de son katana fendait l'air. Sa gueule béante et ses babines retroussées laissaient apparaître ses crocs immaculés. Tout près de lui, un second *Oni* continuait de harceler Aïko et Emma presque entièrement dissimulées par sa silhouette titanesque. Adèle sentit son ventre se nouer. Les avait-il blessées ? Étaient-elles encore en mesure de se défendre et de venir à bout du *yōkai* ? Qui devait-elle secourir ? Le samouraï expérimenté qui luttait seul ou ses amies ?

Sans savoir quelle décision prendre, Adèle réunit ses forces et rugit en s'élançant dans leur direction. Dans sa course, ses jambes faiblirent et la firent chanceler. Lorsque ses mains heurtèrent le sol, tout son corps se couvrit d'un pelage immaculé strié de noir. Elle reprit sa course et, sans qu'elle n'éprouvât la moindre douleur, ses os et ses muscles dessinèrent la silhouette d'un tigre. Une force bestiale irrigua ses membres et ses foulées s'allongèrent. Lorsqu'elle parvint à la hauteur de l'*Oni* qui s'en prenait à ses amies, elle s'arcbouta sur ses pattes postérieures, prête à bondir. Elle leva la tête et ce qu'elle vit la coupa dans son élan. Emma s'éleva dans les airs et surgit devant le visage monstrueux du *yōkai*. Les bras de cette dernière étaient à présent recouverts de plumes d'acier aussi légères que celles d'un oiseau et aussi coupantes que des lames affûtées. Elle déploya ses ailes de toute leur envergure et Adèle eut le temps de voir étinceler la chaîne en argent coincée entre les serres qui avaient remplacé ses pieds.

Le *yōkai* tenta de la saisir et abattit sa massue qui fendit l'air à quelques centimètres de son aile. Aussitôt, la chevelure noire d'Aïko apparut. Dotée des attributs de son Gardien, son corps s'était allongé comme celui du Dragon azur. Ses membres atrophiés et minuscules ne lui étaient plus d'aucune utilité. Elle s'enroula autour du bras qui tenait la massue et serra si fort que les écailles saillantes hérissées de pointes se plantèrent dans la peau turquoise du géant. Celui-ci poussa un hurlement de douleur à faire trembler les cieux. Profitant de cette diversion passagère, Emma glissa la chaîne autour du cou du *yōkai*, se plaça derrière sa tête massive et serra de toutes ses forces. Lorsqu'elle tint fermement sa prise, elle rabattit ses ailes d'acier qui lui tranchèrent net le cou.

En voyant le crâne terrifiant se désolidariser du reste du corps, Adèle changea de cible et bondit sur le dernier *Oni* contre lequel Yasuke se battait seul. Tandis qu'elle se ruait sur lui, le samouraï tourna la tête dans sa direction. Ce bref moment d'inattention ne lui permit pas de voir la massue s'abattre sur lui. Le coup lui brisa les côtes. Dans un craquement sinistre, la colonne vertébrale du guerrier vrilla et se brisa. Le corps disloqué retomba à terre dans une flaque de sang écarlate.

Adèle poussa un feulement tonitruant et bondit sur le flanc de la créature. Elle planta toutes ses griffes dans sa chair bleue et les enfonça profondément. Agrippée à lui, elle grimpa sur son corps, labourant la chair meurtrie par les coups qu'avait réussi à lui asséner Yasuke et, en une poignée de secondes, atteignit le cou du *yōkai*. Pour se défaire de la Pourfendeuse, celui-ci s'ébroua dans tous les sens afin qu'elle lâchât prise. Mais une douleur terrible l'immobilisa et fit trembler le corps du *yōkai*. Adèle vit une dague se planter entre les yeux du géant. Une deuxième se ficha jusqu'à la garde dans son cœur. Rachel ! Adèle raffermit sa prise et ses griffes s'enfoncèrent encore d'un cran. Au dernier instant, elle retira l'une de ses pattes ensanglantées et la plongea entre les clavicules. Elle y joignit alors la seconde et le pourfendit jusqu'à l'aine.

Lorsqu'elle toucha terre, ses pattes avaient disparu et ses membres avaient repris leur apparence humaine. Sa peau et ses vêtements étaient presque entièrement recouverts du sang turquoise du *yōkai*. La saveur âcre et émétique tapissait même ses gencives et sa langue. La respiration haletante et les oreilles bourdonnantes, elle se tourna vers Emma et Aïko. Les ailes et les écailles s'étaient évaporées, cédant la place à leur véritable enveloppe charnelle. Quand son regard croisa celui de sa meilleure amie, un torrent de bonheur s'abattit sur elle et se mua en un sourire. Aïko lui décocha un clin d'œil et, accompagnée d'Emma, rejoignit Rachel pour l'aider à redresser Fergus. Ce dernier, encore sonné, ne réussit pas à se lever, mais réussit tout de même à s'asseoir après avoir évacué le flux acide de sa bile.

— Visiblement, tout le monde passe sa vie à gerber, ici ! s'exclama Emma à l'attention d'Adèle.

Soulagée de voir ses compagnons se relever après la bataille, Adèle tourna la tête vers Yasuke. En découvrant son dos là où son torse aurait dû naturellement se trouver, elle accusa un frisson. *Ma faute*. Il s'était battu comme le guerrier qu'il avait toujours été. Vaillamment. Elle se souvint de son air surpris lorsque métamorphosée en tigresse, elle l'avait rejoint. C'était à cause d'elle qu'il avait fini par baisser la garde. En voulant l'aider, elle avait précipité sa mort. Consciente qu'il n'y avait plus rien à faire pour lui, elle ravala douloureusement sa culpabilité qui s'enlisa dans son ventre comme une pierre dans les profondeurs d'un lac.

Occupe-toi des vivants, se tança-t-elle.

Elle tourna la tête vers l'endroit où se tenaient Nayeli et Sebastian la dernière fois qu'elle les avait vus. Un silence étourdissant emplissait le jardin zen. Le temps semblait avoir suspendu son cours. Derrière le ruban formé par les archères, des volutes de fumée vertes et grises flottaient en suspension dans l'air vicié. Adèle ne voyait plus que leurs kimonos onduler et claquer chaque fois qu'un courant d'air les caressait. Le combat avait pris fin dès lors qu'elle avait pourfendu le dernier *Oni*. Comprenant que l'Armée des *Shijin* avait réussi à vaincre les plus puissants des leurs, les *yōkai* survivants avaient fini par battre en retraite et s'étaient volatilisés en une poignée de secondes.

De leur main libre et gantée de blanc, les archères saisirent l'empennage d'une nouvelle flèche, mais ne bandèrent pas leurs arcs.

Redoutant que les adolescents eussent connu le même sort que Yasuke, Adèle sentit sa gorge se nouer et se mit à courir dans leur direction. Mais avant d'atteindre la ligne des archères, une voix familière et nasillarde s'éleva dans l'air. Mayumi. Et malgré sa méconnaissance absolue du japonais, Adèle comprit qu'il s'agissait d'un ordre de la cheffe des *geiko,* car aussitôt, celles-ci abaissèrent leurs arcs, ouvrirent les rangs pour laisser passer les jeunes Pourfendeurs et se dispersèrent dans le champ de bataille afin de récupérer leurs précieuses flèches nichées dans les cadavres racornis et brûlés des créatures qui gisaient à terre.

Le bras enroulé autour des épaules de sa sœur, Sebastian prenait appui sur elle afin de compenser l'absence de sa jambe amputée. Adèle se précipita vers eux et se glissa sous l'autre bras de l'adolescent. Elle tourna la tête vers lui.

— Ça va ? Tu tiens le coup ?

— Mmm *sí, wey*[32], marmonna-t-il comme pour lui-même avant de répondre à voix haute. J'ai juste une jambe en moins !

Adèle se sentit honteuse. *Quelle conne !* se fustigea-t-elle intérieurement. Évidemment qu'il n'allait pas bien. Comment

---

[32] « Wey » est un modisme mexicain dont l'une des acceptions est « mec », « mon gars ». C'est ici la traduction à retenir.

aurait-elle réagi si elle s'était trouvée amputée d'un membre et que quelqu'un avait eu l'audace de lui demander si elle accusait le coup ? Nayeli haussa les sourcils et leva les yeux au ciel. Voyant la mine contrite d'Adèle, elle donna un coup de menton vers son frère pour attirer son attention. Sans qu'elle eût besoin de signer, il comprit.

— Je suis en vie, dit-il à Adèle, traduisant sommairement les propos de sa sœur. Nayeli m'a dit que Suzaku a cautérisé ma plaie avant de s'envoler. Bref, je comprends pourquoi je ne saigne plus, mais impossible de savoir pourquoi je ne ressens aucune douleur au moment où je te parle… Rassérénée, Adèle décocha un sourire à Nayeli et déposa un baiser sur la joue de l'adolescent.

— Sûrement parce que ton Gardien a trouvé le moyen de te remercier pour l'avoir libéré, dit-elle. Vous avez assuré !

— Le prix est élevé… souffla-t-il.

Nayeli fit claquer sa langue et plongea son regard dans celui de son frère. Bien que ses yeux fussent embués de larmes, ses sourcils se froncèrent de mécontentement. Sebastian redressa son dos et hocha la tête en signe d'acquiescement.

— Je sais, t'as raison… J'aurais pu y rester. Ça, ça aurait été le prix fort !

Encore sur le qui-vive, les archères refermèrent le rang derrière les trois Pourfendeurs tandis qu'ils se dirigeaient vers le reste de la troupe.

— Tout le monde va bien ? s'enquit Aïko en les rejoignant d'un pas pressé.

— Disons qu'on est en vie ! nuança Sebastian avec emphase comme un élève zélé récite sa leçon en présence de son maître.

Soudain, un cri terrible retentit et fit voler l'air en éclats. Adèle jeta un coup d'œil par-dessus l'épaule de son amie qui se retourna aussitôt. Le museau dressé vers le ciel, le *kyūbi* poussa un second hurlement déchirant et enroula ses neuf queues autour du corps sans vie de Yasuke. Il abaissa la tête vers lui et la silhouette massive du *yōkai* se transforma progressivement jusqu'à reprendre son apparence humaine. Les queues ne furent bientôt plus que deux bras graciles. Itazura posa sa joue contre le front de son amant qui avait eu le temps de retrouver son véritable visage avant de rendre son dernier souffle. Sa longue chevelure, mer d'ébène, se répandit sur le défunt et le recouvrit comme un linceul. Lentement, les Pourfendeurs d'illusions et les archères s'approchèrent, formant un cercle autour du couple.

Emma écrasa une larme du plat de la main et s'écarta discrètement du groupe endeuillé. En quelques enjambées, elle rejoignit le bord du bassin. Sans attendre, elle se glissa dans l'eau et s'enfonça dans l'onde glaciale. Le regard rivé sur l'île où elle avait enjoint Tadashi de l'attendre, elle entama la traversée à gué.

CHAPITRE 40

Adèle s'accroupit près de Yasuke. Ses pieds baignaient dans une mare de sang épais qui s'agrandissait sur la terre sèche à mesure que le corps du défunt se vidait. Elle tendit la main vers Itazura, mais retint son geste avant de la toucher. Les paupières closes, elle ne pleurait pas. Du moins, aucune larme ne striait ses joues roses. Pourtant, les phalanges blanches de ses doigts agrippés aux vêtements de son amant trahissaient la peine que ses yeux refusaient obstinément d'exprimer.

Soudain, Adèle crut voir le corps de Yasuke se mouvoir presque imperceptiblement. Elle réprima un frisson et fronça les sourcils, mais n'eut pas le temps de prononcer le moindre mot, car le *kyūbi* se redressa aussitôt. Sans quitter du regard l'homme qui avait été à ses côtés pendant de longs siècles, elle posa le plat de ses mains fines de part et d'autre de ses épaules. Le sang épais et visqueux s'infiltra entre ses doigts effilés et s'incrusta sous ses ongles. Les sourcils arqués, elle fit courir son regard sur lui et un soupir jaillit de sa gorge brûlante. Un sourire teinté d'un mélange de soulagement et de tristesse se dessina sur ses lèvres carmin.

Les Pourfendeurs qui observaient chacun de ses gestes suivirent naturellement son regard. D'un même mouvement, ils reculèrent d'un pas, élargissant le cercle. Adèle se redressa aussi rapidement que si elle avait été montée sur ressorts. Les pores de la peau noire du samouraï exhalèrent de minuscules volutes de fumée. En quelques secondes, son corps disparut sous le brouillard étrange.

— Tu me reviens, à présent... souffla Itazura.

La fumée s'épaissit et forma un tourbillon lent avant de s'élever verticalement, au-dessus du cadavre. Adèle tressaillit, fit un nouveau pas en arrière et, dans un geste protecteur, tendit son bras devant Aïko et les adolescents qui se trouvaient à ses côtés. Lentement et presque cérémonieusement, Itazura se redressa sur ses genoux et mit un pied à terre avant de se relever. Les longues mèches de sa chevelure noire se mirent à flotter dans l'air comme des algues secouées par le courant marin. Frémissante, elle tendit le bras et sa main disparut, enveloppée dans le tourbillon de fumée. Une larme aussi brillante qu'un éclat de diamant roula sur sa joue lorsque ses doigts se refermèrent. Elle prit une profonde inspiration et souffla délicatement sur le brouillard qui se dispersa, laissant apparaître la silhouette vaporeuse de Yasuke.

Les Pourfendeurs d'illusions retinrent leur souffle. Sidérée, Adèle jeta un coup d'œil vers le corps du samouraï qui gisait encore dans la mare de son propre sang et déglutit douloureusement. Incapable de proférer le moindre son. Yasuke tourna la tête vers elle. Son casque de samouraï coiffait à nouveau son crâne et ses yeux – légèrement exorbités – la sondaient sans détours. Sa peau noire avait pris une délicate teinte grisâtre, trahissant sa nature spectrale. Des attributs de Byakko, il ne lui restait plus qu'un pelage blanc strié de noir qui recouvrait partiellement son visage et redescendait sur son cou jusqu'à encadrer ses épaules nues. Il lui adressa un sourire serein tout en attirant son amante vers lui.

— Qu'est-ce que c'est que ce bordel encore ? interrogea Emma qui rejoignait le groupe, Tadashi sur ses talons.

Le petit garçon observa les adultes qui formaient un cercle autour d'une masse informe étendue sur le sol. Il suivit leur regard et découvrit avec horreur le corps du samouraï. Dans sa poche, le rat émit une succession de couinements aigus, tandis que le colibri se mit à voleter de plus en plus énergiquement autour de l'enfant. L'odeur métallique du sang était si puissante qu'elle lui souleva l'estomac. Étrangement, cette fois, il ne vit ni Yasuke devenu *yōkai* ni le *kyūbi*. La peur et l'incompréhension le firent hoqueter. Il ne comprenait pas ce qui semblait rendre si heureux les Pourfendeurs réunis en cercle autour de cet inconnu au corps disloqué et exsangue. Les bras enroulés autour de la taille d'Emma, il leva la tête vers elle, espérant y trouver une réponse. Mais le teint livide de la jeune femme lui intima le silence. Elle baissa les yeux, posa une main caressante sur sa tête et le dévisagea. Elle se doutait que le sens de ses mots échapperait à l'enfant, mais elle savait l'importance de nommer les choses. Même celles qui dépassent l'entendement.

— Tout va bien, mon grand. Il est mort, mais il est encore là. Sous une autre forme. Et puis…

Elle leva les yeux vers Yasuke et le coin de ses lèvres se contracta.

— Et puis, il a l'air si heureux, acheva-t-elle.

Les paroles d'Emma firent leur effet. Tadashi continua de hoqueter, mais desserra sensiblement l'étreinte de ses bras autour de la Pourfendeuse.

La cheffe des archères vint se placer près d'Aïko. Le poing fermé autour de son arc, elle huma l'air et fronça ses sourcils fins rehaussés de noir.

— C'est bien ce que je crois ? demanda-t-elle évasivement en fixant Yasuke sans le voir. C'est un…

Les yeux rougis, Aïko lui répondit d'un hochement de tête.

— Oui, la coupa-t-elle avant qu'elle ne pût achever sa question. Yasuke est à présent un *yōkai*.

Le samouraï posa la paume de sa main contre le dos d'Itazura et balaya la troupe entière du regard.

— Nous avons accompli notre mission, dit-il d'une voix qui semblait provenir des tréfonds de son âme. L'Armée des *Shijin* a vaincu. Les Gardiens sont désormais libres et veillent sur les quatre points cardinaux célestes. Le monde va enfin pouvoir retrouver son équilibre. Les *yōkai* ignoraient qui nous étions, ils savent désormais qui nous sommes. Et nous les vaincrons.

Toujours. À l'instant où je vous parle, un Pourfendeur ou une Pourfendeuse d'illusions pousse ses premiers cris. Il y aura toujours une relève pour l'Armée des *Shijin*.

— Mais, toi… commença Adèle d'un ton hésitant.

— Nous sommes pareils aux étoiles. Et de la même manière que nous ne pouvons empêcher un astre de s'éteindre, il est impossible de déjouer la mort éternellement. Mais nous pouvons accueillir un autre Pourfendeur et redéfinir les contours de notre constellation. Grâce à Itazura, j'ai traversé le temps et l'espace durant plus de cinq siècles. Je n'ai que trop vécu sur cette Terre. J'ai besoin de repos.

La renarde glissa ses doigts entre les siens et n'ajouta rien de plus.

— Il est temps que vous rentriez chez vous ! reprit Yasuke en s'adressant à tous ses compagnons.

Le silence s'épaissit dans le jardin zen. Adèle sentit son cœur gonfler de bonheur à la perspective de rentrer chez elle. Mais celui-ci fut de courte durée, car que lui restait-il à présent ? Paris avait été mise à sac par des *yōkai*, ses parents n'étaient plus… Est-ce que la vie avait repris son cours depuis que les Gardiens avaient regagné les cieux ? Elle tourna la tête vers Aïko et Emma, l'angoisse desserra son étreinte autour de sa gorge. Elle ne rentrerait pas seule.

Obéissant à l'ordre silencieux de Mayumi, les archères s'écartèrent lentement du groupe. Sans un mot, elles inclinèrent la tête en signe de remerciements et d'adieu avant de se mettre en route pour l'*okiya*. Elles avaient tenu la promesse faite à leur *okāsan*. Maintenant que les Gardiens avaient recouvré leur puissance, elles savaient que le monde était sous leur divine protection. Mais le combat n'était pas fini. Elles continueraient de lutter sans relâche contre les *yōkai* qui reviendraient venger leur défaite. En les voyant s'éloigner, Emma fut prise d'une sensation d'urgence. Sa gorge se noua. Elle saisit Tadashi par la main et courut vers la cheffe des archères.

— Attendez, Mayumi ! cria-t-elle pour attirer son attention.

Un sourcil haussé, la *geiko* s'arrêta et tourna la tête. Trempée jusqu'aux os, Emma accourut vers elle dans un bruit d'étoffes mouillées et ses chaussures remplies d'eau émettant des sons disgracieux. Aïko adressa à Adèle un regard qui l'enjoignait de l'attendre là. Évidemment, la jeune femme n'en fit rien et suivit son amie. Au pas de course, elles rejoignirent Emma et Tadashi au moment où ils s'arrêtèrent devant la *geiko*.

— Le petit ! commença Emma en levant le poing dans lequel était enfermée la main de l'enfant.

Ne comprenant pas où elle voulait en venir, Mayumi baissa les yeux et considéra l'enfant malingre. Celui-ci sentit ses joues virer au rouge tandis que ses deux créatures semblaient fermement décidées à tourner autour de lui comme des satellites en orbite.

— Quoi, « le petit » ? demanda Mayumi.

— Il est à la recherche de son père, souffla Emma. Il est venu ici, pensant qu'il s'y trouverait. Mais rien. Aucune trace. Il peut être n'importe où à l'heure qu'il est. Qui sait même s'il n'est pas déjà mort ?

— En effet, c'est tragique, commenta Mayumi laconiquement.

Une paire de secondes, Emma demeura interdite face à sa réaction. La main de l'enfant dans la sienne remua doucement, la ramenant à elle. Elle se ressaisit et ne s'avoua pas vaincue.

— On ne peut pas le laisser seul ! Il n'a personne...

Cette fois, la *geiko* comprit la demande en filigrane. Son visage demeura impassible et un léger mouvement de la tête acta son refus. Deux de ses apprenties commentèrent la scène qui se déroulait sous leurs yeux. Le cœur serré, Aïko jeta un coup d'œil vers l'enfant qui suivait attentivement la conversation sans en comprendre le moindre mot.

— S'il te plaît, insista Emma en se tournant vers elle. Fais quelque chose, il ne peut pas rester seul, livré à lui-même. Elles pourraient l'aider à retrouver son père !

Mayumi se tourna vers Aïko et s'adressa à elle en japonais, excluant ainsi Emma de la conversation.

— Et si nous ne trouvons aucune trace de lui ? lui demanda-t-elle. Que ferons-nous de lui ? Il n'y a pas de place pour un homme au sein de notre *okiya*.

Évidemment, Emma n'en comprit pas un traître mot. Mais il lui suffit d'observer la dureté de ses traits pour en saisir l'essentiel. Elle refusait encore. La main de Tadashi se crispa autour de la sienne et confirma ses craintes.

— Elle ne veut pas d'un homme parmi elles, lui traduisit Aïko.

Emma fit un pas de plus vers la *geiko* et plongea son regard dans le sien. S'obstinant à s'adresser directement à elle dans une langue qu'elles maitrisaient toutes les deux, elle insista.

— Tadashi n'est qu'un enfant, pas un homme ! Et si vous ne lui venez pas en aide, il ne le deviendra probablement jamais. Au sein de votre maison, vous avez sans aucun doute déjà offert un toit et une famille à de jeunes filles qui n'avaient plus rien ni personne sur qui compter. En quoi est-ce différent ?

À mesure que les mots s'égrenaient de ses lèvres, le sang afflua à ses joues. Tous les Pourfendeurs d'illusions s'approchèrent du petit groupe qui s'était formé. Lorsqu'elle acheva sa dernière phrase, le visage de la *geiko* fut traversé par un tic nerveux. Le plaidoyer d'Emma lui fit l'effet d'une gifle. Mais cette dernière n'en avait pas fini avec elle.

— Aucune de vous n'était capable de deviner la présence d'un *yōkai* avant d'avoir été formée par la grand-mère d'Aïko. Elle vous a tout appris, vous avez travaillé dur. Je sais qu'il est capable d'en faire autant. Donnez-lui des armes pour se défendre. Et à son âge, la seule chose dont il ait besoin, c'est un foyer pour être en sécurité et de l'amour comme en dispenserait une vraie famille !

Tremblante, Aïko ouvrit la bouche pour joindre sa parole à celle d'Emma. Mais elle n'avait rien à ajouter à ce qui venait d'être dit. Les mots étaient justes et la foi qu'elle y avait mise en les prononçant était inébranlable. En silence, elle retira le peigne orné de la feuille de ginkgo que lui avait donné sa grand-mère et le tendit à la *geiko*. Mayumi demeura interdite face à l'objet qui lui asséna le coup de grâce. Elle avait compris. Si la révolte et le désespoir d'Emma l'avaient bouleversée sans toutefois la faire fléchir, le peigne de l'*okāsan* eut raison d'elle. Les valeurs et les leçons que la vieille femme leur avait inculquées rejaillissaient entre les lèvres de cette jeune Pourfendeuse et suintaient de la feuille de ginkgo.

Mayumi ne parvenait plus à détacher ses yeux du peigne qu'Aïko lui tendait. Comme si elle avait l'intime conviction que l'ire de sa propriétaire s'abattrait sur elle si elle venait à prendre la mauvaise décision. La *geiko* leva la tête et son regard glissa sur chaque membre de la troupe hétéroclite qui lui faisait face. L'Armée des *Shijin* était constituée d'hommes, de femmes, d'adolescents et même de *yōkai*. Ils avaient uni leurs différences et les avaient muées en force pour servir une noble cause.

Lentement, ses yeux revinrent se poser sur Tadashi. Elle prit une profonde inspiration et esquissa un sourire. Lorsqu'il le lui rendit, elle tendit le bras vers lui puis lui désigna les archères.

—Nous t'aiderons à retrouver ton père, promit-elle après un long silence. Et quoi qu'il arrive, tu pourras toujours compter sur nous. Tu auras un toit, un lit et de la nourriture aussi longtemps que cela sera nécessaire.

Le nœud qui s'était formé dans la gorge brûlante d'Emma disparut dans le sourire de l'enfant. Elle s'accroupit devant Tadashi, mit sa main en coupe contre sa joue et lui décocha un clin d'œil. Les yeux rallumés par l'espoir de retrouver son père, l'enfant déposa un baiser sur le front de sa nouvelle amie. Emma le prit dans ses bras, caressa le haut du crâne du rongeur venu se nicher sur son épaule et sourit en voyant le colibri voleter au-dessus de la tête du petit garçon.

—Je compte sur vous, les gars ! leur souffla-t-elle.

Tadashi s'écarta d'elle, pivota sur ses talons et avança d'un pas hésitant dans la direction que Mayumi lui avait indiquée. Il jeta un dernier coup d'œil par-dessus son épaule. L'air confiant qu'arborait désormais Emma l'apaisa. Il inclina la tête puis rejoignit les archères au pas de course. Dès qu'il entra dans leur rang, celles-ci se mirent en branle et reprirent le chemin du quartier de Gion. Lorsqu'elles disparurent derrière la façade du palais de Ninomaru, Emma s'autorisa à cesser de sourire.

Adèle posa une main sur son épaule et se tourna vers ses compagnons.

— Il est temps pour nous tous de rentrer chez nous !

Aïko les rejoignit et glissa sa main dans celle d'Emma. Quant à Fergus et Rachel, ils s'approchèrent des adolescents qui se tenaient en retrait.

— Comment on procède ? demanda Emma d'une voix tremblante tant les adieux avec Tadashi l'avaient secouée.

— Itazura vous conduira là où vous le lui demanderez, intervint Yasuke.

— Itazura express, plaisanta Sebastian.

La renarde tourna la tête vers le samouraï.

— Je ne te laisse plus seul. Il en est hors de question.

— Que veux-tu qu'il m'arrive désormais ? Aucun humain ni aucun *yōkai* ne peut plus me faire de mal, reprit-il dans un sourire. Les seuls êtres capables de me tuer définitivement sont nos amis. Raccompagne-les dans leurs foyers et reviens-moi vite. Je t'attendrai ici.

Itazura esquissa un sourire qui releva légèrement la commissure de ses lèvres carmin puis se tourna vers l'Armée des *Shijin*. Rachel décocha un coup d'épaule à Fergus qui se racla la gorge pour attirer l'attention de tous.

— Si on a bien tout compris, Nayeli et Sebastian n'ont personne qui les attend au Mexique, dit-il.

Surpris, les adolescents tournèrent la tête vers leur compagnon puis vers Rachel.

— Notre maison est trop grande pour nous seuls. Et bien trop vide, ajouta Rachel. Alors si vous souhaitez venir en Écosse, vous êtes les bienvenus.

Le frère et la sœur échangèrent un regard. Le visage de Nayeli s'illumina, mais celui de Sebastian se ternit aussitôt. Ils ne pouvaient pas accepter.

— On n'a vraiment pas envie d'être un poids supplémentaire… commença-t-il.

— Arrête un peu avec ces conneries ! le coupa Fergus affichant un sourire franc. Rachel a raison, il n'y a rien de pire qu'une maison vide, si ce n'est de se retrouver sans famille.

— On n'a pas l'intention de remplacer vos parents, s'empressa de préciser Rachel. Mais on veut que vous sachiez que vous pourrez compter sur nous comme si nous l'étions. Amis, parents… On sera ce que vous vous voudrez.

Nayeli et Sebastian sourirent. Les yeux de la première s'embuèrent tandis qu'une larme brûlante et salée roulait déjà sur la joue du second.

— Alors, c'est d'accord ? reprit Fergus.

D'un hochement de tête, les adolescents acquiescèrent. Aussitôt, l'air se mit à crépiter autour de la silhouette d'Itazura. En quelques secondes, le corps de la femme s'agrandit et prit la forme d'un renard. Le pelage blanc scintillant du *kyūbi* réfléchit les rayons du soleil et aveugla les Pourfendeurs. Ses neuf queues ondulèrent autour d'elle comme des flammes de glace.

—Nous, on est parties ensemble et on reste ensemble ! murmura Adèle en glissant ses mains dans celles d'Aïko et d'Emma.

Les trois amies sentirent les battements de leur cœur pulser de concert jusque dans leurs paumes et se répondre. Elles levèrent la tête vers leurs compagnons. L'heure était venue de se séparer et bien que, quelques semaines plus tôt, ils ne fussent que de simples inconnus les uns pour les autres, ils étaient désormais soudés comme les maillons d'une seule chaîne. Tour à tour, ils se prirent dans les bras et s'étreignirent en silence, s'affranchissant des mots qui ne parviendraient jamais à exprimer la profonde gratitude qu'ils éprouvaient du seul fait de s'être rencontrés.

Secrètement, ils savaient qu'ils se retrouveraient un jour. Bientôt, peut-être. Leurs destins étaient inextricablement liés. Plus qu'une famille, plus que des amis, ils étaient l'Armée des *Shijin*.

Le *kyūbi* enroula quatre de ses queues autour du couple et des adolescents, puis trois autres, autour d'Adèle, Emma et Aïko. Le regard ambré de la créature plongea dans les yeux de Yasuke. Les deux dernières queues embrassèrent les deux groupes et se mirent à crépiter.

Adèle sentit les mains de ses amies s'agripper aux siennes. Yasuke lui adressa un dernier sourire puis disparut derrière le pelage éblouissant du *yōkai* qui recouvrit le visage de la jeune femme. Des picotements traversèrent ses membres et ses pieds quittèrent la terre ferme.

ÉPILOGUE

Six mois plus tard

Allongée sur le dos et son sac coincé sous sa tête, Adèle ferma les yeux. Les bras étendus le long de son corps, elle tenait son portable d'une main, jouant à glisser ses ongles entre le téléphone et la coque en plastique. Bercée par le pépiement des oiseaux, elle prit une profonde et lente inspiration. Ses narines se dilatèrent légèrement, absorbant les parfums ligneux et de terre mouillée qui enveloppaient le parc Montsouris. Quelques rayons de soleil filtraient entre les branches du saule pleureur secouées par une légère brise d'été, dessinant de petits halos dorés sur son visage – par petites touches – comme l'eut fait le pinceau d'un peintre impressionniste.

À l'ombre de l'arbre immense, la pelouse, la terre et les bleuets épars avaient conservé l'humidité de la rosée du matin, si bien que le short en jean et le tee-shirt ample de la jeune femme lui collaient à la peau, diffusant une fraîcheur agréable dans tout son corps. Les pointes de l'herbe rase picotaient et chatouillaient ses jambes, ses bras et la plante de ses pieds nus. Après les épreuves qu'elle avait traversées six mois plus tôt, cet écrin de verdure à l'écart des promeneurs lui était aussi doux qu'une alcôve.

Les yeux fermés, elle s'enivra des douces caresses de la nature. Soudain, son portable vibra dans sa main. Un sourire se dessina sur son visage. Elle roula sur le côté et se redressa sur son coude afin de lire le message qu'elle venait de recevoir. Sa lourde chevelure dorée coulissa sur son épaule et retomba sur l'écran. Elle la repoussa dans son dos et lut le SMS. C'était Yūri.

On arrive dans cinq minutes ! On a enfin trouvé une place ! Bref, on se retrouve au même endroit. Ne bouge pas. Hâte de te retrouver.

Heureuse de le voir bientôt arriver en compagnie d'Aïko et d'Emma, Adèle se laissa retomber doucement. Les yeux rivés sur les ramures souples et les feuilles qui tournoyaient sur elles-mêmes au gré du vent, elle s'abîma dans la contemplation de ce spectacle hypnotique ponctué de délicates percées lumineuses.

Ils avaient pris l'habitude de se retrouver dans ce coin isolé. Trop longtemps privés de soleil, les citadins se regroupaient massivement dans les parties ensoleillées du parc, munis de serviettes de plage, d'huile de tiaré et de lunettes de soleil. Ici, les quatre amis savaient qu'ils pouvaient parler librement sans craindre d'être entendus. Car si le monde entier s'était trouvé sous le joug des *yōkai* et la puissance démoniaque des *Oni*, personne ne semblait en avoir eu conscience. Les religieux y avaient vu une mise en garde divine, le signe annonciateur de l'apocalypse et autres joyeusetés tandis que les écologistes parlaient de dérèglement climatique. Quant aux astrophysiciens, ils avaient constaté la disparition et la réapparition inexpliquées de quatre constellations. Déconcertés et démunis face à ce phénomène inédit, ils avaient mis sens dessus dessous les archives de la NASA, à la recherche d'une explication rationnelle. Ils en avaient même tenu informés les gouvernements des plus grandes puissances mondiales. Ceux-là s'étaient contentés de les museler, pourvu que l'économie reprît ses droits. À l'instar de ses pairs dans le monde entier, le président de la République française avait dû prendre la parole pour rassurer les concitoyens et s'exprimer sur les semaines de chaos qui avaient secoué la nation. Il avait alors décidé de mettre cela sur le compte du terrorisme et bien qu'il n'eût jamais rien su des raisons pour lesquelles la vie avait repris son cours, il s'était vanté d'en avoir éradiqué la cause. Les lauriers coiffaient désormais sa tête présidentielle vide de réponses et pleine d'arrogance.

Indifférente à ce brouhaha médiatique et à cette lutte acharnée pour déterminer qui avait raison et grimperait sur le podium des champions, Adèle savait. Et cela lui suffisait. Les cauchemars qui hantaient ses nuits depuis plusieurs mois lui rappelaient systématiquement ce que son cerveau épuisé aurait aimé pouvoir oublier.

Lorsqu'elle entendit des bruits de pas feutrés approchant d'elle, son visage s'illumina. Cela faisait près d'une semaine qu'elle n'avait pas vu Yūri et Aïko. Quant à Emma, elle était ravie de la retrouver même si elle l'avait quittée le matin même avant de se rendre au travail. Les deux amies avaient décidé de s'installer en colocation et Adèle lui avait même obtenu un entretien pour le poste de réceptionniste au sein de la maison d'édition pour laquelle elle travaillait. Chaque fois qu'elles se retrouvaient près de la machine à café, elles se rappelaient le jour de leur première rencontre. Les yeux mouillés de larmes tant elles riaient, Emma lui offrait un thé et Adèle se chargeait des madeleines.

Encore allongée, la jeune femme se redressa paresseusement. Une fois assise, elle posa sa main à plat sur l'herbe humide et rase avant de jeter un coup d'œil par-dessus son épaule. Son cœur manqua un battement et son sourire s'effaça aussitôt. Ce n'étaient pas Yūri, Aïko et Emma, ni même quelconque badaud à la recherche d'un endroit ombragé.

Une créature chimérique et néanmoins familière apparut dans son champ de vision. Elle reconnut immédiatement la licorne jaune. Le souvenir de la statue plantée au milieu de la cour du sanctuaire shinto se superposa à cette apparition. Aussi grande qu'un cheval, ses bois de cerfs saillaient de son crâne et une corne oblongue ornait son front majestueux. Les yeux braqués sur Adèle, le Kirin se dirigea vers elle. À chacun de ses pas, les contours de sa silhouette devenaient vaporeux et donnaient l'impression qu'elle était aussi insaisissable que la brume elle-même.

Adèle se leva d'un bond et fit face à la créature qui approchait inexorablement. Désarçonnée, elle jeta un coup d'œil circulaire dans cette partie isolée du parc. Personne. Sur son poignet, sa tache de naissance demeurait intacte, mais des picotements tiraillèrent sa peau. Elle déglutit, recula d'un pas et tendit le bras devant elle comme pour la maintenir à distance. Pourtant, elle se souvenait parfaitement de ce que lui avait dit Aïko au sujet de cette créature : elle était inoffensive. Non seulement elle ne représentait aucun danger pour les humains, mais en plus elle veillait sur la Terre. Sa seule apparition était toujours considérée comme un bon présage. En dépit de cela, Adèle préféra rester prudente. Les épreuves qu'elle avait endurées aux côtés de ses compagnons avaient laissé des traces indélébiles. Elle fit un nouveau pas en arrière et se retrouva acculée contre le tronc massif du saule pleureur.

Ce ne fut qu'alors qu'elle aperçut une large tache sombre sur le pelage doré du Kirin. Elle se pencha légèrement et plissa les yeux pour mieux voir. Une plaie béante trouait son flanc. De ses viscères exposés à l'air suintaient des filets de sang qui maculaient sa fourrure. Adèle sentit sa gorge se nouer et plongea son regard dans celui de la créature. Les iris mordorés du Kirin s'illuminèrent et se mirent à tournoyer. Au bout de quelques secondes, le noir de ses pupilles se répandit, absorbant entièrement l'or de ses yeux. La licorne jaune fit un dernier pas avant de s'écrouler dans un nuage de fumée. La Pourfendeuse se précipita vers elle, mais il était trop tard. La créature avait disparu sans laisser de traces.

La respiration épaisse, Adèle déglutit et resserra ses doigts autour du téléphone. Son premier réflexe fut d'appeler ses amis pour leur demander s'ils étaient encore loin, mais elle n'en fit rien. Elle posa la paume de sa main contre le tronc de l'arbre et l'autre sur son plexus solaire. Lorsque les battements de son cœur ralentirent enfin, elle prit une profonde inspiration. Leur aventure avait laissé des stigmates. Les trois amies avaient perdu le compte de leurs insomnies. Convaincue que ce qu'elle venait de voir pouvait être le simple écho de ses angoisses, elle s'apaisa.

Depuis leur retour, elles étaient retournées voir le prêtre shinto qui avait recueilli la famille d'Aïko et pris soin de sa mère. Il les avait félicitées pour le sauvetage des Gardiens et les paroles qu'il leur avait dites alors lui revinrent à la mémoire : « Tant que les quatre Gardiens veillent sur les cieux et tant que la Terre est sous la protection du Kirin, nous n'aurons plus rien à craindre. »

Adèle s'épongea le front et se mordit l'intérieur de la joue. Évidemment, la peur de revivre ce qu'elle avait déjà vécu avait fini par la gangréner tout entière. Elle jeta un dernier coup d'œil vers l'endroit où se trouvait le Kirin quelques instants plus tôt et se sentit ridicule. Non, ce n'était pas réel. Ce n'était là qu'une résurgence traumatique. La bouche pâteuse, elle fit quelques pas et se pencha au-dessus de son sac. Elle y plongea la main et fourragea jusqu'à ce que ses doigts se refermassent sur sa gourde. En se redressant, elle inspira et expira par le nez, avant d'avaler plusieurs gorgées pour apaiser sa gorge brûlante. Quand elle baissa la tête, les silhouettes de Yūri, d'Aïko et d'Emma apparurent. Le sourire aux lèvres et un sac en tissu rempli de victuailles pour le pique-nique, ils se dirigeaient droit vers elle.

— Tu crèves de chaud même à l'ombre, hein ? lança joyeusement Emma.

Adèle lui décocha un sourire et s'efforça de chasser les images résiduelles du Kirin. En quelques enjambées, Yūri la rejoignit et déposa un baiser à la commissure de ses lèvres. Il posa sa main sur son dos et retira une à une les herbes et les feuilles mouillées qui s'y étaient accrochées.

— Eh ben, t'as rien vu ! reprit Emma en retirant ses chaussures. Ici, il fait bien meilleur que dans la ville. Je pègue, c'est infernal !

— Arrête de te plaindre un peu ! lui dit Aïko en lui décochant un clin d'œil.

Ensemble, elles déplièrent une grande nappe qu'elles étendirent sur la pelouse. Adèle et Yūri les rejoignirent et y disposèrent les paquets de chips, les bières, les sodas, les tomates cerises et les sandwichs. Quand elle eut terminé, la jeune femme se redressa et essuya ses mains sur ses hanches.

— T'as des nouvelles de Tadashi ? demanda-t-elle à Aïko.

— Oui, j'ai reçu un mail de Mayumi ce matin ! Apparemment, ils sont sur une piste sérieuse concernant son père.

— J'espère vraiment qu'ils finiront par le retrouver, intervint Yūri.

— Ouais, mais en attendant, il se plaît bien à l'*okiya*. Elles commencent déjà à lui enseigner l'art du *Kyūdō* !

— Petit guerrier ! souffla Emma avec tendresse.

— J'ai envoyé un message à Nayeli tout à l'heure ! dit Adèle. Apparemment, ils projettent tous les quatre de venir nous voir d'ici un mois ou deux. Enfin, dès que Rachel et Fergus arriveront à poser des vacances. Sebastian et elle n'ont jamais vu Paris. Ils ont vraiment hâte.

— Et nous donc ! ponctua Emma.

Le téléphone d'Aïko émit un bip. Elle plongea la main dans sa poche et consulta l'écran. Ses yeux s'écarquillèrent et son visage s'illumina.

— Ma mère nous invite tous à dîner ce soir ! dit-elle les yeux pétillants de joie.

— Tous ? répéta Emma.

— Absolument ! rétorqua Aïko. Tous, sans exception.

Adèle observa ses amies et éprouva un véritable soulagement. La vie reprenait ses droits et son cours. Elle jeta un coup d'œil vers Yūri qui se débattait avec l'ouverture facile d'un sandwich club.

— Yūri, l'appela-t-elle. Tu viens ?

Celui-ci ne se fit pas prier. Abandonnant l'opercule récalcitrant, il la rejoignit, le sourire plaqué sur ses lèvres. Les doigts entrelacés, ils s'éloignèrent de quelques pas et s'arrêtèrent près du tronc massif du saule pleureur.

— Tu m'as manqué, marmonna-t-il en déposant un baiser sur ses lèvres.

Sans un mot, Adèle le lui rendit et referma ses bras autour de sa taille. Les rires légers d'Aïko et d'Emma attirèrent leur attention. Ils tournèrent la tête et les virent toutes les deux, dans les bras l'une de l'autre. Aïko avait calé une tomate cerise entre ses lèvres qu'Emma s'efforçait d'attraper dans un baiser.

— J'arrive vraiment pas à m'y faire, souffla Yūri. C'est vraiment dégoûtant !

Adèle s'écarta et arqua un sourcil. Elle savait que l'annonce de l'homosexualité d'Aïko avait été très mal acceptée dans sa famille. Notamment par sa mère. Et même si maintenant les choses avaient évolué, elle conservait le souvenir de la souffrance de son amie. Son regard s'assombrit.

— Je ne vois pas quel est le problème ! lâcha-t-elle passablement agacée. Tu vas pas t'y mettre toi aussi ! Il est temps que ça s'arrête ces conneries. Elles ont autant le droit de s'aimer que…

Elle s'interrompit et se racla la gorge. Ces mots-là, elle ne les lui avait encore jamais dits. Pourtant, chaque fois qu'il se tenait près d'elle, elle en éprouvait leur vertige.

— Que n'importe qui ! acheva-t-elle.

Yūri écarquilla les yeux de surprise.

— Ah, mais t'y es pas du tout ! Je te l'ai déjà dit : je n'en ai rien à faire moi qu'elle soit en couple avec un homme ou une femme. C'est juste que c'est ma sœur et ce sera toujours dégueulasse pour moi de la voir embrasser quelqu'un.

Adèle réprima un sourire et l'attira de nouveau contre elle.

— J'en déduis que tu ne tiens pas à m'embrasser pour ne pas l'écœurer elle aussi…

Yūri approcha son visage du sien et glissa sa main sous sa lourde chevelure dorée.

— C'est pas pareil, souffla-t-il contre ses lèvres.

— Évidemment…

Les yeux mi-clos, leurs lèvres se frôlèrent. Ils échangèrent un long baiser, s'enivrant l'un de l'autre et savourant la quiétude de cet instant.

Sous les pieds nus d'Adèle, la pelouse et la terre étaient encore bien plus humides qu'à l'endroit où elle s'était allongée en attendant la venue de ses amis. Elle sentit l'herbe rase et les aspérités pointues de quelques cailloux sous la plante de ses pieds et la caresse des pétales de bleuets sur ses chevilles. Leurs souffles et leurs doigts entremêlés, ils s'abandonnèrent dans ce baiser plein de promesses muettes.

Yūri fit coulisser sa chevelure sous ses doigts et embrassa lentement son cou. Adèle tressaillit au contact de sa bouche près de sa nuque.

Elle ne sentit ni les pétales délicats des bleuets se flétrir contre sa peau ni la pelouse verdoyante jaunir et se ramollir jusqu'à former une masse visqueuse sous ses pieds nus.

Fin

REMERCIEMENTS

L'Armée des Shijin a poussé dans mon crâne moins de dix jours après avoir posé les derniers mots de ma toute première histoire *Emily Stone*. À ce moment-là, je croyais avoir tout dit, tout raconté. Qu'y avait-il à rajouter ?

Et c'est un peu de cette façon que je rédige ces quelques lignes. Que pourrais-je dire ici que je n'aurais pas déjà formulé dans les remerciements d'*Emily Stone* ou de *Prorok – Bloody Legacy* ? Ne suis-je pas encore empêtrée dans les mots qui s'entassent dans mon cerveau et se heurtent contre mes dents dès lors qu'ils n'empruntent plus le canal de la fiction ?

Mes premières pensées vont vers Leticia Joguin Rouxelle, mon éditrice, qui a renouvelé sa confiance en mes écrits en acceptant de publier cette histoire et à celleux qui ont contribué à la réalisation de ce projet.

Je pense notamment à Maxence Madone qui a bêta lu le texte et à qui l'on doit ces incroyables couvertures, à Rash. qui a traqué les coquilles avec l'acuité visuelle d'un sniper, à Billie Darenne qui l'a bêta lu avec le plus grand soin ou encore à Cornélia Schmitt qui m'a immédiatement dit (non, elle a gueulé dans un vocal) que le pitch l'emballait.

À vous quatre, un immense merci qui se décline au pluriel. Merci de m'avoir soutenue, d'avoir cru en moi, de m'avoir incitée à pousser plus loin, même si cela impliquait d'en faire une duologie alors que je caressais l'espoir d'écrire un unitaire. (Coucou Billie !) Rash., merci de m'avoir fait profiter de tes connaissances du Japon et de sa culture. Max, merci d'avoir mis tes talents d'illustrateur au service de mon histoire. Adèle, Emma et Aïko sont particulièrement touchée.

Quatre auteurices extraordinaires. Quatre ami.e.s hors du commun. Merci d'être vous, mes quatre fantastiques.

Et puis, je tiens à remercier celleux dont le soutien indéfectible fait croître le champ des possibles.

Celui de mes enfants « Maman, tu vas vraiment écrire une histoire sur les *yōkai*, comme dans *Yo-kai Watch* ? » *danse endiablée sur le générique du dessin animé*, de ma sœur « On ne t'arrête plus ! C'est trop bien ! », ou encore de ma mère « Tu vas encore écrire une histoire avec des monstres ? ».

Enfin, je remercie infiniment toutes les Caladres qui auront volé à travers les pages de ce roman. Parce que je ne peux terminer autrement ces remerciements qu'en m'adressant à mes lecteurices sans qui l'aventure ne serait pas la même.

Merci pour vos messages, vos commentaires, vos avis, vos chroniques, vos vocaux... Toutes ces attentions que je reçois comme autant de caresses à l'âme et qui permettent à mes histoires de voyager vers d'autres horizons.

Sous d'autres soleils, d'autres lunes.

À tou.te.s, j'ai une chance insolente de vous avoir à mes côtés.